D1728133

CATHERINE O'CONNELL

DIE GEHEIMNISSE DER NACHT

THRILLER

Aus dem Englischen von
Sonja Rebernik-Heidegger

Die englische Ausgabe erschien 2019 unter dem Titel
»The Last Night Out« bei Canongate Books Ltd.

Besuchen Sie uns im Internet:
www.knaur.de

Deutsche Erstausgabe Dezember 2019
© 2018 by Catherine O'Connell
© 2019 der deutschsprachigen Ausgabe Knaur Verlag
Ein Imprint der Verlagsgruppe
Droemer Knaur GmbH & Co. KG, München
Alle Rechte vorbehalten. Das Werk darf – auch teilweise – nur mit
Genehmigung des Verlags wiedergegeben werden.
Redaktion: Kerstin Kubitz
Covergestaltung: Carolin Liepins
Coverabbildung: shutterstock/© Moschiorini; shutterstock/
© Levskaia Kseniia; shutterstock/© nadtytok
Satz: Adobe InDesign im Verlag
Druck und Bindung: GGP Media GmbH, Pößneck
Printed in Germany
ISBN 978-3-426-22684-1

2 4 5 3 1

Für meine drei Geschwister
Tom, Jane und Barney.

Eine liebevolle und exzentrische Familie
ist das Beste für einen Autor oder eine Autorin –
und ich bin mit beidem gesegnet.

Heute

Ich sitze allein und weit entfernt von den anderen Gästen in der hintersten Reihe des großen Zeltes. Der Regen prasselt auf das Dach und übertönt beinahe die atonalen Klänge von Schönbergs Klavierkonzert. Die dissonante Musik zeigt wieder einmal, dass auch Unvollkommenheit wunderschön sein kann. Ein junger Cellist hastet auf die Bühne und drängt sich an den anderen Orchestermitgliedern vorbei zu seinem Platz. Die Veränderung im Verhalten des Dirigenten ist kaum wahrnehmbar, aber es ist trotzdem offensichtlich, dass er das Zuspätkommen bemerkt hat. Hat der Cellist durch diesen Vorfall seine ganze Karriere aufs Spiel gesetzt? Möglich wäre es. Die Konkurrenz in der Musikwelt ist groß.

Ich frage mich, wie viele Katastrophen bereits durch ähnlich peinliche Momente hervorgerufen wurden. Wie viele Leben wurden durch einen einzigen Fehltritt unwiderruflich zerstört? Denn im Grunde ist es egal, ob man aus freien Stücken oder infolge einer unerwarteten Wendung den vorgegebenen Weg verlässt – es kann immer schreckliche Konsequenzen haben.

Ich überlege, wie mein Leben wohl ohne diesen einen riesengroßen Fehler aussehen würde, den ich vor Jahren begangen habe. Vollkommen anders, da bin ich mir sicher.

Das Wissen, dass ich nicht unmittelbar für Angelas Tod

verantwortlich war, hat mich immer beruhigt, doch obwohl seit jener Nacht mehr als ein Vierteljahrhundert vergangen ist, schleichen sich die Gedanken daran immer noch übertrieben häufig in mein Bewusstsein. Und wenn ich mir ansehe, wie sich mein Leben nach ihrem Tod entwickelt hat, ist auch das schlechte Gewissen wieder da.

Das Trommeln des Regens wird leiser, als die Musik schließlich zu einem furiosen Ende kommt. Das Orchester erhebt sich zum donnernden Applaus des Publikums, und der unpünktliche Cellist steht in einer Reihe mit den anderen. Sein Zuspätkommen hat etwas in mir ausgelöst, und die Erkenntnis trifft mich wie der Blitz: Es ist nie zu spät, um die Wahrheit zu erzählen.

Ich schlüpfe noch vor den anderen Gästen aus dem Zelt, eile über den Parkplatz zu meinem Auto und fahre los. Die Rocky Mountains erheben sich zu beiden Seiten der Straße majestätisch in den Himmel, während ich überlege, wie ich die Geschichte am besten in Worte fassen kann. Als ich zu Hause ankomme, hat sie in meinem Kopf bereits Gestalt angenommen.

Und so darf ich Sie, geneigte Leserinnen und Leser, einladen, mir in eine feuchtwarme Juninacht im Chicago des Jahres 1988 zu folgen. Die Veränderungen waren nicht mehr aufzuhalten, doch niemand ahnte, wie weitreichend sie sein würden. Die Disco-Bewegung tat gerade ihre letzten Atemzüge, und Männer wie Frauen trugen die Haare an den Seiten lang und oben kurz. Jeans waren künstlich gebleicht und reichten bis zum Bauchnabel. Die Einzigen mit Tattoos waren Cher und Leute, die in Wohnwagen lebten. Schwule wagten sich langsam in die Öffentlichkeit, während sich Aids bereits zu einer Epidemie entwickelt hatte. Computer waren für alle außer den Entwicklern ein Novum, E-Mails existierten im Grunde noch nicht, SMS waren Science-Fiction, und wenn jemand ein Handy hatte, war es fast so groß wie ein Turnschuh. Die coolste und neueste Errungenschaft beim Telefon war die Wahlwiederholungstaste. Und ich gehörte zur ersten Generation von Frauen, die ihre Karriere vorantrieben und sowohl finanziell als auch sexuell unabhängig waren – auch wenn unser neues Selbstbild von der Männerwelt immer noch infrage gestellt wurde und sich deshalb viele von uns mit sehr viel weniger zufriedengaben.

So war es also in Chicago zu der Zeit, als diese Geschichte beginnt. Und während ich mich noch genau erinnere, welchen Anteil ich damals hatte, müssen Sie, meine Leserinnen und Leser, mir doch gewisse Freiheiten zugestehen, wenn es um die Beweggründe der anderen Beteiligten geht. Vielleicht schätze ich einige Geschehnisse falsch ein, aber ich vermute, dass meine Geschichte am Ende der Wahrheit sehr nahekommen wird.

Margaret Mary Trueheart
10. Juli 2013

Kapitel 1

Noch 14 Tage bis zur Hochzeit

Samstag, 11. Juni 1988

Das Klingeln des Telefons riss mich aus dem Schlaf, und sofort beschlich mich das ungute Gefühl, dass ich nicht allein war. Ich hatte mich zur Wand gedreht, doch es war deutlich zu spüren, dass noch jemand unter meiner Designerbettdecke lag. Aber Flynn war doch gar nicht in der Stadt. Ich versuchte hektisch, die Ereignisse des letzten Abends zu rekonstruieren, doch da kamen nur unzusammenhängende Bilder. Ich war offensichtlich immer noch betrunken.

Das Telefon klingelte sechs Mal, bevor der Anrufbeantworter im Wohnzimmer ansprang und meine Stimme durch die Wohnung hallte: *Hi, hier ist Maggie. Ihr wisst ja, wie das geht und wann ihr sprechen müsst.* Das Freizeichen erklang, doch gleich darauf klingelte es noch einmal, und wieder legte der Anrufer auf, als er meine Stimme hörte. Als es zum dritten Mal losging, wurde mir klar, dass er oder sie nicht so schnell aufgeben würde. Ich drehte mich widerwillig auf den Rücken, um nach dem Telefon zu greifen, und erstarrte mitten in der Bewegung. Es war der Zimmermann! Der Kerl in dem blauen Shirt –

nur ohne das blaue Shirt. Er sah mich grinsend an, und auf seinen gebräunten Wangen bildeten sich kleine Grübchen. Übelkeit durchfuhr meinen viel zu nackten Körper.

»Sieht aus, als wollte da jemand unbedingt mit dir reden«, meinte er, legte sich verschwörerisch einen Finger auf die Lippen und hielt mir den Hörer hin, wobei sich das Kabel in seinen Brusthaaren verfing. Ich griff entsetzt danach und schirmte die Sprechmuschel mit einer Hand ab, für den Fall, dass mein Besucher sich womöglich verriet, indem er hustete, etwas sagte oder – Gott bewahre – lautstark furzte, wie es Männer am Morgen nun mal gerne tun.

»Hallo?«, krächzte ich und erkannte meine Stimme selbst kaum wieder.

»Maggie! Oh, Maggie, ich bin's. Suzanne«, erklärte die Anruferin hörbar erleichtert. »Gott sei Dank hast du es heil nach Hause geschafft!«

Na ja, das ist wohl Ansichtssache, dachte ich, und mein Blick fiel erneut auf meinen Besucher. Er hatte es sich in meinem Bett gemütlich gemacht und die Hände unter seinem Lockenkopf verschränkt. Dabei grinste er immer noch selbstgefällig und hatte absolut nichts mehr von dem schüchternen Zimmermann aus New Hampshire an sich, den ich am Vorabend kennengelernt hatte.

»Natürlich habe ich es heil nach Hause geschafft!«, log ich und schaute eilig auf die Digitalanzeige des Weckers auf dem Nachttisch. Sieben Uhr achtundvierzig. Das war zwar nicht mehr mitten in der Nacht, aber trotzdem eine unchristliche Zeit für einen Anruf am Samstagmorgen – vor allem, wenn es am Vorabend spät geworden war. Und das galt auch für eine Frühaufsteherin wie Suzanne. Ich bemühte mich, trotzdem möglichst unbeeindruckt zu klingen: »Also, was ist los? Warum rufst du so früh an?«

Sie zögerte kurz. »Ich weiß nicht, wie ich es dir sagen soll, Maggie. Es geht um Angie. Sie ist tot.«

Die Worte drangen in mein umnebeltes Gehirn, und ich wurde schlagartig nüchtern. Ich fuhr hoch, die Decke glitt von meinen nackten Brüsten, und ich zog sie in unangebrachter Schamhaftigkeit hastig wieder hoch. Für derlei Hemmungen war es mittlerweile zu spät. »Das ist doch ein Scherz, oder?«, fragte ich, obwohl ich wusste, dass Suzanne Lundgren niemals scherzte, vor allem nicht, wenn es um etwas so Schreckliches ging.

»Ich wünschte, es wäre so!« Ihre Bestürzung war ihr deutlich anzuhören. »Kelly hat gerade aus dem Polizeirevier angerufen. Angie wurde ermordet. Ihre Leiche wurde heute Morgen im Lincoln Park gefunden.«

»Kelly?« Aber das ergab doch keinen Sinn! Mir schwirrten tausend Fragen im Kopf herum, doch ich war so hinüber, dass mir die logischsten nicht einfielen. Also fragte ich nicht nach Angie, sondern meinte stattdessen: »Was hat denn Kelly mit der Sache zu tun?«

»Sie ist bei ihrer morgendlichen Joggingtour am Tatort vorbeigekommen«, erwiderte Suzanne. »Und die Polizei hat sie mit aufs Revier genommen, um mit ihr über Angie zu sprechen.«

»Aber das ist doch unmöglich! Es ist gerade mal ...«, ich warf erneut einen Blick auf die Uhr, »... fünf, sechs Stunden her, seit wir zusammen waren. Ich dachte, du hättest Angie nach Hause gebracht.«

Suzanne verlor endgültig die Beherrschung und begann zu schluchzen. »Maggie! Natürlich habe ich sie nach Hause gebracht! Ich habe sie in ein Taxi gesetzt und bin mit ihr mitgefahren. Ich habe sogar draußen gewartet, bis sie wirklich im Haus war. Ich habe gesehen, wie die Haustür hinter ihr ins Schloss fiel.«

Unzusammenhängende Szenen der letzten Nacht blitzten vor meinem inneren Auge auf: Angie, die in einer schwarzen Hose und einer tief ausgeschnittenen roten Bluse auf der Tanzfläche steht und deren dicke schwarze Haare ihr Gesicht wie ein Vorhang bedecken. Angie, deren ausladende Hüften aufreizend über ihren roten High Heels hin und her schwingen. Angie, die mit einem leeren Schnapsglas an der Bar lehnt. Angie, die versucht, gerade zu stehen, obwohl sie sich kaum noch auf den Beinen halten kann.

»Hör mal, ich muss jetzt Schluss machen. Das ist alles, was ich bisher weiß«, erklärte Suzanne mit tränenerstickter Stimme. »Kelly hat versprochen, sich zu melden, sobald sie zu Hause ist. Rufst du in der Zwischenzeit Carol Anne an? Ich schaffe es einfach nicht.«

»Ja, klar«, flüsterte ich, und sie legte auf.

Ich starrte auf den Hörer in meiner Hand, als hätte ich noch nie zuvor so etwas gesehen, und versuchte zu begreifen, was gerade passiert war.

Meine Freundin war doch sicher nicht wirklich gestorben, oder? Das musste irgendein seltsamer Albtraum sein. Genauso wie der Fremde in meinem Bett, der mich eingehend musterte. Er gehörte sicher auch zu dem Albtraum. Wenn ich die Augen zumachte, würde alles wieder so sein wie gestern. Angie wäre noch am Leben, ich läge allein in meinem Bett, und das Schlimmste, womit ich zu kämpfen hätte, wäre der schrecklichste Kater aller Zeiten.

Ich kniff die Augen zu.

Doch als ich sie wieder öffnete, war der Kerl noch immer da, und seine Anwesenheit war fast so verstörend wie die Nachricht, dass Angie ermordet worden war. Sein Lächeln war verschwunden, und er sah mich ehrlich besorgt an, bevor er die Hand ausstreckte und mir über die Wange strich. »Alles in Ordnung?«

»Es gab einen Unfall«, antwortete ich. Ich war zu schockiert, um zu weinen, und hatte auch nicht vor, meine Trauer mit diesem Fremden zu teilen. »Du musst jetzt gehen.«

Er ignorierte meine Aufforderung und streichelte stattdessen erneut meine Wange. Ich versuchte, ein unwillkürliches Schaudern zu unterdrücken. Seine Hände waren magisch, und ich erinnerte mich nur zu gut, dass ich letzte Nacht wie besessen von ihnen gewesen war. Sie waren groß und stark und hatten hart erarbeitete Schwielen, die von stundenlanger ehrlicher Arbeit zeugten. So ganz anders als Flynns seidige Hände mit den langen, dünnen Fingern und den manikürten Nägeln, die nur ab und zu einen Golf- oder Tennisschläger hielten und auf eine vollkommen andere soziale Herkunft deuteten.

»Du bist so wunderschön«, sagte er und liebkoste die empfindliche Haut an meinem Hals. »So wunderschön …«

Weitere bruchstückhafte Erinnerungen stiegen aus dem Wodka-Nebel empor: wie wir im *Overhang* zu Cyndi Lauper tanzten; wie ich in seinen weißen Pick-up stieg; wie wir schließlich vor meiner Wohnung im gelben Licht der Straßenlaterne standen. Doch ein Großteil des Puzzles blieb verschollen. Der traumähnliche Zustand, in den mich der Alkohol versetzt hatte, war nun endgültig verschwunden, und auch die Dunkelheit der Nacht bot keinen Schutz mehr – ich stand splitternackt im Licht des neuen Morgens, wie Eva vor dem Baum. Ich dachte an Flynn, und mein Herz wurde schwer. Dann dachte ich an Angie, und eine noch größere Traurigkeit erfasste mich.

Der Zimmermann schien allerdings nichts von meinem inneren Kampf zu bemerken, denn er beugte sich zu mir und drückte mir einen sanften Kuss auf die Lippen.

»Nein.« Ich rückte von ihm ab, doch er beachtete meinen halbherzigen Versuch, tugendhaft zu wirken, nicht weiter, sondern zog mich näher an sich heran. So nah, dass ich die Hitze spürte, die von seinem flachen Bauch hochstieg. Er küsste mein Kinn, meine Nase, meinen Mund. »Nein«, widerholte ich schwach und versuchte, bestimmt zu klingen, während seine Lippen hinter mein Ohr wanderten.

In einer perfekten Welt hätte mich allein seine Anwesenheit schon abgestoßen. In einer perfekten Welt hätte ich ihm eine schallende Ohrfeige verpasst und wäre aus dem Bett gesprungen. In einer *wirklich* perfekten Welt wäre dieser Mann gar nicht erst in meiner Wohnung gelandet.

Aber die Welt ist nun mal nicht perfekt.

Es war alles so furchtbar falsch. Wie konnte ich meinen Verlobten auf so niederträchtige Weise betrügen? Wie konnte ich überhaupt an Sex denken, obwohl ich den Tod einer Freundin betrauern sollte? Doch offensichtlich war tief in meinem Inneren ein Urinstinkt erwacht, der meine Trauer, meine Schuldgefühle und meinen Kummer unter sich begrub und meinen Verstand auslöschte. Mein Körper drängte in seine Richtung, und ich wollte nicht länger so tun, als würde ich dagegen ankämpfen. Ich wollte, dass er mich in den Armen hielt. Ich wollte mein Gesicht an seiner Brust vergraben. Und ich wollte, dass er sich in mir verlor.

Ich küsste ihn zuerst noch zögerlich, doch dann öffnete ich die Lippen und wurde leidenschaftlicher. Er drückte mich auf die Matratze, und bald wälzten wir uns auf meinem Bett hin und her. Unsere Bewegungen wurden immer heftiger, und wir standen kurz vor dem Unvermeidlichen, als plötzlich ein unerwünschter Gedanke an die Oberfläche drängte. Er wollte gerade in mich eindringen, doch ich packte ihn an den Hüften und hielt ihn zurück. Er stieß ein verzweifeltes Seufzen aus, und seine kaffeebraunen Augen fixierten mich.

»Wir haben gestern Abend kein Diaphragma benutzt, oder?«, keuchte ich.

Sein verständnisloser Blick war Antwort genug. Ich schob ihn seufzend von mir. Nun war der Moment gekommen, diesem Irrsinn ein Ende zu setzen. Doch die Vernunft war chancenlos. Ich war wie besessen.

Ich öffnete die Nachttischschublade und griff nach meinem Diaphragma. Ich schob es an Ort und Stelle und verdrängte dabei sämtliche Gedanken, dass es dort auch letzte Nacht hätte sein sollen.

Im nächsten Augenblick lag er erneut auf mir, als wäre keine einzige Sekunde vergangen. Wir hatten jegliches Zeitgefühl verloren und kümmerten uns weder um die Vergangenheit noch um die Zukunft. Die Gegenwart war alles, was zählte – und sie war unwiderstehlich. Ich gab mich ihm hin und befand mich bald darauf an einem Ort, an dem es nur ihn und mich gab und an dem Millionen gieriger Nervenenden um Beachtung bettelten.

Kapitel 2

Als ich eine Stunde später aufwachte, schlief der Zimmermann tief und fest neben mir und hatte dabei einen Arm um meine Schulter gelegt. Ich war mittlerweile deutlich nüchterner, obwohl der Restalkohol vermutlich immer noch zu einer Anzeige wegen Trunkenheit im Verkehr geführt hätte. Die Hormone, die für meine vorübergehende Unzurechnungsfähigkeit verantwortlich gewesen waren, hatten sich inzwischen beruhigt, und die Ereignisse des Morgens trafen mich mit voller Wucht.

Ich war eine Hure, und Angie war tot.

Ich befreite mich vorsichtig vom Arm meines Besuchers, um ihn nicht zu wecken, und schlich ins Badezimmer. Ein Blick in den Spiegel bestätigte meine schlimmsten Befürchtungen. Meine rotbraunen Haare standen in alle Richtungen, meine grünen Augen waren schwarz umrandet von verschmierter Mascara, und mein Gesicht war rot von den Bartstoppeln meines Liebhabers. Ich holte meine Kontaktlinsen heraus, was ziemlich wehtat, weil ich sie gestern vergessen hatte, und warf sie in den Müll. Dann setzte ich mich auf die Toilette, vergrub den Kopf in den Händen und versuchte, der mörderischen Kopfschmerzen, die in meiner rechten Schläfe wüteten, Herr zu werden. Plötzlich sah ich Angie vor mir, die leblos auf dem Seziertisch lag, und ich wimmerte, während sich meine blutunterlaufenen Augen mit Tränen füllten.

Ich dachte an ihre Eltern und ihre Brüder, die ich beinahe mein ganzes Leben lang kannte. Wenn der Verlust bereits für mich so schmerzhaft war, wie unerträglich musste er dann für sie sein?

Ich blieb noch eine Weile sitzen, und irgendwann wanderten meine Gedanken wieder zu dem Fremden in meinem Bett. Was zum Teufel hatte ich mir bloß dabei gedacht? Was, wenn Flynn früher nach Hause kam? Ich musste den Kerl loswerden. Jetzt sofort. Ich griff nach meinem flauschigen Morgenmantel, schlang ihn fest um mich und zog den Gürtel straff.

Er war aufgestanden, hatte sich angezogen und saß mittlerweile an meinem Küchentisch, wo er in einer Ausgabe des *Chicagoan* blätterte. Seine Locken berührten beinahe den Rand seiner Drahtgestellbrille. Er sah auf und schenkte mir ein vertrautes Lächeln, das die Grübchen auf seinen Wangen wieder zum Vorschein brachte. Dann deutete er mit dem Kopf auf die offene Badezimmertür.

»Darf ich?«

»Was denn?«

»Darf ich ins Badezimmer?«

Ich sah ihm panisch nach und beobachtete, wie sich die Tür hinter ihm schloss. Er hatte doch sicher nicht vor, jetzt auch noch zu duschen, oder? Er musste verschwinden – je früher, desto besser. Doch dann erklang zuerst die Spülung und kurz darauf das Rauschen des Wasserhahns, und kurze Zeit später ging zu meiner immensen Erleichterung die Tür auf, und er trat in den Flur. Ich stand noch immer wie erstarrt mitten im Wohnzimmer, und er kam auf mich zu, um mir einen Kuss auf die Lippen zu drücken. Ich wich zurück.

Er sah mich verletzt an. »Weißt du, es war wirklich schön mit dir. Und ich will dich wiedersehen.«

»Wie bitte?«, keuchte ich. Sollte das etwa ein Scherz sein? Dieser Mann war verantwortlich dafür, dass ich meinen Verlobten betrogen hatte – obwohl ich natürlich auch nicht ganz unschuldig daran war –, und nun bat er mich um ein Date? Wo war der One-Night-Stand, der es nicht erwarten konnte, endlich zu verschwinden? Der mit den Worten »Ich ruf dich an!« aus der Tür eilte und es dann doch nie tat? »Bist du verrückt? Du weißt doch, dass ich bald heirate!«

»Vielleicht solltest du dir das mit der Hochzeit noch mal überlegen, Maggie. Ich weiß nur, dass ich noch nie eine Frau wie dich getroffen habe. Und dass ich dich wiedersehen will.«

»Du kennst mich doch gar nicht, und außerdem hast du nicht *mich* getroffen, sondern mein betrunkenes Alter Ego, und das hat mittlerweile die Stadt verlassen. Ich habe einen Riesenfehler gemacht. Ich liebe meinen Verlobten, und ich werde ihn heiraten. Das, was ich getan habe, war furchtbar falsch.«

»So hat es aber letzte Nacht nicht ausgesehen. Und heute Morgen auch nicht. Du warst wie ein Tier«, sagte er, und sein Blick wanderte den Flur hinunter zur Schlafzimmertür.

Seine Worte trafen mich bis ins Mark – allerdings nicht, weil sie so grausam waren, sondern vielmehr, weil sie vermutlich der Wahrheit entsprachen. Vielleicht hatte ich tatsächlich eine Grenze überschritten. Das Problem war nur, dass das Tier in mir mittlerweile wieder in seinem Käfig saß und unbedingt allein gelassen werden sollte. Ich musste den Zimmermann so schnell und so reibungslos wie möglich loswerden. Also versuchte ich, an seine Vernunft zu appellieren.

»Hör mal, Steven, gestern Nacht und heute Morgen,

das war fantastisch. Aber darum geht es nicht. Ich habe einen Fehler gemacht, und jetzt habe ich Angst. Angst vor dem, was ich getan habe, und Angst vor dir. Ich habe Angst, dass eine Nacht etwas zerstören könnte, in das ich ein Jahr meines Lebens investiert habe. Mein Verlobter ist mir wichtiger als alles andere auf der Welt. Er ist ein wundervoller, fürsorglicher Mann, und ich will ihn nicht verlieren. Meine Libido hat einen Augenblick lang die Kontrolle übernommen, und ich bin das Risiko eingegangen, alles zu verlieren. Aber so etwas darf niemals wieder passieren. Das musst du doch verstehen.«

Er schüttelte den Kopf. »Maggie, du machst einen großen Fehler, wenn du diese Hochzeit durchziehst! Die Frau, die heute Morgen mit mir im Bett lag, war ganz sicher nicht bis über beide Ohren in einen anderen verliebt.«

Ich wollte losbrüllen, aber ich blieb ruhig. »Das reicht! Ich mag dich, aber du solltest jetzt wirklich gehen. Bitte.«

Er ging zu meinem Schreibtisch, nahm einen Stift und kritzelte etwas auf den Notizblock, dann wandte er sich wieder zu mir um. »Das ist die Nummer von dem Haus, in dem ich gerade arbeite. Du kannst mich tagsüber dort erreichen.«

Ich ging zu ihm, riss den Notizzettel ab und zerknüllte ihn in der Faust. »Kapierst du es denn nicht? Ich werde dich sicher nicht anrufen!« Ich stürmte an ihm vorbei, riss die Eingangstür auf und bezog mit verschränkten Armen auf der Schwelle Stellung.

»Dann war's das also?«

»Ja, das war's!«

Als er an mir vorbeikam, drückte er mir überraschend einen sanften Kuss auf die Lippen. Ich schlug die Tür hinter ihm zu, verriegelte sie und presste das Ohr ans Holz, um zu hören, wie seine Stiefel die Treppe hinunterpolterten. Als endlich auch die untere Eingangstür ins Schloss fiel, war meine Erleichterung so groß, als hätte mit ihm auch die Erinnerung an das, was geschehen war, das Haus verlassen. Ich versteckte mich hinter den weißen, durchscheinenden Vorhängen im Wohnzimmer und sah zu, wie er die Straße überquerte, in seinen Pick-up stieg und davonfuhr. Ich hoffte inständig, dass er sich meine Adresse nicht gemerkt hatte und mich niemals wiederfinden würde.

Ich ging in die Küche, und mein Blick fiel auf eine leere Flasche Jameson und zwei umgedrehte Whiskey-Gläser. Noch mehr Erinnerungen kamen hoch. Wie sein Pick-up vor dem Haus hielt; wie ich ihn auf einen letzten, unschuldigen Drink in meine Wohnung einlud. Was hatte ich mir nur dabei gedacht?

»Auf die Ehe!«, hatte ich ihm zugeprostet.

»Auf die Ehe!«, hatte er erwidert und den Whiskey in einem Zug geleert, bevor er das Glas verkehrt herum auf die Anrichte geknallt und sein Gesicht an meinem Hals vergraben hatte. Der letzte Rest des Widerstands war dahin, als er sich mein Schlüsselbein entlangküsste, meine Bluse öffnete und seine raue Hand unter meinen BH schob. Ich erinnerte mich, dass er mich ins Schlafzimmer führte und wir uns gegenseitig die Klamotten vom Leib rissen. Der Rest versank im Nebel.

Abgesehen von dem Sex heute Morgen. Die Erinnerung daran war vollkommen klar.

Ich ging ins Schlafzimmer und betrachtete den Ort meines Verbrechens. Hätte es doch bloß eine Möglichkeit gegeben, alles ungeschehen zu machen – in etwa so wie wenn man eine Videokassette zurückspult. Ich warf den Zettel mit seiner Telefonnummer in den Papierkorb. Anschließend riss ich die Fenster auf, um den schalen Geruch nach Sex loszuwerden, und zog die Laken vom Bett, um sie in die Waschmaschine zu stopfen. Danach duschte ich so heiß, wie ich es gerade noch aushielt, und seifte mich immer und immer wieder ein, als könnte die Seife die Erinnerung an ihn abwaschen. Dabei dachte ich die ganze Zeit an Flynn und wie verletzt er sein würde, wenn er jemals herausfand, dass ich ihn betrogen hatte. Doch das würde er nie. Niemals!

Als ich aus der Dusche stieg, wanderten meine Gedanken endlich zu Angie und dem Anruf, den ich noch zu erledigen hatte. Ich schlüpfte erneut in meinen Morgenmantel, ging ins Wohnzimmer und nahm das Telefon, um die vertraute Nummer zu wählen. Eine Sekunde später erklang Carol Annes fröhliche Stimme. Sie erinnerte mich an den vergangenen Abend, als ich noch nicht ahnte, was auf uns zukommen würde, und ich vertraute dieser Stimme mehr als allem anderen auf dieser Welt. Vermutlich saß sie gerade in ihrer Luxusküche und erstellte den Speiseplan für die kommende Woche samt dazugehöriger Einkaufsliste.

»Ich bin's. Ich habe schlechte Nachrichten.« Meine Worte waren nichtssagend, wenn man bedachte, welche Bombe ich gleich platzen lassen würde. Dann erzählte ich ihr zitternd von Angies Tod. Sie schnappte hörbar nach Luft und konnte es offensichtlich nicht glauben.

»Aber das ist doch unmöglich!«, jammerte sie. »Das kann nicht wahr sein.«

»Ich fürchte doch.«

»Und sie wurde *ermordet?*«

»So hat Kelly es zumindest Suzanne erzählt.«

»Aber ich verstehe das nicht! Wenn Suzanne sie wirklich zu Hause abgeliefert hat, wie ist sie dann in den Park gekommen? Das ergibt doch keinen Sinn.«

»Nichts davon ergibt einen Sinn«, erwiderte ich und brach in Tränen aus. »Carol Anne, es gibt da noch etwas. Es ist etwas Schreckliches passiert.«

»Schlimmer als der Mord an Angie?«

»Nicht schlimmer, aber trotzdem schrecklich.« Ich senkte vertraulich die Stimme, doch dann wurde mir klar, dass ich ihr nicht am Telefon davon erzählen konnte. Ich musste persönlich mit ihr sprechen. »Carol Anne, darf ich vorbeikommen?«

»Klar«, erwiderte sie und warf mir damit den ersehnten Rettungsring zu.

Kapitel 3

Kelly

Kelly Delaney stieg aus dem Streifenwagen, der sie nach Hause gebracht hatte, und bedankte sich halbherzig bei dem jungen Cop. Sie öffnete das Tor zum Vorgarten und ließ es hinter sich ins Schloss fallen, während sie die acht Stufen zu ihrer Souterrainwohnung hinunterstieg. Als sie die Eingangstür öffnete, ertönte ein ungeduldiges Miauen. Die Katze war es nicht gewöhnt, am Morgen so lange allein zu sein.

»Hallo, Tiz.« Kelly trat durch die Tür und schlüpfte aus ihren Schuhen. In der kleinen Wohnung war es drückend warm, aber nachdem sie mehrere Stunden in ihren feuchten Laufsachen auf einem eiskalten Polizeirevier verbracht hatte, war ihr das nur recht. Allerdings empfand die Katze das vielleicht anders, und so öffnete sie dann doch das Fenster und schob den unteren Teil so weit hoch, bis er gegen die in den Rahmen getriebenen Nägel stieß. Obwohl sie in einer guten Gegend wohnte, war Chicago immerhin eine Großstadt. Ihre Haut war klebrig vom Schweiß, und sie musste dringend duschen, doch das war ihr im Moment zu viel Aufwand, weshalb sie sich einfach aufs Bett sinken ließ, das sie tagsüber immer zu einem Sofa umbaute, und sich mit dem Laken zudeckte.

Sie war sowohl körperlich als auch emotional vollkommen erschöpft. Dass Angie ermordet worden war, war schon schrecklich genug, doch die Tatsache, dass sie den leblosen Körper ihrer langjährigen Freundin aus nächster Nähe gesehen hatte, machte die Angelegenheit noch sehr viel schlimmer. Selbst jetzt starrten sie Angies kalte, leblose Augen immer noch an, und sie wusste, dass sie die Erinnerung daran ihr ganzes Leben mit sich herumtragen würde. Eine weitere Last in einem Leben, das ihr schon genug Lasten aufgeladen hatte.

Im Grunde überraschte es sie nicht, dass ihr so etwas ausgerechnet jetzt passierte, wo sie sich endlich wieder im Griff hatte und ihr Leben in die richtige Richtung lief. Sie drehte sich unruhig von einer Seite auf die andere und starrte zu den freiliegenden Rohren an der Zimmerdecke hoch.

Dabei hatte der Tag so gut angefangen.

Sie war früh aufgewacht und hatte sich über einen klaren Kopf und ein reines Gewissen gefreut. Keine dröhnenden Kopfschmerzen, kein flauer Magen und kein grässlicher Geschmack im Mund. Kein hektisches Überlegen, wie sie nach Hause gekommen war. Keine Panik, weil sie nicht wusste, was sie gesagt oder getan und mit wem sie womöglich geschlafen hatte. Kein Aufwachen in den Klamotten von gestern, um im nächsten Augenblick festzustellen, dass die Unterhose fehlte. Dabei waren Abende wie gestern am schwersten. Mit alten Freunden, die sich betranken, während sie nüchtern bleiben musste, war die Versuchung am größten. Aber wenn der gestrige Abend ein Test gewesen war, hatte sie ihn mit Auszeichnung bestanden. Sie hatte nicht nur nichts getrunken – sie hatte auch gar nicht das Bedürfnis danach verspürt. Na ja, zumindest hatte es sich in Grenzen gehalten.

Sie trat das Laken nach unten, und ihr Blick fiel auf das rote Fellknäuel zu ihren Füßen. Tiz hatte sich dort niedergelassen, und nun tauchte ihr schnurrbärtiger Kopf auf, und sie starrte Kelly mit einem Auge an. Ein Hilfskellner hatte die Katze hinter einem griechischen Restaurant im Müll gefunden, als er gerade den Abfall hinausbringen wollte, und sie war dem Tod nahe gewesen, als Kelly sie im Tierheim entdeckt hatte. Ihr Fell war verdreckt und fettig gewesen und ihr rechtes Auge von Säure zerfressen. Niemand konnte sagen, ob es absichtlich passiert oder ein unglücklicher Zufall gewesen war, doch als Kelly das zitternde Kätzchen sah, das sich in eine Ecke seines Käfigs drängte, wusste sie sofort, dass sie jemanden gefunden hatte, der noch tiefer gesunken war als sie selbst.

Als sie die Katze schließlich mit nach Hause nahm, beschloss sie wie Holly Golightly aus *Frühstück bei Tiffany*, ihr keinen Namen zu geben. Doch schon kurz darauf änderte sie ihre Meinung. Sie wollte dieser verlorenen Seele nicht noch mehr ähneln, als sie es ohnehin schon tat, und so wurde die Katze offiziell auf den Namen Tizzy getauft. Das war auch der Name gewesen, den sie im Tierheim bekommen hatte, und er passte Kellys Meinung nach sowohl auf ihr Leben als auch auf das der Katze.

Tizzy streckte sich genüsslich und sprang auf den Boden, und auch Kelly erhob sich und baute das Bett für den Tag wieder zum Sofa um. Sie runzelte die Stirn, als sie die dicken, rosenbedruckten Kissen zurechtrückte. Blumenverzierte, pinkfarbene Möbel waren nicht gerade ihr Stil, aber sie hatte das Schlafsofa gebraucht gekauft, und das Wichtigste war, dass die Matratze bequem war, da in ihrer winzigen Wohnung kein Platz für ein Bett *und* ein Sofa war. Es war auch so schon beengt genug. Sie hatte einen Küchentisch, der auch als Schreibtisch diente, und eine Kommode, die zwischen dem Kleiderschrank und der Eingangstür kaum Platz hatte. Natürlich hätte sie lieber in einer größeren Wohnung gewohnt, die auf alle Fälle nicht im Souterrain gelegen hätte, doch sie hatte kaum Geld, und ihre Ausbildung war teuer, weshalb das hier das Beste war, was sie sich mit ihrem knappen Budget leisten konnte. Das Positive an der engen Wohnung war die Lage, denn sie befand sich in einer ruhigen Straße, nur wenige Blocks vom Lincoln Park entfernt, wodurch sie für eine passionierte Läuferin perfekt war.

Kelly tappte über den kühlen Holzboden an der Küchenzeile vorbei ins Badezimmer, putzte sich die Zähne vor dem Standwaschbecken und betrachtete das dreiunddreißigjährige Gesicht, das ihr aus dem Spiegel entgegenstarrte. Sie hatte ziemlich tiefe Falten für ihr Alter, aber jede einzelne war hart erarbeitet. Glücklicherweise machten ihre Gesichtszüge den Schaden wieder wett, und sie sah auf raue Art attraktiv aus. Sie hatte die hohen, hervorstehenden Wangenknochen eines Models, dicke, kastanienbraune Haare, die erstaunlicherweise noch nicht im Geringsten grau waren, und tief liegende blaue Augen, deren Farbe an den Himmel kurz vor Sonnenaufgang erinnerte. Und heute Morgen musste sie außerdem erfreut feststellen, dass diese Augen weder blutunterlaufen noch verschleiert waren, sondern so klar wie ihr Kopf.

Sie kehrte ins andere Zimmer zurück, um sich für die morgendliche Joggingrunde umzuziehen. Danach fütterte sie die Katze, machte ein paar Dehnungsübungen, schnürte ihre Laufschuhe und verließ die Wohnung. Da sie nicht in Eile war, blieb sie einen Augenblick oben an der Treppe stehen und genoss die Ruhe am frühen Morgen. Man hörte bloß das Zwitschern eines Rotkehlchens, das über ihr auf dem Ast einer Linde saß. Die sanfte Brise brachte den Duft von Magnolien mit sich, der lange vergangene Kindheitserinnerungen in ihr weckte. Der frühe Morgen war für sie die schönste Zeit des Tages. Dieser kurze Augenblick zwischen der abweisenden Nacht und dem zudringlichen Tag. Nur um diese Uhrzeit war es kein so schlechtes Gefühl, ganz allein in einer großen Stadt zu sein.

Kelly schloss das Gartentor leise hinter sich, um die Nachbarn nicht zu wecken, und lief dann langsam die von Bäumen gesäumte Straße entlang, bevor sie auf der Armitage Avenue schließlich an Tempo zulegte. Sie sprang gewandt vom Randstein auf die Straße und wieder zurück und lief dann an verschlafenen Wohnhäusern, noch nicht erleuchteten Boutiquen und überteuerten chemischen Reinigungen vorbei. Die Kreuzung an der Clark Street lag verlassen vor ihr, weshalb sie sie kurzerhand bei Rot überquerte und auf direktem Weg in den Park lief. Ihre Beine fühlten sich heute außergewöhnlich stark an, und sie blickte nach unten, um ihre Muskeln bei der Arbeit zu bewundern. Sie konnte es selbst kaum glauben, dass ihre Oberschenkel vor einem Jahr noch schlaff und unförmig gewesen waren.

Sie lief am Zoo vorbei und dann auf dem markierten Weg durch den Park in Richtung Norden. Ihre Beine trugen sie mühelos an dem See vorbei, wo der Lincoln-Park-Ruderclub gerade seine Boote bereit machte, unter der bröckelnden Fullerton Avenue Bridge hindurch, auf der mexikanische Angler ihr Glück versuchten, und bis zum Diversey Harbor, wo lauter neue Boote aus den Trockendocks an Land lagen, die zu Wasser gelassen werden sollten. An der Driving Range tauchte schließlich eine vertraute, leicht gebückte Gestalt vor ihr auf. Es war Ralph, der aufgrund seines Alters und der Tatsache, dass sein linkes Bein ein wenig kürzer war als das rechte, nicht gerade der Schnellste war, der aber trotzdem jeden Tag den Park umrundete. Sie rief seinen Namen, als sie nahe genug war, und als er sich umdrehte, verzog sich sein dunkelhäutiges Gesicht zu einem beinahe zahnlosen Lächeln. Er streckte eine von der Arthritis gezeichnete Hand aus, und Kelly wurde langsamer, um mit ihm abzuklatschen. Er erwiderte ihren Schlag mit erstaunlicher Kraft.

»Wow, Ralph! Mit so einer Rechten könnten Sie als Boxer Ihr Geld verdienen.«

»Diese Zeiten sind vorbei, Missy«, erwiderte er mit rauer Stimme. »'nen schönen Tag noch!«

»Ihnen auch«, antwortete sie über die Schulter hinweg und nahm ihr vorheriges Tempo wieder auf. Er rief ihr noch etwas hinterher, doch sie war schon zu weit weg, und so verlor sich seine Stimme in der Morgenluft. Kurz darauf tauchte Belmont Harbor auf, und die luxuriösen Boote spiegelten sich auf der glatten Wasseroberfläche wie bei einem impressionistischen Gemälde.

Kellys Gedanken schweiften ab, als sie die *Dermabrasion* friedlich an ihrem Ankerplatz liegen sah. Sie erinnerte sich noch gut an jenen Sonntagmorgen, als sie ganz allein einen Krug Bloody Mary geleert hatte. Anschließend war sie mitten auf dem Lake Michigan über Bord gegangen, und Michael Niebaum war ihr nachgesprungen, um sie zu retten. Damals wäre Carol Anne beinahe durch Kellys Schuld zur Witwe geworden. Von daher war es nicht verwunderlich, dass die beiden sie danach nie wieder eingeladen hatten.

Sie verdrängte die Erinnerung an das Wochenende eilig, umrundete den Jachthafen und bog schließlich in das danebenliegende Waldstück, wo ihr im nächsten Moment ein Streifenwagen mit blinkendem Blaulicht den Weg versperrte. Hinter dem Wagen war ein gelbes Absperrband gespannt. Eine Polizistin mit ausladendem Hintern dirigierte die ankommenden Jogger zu dem Weg auf der anderen Seite des Wäldchens, doch obwohl sie sich redlich bemühte, hatten sich bereits zahlreiche Schaulustige eingefunden und beobachteten neugierig, was auf der anderen Seite der Absperrung passierte. Da Kelly jedes Mal stehen blieb, wenn es einen Unfall gegeben hatte, gesellte sie sich zu ihnen. Ein großer, schlanker Polizist stand mit dem Rücken zu den Gaffern neben einem Baum und sprach in sein Funkgerät. Zu seinen Füßen lag eine leblose Gestalt, über die jemand ein paar Zeitungen gebreitet hatte.

Oh, mein Gott, ist das etwa eine Leiche?

Wahrscheinlich eine Obdachlose.

Aber eine Obdachlose mit solchen Schuhen?

Kelly drängte sich zwischen den anderen hindurch, um besser sehen zu können, doch im nächsten Moment erstarrte sie. Unter dem Zeitungspapier ragte ein Fuß mit einem roten Stöckelschuh hervor, der Erinnerungen an den vergangenen Abend wachrief: *Wie schaffst du es bloß, auf diesen Dingern zu laufen, Angie?*

Ohne weiter darüber nachzudenken, schlüpfte sie unter der Absperrung hindurch und lief auf die Leiche zu. Die Menge schnappte kollektiv nach Luft, als sie neben ihr auf die Knie sank und das Zeitungspapier herunterriss, bis sich ihre schlimmsten Befürchtungen bewahrheiteten und Angies braune Augen ihr ausdruckslos entgegenstarrten. Ihre rabenschwarzen Haare umgaben das bleiche Gesicht wie ein Heiligenschein, und ihr Kopf stand in einem seltsamen Winkel ab, sodass sie aussah wie eine Puppe, der man das Genick gebrochen hatte. Ihre graue Zunge ragte zwischen den grauen Lippen hervor, als hätte sie ihren Mörder noch beschimpft, bevor sie für immer verstummt war.

»Nein!«, brüllte Kelly, als eine Hand sie packte und mit erstaunlicher Kraft hochzog.

»Was zum Teufel machen Sie da?«, fauchte der schlanke Cop und umklammerte ihren Arm wie ein Schraubstock. Seine Kollegin hatte ihren Posten mittlerweile ebenfalls verlassen und lief mit der Hand an der Waffe auf sie zu.

»Lassen Sie mich los!«, schrie Kelly und versuchte, sich loszureißen. »Ich kenne sie! Sie ist meine Freundin!«

Nach einer quälend langen Ansprache über das Verunreinigen eines Tatorts wurde Kelly zum Streifenwagen gebracht, wo sie allein in der immer unerträglicher werdenden Hitze saß und vergeblich versuchte, die Tränen zurückzudrängen. Immer wieder musste sie sich die Augen mit ihrem verschwitzten T-Shirt trocken tupfen.

Es dauerte nicht lange, bis es im Park von Streifenwagen wimmelte, und sie fragte sich, ob überhaupt noch welche auf den Straßen unterwegs waren. Fotografen beugten sich über Angies Leiche, und die Forensiker untersuchten den abgesperrten Bereich und packten undefinierbare Fundstücke in ihre Plastiktüten. Kelly bemühte sich, nicht laut aufzulachen, als schließlich auch noch ein Krankenwagen auftauchte. *Als könnte der Angie noch helfen!*

Nach einiger Zeit kamen zwei Detectives, um mit ihr zu reden. Sie trugen Zivilkleidung – kurzärmelige Button-down-Hemden mit feuchten Achseln und zerknitterte Anzughosen. Der eine war klein und stämmig, und seine weiß gesprenkelten Haare standen in alle Richtungen ab, der andere war ein schwerfälliger Riese, dessen kahl rasierter Schädel Kelly an eine Wassermelone erinnerte. Sie zogen ihre Dienstausweise aus billigen Brieftaschen hervor und stellten sich vor.

Der Kleine hieß Detective Ron O'Reilly, und wenn er sprach, klang es wie ein Truck, der einen Kiesweg entlangpoltert. Er hatte die Stimme eines Whiskey-Trinkers, und die blutunterlaufenen Augen passten zu dem Bild, das Kelly sich bereits von ihm gemacht hatte. Der Riese hieß Joseph Kozlowski, und seine winzigen schwarzen Augen wirkten in dem massigen Gesicht wie die Kerne einer Wassermelone. Seine Schultern hingen nach unten, und er hielt den Kopf leicht gesenkt, als wäre er schon zu oft gegen einen Türrahmen gelaufen.

Der Whiskey-Trinker übernahm den Großteil des Gesprächs, während der Riese sich Notizen auf einem zerknitterten Block machte, den er aus seiner hinteren Hosentasche gezogen hatte.

»Ms Delaney, wir sind von der Mordkommission. Uns wurde gesagt, dass Sie das Opfer kannten?«, begann O'Reilly.

Mordkommission. Opfer. Zwei schreckliche Worte, die im Grunde alles sagten. Kelly nickte und versuchte, nicht zum Krankenwagen und zu der Bahre hinüberzustarren, die gerade abtransportiert wurde. »Ja. Wir waren seit der Highschool befreundet.«

»Mein Beileid.« Sein Versuch, mitfühlend zu klingen, war mehr als erbärmlich. »Wie hieß das Opfer?«

»Angela Lupino Wozniak. Ihre Freunde nannten sie Angie.« Kelly zögerte kurz. »Aber vielleicht finden Sie

sie auch nur unter Lupino. Sie ließ sich gerade scheiden.«

O'Reilly hob eine Augenbraue und musterte Kelly mit seinen blutunterlaufenen Augen. »Aha. Und wann haben Sie das Opfer zuletzt gesehen?«

»Gestern Abend.«

Die Augenbraue wanderte erneut nach oben und blieb dann an Ort und Stelle. »Sie waren also gestern Abend mit ihr zusammen«, wiederholte er ungläubig.

»Ja, genau.«

»Ms Delaney«, meinte O'Reilly und machte sich nicht einmal die Mühe, sich zu vergewissern, ob der Riese mit seiner Entscheidung einverstanden war. »Es macht Ihnen doch nichts aus, wenn wir Sie aufs Revier mitnehmen, damit wir uns ausführlicher unterhalten können, oder?«

»Habe ich denn eine andere Wahl?«, fragte Kelly, auch wenn sie die Antwort bereits kannte.

Sie stiegen in einen unauffälligen, sandfarbenen Ford Crown Victoria, in dem die Klimaanlage offensichtlich bereits die nächste Eiszeit einläutete. Das Polizeirevier befand sich in einem unansehnlichen braunen Gebäude, das einen halben Häuserblock umfasste. Der Parkplatz war so überfüllt, dass viele Autos auf dem Bürgersteig oder dem Rasen parkten, und Kelly fand es ziemlich amüsant, dass das Gesetz gerade an dem Ort gebrochen wurde, an dem es exekutiert werden sollte. Nachdem sie wie durch ein Wunder einen freien Platz gefunden hatten, der anscheinend eigens für die Detectives reserviert war, machte sich das Trio auf den Weg ins Gebäude und musste dabei nicht einmal durch die Metalldetektoren, die sonst niemandem erspart blieben. Die Lobby war voller junger, verzweifelter Gesichter.

»Bleiben Sie lieber in unserer Nähe. Das hier sind nicht gerade mustergültige Bürger. Sie sind zur Anklageverlesung hier.«

Als ob sie das nicht bereits wusste.

Kelly wurde die Treppe hoch und in einen großen Raum mit hellen Leuchtstoffröhren geführt, in dem es sogar noch kälter war als im Auto. Sie fragte sich, was mit diesen Cops eigentlich nicht stimmte. War ihr Blut vielleicht zu Eis gefroren? In dem Raum standen Dutzende Metalltische, die alle wie in einem Klassenzimmer nach vorn ausgerichtet waren. Dreiviertel waren leer, an den restlichen Schreibtischen saßen Männer, die fast alle telefonierten. Auf vielen Tischen standen Aschenbecher und Styroporbecher mit Kaffee. Sämtliche Köpfe drehten sich in Kellys Richtung, als sie in ihren Laufshorts und dem Tanktop den beiden Detectives durch das Großraumbüro folgte. Ihr langer brauner Pferdeschwanz schwang hin und her.

Sie hielten vor einem mit Unterlagen übersäten Tisch, und O'Reilly deutete auf einen Plastikstuhl. »Nehmen Sie Platz.« Er ging hinter ihr vorbei und verströmte dabei einen schwachen Geruch nach Alkohol. Kozlowski schnappte sich einen Stuhl vom Nebentisch, drehte ihn herum und ließ sich rittlings darauf nieder. Der Stuhl sah unter dem massigen Körper aus wie ein Kindermöbelstück.

O'Reilly öffnete eine Schublade und schob die auf dem Tisch verstreuten Unterlagen hinein. Kelly fragte sich, was er sonst noch darin versteckte. Eine Flasche Hochprozentiges gegen den Kater am Morgen? Oder Mundwasser gegen die Fahne?

»Entschuldigen Sie die Unordnung. Ich wollte gerade alten Papierkram aufarbeiten, als die Meldung vom Mord an Ihrer Freundin hereinkam.«

»Wollen Sie vielleicht einen Kaffee?«, fragte Kozlowski.

»Nein, danke«, antwortete Kelly. Sie erschauderte und verschränkte die Arme vor der Brust. »Aber es wäre toll, wenn es etwas wärmer wäre.«

»Tut mir leid, aber wir haben hier nur die Wahl zwischen heiß oder kalt, und da es Sommer ist, haben wir uns für kalt entschieden. Wollen Sie eine Jacke?«

»Nein, danke. Ich werde es schon überleben.«

O'Reilly legte die Hände auf den Schreibtisch und spreizte die Finger, als hätte er Schwierigkeiten mit dem Gleichgewicht. Seine Finger waren dick und die Nägel kurz gebissen. Er beugte sich zu Kelly vor.

»Womit verdienen Sie eigentlich Ihren Lebensunterhalt, Ms Delaney?«, fragte er, doch es klang eher wie ein Befehl als wie eine Frage.

»Ich?«, fragte Kelly widerstrebend, denn sein plumper Versuch, sie auf dem falschen Fuß zu erwischen, machte sie wütend. Sie hielt aus gutem Grund nicht gerade viel von Polizisten, und sein Verhalten trug nicht dazu bei, dass sie ihre Einstellung änderte. Doch sie riss sich zusammen und beschloss, sich kooperativ zu zeigen. Hier ging es immerhin um Angie.

»Ich studiere an der DePaul und mache gerade meinen Master in Psychologie. Nebenbei arbeite ich als Kellnerin.«

»Sie kannten das Opfer gut?«

»Wir waren seit mehr als zwanzig Jahren befreundet. Seit der Immaculata.« Er sah sie fragend an. »Das ist eine katholische Mädchenschule in Winnetka.«

»Und das Opfer arbeitete bei ...?«

»Es wäre schön, wenn Sie sie nicht ständig als Opfer bezeichnen würden. Sie hieß Angie.«

»Stimmt. Entschuldigen Sie.« Es war eine sehr oberflächliche Entschuldigung. »Wo hat Angie gearbeitet?«

»Sie war Abteilungsleiterin bei Bloomingdale's.«

»Schon länger?«

»Dreizehn, vielleicht auch vierzehn Jahre.«

»Sie erwähnten eine Scheidung.«

»Ja, sie steckte mittendrin.«

»Eine üble Angelegenheit?« Die verräterische Augenbraue wanderte erneut nach oben.

»Ich habe noch nie von einer angenehmen Scheidung gehört.«

»Und der Ehemann heißt ...«

Verdammt, warum stellte der Typ keine ordentlichen Fragen? O'Reillys Angewohnheit, eine Frage als Feststellung zu formulieren, nervte Kelly gewaltig. »Wollen Sie vielleicht wissen, wie ihr Ehemann heißt?«, fauchte sie.

O'Reilly starrte sie zwei Sekunden lang an, dann gab er nach. »Könnten Sie mir verraten, wie ihr Ehemann heißt?«

»Harvey Wozniak.«

O'Reilly fragte, was sie sonst noch über Harvey wusste, und Kelly erzählte es ihm. Er stammte aus dem Süden Chicagos und handelte ziemlich erfolgreich an der Rohstoffbörse. Angie und er waren zehn Jahre verheiratet gewesen, bevor sie sich trennten. Die beiden hatten keine Kinder, und Kelly sah keine Veranlassung, O'Reilly von Angies Fehlgeburten zu erzählen.

»Gut, dann reden wir jetzt mal über gestern Abend. Sie sagten, Sie wären mit dem Opfer ...« Er korrigierte sich. »... mit *Angie* zusammen gewesen.«

»Ja. Im Haus einer Freundin in Kenilworth. Es war ein Junggesellinnenabschied für eine Freundin, die in zwei Wochen heiratet.«

»Mit vielen Gästen?«

»Nein, es war eher ein Abendessen. Wir waren nur zu sechst. Ohne den Stripper.« Falls die Erwähnung des Strippers O'Reilly aus der Fassung brachte, ließ er es sich nicht anmerken, doch Kozlowski räusperte sich verlegen.

»Namen?«

Kelly hätte O'Reilly am liebsten eine verpasst. »Carol Anne Niebaum war die Gastgeberin, die Braut heißt Maggie Trueheart. Und dann waren da noch Suzanne Lundgren, Natasha Dietrich und ich.«

»Sie sprachen vorhin von sechs Personen.«

Sie warf ihm einen vernichtenden Blick zu.

»Oh, ach ja. Und der Zeitpunkt, an dem Sie das Opfer zum letzten Mal lebend gesehen haben.«

»Ich nehme an, das soll eine Frage sein?«, fauchte Kelly. »Das war um etwa zehn Uhr im Hausflur bei Carol Anne. Natasha war schon weg, und Angie, Maggie und Suzanne wollten noch in die Rush Street. Aber ich bin lieber nach Hause gefahren.«

Ein uniformierter Polizist trat an den Tisch und flüsterte O'Reilly etwas ins Ohr. Die rechte Augenbraue schoss wieder nach oben. »Tatsächlich?« Er stand auf und bedeutete Kozlowski, ihm zu folgen. Der Stuhl des Riesen ächzte erleichtert, als er sich erhob. »Warten Sie hier«, wies O'Reilly sie an, und es war ein Befehl und keine Bitte. Die beiden Detectives folgten dem uniformierten Beamten und ließen Kelly frierend auf dem Plastikstuhl zurück.

Der rote Sekundenzeiger wanderte unaufhaltsam über das weiße Ziffernblatt der Uhr am anderen Ende des Raumes. Es war beinahe acht, und Kelly sollte um neun im *Gitane's* sein, um den Brunch zu servieren. Sie würde es unmöglich rechtzeitig schaffen, und im Grunde wollte sie es auch gar nicht. Der Gedanke, dass sie Unmengen an Eiweiß-Omeletts und Kaffee servieren sollte, obwohl Angie gerade ermordet worden war, war unerträglich. Andererseits deckte der Job ihre laufenden Kosten und ihre Studiengebühren, und sie konnte es sich nicht leisten, ihn zu verlieren. Sie warf einen Blick auf das Telefon auf O'Reillys Schreibtisch. Niemand hatte gesagt, dass sie die Finger davon lassen sollte. Sie hob den Hörer ab und wählte.

Der Geschäftsführer reagierte so, wie sie es erwartet hatte, und geriet in Panik, weil er an einem geschäftigen Samstag mit einer Kellnerin weniger auskommen musste. *Als würde ich mir freiwillig den Arsch in einem eiskalten Polizeirevier abfrieren. Als hätte ich es geplant, dass jemand meine Freundin ermordet. Als würde man jeden Tag die Leiche einer Freundin finden.*

»Okay, Sie können heute ausnahmsweise freinehmen«, seufzte er. »Aber sehen Sie zu, dass Sie morgen wieder da sind. Ich kann am Sonntag unmöglich mit nur fünf Kellnerinnen arbeiten.«

»Ich werde da sein, versprochen.«

Sie legte den Hörer auf die Gabel und war erleichtert, dass sie ihren Job gerade noch gerettet hatte. Doch dann wurde ihr mit einem Mal bewusst, dass niemand nach Suzanne und Maggie gesehen hatte. Die beiden waren zusammen mit Angie in die Rush Street gefahren, und Kelly hatte sie in dem ganzen Chaos total vergessen. Sie musste sichergehen, dass alles in Ordnung war, also nahm sie den Hörer noch einmal ab und wählte. Suzanne nahm beim zweiten Klingeln ab.

»Hey, hier spricht Kelly. Sitzt du?«

»Nein, ich wollte eigentlich ins Büro. Du hast mich gerade noch erwischt. Was ist denn los?«

»Ich bin auf dem Polizeirevier.«

»Du bist *wo?*« Der Vorwurf in Suzannes Stimme war nicht zu überhören.

»Hör mal, es ist nicht das, was du denkst. Ich hab schlechte Nachrichten, und du solltest dich besser setzen. Sitzt du jetzt?«

»Ja«, erwiderte Suzanne.

»Es ist etwas Schreckliches passiert. Angie ist tot.« Kelly versuchte, Suzanne die ganze Geschichte so behutsam wie möglich zu erzählen.

»Sie war im Lincoln Park? Aber das ist unmöglich! Ich habe sie doch um drei zu Hause abgesetzt!«

»Ja, aber offensichtlich ist sie nicht dort geblieben. Anscheinend ist sie noch mal raus.«

»Aber sie war total hinüber.«

»Echt? Mich hat das auch nie aufgehalten.« Kelly hob den Blick und sah, dass O'Reilly und Kozlowski zurückkamen. »Hör mal, ich muss jetzt Schluss machen. Rufst du Maggie an, ja? Ich melde mich, wenn ich wieder zu Hause bin.«

Kelly legte in dem Moment auf, als die beiden Detectives an den Tisch traten. Sie wirkten irgendwie verändert. Viel angespannter – vor allem O'Reilly. *Sie wissen es,* dachte sie.

O'Reilly nahm wieder hinter dem Schreibtisch Platz, während sich Kozlowski erneut rittlings auf den armen Stuhl sinken ließ. O'Reilly dehnte seine Finger und lehnte sich nach vorn wie Tizzy, kurz bevor sie sich auf ein Spielzeug stürzte.

»Also … gab es auf der Party gestern Abend auch Koks?«

»Wie bitte?« Sie fuhr zurück. Die Frage und die Tatsache, dass O'Reilly sie endlich einmal richtig formuliert hatte, hatten sie auf dem falschen Fuß erwischt.

»Tun Sie nicht so, als wüssten Sie nicht, dass Angies Nase voll damit war«, meinte er und starrte sie an wie eine Probe unter dem Mikroskop. »Wen haben Sie gerade angerufen? Wollten Sie Ihren Dealer warnen?«

Die Fragen waren so haarsträubend, dass Kelly nervös auflachte. Im nächsten Augenblick wurde ihr allerdings klar, worauf er hinauswollte, und sie beugte sich nach vorn. Sie verabscheute diesen Cop mit den trüben Augen, der nach Alkohol stank. »Ich nehme kein Koks, Detective O'Reilly. Und ich *trinke* auch nicht«, fügte sie hinzu und betonte das Wort bewusst. »Ich habe bei der Arbeit angerufen. Und dann habe ich mit Suzanne telefoniert. Sie war gestern Abend mit Angie zusammen und hat sie nach Hause gebracht. Also sagen Sie mir jetzt, womit ich diese ganze Scheiße hier verdient habe?«

»Sie wollen wissen, womit? Mal sehen ... Sie waren gestern Abend mit dem Opfer zusammen. Sie sind heute zufällig über ihre Leiche gestolpert und haben nebenbei den Tatort verunreinigt und vermutlich auch noch Beweise zerstört. Außerdem waren Sie schon mal im Knast, unter anderem wegen Drogenbesitzes. Und da fragen Sie mich ernsthaft, womit Sie diese Scheiße verdient haben? Sagen *Sie* es mir!«

Dann wussten sie also Bescheid. Während sie sich hier in diesem Iglu den Hintern abgefroren hatte, waren die beiden in irgendeinem Hinterzimmer gewesen und hatten in ihrer Vergangenheit gewühlt. Natürlich war sie schon ein paarmal auf dem Polizeirevier gewesen. Das erste Mal hatte man sie wegen Trunkenheit in der Öffentlichkeit verhaftet und anschließend ins County Jail gesteckt. Dort hatte sie die Nacht in einer Zelle mit einer Nutte in Netzstrümpfen, einer Frau in einem Morgenmantel und mit pinken Lockenwicklern und einer

Mittzwanzigerin in engen Designerjeans verbracht – Prostitution, häusliche Gewalt und Kreditkartenbetrug –, bevor sie am nächsten Morgen wieder entlassen worden war. Beim nächsten Mal war es Drogenbesitz, und die Anklage wurde von einem ihrer Kunden getilgt, der zufällig Anwalt war. Der Blowjob war es wert gewesen …

»Das war in einem anderen Leben«, erklärte sie zu ihrer Verteidigung.

O'Reilly starrte sie mit seinen blutunterlaufenen Augen an und lehnte sich in seinem Stuhl zurück wie ein Arzt, der gerade eine wichtige Diagnose gestellt hat. »Okay, für heute sind Sie hier fertig. Geben Sie Kozlowski die Adressen der anderen Frauen, dann bringt Sie ein Streifenwagen nach Hause.«

Tizzy miaute und sprang auf Kellys Schoß, die daraufhin den Blick von der Decke abwandte und wieder in die Gegenwart zurückkehrte. Sie streichelte die Katze gedankenverloren und überlegte, ob sie Suzanne anrufen sollte. Doch selbst der Gedanke, aufzustehen und den Hörer abzunehmen, schien ihr zu anstrengend. Ihr Kopf war tonnenschwer, und ihr Körper schien mit einer Eisenkette an das Bettsofa gefesselt. Sie schob die Katze beiseite und streckte ihre langen Beine aus, sodass sie über den Rand hinausragten. Sie musste sich unbedingt ausruhen, aber sie würde nicht länger als fünf Minuten schlafen. Und während sie so dalag und versuchte, Angies bleiches Gesicht zu vergessen, fragte sie sich, womit sie diese ganze Scheiße eigentlich verdient hatte. War sie in einem früheren Leben vielleicht der Kapitän eines Sklavenschiffes gewesen? Oder Kommandant in einem Konzentrationslager?

Was immer es war – es musste wirklich abscheulich gewesen sein.

Kapitel 4

Ich reihte mich in den Verkehr auf dem Edens Expressway ein, und meine Gedanken sprangen zwischen meinem unüberlegten Fehltritt (was im Grunde eine Untertreibung sondergleichen war) und Angies schrecklichem Tod hin und her. Ich musste an Teddy Roosevelt denken. Er hatte seine Mutter und seine Frau am selben Tag verloren und fand, das sei mehr, als ein Mensch ertragen könne. Und obwohl sich meine Zwangslage wohl kaum mit Teddys tragischem Verlust vergleichen ließ, war es ein schwerer Schlag für mich, dass ich eine sehr gute Freundin verloren hatte und womöglich auch noch meinen zukünftigen Ehemann verlieren würde.

Meine Gedanken kehrten zum Vorabend zurück, als wir alle zusammen an Carol Annes Pool saßen und Wein tranken. Ich hatte typische Junggesellinnengeschenke bekommen – essbare Unterwäsche, einen Gummibaum aus Kondomen, eine Halskette mit Mini-Penissen und einige obszöne Bücher – und blätterte gerade das Kamasutra durch, als der Stripper kam. Er war ein blonder Adonis namens Tony, der sich als Polizist verkleidet hatte und mich als erste Amtshandlung mit Handschellen an den Liegestuhl fesselte. Dann legte er »You Can Leave Your Hat On« von Joe Cocker auf und begann, sich langsam aus seiner Uniform zu schälen, während wir kreischten wie Teenager. Selbst Natasha, die normalerweise einen Stock im Arsch hatte, ließ sich von uns anstecken. Die tanzenden Bauchmuskeln, der glatte Bizeps, der gemeißelte Trizeps und die breiten Schultern – man musste schon halb tot oder ziemlich beschränkt sein, um einen Traumkörper wie diesen nicht zu würdigen.

Flynn war zwar auch gut gebaut – groß, schlank und mit den Idealmaßen für sämtliche sportlichen Aktivitäten im Country Club ausgestattet –, und ich war ziemlich angetan von seinem geschmeidigen, mehr oder weniger haarlosen Körper, doch dieser Kerl mit den blonden, zerzausten Haaren, der sich vor mir räkelte, spielte in einer ganz anderen Liga. Er war der Prototyp des primitiven Mannes, und ich stellte mir vor, wie er sich, mit mir als willigem Opfer, im Urwald von einem Baum zum anderen schwang.

Die Musik verstummte genau in dem Moment, als Tony bei seinem letzten Kleidungsstück angekommen war – einem rosaroten Stringtanga mit einer Beule, die in etwa so groß war wie die Faust eines Footballspielers. »Was meint ihr, Ladys? Soll ich den hier auch noch ausziehen?«, fragte er herausfordernd, und Natasha schlug sich die Hand vor die Augen, während Angie brüllte, es solle doch endlich mal seine Knarre auspacken. Tony ließ die letzte Hülle fallen, und Sonny Corleone hätte bei diesem Anblick vermutlich vor Neid bittere Tränen vergossen. Es folgte ein Moment tiefer Ehrfurcht, dann kreischten wir so laut, dass ich mich fragte, warum nicht gleich die echten Cops vorbeischauten.

Kurze Zeit später hatte man mich von meinen Handschellen befreit, Tony war mit einem großzügigen Trinkgeld abgerauscht, und ich half Carol Anne, die Gläser in die Küche zu bringen. Ihre dunklen Haare litten unter der Feuchtigkeit, die trotz der Klimaanlage in das große alte Haus drang, und wilde Locken umrahmten ihr Gesicht. Ihre blaugrünen Augen blitzten herausfordernd.

»Und? Wie hat dir die Showeinlage gefallen, Maggie?«, fragte sie und unterdrückte ein Grinsen.

»Das werde ich dir irgendwann heimzahlen, Carol Anne!« Ich nippte an meinem Glas und sah auf die Uhr. Es war noch nicht mal zehn. »Wow, ich glaube, wir werden langsam alt. Das war bei deinem Junggesellinnenabschied noch anders.«

»Ja, irgendwie schon«, stimmte mir meine beste Freundin zu. »Aber das ist ja auch schon eine Million Jahre her.«

Eigentlich waren erst etwas mehr als zehn Jahre vergangen, aber es kam mir ebenfalls vor wie eine Ewigkeit. Wir hatten für Carol Annes Junggesellinnenabschied eigens eine Hotelsuite gemietet, doch die meisten von uns hatten ihr Bett nicht einmal aus der Ferne gesehen. Wir tranken Unmengen an Bier, und in den Gängen hing ein beißender Marihuanageruch, was dem Sicherheitspersonal gar nicht gefiel. Allerdings waren sie viel zu eingeschüchtert, um eine Gruppe gut aussehender Mittzwanzigerinnen um vier Uhr morgens auf die Straße zu setzen. Mittlerweile schien das alles Lichtjahre her, und wir hatten die Freiheit und Spontaneität, die wir nach dem College verspürt hatten, gegen eine Karriere, mäkelige Ehemänner und Kinder eingetauscht – und in manchen Fällen sogar gegen alles auf einmal.

Carol Anne und ich traten in den Hausflur, wo Kelly und Suzanne unter dem glitzernden Kronleuchter standen und sich unterhielten. Angela war nirgendwo zu sehen – vermutlich war sie wie so oft auf der Toilette –, und Natasha war bereits auf dem Weg zur Tür hinaus. Sie trug ein Designerkleid und teuren Schmuck und sah mit den goldenen Highlights in den schmutzig braunen Haaren genauso aus, wie es sich für die Frau eines erfolgreichen Rohstoffhändlers gehörte. Natasha war das schwächste Glied in unserer Truppe, die Freundin, die eben auch dazugehörte. Es war wie bei einem Hallux, den man hinnahm, weil es sehr viel schmerzhafter gewesen wäre, ihn entfernen zu lassen. Ihre Mutter und meine Mutter waren gemeinsam in der Tri-Delta-Studentenverbindung an der Northwestern gewesen, weshalb wir uns überhaupt erst kennengelernt hatten, und mit der Zeit hatte sie sich einen festen Platz in unserer Gruppe erkämpft.

»Ich muss jetzt nach Hause und mein Schätzchen vom Kinderdienst erlösen«, meinte Natasha, und es war offensichtlich, dass das eine Ausrede war. Hatte sie ihren Mann gerade tatsächlich »Schätzchen« genannt? Sie kam noch einmal von der Tür zurück, um mir ins Ohr zu flüstern, wobei sie ihre mit unzähligen Diamanten geschmückte Hand hochhielt, damit niemand mithören konnte. »Bis nächsten Samstag«, murmelte sie und meinte damit die Dessous-Party, die sie für mich in ihrem Haus in Lake Forest abhalten wollte. Ich hatte versucht, ihr das auszureden, aber es hatte nichts genutzt, und ehrlich gesagt graute mir davor. Natasha verabschiedete sich von den anderen und stolzierte zur Tür hinaus und zu ihrem Mercedes.

Ich drehte mich um und sah den Grund für ihre Heimlichtuerei. Angie war aus der Toilette zurückgekehrt und stand mit einer Zigarette in der Hand neben mir. Es war klar, dass Angie nicht zu der Party eingeladen war. Natasha und Angie waren wie Feuer und Wasser, seit Angie Natasha im Abschlussjahr den Freund ausgespannt hatte – obwohl das mittlerweile schon ewig her war. Die beiden hatten mit der Zeit einen – wenn auch ziemlich wackeligen – Waffenstillstand geschlossen und tolerierten einander nur, weil keine von ihnen die Gruppe verlassen wollte.

»Sie kann es nicht erwarten, sich Mr Dietrich wieder vor die Füße zu werfen«, erklärte Angie bissig. »Obwohl mir ehrlich schleierhaft ist, was sie an diesem ignoranten Arsch findet. Egal, wie viel Kohle er hat.«

»Du meinst *Ignorant*«, korrigierte ich sie.

»Nein, ich meinte ignoranter Arsch. Er ist das größte Arschloch, das mir jemals untergekommen ist.« Ihr Lächeln war fies, aber durchaus einnehmend, und ihre weißen Zähne blitzten in ihrem südeuropäischen Gesicht. Ich sah ihr sehnsüchtig zu, wie sie an der Zigarette zog und anschließend den Rauch ausblies. Angie hatte beinahe den ganzen Abend geraucht, obwohl die Wut der Ex-Raucher mit jeder Minute größer geworden war. Außerdem hatte sie einiges getrunken. Ich unterdrückte den plötzlichen Drang, ihr die Zigarette aus der Hand zu reißen und einen Zug zu nehmen. Ich wollte den ungesunden, ätzenden Rauch in meinem Hals spüren und das erhebende Gefühl, wenn das Nikotin meine Lungen in Besitz nahm. Das Verlangen nach einer Zigarette schlummerte immer noch in mir, obwohl ich bereits nach dem College mit dem Rauchen aufgehört hatte. Doch auch die Versuchung, Angie in die Toilette zu folgen, wo sich bestimmt der Grund ihres zappeligen Verhaltens offenbart hätte, war ziemlich groß. Ich vermutete, dass Kokain im Spiel war, ein weiteres Laster aus Collegezeiten, an das ich mich nur noch vage erinnerte.

Eine feuchte Brise wehte zur Tür herein, und mich packte die Melancholie. Teils, weil seit damals so viel Zeit vergangen war, teils, weil ich bald einen riesigen Schritt wagen würde. Dieser Junggesellinnenabschied war mein letztes Lebewohl an meine Jugend und an die wilden Zeiten, und ich wollte nicht, dass die Party jetzt schon endete. Ich hatte ohnehin keinen Grund, früh nach Hause zu fahren. Flynn war mit seinen Freunden vom Dartmouth College in New York, um dort seinen Junggesellenabschied zu feiern, und ich wollte es ein letztes Mal ordentlich krachen lassen. Angie schien meine Gedanken zu lesen.

»Hey, ich weiß ja nicht, wie ihr das seht, aber ich will noch nicht Schluss machen. Fahren wir doch in die Rush Street und machen dort noch ein bisschen Party!«

»Kommt schon, heute ist mein letzter Abend in Freiheit«, rief ich, dank des Weines etwas zu laut.

»Ich passe«, meinte Kelly und rang sich ein schwaches Lächeln ab. Ihr schmales, von Sommersprossen übersätes Gesicht wirkte sanft, aber gleichzeitig auch fest entschlossen, und es lag eine gewisse Traurigkeit in ihren blassblauen Augen. »Ich muss morgen früh arbeiten, da brauche ich einen klaren Kopf.« Und dann fügte sie hinzu, was wir ohnehin alle vermutet hatten: »Außerdem ist es mir in einer Bar immer noch zu heftig. Ich wünsche euch noch einen schönen Abend, aber ich fahre nach Hause.«

Wir sahen ihr nach, wie sie in ihren alten Jeans und dem T-Shirt zu ihrem ramponierten roten Honda ging, dessen Scheinwerfer nur noch von grauem Klebeband an ihrem Platz gehalten wurden. Der Motor sprang erst beim zweiten Versuch an, und einen Augenblick später verschwanden die Rücklichter hinter der nächsten Kurve.

»Mann, ich hoffe, sie kommt heil nach Hause!«, meinte Carol Anne besorgt. »Das Ding ist doch kaum noch straßentauglich.«

»Was du nicht sagst! Ich hoffe, sie war in letzter Zeit mal beichten«, witzelte Angie. »Und wie steht's mit dir, Mum? Schwingst du deinen armseligen Arsch heute Nacht mit uns auf die Piste? Du kannst bei mir übernachten.«

Carol Anne schüttelte den Kopf, und ihre dunklen Locken hüpften auf und ab. »Tut mir leid, Leute, aber Michael hat versprochen, heute früher vom Kartenspielen nach Hause zu kommen, und wir wollen die Gelegenheit nutzen, dass die Kinder bei seiner Mutter sind. Wir hatten das Haus schon ewig nicht mehr für uns allein.«

»Wow! Ihr seid immer noch scharf aufeinander? Da glaube ich beinahe wieder an die Ehe«, ätzte Angie, dann meinte sie in etwas sanfterem Ton: »Beinahe«, und wandte sich an ihr letztes Opfer. »Dann bleiben also nur doch Suzanne, Maggie und ich!«

»Na ja, ich weiß nicht«, erwiderte Suzanne zögerlich. »Ich muss morgen ins Büro.«

Doch davon wollte Angie nichts wissen. Sie ließ Suzanne nicht die geringste Chance.

»Ach, hör doch auf mit dem Scheiß! Wir sind kaum noch unterwegs, seit du Karriere gemacht hast. Du kommst mit!«

Suzannes Blick wanderte von Angie zu mir, während sie die Situation abwog. Wir beide waren ihre ältesten und besten Freundinnen. Wir hatten ihre Haare gehalten, wenn sie sich übergeben musste. Wir hatten bei ihr gesessen, nachdem sie sich wieder einmal von einem Freund getrennt hatte. Und wir hatten ihr Beistand geleistet, als ihr Bruder gestorben war.

Es war, als hätte Angie Suzannes Gedanken gelesen, denn sie meinte: »Weißt du, Freunde haben auch gewisse Verpflichtungen ...«

»Okay, ich komme mit«, willigte Suzanne nicht gerade enthusiastisch ein. »Aber ich muss erst noch einen Anruf erledigen.«

»Du kannst das Telefon in Michaels Büro benutzen«, bot Carol Anne an.

»Es ist sicher etwas Berufliches, ihre Freunde sind ja alle hier«, meinte Angie trocken und trat auf die Veranda, um ihre Zigarette auszudrücken, während Suzanne, die an diesem Abend einen maßgeschneiderten schwarzen Anzug trug, der ihre große und schlanke Gestalt mit den blonden Haaren zur Geltung brachte, den getäfelten Flur hinunter verschwand. Wenige Minuten später war sie wieder da.

»Alles erledigt«, erklärte sie.

»Worum ging es denn?«, fragte Angie.

»Ich musste ein paar geschäftliche Termine verlegen.«

»Ich hab's dir ja gesagt«, zischte Angie mir zu.

Nach einem letzten, erfolglosen Versuch, Carol Anne doch noch umzustimmen, verließen Suzanne, Angie und ich das hübsche alte Herrenhaus mit den Fensterläden aus Holz, den Rankgittern und dem wilden Wein. Carol Anne stand in der Tür und sah uns nach, obwohl ich das Gefühl hatte, dass sie eher an uns vorbeiblickte. Sie winkte uns ein letztes Mal zu, bevor sie die massive hölzerne Eingangstür schloss.

Wir standen in der Auffahrt, und der Himmel über uns war einfach atemberaubend. Millionen stecknadelkopfgroße Sterne erstreckten sich in alle Richtungen, und jeder einzelne war wunderbar zu erkennen. Ich hatte vergessen, wie viel näher die Sterne in den Vororten wirkten, und ich kam mir inmitten dieser Weite plötzlich winzig und bedeutungslos vor. Dabei ließ der tief stehende Vollmond, der zum Greifen nahe schien, die Schönheit der

Sterne beinahe verblassen. Wir standen wie in Trance im Dunkeln, hörten den kleinen Tieren zu, die durchs Gebüsch huschten, und genossen den Duft der frisch erblühten Pflanzen – es waren Geräusche und Gerüche, die in der zubetonierten Stadt selten geworden waren. Die Fülle an ungewohnten Reizen beförderte mich zurück in die schwülen Sommernächte meiner Jugend, die ich im schützenden Kokon eines Vorortes wie diesem hier verbracht hatte. Zurück in eine Zeit, in der es keine Verpflichtungen gab und das ganze Leben noch vor mir lag.

»Okay, dann mal los!«, rief Angie und beförderte uns damit abrupt zurück ins Hier und Jetzt. Der Zauber war gebrochen. »Maggie, du fährst mit mir, Suzanne hat dich ja vorhin schon abgeholt und hierhergebracht.«

Ich sah Suzanne fragend an. Ich wollte nicht, dass sie allein fahren musste, obwohl sie vorhin einen Umweg in Kauf genommen hatte, um mich von der Arbeit abzuholen. Aber Suzanne schien es nichts auszumachen. »Von mir aus gern. Ich wollte sowieso noch mein Auto zu Hause abstellen.«

»Okay«, meinte ich etwas lauter als nötig, als könnte ich so sicherstellen, dass Suzanne sich anschließend tatsächlich noch blicken ließ. »Dann sehen wir dich nachher im *Overhang*, oder? Du überlegst es dir nicht noch anders?«

»Ja, wir sehen uns später«, erwiderte sie bestimmt und stieg in ihren BMW. Wenige Augenblicke später verklang das sanfte Surren des deutschen Wagens bereits in der Ferne. Angie fischte den Autoschlüssel aus ihrer sperrigen Handtasche, und wir stiegen in ihr Auto. Kurz darauf bogen wir mit quietschenden Reifen aus der Einfahrt und fuhren in Schlangenlinien die Straße entlang. Damals waren wir zwar noch nicht so streng wie heute, was das Fahren unter Alkoholeinfluss betraf, aber an diesem Abend stellte sogar ich Angies Fahrtüchtigkeit infrage.

»Bist du dir sicher, dass du noch fahren kannst?«

»Natürlich bin ich mir sicher! Die meisten Unfälle passieren, weil die Betrunkenen am Steuer einschlafen, und ich bin hellwach«, erwiderte sie und griff in ihre Hosentasche, um ein kleines Glasröhrchen hervorzuholen, das mich wohl beruhigen sollte. »Hast du Lust?«

Meine Vermutung war also richtig gewesen. Sie war tatsächlich auf Koks. Ich wollte ihr Angebot gerade ablehnen, als der rebellische Funke in mir erneut aufflammte. Ich wollte ein allerletztes Mal dem gleichförmigen Alltag entfliehen, der mein Leben beherrschte. Also nahm ich das Röhrchen, leerte etwas von dem weißen Pulver auf den winzigen Löffel und nahm eine Nase davon.

»Wow, ist echt lange her, seit ich das zum letzten Mal gemacht habe«, erklärte ich. Ich war plötzlich hellwach und bereit, die Welt zu erobern. »Flynn hält nicht viel von Drogen.«

»Ich nehme es auch nur zu besonderen Anlässen«, erklärte Angie und hielt den Blick starr auf die Straße gerichtet, während sie sich auf dem Expressway in den Verkehr einreihte. Ich vermutete, dass es in ihrem Leben im Moment viele besondere Anlässe gab. »Also, wie hat dir die Party gefallen?«

»Es war schön, alle wiederzusehen, aber es wäre noch besser gewesen, wenn Natasha nicht andauernd über ihre Kinder gesprochen hätte. Milchpumpen, Töpfchentraining – davon habe ich jetzt erst mal genug.«

»Stimmt! Aber ich musste echt lachen, als sie erzählt hat, wie Arthur, dieser Idiot, im Kreißsaal ohnmächtig wurde. Harvey hat immer geschworen, dass er niemals einen Fuß da reinsetzen würde.«

»Ist er so empfindlich?«

»Nein, er wollte einfach nicht sehen, wie sich ein kleiner kahler Kopf aus seinem Lieblingsort herausquetscht.«

»Das klingt ganz nach Harvey«, sagte ich. »Wie läuft es denn eigentlich mit ihm? Redet ihr noch miteinander?«

»Nicht, seit er einen neuen Lieblingsort gefunden hat«, erwiderte Angie missmutig und stieg aufs Gas.

Das *Overhang* war brechend voll. Am Freitagabend ging es in der Rush Street immer zu wie in einem Irrenhaus, doch nachdem Angie und ich auf dem Parkplatz das restliche Kokain vernichtet hatten, waren wir bereit, uns der Herausforderung zu stellen. Wir drängten uns in den Club und fanden zwei Plätze an der Bar, die gerade frei geworden waren. Irgendwann wechselten wir von Wein zu Wodka und genossen das eiskalte Hochprozentige, das unsere gefrorenen Kehlen hinunterrann.

Die anderen Gäste waren ziemlich jung. Viele hatten offensichtlich gerade erst ihren einundzwanzigsten Geburtstag gefeiert und somit die offizielle Erlaubnis zum Feiern erhalten. Die Mädchen sahen aus, als hätten sie keinen Gedanken an die Kleiderauswahl verschwendet, und trugen mehrlagige T-Shirts oder Tops im Madonna-Stil, die auch als Unterwäsche durchgegangen wären. Die Jungs trugen Jeans oder ausgebeulte Hosen mit engem Bund und weite, bis oben hin zugeknöpfte Hemden. Unter ihnen stachen die »richtigen Erwachsenen« hervor, die die Feierabend-Happy-Hour erfolgreich überstanden hatten. Männer im Anzug und Frauen im Kostüm und mit hübscher Schleife am Blusenkragen. Ich hatte nie viel für Mode übriggehabt und fühlte mich in meiner einfachen beigen Hose und der Seidenbluse plötzlich furchtbar gewöhnlich. Ich wünschte, ich hätte zur Abwechslung mal etwas Ausgefalleneres angezogen. Angie hingegen stach mit ihren hochhackigen roten Schuhen, der engen schwarzen Hose und dem Gucci-Schal über der tief ausgeschnittenen Bluse durchaus aus der Menge hervor.

Aus den Boxen drang »She Drives Me Crazy« von den Fine Young Cannibals, und der Paarungstanz war in vollem Gange. Männer wie Frauen checkten einander mit kritischen Blicken ab, und sämtliche Gedanken an Safer Sex wurden auf später verschoben. Im Moment war das Leben unbeschwert, und die einzige Sorge bestand darin, keinen geeigneten Partner für die Nacht zu finden.

Angie stieß mir in die Seite und deutete mit dem Kopf auf zwei Kerle auf der anderen Seite der Bar. Sie waren weit über dem Altersdurchschnitt, hatten dunkle, nach hinten gegelte Haare und Koteletten bis zu den Wangen und trugen identische Bomberjacken. Die obersten Knöpfe ihrer Hemden waren geöffnet, und darunter kamen ihre üppige Brustbehaarung und schwere Goldketten zum Vorschein.

»Schau mal, zwei Komparsen aus *Saturday Night Fever*«, witzelte Angie, doch im selben Moment merkten die beiden, dass wir sie musterten, und verstanden das als Einladung, sich auf den Weg zu uns zu machen. »Ach du Scheiße!«, murmelte Angie und hielt den Blick starr in ihren Drink gerichtet. »Beachte sie am besten gar nicht, dann drehen sie vielleicht ab.«

»Das glaube ich eher nicht«, kicherte ich und beobachtete, wie die beiden in unsere Richtung wankten. »Was hast du denn? Vielleicht lernst du deinen Seelenverwandten kennen.«

»Maggie, ich meine es ernst! Ermuntere die beiden nicht auch noch! Wenn die erst mal hier sind, werden wir sie nie wieder los. Bei Typen wie denen bekomme ich echt Gänsehaut.«

»Zu spät«, murmelte ich, denn die beiden Männer waren mittlerweile neben uns getreten.

»Entschuldigt, Ladys. Dürfen wir euch vielleicht einen Drink spendieren?«, fragte der Größere der beiden. Angie ignorierte ihn völlig, während ich mit den Schultern zuckte. Immerhin war das hier ein freies Land, und er konnte tun und lassen, was er wollte. Der Kerl lehnte sich nach vorn und winkte dem Barkeeper. Auf seinem Handgelenk prangte eine goldene Rolex.

Sein Kumpel wandte sich an mich. »Ihr beiden Ladys wart nicht zu übersehen. Schön, dass mal jemand hier ist, der keine Windeln mehr braucht.« Das war ein so lahmer Anmachspruch, dass Angie genervt aufstöhnte. Er deutete zuerst auf sich selbst, dann auf seinen Amigo, während er weiterredete. Über seiner Rolex baumelte ein goldenes Armband, und selbst am kleinen Finger prangte ein Ring. »Ich bin Sal, und das ist Joey. Und wie heißt ihr beiden Hübschen?«

Leider hatte mir meine Mutter beigebracht, immer höflich zu bleiben, und so blieb mir nichts anderes übrig, als ihm zu antworten. »Ich bin Maggie«, erwiderte ich und ignorierte Angies vernichtenden Blick.

»Verdammt noch mal«, murmelte sie leise. »Jetzt werden wir sie echt nie mehr los!« Sal ließ sich von ihrer Feindseligkeit nicht beirren und fragte noch einmal nach ihrem Namen.

»Isabel Sanchez«, zischte sie.

»Isabel. Das ist ja mal was Neues.«

»Ja, für sie ist er auch ziemlich neu«, witzelte ich, denn diese Gelegenheit konnte ich mir nicht entgehen lassen. Angie warf mir einen weiteren wütenden Blick zu.

Joey bestellte zwei Drinks und reichte einen an Sal weiter, der mit seiner goldgeschmückten Hand danach griff. »Will eine der Ladys vielleicht das Tanzbein schwingen? Isabel?«

»Nein, danke«, erwiderte Angie. »Ich tanze aus Prinzip nicht mit Kerlen, die mehr Schmuck tragen als ich.«

Ich verschluckte mich an meinem Wodka, der mir daraufhin aus der Nase rann, was vermutlich höllisch wehgetan hätte, wenn meine Nase nicht vollkommen taub vom Koks gewesen wäre. Die beiden Männer ignorierten Angies sarkastischen Kommentar – vermutlich waren sie passiv-aggressive Antworten gewöhnt. Stattdessen versuchten sie weiter angestrengt, uns in ein Gespräch zu verwickeln, bis sie selbst mich gehörig nervten.

Daher war ich ziemlich erleichtert, als Angie schließlich meinte: »Hört mal, Jungs, meine Freundin hier heiratet in zwei Wochen, und wir wollen uns einfach nur in Ruhe unterhalten. Also tut uns einen Gefallen und verzieht euch.« Das war typisch Angie. Sie hatte sich noch nie darum gekümmert, wie ihre Worte auf andere wirkten oder ob sie vielleicht unangemessen waren.

Sals Gesicht wurde so rot, dass ich ehrlich Angst vor seiner Antwort bekam. Doch bevor er etwas sagen konnte, tauchte wie aus dem Nichts eine junge Blondine auf, die in ihrem schwarzen Lederkleid aussah wie eine Knackwurst. »Na, sieh mal einer an«, meinte Sal zu seinem Kumpel, und seine Augen versanken in ihrem tiefen Ausschnitt. Ihre breiten Hüften ließen den Saum des Kleides gefährlich hochrutschen, sodass ihre fleischigen Schenkel hervorblitzten, und ihre in Stufen geschnittenen Haare waren starr wie Beton. Vermutlich hatte sie eine Dose Haarspray verbraucht. »Wollen wir tanzen, Baby?«

»Ich will euch aber nicht stören …«, meinte sie und deutete mit ihrem zugekleisterten Gesicht in unsere Richtung.

»Tust du nicht«, antworte Sal. »Die beiden alten Schachteln wollen sowieso allein sein. Die eine heiratet bald.«

Das Mädchen musterte Angie und mich wie zwei Relikte aus der Steinzeit, bevor sie sich grinsend an Sal wandte. »Gut, dann tanzen wir!«, meinte sie, und kurz darauf verschwanden die beiden auf der Tanzfläche.

»Das nenn ich mal ’ne heiße Braut!«, erklärte Joe, als würde uns seine Meinung zu dem Mädchen tatsächlich interessieren.

»Ja«, erwiderte Angie. »Flottes Kleid.«

»Was?«

»Ich sagte, dass mir das Kleid gefällt. Das Problem ist nur, dass es ein paar Nummern zu klein ist.«

»Weißt du was, Schätzchen? Dein Humor gefällt mir nicht. Und du eigentlich auch nicht. Es gibt da ein Wort für dich, das mit *F* anfängt und das ein Gentleman wie ich niemals in den Mund nehmen würde. Der Vater von der Kleinen kann ein Stück Dreck wie dich aus der Portokasse bezahlen – es kümmert sie also sicher einen Scheiß, was du denkst.« Er stürzte seinen Drink hinunter und knallte das leere Glas auf die Theke. Dann wandte er sich ab und stürmte davon, wobei er beinahe Suzanne umrannte, die hinter uns getreten war. Ihrem verwirrten Blick nach zu urteilen, hatte sie uns schon eine Weile beobachtet.

»Seht ihr, genau deshalb gehe ich nicht gerne in Bars«, erklärte sie und trat näher. »Wer waren diese schrecklichen Typen eigentlich?«

»Ach, nur ein paar Kerle, die an der Gold Coast eine

Wohnung kaufen wollen«, erwiderte Angie. »Ich habe ihnen vorgeschlagen, sich an deinen Hausverwalter zu wenden.«

Es kam selten vor, dass wir mit Suzanne in einer Bar abhingen, denn ihr Verlangen nach finanziellem Erfolg ließ kaum Platz für solch eine Zeitverschwendung. Sie hatte sich schon in der Highschool sehr hohe Ziele gesetzt und sich voll und ganz darauf konzentriert, sodass die Freizeit immer ein wenig auf der Strecke geblieben war. Doch wenn man den Erfolg eines Menschen am Wert seiner Besitztümer messen kann, dann war Suzanne ganz vorn dabei. An diesem Abend trug sie einen Designeranzug, Diamantohrringe und eine Uhr von Cartier, sodass sich der Gesamtwert der Person auf dem Barhocker neben mir vermutlich auf etwa 20.000 Dollar belief. Sie fuhr einen BMW, besaß ein Penthouse und hatte Gott weiß wie viele Pelzmäntel im Schrank. Aber das Beeindruckende an Suzanne war nicht ihr Vermögen, sondern die Tatsache, dass sie es ganz allein dazu gebracht hatte. Diejenigen von uns, die ebenfalls Karriere gemacht hatten, verdienten nicht annähernd so viel wie sie, und die einzige Frau, die ähnlich vermögend war, hatte sich einen reichen Mann geangelt.

Nachdem uns nun keine aufdringlichen Kerle mehr ablenkten, konzentrierten wir uns auf unsere Drinks und waren eine Zeit lang einfach drei alte Freundinnen, die zusammen unterwegs waren. Suzanne war kein Workaholic, Angie machte nicht gerade eine schmutzige Scheidung durch, und ich stand nicht unter dem Stress, dass meine Hochzeit genauso perfekt wurde, wie meine Mutter es sich wünschte. Wir bestellten uns eine Runde Drinks und dann noch eine und unterhielten uns prächtig. Ich beschwerte mich über meinen Job beim *Chicagoan*, Angie beschwerte sich über ihren Job bei Bloomingdale's, und Suzanne verlor kein einziges Wort über die Arbeit. Anschließend beklagte sich Angie über ihr nicht existentes Sexleben, und auch hier musste ich mich anschließen.

»Flynn und ich haben eine Abmachung. Es war seine Idee. Wir haben vor der Hochzeit einen Monat lang keinen Sex. Er will, dass die Hochzeitsnacht etwas Besonderes wird.« Ich nippte an meinem Drink und gestand anschließend: »Aber um ehrlich zu sein, vermisse ich es gar nicht. Unser Sexleben ist sowieso nicht wahnsinnig aufregend ...«

»Du liebe Güte, was soll das denn heißen?« Angie riss erstaunt die Augen auf. »Ihr seid doch noch nicht mal verheiratet! Das einzig Gute an Harvey war, dass der Sex einfach gigantisch war. Er war dauergeil. Es war so schlimm, dass ich mich im Badezimmer umziehen musste, wenn ich mal keine Lust hatte, denn sobald er mich nackt sah, fiel er regelrecht über mich her. Bis ...« Sie verstummte, dann meinte sie: »Am Ende war es die Hölle – aber eine Zeit lang war es echt toll.«

Drei junge Bürohengste, die sich ihre Krawatten um die Stirn gebunden hatten und auf der anderen Seite der Bar standen, schickten uns eine Runde Woo-Woos, eine süße Mischung aus Wodka, Pfirsichschnaps und Cranberrysaft, die runtergingen wie Öl. Ich winkte dem Barkeeper. »Noch drei Woo-Woos für uns. Und drei für die Jungs, die uns gerade eingeladen haben.«

»Die sind gerade gegangen«, erklärte er, während er uns eingoss, und ich warf einen Blick in die entsprechende Richtung. Die drei Krawattenjungs waren tatsächlich nicht mehr da, und auf ihren Barhockern saßen ein Pärchen und ein Typ, der so gar nicht in die Bar passte. Er trug ein blaues Arbeitsshirt, und seine dunklen Locken berührten beinahe seine Drahtgestellbrille, während er in sein Bierglas starrte.

»Dann eben einen Woo-Woo für den Hippie da. Er sieht aus, als könnte er einen vertragen.«

Kurz darauf kam der Barkeeper wieder und erklärte, dass der Kerl im blauen Shirt dankend abgelehnt habe. Ich war mittlerweile so betrunken, dass mir alles irgendwie witzig vorkam, und so streckte ich dem Barkeeper drei Dollar entgegen. »Okay, dann gib ihm das hier und sag ihm, das nächste Bier geht auf mich.«

Wir prosteten uns zu und stürzten unsere Woo-Woos hinunter. Als ich gleich darauf wieder zu dem Kerl im blauen Shirt hinüberschaute, war er verschwunden. »Hat er wohl das Geld genommen und ist auf und davon«, lachte ich.

Doch einen Augenblick später knallte jemand drei Dollarscheine neben meinem leeren Glas auf die Theke. Ich fuhr herum. Der reich beschenkte Kerl stand vor mir und sah nicht gerade begeistert aus.

»Ich glaub, die hier gehören Ihnen«, meinte er und deutete mit dem Kopf auf die Geldscheine.

»Hey Mann, wo bleibt Ihr Sinn für Humor?«, erwiderte ich. »Das war ein Scherz, okay? Sie wollten keinen Drink, also habe ich Ihnen stattdessen das Geld geschickt. Kapiert? Es sollte kein Angriff auf Ihre Männlichkeit sein, falls Sie das befürchtet haben.«

Seine aufeinandergepressten Lippen verzogen sich zu einem kaum merklichen Lächeln, sodass kleine Grübchen auf seinen Wangen erschienen. »Tut mir leid. Ich bin nicht von hier. Ich schätze, ich muss mich erst mal an den Humor von euch Städtern gewöhnen.«

Dabei hätte ich es belassen sollen. Ich hätte mein Geld

nehmen und ihn fortwinken sollen. Ich weiß, dass ich genau das hätte tun sollen. Das hätte ich wirklich. Stattdessen ließ ich meinen Charme spielen und meinte ziemlich lahm: »Ach? Woher kommen Sie denn?«

»New Hampshire.«

»New Hampshire? Ich glaube, ich habe noch nie jemanden aus New Hampshire kennengelernt. Was führt Sie nach Chicago?«

»Ich bin Zimmermann und habe hier einen Auftrag zu erledigen.«

»Oh, ein Zimmermann!« Das erklärte das blaue Arbeitsshirt. »Ich kenne auch keinen Zimmermann. Wie heißen Sie denn?«

»Steven Kaufman.«

»Maggie Trueheart.« Ich streckte ihm die Hand entgegen, und er schüttelte sie mit seiner starken Handwerkerpranke. »Kaufman? Ist das ein jüdischer Name?«

»Ja«, erwiderte er abwehrend. »Haben Sie ein Problem damit?«

»Nein, überhaupt nicht! Ich glaube nur nicht, dass ich schon mal einen jüdischen Zimmermann kennengelernt habe. Ich dachte, alle jüdischen Männer wären Ärzte, Anwälte oder Banker.«

»Sind Sie Christin?«

»Ja, Katholikin«, bestätigte ich.

»Wenn ich mich nicht täusche, wurde Ihre Religion doch von einem jüdischen Zimmermann gegründet, oder?«

»Touché, Steven Kaufman!«, antwortete ich lachend und fügte dann aufgrund meiner alkoholbedingten Sorglosigkeit hinzu: »Und können jüdische Zimmermänner aus New Hampshire vielleicht auch tanzen?«

Er zuckte mit den Schultern, und ich nahm seine Hand

und zog ihn auf die Tanzfläche. Angie und Suzanne blieben allein zurück. Aus den Boxen dröhnte »Love Shack« von B-52, und ich tat, als könnte ich tatsächlich tanzen. Auch der Zimmermann tanzte ziemlich ungelenk, und seine Arme schwangen hin und her, als wüsste er nicht, was er mit ihnen anstellen sollte. Auf »Love Shack« folgte Tina Turners »Private Dancer«, und ich dachte an Tony, den Stripper, und seine aufreizenden Bewegungen.

Der Wodka und die Woo-Woos entfalteten ihre volle Wirkung, ganz zu schweigen von dem Kokain, das immer noch durch meinen Körper jagte. Ich schloss die Augen und machte es Tony nach. Meine Hüften und mein Oberkörper kreisten, ich streckte die Arme in die Höhe, und mein ganzer Körper pulsierte im Takt der Musik. Ich war die erotischste Frau der Welt. Ich bin dein Private Dancer, ich tanze für Geld, ich tu, was du willst …

Als der Song schließlich zu Ende war, öffnete ich die Augen und war überrascht, dass der Zimmermann und nicht Tony vor mir stand. Ich hatte alles um mich herum vergessen.

Der Zimmermann machte ein dämliches Gesicht und meinte: »Wow, das war mal ein Tanz.«

Der nächste Song begann gerade, als mich jemand am Ärmel zog. Ich drehte mich um und entdeckte Suzanne, die mitten auf der Tanzfläche stand und versuchte, im Gedränge nicht umgestoßen zu werden. »Ich glaube, wir sollten Angie besser nach Hause bringen«, schrie sie gegen den Lärm an und deutete hinter sich. Angie saß zusammengesunken auf dem Barhocker, und ihr Gesicht lag auf der Theke. »Kommst du?«

Was sollte das denn heißen? Erwartete sie wirklich, dass ich jetzt schon ging? Wo ich doch gerade so viel Spaß hatte? Das war mein letzter Abend als unverheiratete Frau, und ich wollte jede Sekunde genießen! Ich warf einen Blick auf den Zimmermann, der sich redlich bemühte, im Takt zu bleiben. Er war ein unschuldiger Handwerker aus Neuengland. Ein oder zwei Tänze konnten doch sicher nicht schaden.

»Ich dachte, wir Mädels würden heute einen draufmachen!«, brüllte ich zurück.

»Komm schon, Maggie! Lass uns gehen!«

»Ihr könnt ja gehen. Ich bleibe.«

»Soll das ein Scherz sein?«

»Ist ja schon gut! Er weiß, dass ich verlobt bin«, erwiderte ich stur und hielt dem Zimmermann meinen Ring vors Gesicht. »Es kann gar nichts passieren.«

Suzanne warf mir einen strengen Blick zu und schüttelte den Kopf. »Okay, das hier ist deine Party«, rief sie. »Ich kann nicht die Babysitterin für euch beide spielen.«

Ich rief ihr noch ein »Auf Wiedersehen« zu, bevor ich erneut zu tanzen anfing. Als ich das nächste Mal zur Bar hinübersah, waren Angie und Suzanne verschwunden.

Kapitel 5

Suzanne

Suzanne stand am Fenster ihrer Wohnung im obersten Stockwerk des Hochhauses und sah hinaus auf den Lake Michigan. Die weißen Dreiecke der Segelboote tanzten anmutig auf dem kobaltblauen Wasser, während sie Kellys Anruf wieder und wieder in Gedanken durchging.

Es ist etwas Schreckliches passiert. Angie ist tot.

Ihr Blick wanderte die Küste hinauf bis zum Lincoln Park, der inmitten der umliegenden Betonburgen in üppigem Grün leuchtete, und sie erschauderte, als sie sich vorstellte, dass Angies Leiche dort irgendwo lag. Genauso kalt wie Beton. Sie spürte eine Traurigkeit, die nur jemand verstand, der bereits einen schweren Verlust erlitten hatte. Ihr Bruder war mit einundzwanzig Jahren gestorben – und nun ihre beste Freundin mit dreiunddreißig.

Sie erinnerte sich, wie sie im Taxi gesessen und zugesehen hatte, wie Angie unsicher über den schmalen Weg zu ihrem Haus geschwankt war. Und wie sie ihr von der Tür aus noch einmal zugewinkt hatte. Was war danach passiert? Hatte jemand in der Wohnung auf sie gewartet? Kelly hatte behauptet, dass sie sich von zu viel Alkohol bisher nie hatte abhalten lassen, noch einmal loszuziehen. War es so gewesen? War Angie noch einmal allein aufgebrochen? Wäre alles anders gekommen, wenn Suzanne mit ihr in die Wohnung gegangen wäre und sie zu Bett gebracht hätte? Aber es war immerhin beinahe drei Uhr morgens gewesen, und Suzanne war so müde gewesen, dass sie nur noch an ihr eigenes Bett denken konnte.

Sie bereute, dass sie gestern Abend mit ihren Freundinnen in die Rush Street gefahren war. Dabei mied sie Bars für gewöhnlich. Es war zu laut, zu voll, und irgendjemand schüttete ihr jedes Mal etwas über ihre teuren Klamotten. Ganz zu schweigen davon, wie kindisch Männer sich nach ein paar Drinks benahmen. Doch Angie hatte darauf bestanden und kein Nein als Antwort akzeptiert. Hätte sie sich bloß geweigert mitzukommen! Dann würde sie heute Angies Tod zwar betrauern, sich aber nicht irgendwie dafür verantwortlich fühlen. Vielleicht wäre Angie dann sogar noch am Leben ...

Nachdem ihr Plan, den Vormittag im Büro zu verbringen, nun hinfällig war, nahm sie ein Staubtuch, um sich die Zeit zu vertreiben, bis Kelly sich mit weiteren Neuigkeiten meldete. Sie wanderte durch ihre große Wohnung, staubte Möbel ab, die ihre Putzfrau erst gestern auf Hochglanz gebracht hatte, und fühlte sich vollkommen leer. Das Sonnenlicht fiel aus östlicher Richtung ins Zimmer und verwandelte die venezianische Vase auf dem Cocktailtisch in ein Kaleidoskop aus Rot, Blau und Orange. Trotz der Traurigkeit erfüllte sie der Anblick mit Stolz. Die Vase war der Inbegriff der Schönheit. Sie hatte sie auf einem Kurztrip nach Venedig gekauft, und sie stand für sehr viel mehr als die Tausende Lire, die sie gekostet hatte. Sie brachte vielmehr die schrecklichen Erinnerungen an eine Zeit zurück, als sie dem finanziellen Ende verdammt nahe gewesen war, und diente als ständige Erinnerung daran, wie zerbrechlich alles war.

Das Telefon klingelte, und Suzanne hastete in die Küche. Sie ging davon aus, dass es Kelly war, und so war sie umso überraschter, als der Portier ihr mitteilte, dass unten zwei Detectives vom Chicago Police Department warteten, die mit ihr sprechen wollten. Sie bat ihn, die beiden hochzuschicken, und trat an die Wohnungstür, um durch das Guckloch in den Korridor hinauszuschauen. Kurz darauf öffnete sich der Aufzug, und zwei verzerrte Gestalten erschienen. Die eine war klein und stämmig, die andere groß gewachsen. Suzanne öffnete die Tür, bevor die beiden Detectives anklopfen konnten.

O'Reilly und Kozlowski reagierten beim Anblick der großen, schlanken Blondine in den engen Jeans und der makellos weißen Bluse genauso wie die meisten anderen Männer: Sie richteten sich auf und zogen den Bauch ein. »Ms Lundgren. Es tut uns leid, dass wir unangemeldet vorbeikommen. Wir haben Ihre Adresse von Kelly Delaney«, erklärte O'Reilly, der kaum noch Luft bekam, weil er sich so darauf konzentrierte, den Bauch einzuziehen. Die Detectives griffen in ihre Hosentasche, um ihre Marke herauszuholen.

»Das ist nicht notwendig«, meinte Suzanne und winkte ab. »Ich weiß, wer Sie sind und warum Sie hier sind.«

»Sie *glauben* zu wissen, wer wir sind. Aber Sie sollten nie einen Fremden in Ihre Wohnung lassen, ohne seinen Ausweis zu kontrollieren. Wir könnten auch zwei Axtmörder sein.«

»Okay, ich werde daran denken, wenn das nächste Mal die Leiche einer Freundin gefunden wird«, erwiderte sie spitz und führte die beiden ins Wohnzimmer. O'Reilly stieß beim Anblick der Wohnung ein leises Pfeifen aus. Der Platz hätte ohne Weiteres für drei Poolbillard-Tische gereicht; auf dem glänzenden Holzboden lagen Orientteppiche, und an den Wänden hing moderne Kunst, die ihm allerdings nicht sonderlich gefiel, obwohl sie wahrscheinlich sehr teuer gewesen war. Auch wenn er sich mit diesen Dingen im Grunde nicht auskannte, war ihm klar, dass die Wohnung und ihre Einrichtung bei Weitem das Gehalt eines normalen Polizisten überstiegen.

»Hübsche Wohnung.«

»Danke. Ich bin auch sehr stolz darauf.«

Suzanne deutete auf zwei beigefarbene Slipper-Stühle und ließ sich selbst auf dem pfirsichfarbenen Sofa gegenüber nieder. Sie legte die Hände in den Schoß.

»Die ist aber hübsch«, meinte Kozlowski, und seine winzigen Augen fixierten die venezianische Vase.

»Das ist Murano-Glas. Ich habe sie in Venedig gekauft.«

»Venedig. Dort möchte ich auch unbedingt mal hin.«

»Das sollten Sie auf jeden Fall machen! Es ist etwas ganz Besonderes.«

»Die Sache mit Ihrer Freundin tut uns leid«, erklärte O'Reilly und warf seinem Partner einen bösen Blick zu, da ihm Small Talk aus Prinzip missfiel. »Kannten Sie sie schon lange?«

»Über zwanzig Jahre.« Suzanne traten Tränen in die Augen, und sie tupfte sie mit einem Stofftaschentuch weg. Die Art, wie O'Reilly sie musterte, machte sie nervös, obwohl sie natürlich keine Ahnung hatte, dass er sie in Gedanken gerade mit Kelly verglich. Die eine Freundin spröde und rau, die andere aalglatt und auf Hochglanz poliert.

»Wir haben gehört, dass Sie gestern mit Angela auf einer Party waren, die Sie anschließend zu dritt verlassen haben. Angela, Sie und ...« *Verdammt!* Diese Göttin auf dem Sofa vor ihm brachte ihn derart aus der Fassung, dass er den Namen der Braut vergessen hatte.

Kozlowski kam ihm zu Hilfe. »Maggie Trueheart.«

»Das ist korrekt.«

»Und wo waren Sie nach der Party?«

»In einem Club in der Rush Street. *The Overhang*. Es war Angies Idee, ich war nur gezwungenermaßen dabei.«

»Gezwungenermaßen? Wie das?«

»Ich hab's nicht so mit Bars. Aber Angie hat darauf bestanden.«

Der Detective lehnte sich in Suzannes Richtung.

»Erzählen Sie mir doch, was in der Bar geschah.«

»Maggie und Angie waren schon eine Weile dort, bevor ich dazukam. Ich habe vorher noch das Auto nach Hause gebracht. Mal überlegen ... Ehrlich gesagt wurde eine ziemliche Menge Alkohol getrunken, darunter auch einige Kurze. Und ich muss zugeben, dass ich um einiges mehr getrunken habe als sonst, aber es war trotzdem nicht übermäßig viel, weil ich heute Morgen eigentlich ins Büro wollte. Als Angie schließlich kaum noch stehen konnte, habe ich sie nach Hause gebracht.«

»Und wie?«

»Ich habe sie in ein Taxi verfrachtet, und wir sind direkt zu ihrem Haus in der Old Town gefahren. Ich habe sogar im Taxi gewartet, bis sie im Haus war.« Suzanne verzog das Gesicht, und ihre Lippen bebten. Sie hielt sich das Taschentuch vor den Mund. »Ich habe zugesehen, wie sie die Tür hinter sich schloss.«

O'Reilly fragte nach der Party und nach Harvey, und sie erzählte ihnen im Grunde genau das, was sie vorhin auch von Kelly gehört hatten. Sie waren bereits am Ende angelangt, als Kozlowski wie aus dem Nichts plötzlich eine Frage hatte: »Hat die Braut eigentlich zusammen mit Ihnen die Bar verlassen?«

»Nein. Sie tanzte gerade und wollte noch bleiben, also

sind Angie und ich allein los.« Suzanne erinnerte sich, wie sie einen letzten Blick auf die Tanzfläche geworfen und sich gefragt hatte, ob es wohl ein Fehler war, Maggie allein zurückzulassen. Aber wie gesagt: Sie konnte nicht den Babysitter für alle spielen. Es war schon schwer genug, sich um Angie zu kümmern.

Suzanne führte die beiden Detectives zur Tür und wartete mit ihnen auf den Aufzug. Schließlich hielt sie es nicht mehr länger aus. »Glauben Sie, dass jemand im Haus auf Angie gewartet hat?«

»Wollen Sie eine ehrliche Antwort?«, fragte O'Reilly.

Suzanne nickte.

»Nein, eigentlich nicht. Wir haben ihre Wohnung durchsucht, aber es gab keine Spuren eines Einbruchs oder einer anderen Gewalteinwirkung. Vermutlich hat sie beschlossen, noch einmal loszuziehen. Das passiert ständig.«

»Würden Sie mir bitte Bescheid geben, sobald Sie sich sicher sind? Ich muss wissen, ob ich sie womöglich dem Tod in die Arme getrieben habe.«

»Ja, das machen wir«, erklärte Kozlowski in beruhigendem Ton.

Nachdem sich die Aufzugtür hinter den beiden geschlossen hatte, kehrte Suzanne in ihre Wohnung zurück und stand eine Weile unentschlossen im Wohnzimmer. Sie wünschte, Vince würde sich melden, denn dann hätte sie ihm erzählen können, was passiert war. Sie dachte daran, wie enttäuscht er geklungen hatte, als sie ihn am Abend von Carol Annes Telefon aus angerufen hatte, um ihm zu sagen, dass sie mit Maggie und Angie losziehen wollte. Sie hatte keine Ahnung, warum er so verärgert gewesen war – immerhin war *er* derjenige, der verheiratet war.

Sie nahm das Staubtuch und machte sich wieder an die Arbeit.

Kapitel 6

Kelly

Kelly warf sich unruhig auf dem Bettsofa hin und her und träumte von Angie. Sie hatten gerade Biologieunterricht und sezierten einen Frosch mit gebrochenem Hals, dessen Kopf seltsam zur Seite hing. Angie lachte, und Kelly hatte keine Ahnung, was so witzig war. Das Biologielabor befand sich in Carol Annes Haus, und Angie tanzte in ihren roten High Heels durchs Zimmer. Im nächsten Augenblick lag Kelly in ihrer eigenen Wohnung auf dem Boden, und Angie beugte sich über sie und beschimpfte sie. Kelly versuchte, hinter dem geblümten Sofa Schutz zu suchen, doch Angie folgte ihr. Ihr grauenhaft teigiges Gesicht war wutverzerrt, und sie hörte nicht auf zu fluchen.

»Warum bist du so wütend, Angie?«, fragte Kelly.

»Warum? Du willst wissen, *warum?*«, brüllte der Geist, und die glasigen Augen blitzten vor Zorn. »Weil es dich hätte treffen sollen und nicht mich! Darum! Es hätte dich treffen sollen!«

Kelly fuhr schweißgebadet aus dem Schlaf hoch. Sie hatte schon wieder verschlafen und würde zu spät zur Arbeit kommen! Man hatte sie gewarnt, dass man sie beim nächsten Mal feuern würde! Sie eilte zum Schrank und holte ihre Uniform hervor, bevor ihr mit einem Mal klar wurde, dass ihr Job gar nicht auf dem Spiel stand. Sie hatte doch bereits im *Gitane's* angerufen und alles erklärt. Aus ihr war mittlerweile die verlässlichste Person der Welt geworden.

Sie ging zur Küchenzeile, füllte ein Glas mit Wasser und stürzte es in einigen großen Schlucken hinunter. Ihre verschwitzten, stinkenden Laufsachen klebten an ihrem Körper, und es war klar, dass die Dusche nicht mehr länger warten konnte. Sie ging ins Badezimmer, drehte das Wasser auf und warf ihre Klamotten auf den Boden. Dann stieg sie in die Dusche, ließ den unablässigen Wasserstrahl auf ihren Kopf prasseln und wünschte sich, dass die ganze Welt zusammen mit dem Schweiß, der Seife und dem Wasser den Abfluss hinuntergespült wurde.

Ihr Traum erschien ihr immer noch so lebendig, dass sie erschauderte. Angies blasses, anklagendes Gesicht tauchte vor ihr auf. *Es hätte dich treffen sollen und nicht mich! Es hätte dich treffen sollen!*

Kelly wusste, dass Angie recht hatte. Es hätte tatsächlich sie treffen sollen.

Vielleicht hätte sich Kellys Leben anders entwickelt, wenn ihre Mutter nicht krank geworden wäre. Sie war ein Nachzügler, und ihre beiden Brüder gingen bereits auf die Highschool, als sie auf die Welt kam, was bedeutete, dass sie das College abgeschlossen hatten und gerade eine Familie gründeten, als bei ihrer Mutter Darmkrebs diagnostiziert wurde. Kelly war zehn.

Ihr Vater war ein erfolgreicher Patentanwalt, der beruflich oft unterwegs war, sodass sich Kelly oft tagelang allein um ihre kranke Mutter kümmerte. Sie verbrachte ihre Jugend damit, ihrer Mutter zuzusehen, wie sie unter den Folgen der Bestrahlungen und der Chemotherapie litt, und lauschte jede Nacht ihren bitteren Tränen, nachdem sie einen künstlichen Darmausgang erhalten hatte und sich dafür in Grund und Boden schämte. Obwohl die Prognosen der Ärzte von Anfang an düster waren, hielt ihre Mutter sehr viel länger durch, als irgendjemand vermutet hätte, denn sie wollte unbedingt sehen, wie ihre Tochter zur Frau heranwuchs.

Kelly war in ihrem Junior-Jahr an der Highschool, als der Krebs schließlich auf die lebenswichtigen Organe übergriff und der Kampf ihrer Mutter langsam dem Ende zuging. Sie beschloss, die alleinige Verantwortung für die Pflege zu übernehmen, lief nach der Schule nach Hause, um bei ihrer Mom zu sein, fütterte sie, als sie nicht mehr essen wollte, und wechselte den Beutel am künstlichen Darmausgang, als sie es allein nicht mehr schaffte. Ihr Vater bot an, eine Krankenschwester zu engagieren, doch Kelly lehnte ab. Die Nähe, die Mutter und Tochter ihr ganzes Leben lang verspürt hatten, würde bis zum Ende bestehen.

Kellys Mutter starb am Weihnachtsabend, und Kelly verspürte zuerst eine große Erleichterung, dass der Leidensweg ihrer Mom nun endlich vorüber war. Doch dann setzte die Trauer ein. Der Mensch, den sie auf dieser Welt am meisten geliebt hatte, hatte sie für immer verlassen.

Als Kelly neben ihrem Vater, ihren Brüdern und deren Frauen und Kindern am Grab ihrer Mutter stand, kam sie sich vor wie eine Fremde. Keiner außer ihr wusste, was ihre Mutter durchgemacht hatte. Ein Teil von ihr war mit ihr gestorben, und diese Lücke würde nie jemand füllen können.

Kelly war entsetzt, als ihr Vater nicht einmal ein Jahr später seine chinesischstämmige Sekretärin Clara heiratete. Die Anwesenheit der fremden Frau in ihrem Zuhause verletzte Kelly, und sie verstand nicht, wie ihr Vater ihre Mutter so schnell vergessen konnte. Zu allem Übel war Clara nur zehn Jahre älter als Kelly und hasste ihre Stieftochter genauso sehr, wie Kelly Clara hasste. Obwohl sie weiterhin in dem wunderschönen georgianischen Haus wohnten, in dem Kelly aufgewachsen war, verlor ihre Stiefmutter keine Zeit, um es zu ihrem eigenen Revier zu machen. Sie ersetzte Moms Antiquitäten durch moderne Möbel und die alten Erbstücke durch neue Designerware. Kelly hasste ihre Stiefmutter so sehr, dass sie so oft wie möglich unterwegs war und die Zeit nach der Schule abwechselnd bei ihren Freundinnen verbrachte. Am liebsten suchte sie bei Angie Zuflucht, denn die lautstarken und temperamentvollen Auseinandersetzungen beim Essen waren das genaue Gegenteil zu der aufgesetzten Höflichkeit, die in ihrem Zuhause herrschte. Es war offensichtlich, dass ihr Vater hellauf begeistert von seiner gesunden, jungen Frau war, die alles daransetzte, sämtliche Spuren von Kellys Mutter auszulöschen, und bald darauf auch noch schwanger wurde.

Kelly konnte den Highschool-Abschluss kaum noch erwarten, und es machte ihr auch nichts aus, dass ihr Vater die Abschlussfeier verpasste, weil Clara gerade im Krankenhaus lag und Kellys Halbschwester zur Welt brachte.

Das Ende der Highschool bedeutete, dass sie bald aufs College gehen würde. Und das bedeutete wiederum, dass sie das Haus mit den düsteren Erinnerungen und dem brüllenden Neugeborenen endlich hinter sich lassen konnte. Sie schrieb sich für mehrere Sommerkurse an der University of Illinois ein und zog zwei Wochen nach dem Abschluss zu Hause aus.

Kelly stürzte sich in ihr Studium und setzte sich kein einziges Mal mit dem in ihr schwelenden Schmerz nach dem Tod ihrer Mutter auseinander, der einer offenen Wunde glich, die einfach nicht verheilen wollte. Sie sprach nicht einmal mit ihren besten Freundinnen darüber und tat, als wäre es keine große Sache gewesen. Doch genau das war es – und es fraß sie von innen heraus auf.

Sie beendete ihr Studium ein Semester früher und zog mit einer Lehrerlaubnis in der Tasche zurück nach Chicago. Doch da sie ihre Stelle als Lehrerin erst im September antreten konnte und nicht in ihr Elternhaus zurückkehren wollte – wo Clara Kelly wie die verhasste Ex-Frau ihres Mannes behandelte –, mietete sie sich eine Wohnung in der Old Town und fand einen vorübergehenden Job als Barkeeperin in einer Bar in der Rush Street namens *Oliver's*.

Zumindest war es als vorübergehender Job geplant. Sie liebte die Arbeit als Barkeeperin von der ersten Sekunde an. Sie hatte sich so in ihr Studium gestürzt, dass sie praktisch kein Sozialleben gehabt hatte, und nun verbrachte sie einen Großteil ihrer Zeit an einem lauten, aufregenden Ort voller fremder Menschen – ganz zu schweigen von den vielen attraktiven Männern, die sich anscheinend zu ihr hingezogen fühlten. Abgesehen davon war die Bezahlung grandios; sie erhielt schon in der ersten Woche so viel Trinkgeld, wie sie als Lehrerin in einem Monat verdienen würde.

Das *Oliver's* wurde für Kelly zu einem Ort, an dem sie sich zu Hause fühlte.

Von ihrem Vater hatte sie sich wegen dessen neuer Frau und der kleinen gemeinsamen Tochter entfremdet, und ihre Brüder, die beide eine Frau und eigene Kinder hatten, kannte sie kaum – und so wurden ihre Arbeitskollegen zu ihrer neuen Familie. Die Angestellten im *Oliver's* waren eine eng verbundene Truppe aus Rausschmeißern, Kellnern und Barkeepern, die alle in der Nacht arbeiteten und damit dem umgekehrten Tagesablauf der Büroangestellten folgten.

Da ihr Arbeitstag erst endete, wenn er für den Rest der Welt gerade begann, dauerten die Partys nach Dienstschluss oft bis weit in den Vormittag hinein. Auf einer dieser Partys drückte ihr ein anderer Barkeeper schließlich einen zusammengerollten Hundertdollarschein und einen kleinen Spiegel mit einem weißen Pulver in die Hand. Kelly wusste natürlich, dass es Kokain war. Sie war auf dem College einige Male damit in Berührung gekommen, hatte es aber nie selbst probiert. Es war als Droge der Reichen und Schönen bekannt, die keine Nebenwirkungen hatte, weshalb sie alle Zweifel beiseiteschob und das Pulver die Nase hochzog. Sobald die Droge ihren Weg in das Nervensystem gefunden hatte, fühlte sich Kelly so gut wie seit der Krebsdiagnose ihrer Mutter nicht mehr. Sie hatte etwas gefunden, das den Schmerz in ihr betäubte. Sie hatte einen neuen Freund gefunden.

Die gelegentlichen Partys wurden schon bald eine regelmäßige Sache und bestimmten ihren Tagesablauf. Nach der Arbeit trank sie mit den anderen, schnupfte Kokain und kam oft erst am Nachmittag nach Hause, wo sie erschöpft ins Bett fiel und schlief, bis es wieder Zeit für die Arbeit wurde. Als der September nahte, hatte sie jegliches Interesse am Unterrichten verloren. Sie trat den neuen Job trotzdem an, machte aber mit dem Alkohol und den Drogen weiter, sodass sie nach drei Wochen gefeuert wurde, weil sie ständig zu spät kam oder krank war. Doch das kümmerte sie nicht weiter, sondern sie kehrte wieder zu ihrem alten Job als Barkeeperin und dem damit verbundenen dekadenten Lebensstil zurück.

So ging es zehn Jahre lang weiter, und ihr junger, widerstandsfähiger Körper überstand die Misshandlungen, denen er durch Kellys Verhalten ausgesetzt wurde. Sie hatte mehrere flüchtige Beziehungen, doch der Alkohol und die Drogen machten sämtliche Versuche zunichte, sich länger auf jemanden einzulassen. Was allerdings nicht bedeutete, dass sie sexuell enthaltsam lebte. Sie hatte mehr One-Night-Stands, als sie zählen konnte, und an die meisten hatte sie später nicht einmal mehr eine Erinnerung, denn Blackouts waren an der Tagesordnung. Sie wurde sogar einmal schwanger, doch die Natur löste das Problem von selbst, und sie verlor das Kind, bevor sie sich überlegt hatte, was sie nun tun sollte.

Schließlich wurde das *Oliver's* von einer großen Kette übernommen, in der strengere Regeln galten, und Kelly wurde gefeuert, weil sie im Dienst getrunken hatte. Doch auch das war nicht weiter schlimm, denn nachdem sie so viele Jahre in der Rush Street gearbeitet hatte, kannte sie genügend Leute und fand schnell einen neuen Job. Sie kam in einer Kellerbar namens *Finnegan's* unter. Der Besitzer war Ire und hatte selbst ein Alkoholproblem, weshalb es ihn nicht störte, wenn sie während der Arbeit trank. Ihr Alkoholkonsum eskalierte, weshalb sie manchmal am Ende der Schicht kaum noch aufrecht stehen konnte. Tatsächlich saß er sogar oft bei ihr an der Bar, und sie tranken gemeinsam. Und auch dem Kokain blieb sie treu, obwohl es meist den Großteil ihres Einkommens verschlang, sodass sie oft kaum noch genug Geld für die Miete hatte.

Sie traf sich selten mit ihrem Vater und ihren Brüdern, und ihre Halbschwester kannte sie kaum. Ihre alten

Freundinnen meldeten sich zwar immer noch, doch jedes Mal, wenn sie sich zum Mittag- oder Abendessen verabredeten, sagte sie in letzter Minute ab oder tauchte gar nicht auf.

Als Kelly eines Tages ein weiteres Mittagessen mit Angie und Carol Anne verpasste, das diese schon drei Mal verschoben hatten, beschlossen die beiden, sich auf die Suche nach ihr zu begeben. Nachdem sie mehrere Male erfolglos geklingelt hatten, schlüpften sie unbemerkt ins Gebäude, als gerade jemand herauskam. Sie stiegen in den dritten Stock hoch und hämmerten an die Tür, bis Kelly endlich öffnete. Was sie sahen, war ein regelrechter Schock. Die ungewaschenen Haare standen Kelly wirr vom Kopf ab, ihr Gesicht war so aufgedunsen, dass ihre Wangenknochen nicht mehr zu erkennen waren, und ihre blassblauen Augen saßen tief in ihren Höhlen.

Sie war ein Wrack.

Sie versuchte, die beiden abzuwehren, doch Angie drängte sich an ihr vorbei. Es stellte sich heraus, dass ihre Wohnung noch schlimmer aussah als ihr Gesicht. In der Spüle stapelten sich schmutzige Papierteller und Fast-Food-Kartons – ein Festessen für die Kakerlaken, die überall herumkrochen. Der Fliesenboden war schmutzverkrustet und mit verschütteten Drinks bekleckert, der Mülleimer quoll über vor leeren Wodkaflaschen; im ganzen Raum lag Schmutzwäsche verstreut, und durch die offene Schlafzimmertür war ein ungemachtes Bett mit grauen Laken zu sehen. Der Teppich hatte schon seit Monaten, wenn nicht sogar seit Jahren keinen Staubsauger mehr gesehen, und auf dem Couchtisch lag ein mit weißem Pulver überzogener Spiegel.

Carol Anne war so schockiert, dass ihr die Worte fehlten, doch Angie hatte damit keine Probleme. »Mein Gott,

Kelly! Was soll die Scheiße hier?«, rief sie angewidert. »Das ist ja ekelhaft. Ich will mir gar nicht vorstellen, wie's in deinem Badezimmer aussieht. Was ist bloß los mit dir? Du lebst ja wie ein Tier. Obwohl das eine Beleidigung für sämtliche Tiere ist. Du bist viel schlimmer!«

Kelly blinzelte mehrmals und versuchte, zu sich zu kommen. Sie hatte keine Ahnung, wann sie zu Bett gegangen war. »Ich weiß, dass es ziemlich unordentlich ist. Aber ich habe in letzter Zeit viel gearbeitet. Ich wollte heute Nachmittag sauber machen«, lallte sie.

»Sauber machen? Womit denn? Mit einem Feuerwehrschlauch? Oder einem Flammenwerfer?« Angie ließ nicht locker. »Gut, dass du nicht zum Mittagessen gekommen bist, vermutlich hätten sie uns als Gesundheitsrisiko eingestuft und uns rausgeworfen. Verdammt noch mal, du bist jetzt einunddreißig und siehst richtig scheiße aus. Bist du lebensmüde, oder was? Was ist bloß los mit dir?«

Carol Anne, die sehr viel diplomatischer war als Angie, versuchte es auf die vernünftige Tour. »Kelly, wir sind deine Freundinnen und machen uns Sorgen um dich! Das hier ist nicht richtig. Du brauchst Hilfe. Wir wollen dir helfen.«

Trotz des Nebels aus Alkohol und Drogen verstand Kelly durchaus, was die beiden ihr sagen wollten, und es gefiel ihr ganz und gar nicht. Sie fing an zu fluchen. Die beiden verstanden überhaupt nichts. Das konnten sie gar nicht. Sie waren nicht mit einer kranken Mutter in einem düsteren Haus aufgewachsen, in dem es nach Krankheit roch und in dem der Schmerz allgegenwärtig war. Ihre Mütter waren gesund. Sie hatten keinen Vater, der sie für eine Frau im Stich gelassen hatte, die beinahe gleich alt war wie seine Tochter, und für ein Baby, das ständig schrie. Wie sollten zwei Frauen, die von ihren Eltern geliebt und unterstützt wurden, ihren Schmerz verstehen? Sie hatte sich ein eigenes Leben aufgebaut, und es funktionierte gut. Sie hatte niemanden um Hilfe gebeten, und niemand hatte das Recht, ihr zu sagen, was sie zu tun hatte. Sie steigerte sich in ihre Wut hinein, als wären die beiden Pfleger in weißen Kitteln, die sie in eine Gummizelle sperren wollten.

»Verschwindet«, zischte sie, und ihr aufgedunsenes Gesicht verzog sich hasserfüllt. »Raus aus meiner Wohnung!«

Carol Anne versuchte, sie zu besänftigen. »Kelly, verstehst du denn nicht, dass wir dich lieb haben? Wir wollen doch nur …«

Doch Angie unterbrach sie. »Vergiss es! Das ist reine Zeitverschwendung. Sie steckt zu tief drin. Dagegen kommen wir nicht an.« Sie packte Carol Annes Arm und zog sie zur Tür hinaus.

Kelly stand trotzig inmitten des Unrats wie eine Königin in ihrem Schloss. »Lasst euch ja nicht wieder blicken!«, brüllte sie, bevor sie hinter ihnen die Tür zuschlug.

Es dauerte weitere sechs Monate, bis Kelly endlich von selbst zur Vernunft kam. Sie hatte ihre Schicht früher beendet und wollte sich noch etwas Stoff besorgen. Die Quellen in der Rush Street waren aufgrund der steigenden Polizeipräsenz versiegt, weshalb sie sich in ein Taxi setzte und nach Boystown fuhr. Ihr Ziel war eine Schwulenbar namens *The Zone*, deren Barkeeper normalerweise Stoff im Angebot hatte. Das Zeug war gestreckt und überteuert, aber sie war nun mal verzweifelt.

Der Laden war voller gut aussehender Kerle, die Kelly

keines Blickes würdigten, als sie durch die Tür trat. Sie setzte sich an die Bar, und Lyle, ein dürrer Kerl mit dünnem Oberlippenbart und glasigen Augen, nickte ihr zu.

»Was darf's denn sein, Süße?«, fragte er und trat mit einem Untersetzer auf sie zu.

»Hey, Lyle, hast du vielleicht eine Kinokarte für mich?«

Er legte den Untersetzer ab und schüttelte den Kopf. »Tut mir leid, aber die Quelle ist zu. Dasselbe wie in der Rush Street.«

»Verdammt«, murmelte Kelly und überlegte, was sie jetzt tun sollte. Sie brauchte den Stoff. Es gab da einen Kerl in Wrigleyville, bei dem sie schon einmal etwas gekauft hatte und der einen Versuch wert war. Also bestellte sie sich einen Jägermeister, kippte ihn hinunter und machte sich auf den Weg. Sie stand gerade an der Lincoln Avenue und versuchte, ein Taxi anzuhalten, als ein muskelbepackter Schwarzer aus der Bar trat und auf sie zukam.

»Mir ist aufgefallen, dass du aus einem bestimmten Grund im Laden warst, und ich schätze, du wolltest niemanden aufreißen, oder? Vielleicht kann ich dir weiterhelfen.« Er zog ein kleines Glasfläschchen aus seiner Lederjacke und hielt es ihr unter die Nase. »Der beste Stoff, den es gibt.«

»Ja, weil es momentan der *einzige* ist«, erwiderte sie misstrauisch und musterte den Kerl und das Glasfläschchen. »Darf ich mal probieren?«

»Klar, aber nicht hier. Komm mit.«

Er führte sie zu einem schwarzen Cadillac, der um die Ecke parkte.

»Ich heiße Lemont«, erklärte er und hielt ihr die Beifahrertür auf. »Steig ein, dann lasse ich dich probieren.«

Kelly wusste natürlich, dass es nicht gerade schlau war, zu einem Fremden ins Auto zu steigen, doch ihr Verlangen nach dem Stoff war stärker als ihr Selbsterhaltungstrieb. Also kletterte sie in den Wagen und rückte so weit wie möglich von dem Kerl ab. Lemont steckte einen winzigen Löffel in das Glasfläschchen und hielt ihr das weiße Pulver unter die Nase. Sie schnupfte den Stoff eilig, und kurz darauf verschwand eine zweite Ladung in ihrem anderen Nasenloch. Der erste Kick traf sie mit voller Wucht.

»Wow, das ist echt guter Stoff!«, keuchte sie. »Wie viel?«

Lemont griff wortlos unter den Sitz und zog eine Flasche Jack Daniel's hervor, die er öffnete und ihr hinhielt. Sie nahm einen Schluck direkt aus der Flasche, und er gab ihr noch etwas Koks und schließlich noch etwas Jack Daniel's. Sie fühlte sich prächtig. So, als hätte sie alles unter Kontrolle. Noch einmal Schnupfen und ein weiterer Schluck aus der Flasche. »Ja, ich nehme auf alle Fälle ein paar Gramm davon«, erklärte sie und griff nach ihrer Geldbörse.

Und das war das Letzte, woran sie sich später erinnerte.

Als Kelly die Augen öffnete, war es helllichter Tag, und sie lag nackt auf einer Matratze in einem Zimmer, in dem die Farbe in so großen Stücken von der Wand abblätterte, dass sogar schon die Gipskartonplatten zu sehen waren. Lemont schlief nackt neben ihr, und seine dunklen Muskeln glänzten. Eine Kakerlake flitzte die Wand hoch.

Kelly richtete sich langsam auf und verzog das Gesicht, als sie den Schmerz zwischen ihren Beinen spürte. Sie wusste natürlich, woher er kam, aber das war im Grunde nicht das Problem. Wichtiger war, dass sie von hier verschwand. Ihre Klamotten lagen in der Ecke auf einem Haufen, doch ihre Tasche war nirgendwo zu sehen. Na toll, darin waren ihre Schlüssel und das Geld, und sie hatte keine Ahnung, wo sie sich befand und wie sie nach Hause kommen sollte.

Vorsichtig, um ihn nicht zu wecken, stand sie auf und zog sich leise an. Gerade als sie abhauen wollte, flog die Tür auf, und eine Frau in einem T-Shirt der Chicago Bulls und einer schwarzen Leggins stürzte ins Zimmer. Sie hielt eine Pistole in den zitternden Fingern. Kelly erkannte an den glasigen Augen, dass sie vollkommen high war. Als die Frau Kelly sah, richtete sie sofort die Waffe auf sie.

»Wie kannst du es wagen, mit meinem Kerl zu ficken, du Schlampe?«, brüllte sie.

Lemont war sofort hellwach und saß wie erstarrt auf der Matratze.

»Fenicia, beruhige dich!«, befahl er.

»Ich soll mich beruhigen?« Sie richtete die Pistole zwischen seine Beine, und er bedeckte seine Blöße mit seiner riesigen Hand.

»Das hilft dir jetzt auch nichts mehr«, rief sie und trat ein paar Schritte auf ihn zu. »Ich jage deine Hand zusammen mit deinem beschissenen Schwanz in die Luft!«

Da Fenicias Aufmerksamkeit mittlerweile vor allem dem nackten Mann galt, nutzte Kelly die Gelegenheit und stürzte aus der Tür. Sie kam an ein paar Männern vorbei, die schnarchend auf mehreren Sofas im Wohnzimmer lagen, bevor sie die Wohnung schließlich verließ. Sie befand sich in einem der berüchtigten sozialen Wohnbauten der Stadt; noch schlimmer war allerdings, dass es sie ausgerechnet ins oberste Stockwerk verschlagen hatte. Ihr war klar, dass sie auf keinen Fall den Aufzug benutzen durfte, also eilte sie stattdessen durch das mit Graffiti beschmierte Treppenhaus nach unten. Sie lief, so schnell sie ihre zitternden Beine trugen, den Gestank nach Urin die ganze Zeit in der Nase.

Sie war beinahe im zweiten Stock angelangt, als sich ihr zwei Gangmitglieder in den Weg stellten. Sie trugen weite Hosen und T-Shirts, und ihre Gesichter waren blutjung, während ihre dunklen Augen alt aussahen. Sie versuchte, sich an ihnen vorbeizudrängen, doch einer der beiden packte sie am Arm.

»Jetzt aber mal langsam, Mutti. Du kannst nicht einfach so hier durch. Das kostet was.«

Kelly wollte sich losreißen, doch sein Griff war wie ein Schraubstock.

»Bist du taub? Ich sagte, das kostet was! Und wenn du kein Geld hast, finden wir was anderes.«

Bevor Kelly einen weiteren Fluchtversuch unternehmen konnte, drückte der Junge sie bereits an die Wand. Sie wehrte sich, doch er war zu kräftig. Er drückte seine Lippen auf ihre und versuchte, sie mit der Zunge auseinanderzudrängen. Er stank nach Zigaretten, Alkohol und ungeputzten Zähnen, und sie musste sich beinahe übergeben. Der andere Teenager gesellte sich zu ihnen, und ehe sie sichs versah, stand sie mit gespreizten Armen und Beinen zwischen den beiden. Sie wehrte sich, so gut sie konnte, doch gegen ihre Jugend hatte sie keine Chance. Zwei weitere Gangmitglieder tauchten wie aus dem Nichts auf und beäugten sie wie eine Delikatesse. »Heute gibt's mal was hübsches Weißes«, sagte einer von ihnen, schob die Hand unter ihr Shirt und riss ihren BH herunter. »Du hast doch Lust auf eine kleine Party, nicht wahr Sonnenschein?«, meinte ein anderer. Dann lachten die vier, und es klang so brutal, dass ihre Blase und ihr

Darm ihr beinahe nicht mehr gehorchten. Sie fragte sich, ob es die Jungen davon abhalten würde, sie zu vergewaltigen, wenn sie beides an Ort und Stelle entleerte. Ihr Mund war so trocken, dass sie nicht einmal mehr schreien konnte. Außerdem hätte es ihr ohnehin nicht geholfen.

Oh, nein! Bitte lieber Gott! Lass nicht zu, dass das passiert, betete sie und zappelte wie verrückt, während die Jungen sie die Treppe hochtrugen. *Bitte. Bitte.* Wenn sie es hier lebend herausschaffte, würde sie sich ändern. Sie würde aufhören zu trinken und Drogen zu nehmen. Und sie würde ihren Vater anrufen. Sie würde einfach alles tun. *Bitte, lieber Gott!*

Im nächsten Moment spürte Kelly einen Luftzug neben ihrem Ohr, und einen Sekundenbruchteil später hallte ein Schuss durch das Treppenhaus. Ihr Kopf fuhr herum, und sie sah, dass die vollkommen bekiffte Frau aus der Wohnung vor ihnen stand. Sie hatte die Pistole auf Kellys Kopf gerichtet.

»Lasst sie los! Die gehört mir!«

»Verdammt, die ist ja vollkommen verrückt geworden!« Die Jungen ließen Kelly fallen und liefen in alle Richtungen davon. Die Frau trat Kelly die Betontreppe hinunter, und ihr Kopf schlug dabei immer wieder auf dem harten Boden auf. Eine weitere Kugel zischte an ihr vorbei, obwohl ihr vom ersten Schuss noch immer die Ohren dröhnten. Schließlich blieb sie mit aufgeplatzter Lippe im Erdgeschoss liegen.

Sie verschwendete keine Sekunde, sondern kroch eilig durch die offene Tür hinaus in den betonierten Innenhof voller Papierschnipsel und Fast-Food-Verpackungen. Dann erhob sie sich und lief davon, so schnell es ihr geprügelter Körper und ihre wackeligen Beine erlaubten.

Sie blieb erst stehen, als sie in einer Seitengasse einen Streifenwagen entdeckte.

Die Polizisten waren nett und glaubten ihr tatsächlich, dass sie in die falsche U-Bahn gestiegen und durch Zufall hier gelandet war. Sie brachten sie in eine sicherere Gegend, und einer von ihnen gab ihr sogar noch Geld für die Fahrt nach Hause.

Noch am selben Tag kündigte Kelly ihren Job, ging zu ihrem ersten Treffen der Anonymen Alkoholiker und holte die Katze aus dem Tierheim. Und als sie endlich zu Hause war, rief sie Angie an, um sich zu entschuldigen.

Kelly machte die Dusche aus und sah zu, wie das letzte Wasser den Abfluss hinunterrann. Anschließend schlüpfte sie in ihren zerschlissenen Bademantel und ging zurück ins Wohnzimmer, wo sie mit dem Telefon in der Hand unentschlossen mitten im Zimmer stand, während das Wasser von ihren nassen Haaren auf den Boden tropfte. Dieses Mal würde sie nicht Angie anrufen, denn die lag mittlerweile mit einem Zettel am Zeh in der Gerichtsmedizin, und ihre Eltern warteten vermutlich gerade darauf, sie zu identifizieren. Angies Vater würde seiner Frau raten, im Flur zu warten, doch Angies Mutter würde darauf bestehen, ihre einzige Tochter noch ein letztes Mal zu sehen. Aber bei Angies Anblick würde Mrs Lupino beinahe in Ohnmacht fallen, und Mr Lupino würde sie in seinen zitternden Armen halten.

Kelly dachte daran, wie nahe sie dem Leichenschauhaus selbst bereits gekommen war, und spürte ein bittersüßes Ziehen in der Brust, als sie sich vorstellte, wie ihr Vater vor ihrer Leiche stand und eine Träne auf das Glas seiner Schildpattbrille fiel. Doch dann trat ihre Stiefmutter neben ihn und tätschelte seine Schulter, und die Vorstellung verlor an Süße.

Hör auf, über deine eigene Misere nachzugrübeln!, ermahnte sie sich. *Es gibt jetzt Wichtigeres!* Und so wählte sie zwei Stunden nach Verlassen des Polizeireviers endlich Suzannes Nummer.

Kapitel 7

Suzanne

Suzanne konnte ihren Unmut darüber, dass Kelly so lange gebraucht hatte, um sie anzurufen, nicht verbergen. »Du bist ein bisschen zu spät dran. Deine Freunde sind gerade gegangen.«

»Meine Freunde? Welche Freunde?«

»Die Detectives, die in Angies Fall ermitteln. O'Reilly und Kozlowski.«

»Ach, du meinst Dick und Doof? Diese beiden Idioten sind doch nicht meine Freunde!«, erwiderte Kelly und erschauderte erneut, als sie an den Kühlschrank dachte, in dem sie den Großteil des Vormittags verbracht hatte. »Was wollten sie denn?«

»Sie wollten über Angie sprechen«, erwiderte Suzanne, und ihr Ärger verflog, denn dafür war das Thema zu ernst. »Darüber, was wir gestern Abend noch so gemacht haben. Und darüber, dass ich Angie nach Hause gebracht habe. Sie haben behauptet, Angie hätte Koks genommen«, fügte sie hinzu.

Die beiden schwiegen einen Augenblick lang, dann meinte Kelly: »Ich hätte es merken sollen. So seltsam, wie sie sich gestern Abend benommen hat …«

»Kelly, es hätte uns allen auffallen sollen!«, erwiderte

Suzanne, und dann sprachen sie eine Weile über Angie, die Umstände ihres Todes und wie schrecklich alles war, bis das Gespräch sich schließlich nur noch im Kreis drehte. Nachdem es nichts mehr zu sagen oder zu tun gab, legten beide auf und versuchten für sich allein, mit Angies Tod klarzukommen. Suzanne starrte aus dem Fenster auf die Dutzende Segel- und Motorboote auf dem Lake Michigan und fühlte sich plötzlich unglaublich leer.

Sie kannte Angela seit ihrem ersten Tag an der Highschool, denn da ihre Namen im Alphabet direkt aufeinanderfolgten, saßen sie von diesem Tag an für die nächsten vier Jahre Morgen für Morgen nebeneinander. *Lundgren. Lupino.* Es war unmöglich, so lange neben einem Menschen zu sitzen, ohne sich mit ihm anzufreunden, und obwohl sie zwei vollkommen unterschiedliche Persönlichkeiten waren, blieb ihre Freundschaft auch während der Zeit am College und danach unerschütterlich. Suzanne war sogar Angies Trauzeugin gewesen, doch in den Jahren nach der Hochzeit hatten sie sich langsam aus den Augen verloren, telefonierten nicht mehr täglich miteinander und erzählten sich auch nicht mehr alle Geheimnisse. Ein Außenstehender mochte meinen, dass es daran lag, dass Angie nun eine verheiratete Frau war, doch in Wahrheit stellten Suzannes Verpflichtungen ihre Freundschaft auf eine noch viel härtere Probe. Suzanne war mit ihrem Job verheiratet.

Suzanne wollte immer schon reich sein, und dieser Wunsch war von Anfang an die treibende Kraft in ihrem Leben gewesen. Schon als Kind machte es ihr unglaublich zu schaffen, dass ihre Familie im Vergleich zu den anderen Leuten in Winnetka in eher bescheidenen Verhältnissen lebte. In ihrer Nachbarschaft war es bereits ein

Zeichen von Armut, wenn man nicht dem richtigen Country Club angehörte – schlimmer war nur, wenn man *nirgendwo* Mitglied war, und genau das war bei Suzannes Familie der Fall. Ihre Eltern waren aus Schweden in die USA gekommen und besaßen ein Spielzeuggeschäft in der Green Bay Road, das sich zwischen zahllosen schicken Boutiquen und teuren Raumausstattern befand, wo Bettlaken in etwa so viel kosteten wie ein Gebrauchtwagen. Insgeheim beneidete Suzanne ihre Klassenkameraden, deren Eltern Anwälte, Manager oder Industriemagnaten der dritten Generation waren, während sie für ihr Taschengeld arbeiten musste und viele Stunden im Geschäft ihrer Eltern verbrachte, damit sie sich dieselben Klamotten leisten konnte, die ihre Freundinnen mit der Kreditkarte ihres Vaters bezahlten.

Suzannes hochgesteckte Ziele führten dazu, dass sie sich in der Schule um einiges mehr anstrengte als ihre Freundinnen. Sie belegte schon während der Highschool Collegekurse und arbeitete immer ein wenig härter als die anderen, um bei jeder Prüfung garantiert eine Eins zu bekommen. Ihre hervorragenden Noten brachten ihr schließlich ein Stipendium an der Purdue University ein, an der sie einen Abschluss in Finanzwissenschaft machte. Danach folgte der Master an der University of Chicago, und sie fand eine Anstellung bei einem der besten Brokerhäuser der Stadt, was in dieser Zeit für eine Frau nicht gerade eine Selbstverständlichkeit war. Damals war Suzanne sich sicher, dass der Zahltag endlich gekommen war, doch sie wurde schon bald eines Besseren belehrt.

Auf ihren mit goldener Schrift bedruckten Visitenkarten stand *Finanzberaterin,* doch im Grunde war sie nur eine einfache Verkaufsangestellte, die am Telefon Kunden zu einem Beratungsgespräch überreden sollte. Sie bekam lediglich ein bescheidenes Gehalt und eine Liste mit potenziellen Kunden, unter denen sich viele Ärzte, Anwälte und andere Besserverdiener befanden. Allerdings arbeiteten alle in der Branche mit derselben Liste, und die zukünftigen Kunden wurden von ihren Rechtsanwälten zur Vorsicht ermahnt und nahmen Suzannes Anrufe nur selten persönlich entgegen. Und wenn sie es doch einmal an der Sekretärin vorbeischaffte, kam es häufig vor, dass der gewünschte Gesprächspartner den Hörer auf die Gabel knallte. Ein Anruf galt bereits als erfolgreich, wenn sie lange genug in der Leitung blieb, um ihr Anliegen vortragen zu können.

Nachdem sie sich sechs Monate die Finger wund gewählt hatte, konnte sie keinen einzigen neuen Kunden vorweisen. Sie war der Verzweiflung nahe und stellte ihren Entschluss, Börsenmaklerin zu werden, ernsthaft infrage. Ihr Traum vom Reichtum begann zu zerbröckeln.

Doch dann fuhr sie eines Tages im strömenden Regen mit dem Bus nach Hause und überlegte sich gerade, wie sie von ihrem miesen Gehalt die Miete zahlen sollte, als der Bus vor einer riesigen Baustelle anhielt. Suzanne sah aus dem Fenster und entdeckte Dutzende Bauarbeiter in gelben Regenmänteln, die dem Wetter zum Trotz ihrer Arbeit nachgingen – und in diesem Moment hatte sie eine Eingebung. Wer kümmerte sich eigentlich um die Tausende Bauarbeiter in der Stadt? Diese Männer verdienten vermutlich gutes Geld und mussten keinen Kredit für ihr Collegestudium zurückzahlen, weshalb der Großteil davon in die eigenen Tasche wanderte. Und selbst das viele Bier konnte doch kaum ein Vermögen kosten, oder?

Suzanne stellte einige Recherchen an und fand heraus, dass ein durchschnittlicher Bauarbeiter im Jahr über

40000 Dollar verdiente, und sogar noch mehr, wenn er einem der höheren Stockwerke zugeteilt war.

Der Lohn der Bauarbeiter überstieg also das Gehalt der meisten ihrer Kollegen – und auch ihr eigenes. Außerdem würde ihr gutes Aussehen ihr einen nicht unerheblichen Vorteil einbringen, wenn es um Bauarbeiter ging. Sie war beinahe einen Meter achtzig groß und dank ihrer skandinavischen Vorfahren mit blonden Haaren, blauen Augen, einer makellosen Haut und einem aufsehenerregenden Körperbau gesegnet. Sie war schlichtweg schön, und obwohl sie keinesfalls eitel war, scheute sie sich nicht, ihr gutes Aussehen zu ihrem Vorteil zu nutzen. Bei einem direkten Gespräch mit potenziellen Kunden hatte sie sicher sehr viel bessere Karten als übers Telefon.

Am nächsten Tag war das Wetter herrlich sonnig, und Suzanne legte eine Extraschicht Make-up auf und machte sich auf den Weg zur ersten Baustelle, wo sie den Bauleiter um Erlaubnis bat, mit seinen Arbeitern über eine Finanzberatung zu sprechen. Hätte sie dasselbe bei einer Anwaltskanzlei oder in einem großen Unternehmen versucht, hätte man sie vermutlich hochkant hinausgeworfen, doch auf der Baustelle lag so viel Testosteron in der Luft, dass man sie mehr als herzlich willkommen hieß.

Innerhalb eines Jahres hatte sie Hunderte neue Konten eröffnet, und nachdem es sich um eine der größten Börsenhaussen aller Zeiten handelte, brachte sie ihren Kunden sehr viel mehr ein als die lausigen fünf Prozent der Genossenschaftsbank. Suzannes Name sprach sich herum, und so kam sie bald mit den Generalunternehmern ins Geschäft, die sie wiederum an ihre Zulieferer weiterempfahlen. Es dauerte nicht lange, bis sie die Portfolios von so vielen Firmenpräsidenten und Vorstandsvorsitzenden verwaltete, dass sie sich selbst in der höchsten

Steuerklasse wiederfand – und das war genau das, was sie sich immer erträumt hatte.

Solange sie sich zurückerinnerte, sehnte sie sich nach einem extravaganten Lebensstil. Ihre knausrigen Eltern verachteten jegliche Art der Geldverschwendung, und Sparsamkeit war das höchste Gebot. Doch mittlerweile verdiente Suzanne so viel Geld, dass es langsam Zeit wurde, diesem Verlangen nachzugeben, und so unternahm sie eine ausgiebige Shoppingtour.

Ganz oben auf der Liste stand ein Penthouse am Ufer des Lake Michigan mit Fenstern nach Süden, Osten und Norden, dessen Einrichtung an die Bilder in einer Architekturzeitschrift erinnerte. Sie fuhr ein BMW-Cabrio und trug Kleider angesagter Designer. Die Verkäuferinnen bei Chanel kannten sie mit Namen, sie gönnte sich jeden Monat eine Gesichtsbehandlung bei Elizabeth Arden, und sie ließ sich die Haare selbstverständlich nur vom besten Stylisten bei Sassoon schneiden. Ein schwarzer Nerzmantel und eine Jacke aus Samtbiber schützten sie vor den brutalen Winden in der Stadt, und ihre Diamantohrringe, die Mikimoto-Perlenkette und die Cartier-Uhr hoben ihr Selbstbewusstsein.

Das meiste davon lief auf Pump, und die Ratenzahlungen verschlangen beinahe ihr gesamtes Einkommen, doch es war das Jahr 1986, und ihre Gewinne stiegen parallel zum Wert der Märkte, also kümmerte sie sich nicht weiter darum, dass ihre Schulden das verdiente Geld genauso schnell auffraßen, wie es auf ihr Konto floss. Sie war überzeugt, dass ihre Kundenliste immer länger werden würde und ihre eigenen Investments an Wert gewinnen würden. Und in der Zwischenzeit verdiente sie genug, um sich die Raten leisen zu können.

Bis zum 19. Oktober 1987 – dem Schwarzen Montag.

Die Blase platzte, der Dow Jones sank innerhalb eines Tages um 22,6 Prozent, und mehr als 550 Milliarden Dollar lösten sich in Luft auf, darunter auch die Portfolios eines Großteils ihrer Kunden – und ihr eigenes.

Zu allem Übel befand sich Suzanne ausgerechnet zu dieser Zeit in ihrem ersten Urlaub seit drei Jahren. Sie saß gerade in einem Café in Venedig und nippte an einem Espresso, als ihr plötzlich aufgeregtes Gemurmel über schwerwiegende Probleme an den Börsen zu Ohren kam. Da das heute allgegenwärtige Handy damals noch eine Ausnahme war, rannte sie zurück ins Hotel und machte den Fernseher an. Als ihr das Ausmaß der Katastrophe klar wurde, versuchte sie, in ihrem Büro anzurufen, doch die Leitungen waren stundenlang blockiert, bis sie endlich mit jemandem sprechen konnte. Ihr Assistent bestätigte, dass es so schlimm war, wie sie befürchtet hatte – wenn nicht sogar noch schlimmer. Sie buchte sofort einen Rückflug am nächsten Morgen und flog nach einer schlaflosen Nacht zuerst nach Frankfurt und dann zurück nach Chicago. Sie wäre auch schon früher aufgebrochen, doch es schien, als wollte der Großteil der Gäste Venedig so schnell wie möglich verlassen.

Als sie schließlich in Chicago landete und dabei ihre wertvolle venezianische Vase fest an ihre Brust drückte, war der Schaden nicht wiedergutzumachen. Obwohl sie auch nicht viel mehr gegen die Verluste ihrer Kunden hätte ausrichten können, wenn sie an diesem schicksalsträchtigen Tag am Schreibtisch gesessen hätte. Das System war so überlastet gewesen, dass es beinahe unmöglich gewesen war, Aktien rechtzeitig abzustoßen. Aber machen Sie das einmal jemandem klar, der gerade zwischen fünfundzwanzig und fünfzig Prozent seines Aktienvermögens verloren hat.

Die meisten Kunden hatten das Vertrauen in Suzanne verloren, weil sie nicht in der Stadt gewesen war, als die Katastrophe ihren Lauf genommen hatte. Sie war nicht da gewesen, um ihre besorgten Anrufe entgegenzunehmen, und der Börsenmakler, den sie mit ihrer Vertretung betraut hatte, hatte genügend eigene Probleme. Und so brachten viele Kunden ihr Unbehagen zum Ausdruck, indem sie ihre ohnehin dezimierten Konten auflösten.

Suzanne versuchte, ihnen klarzumachen, dass die Verluste im Grunde nur auf dem Papier existierten und sich der Markt wieder erholen werde, doch es war sinnlos. Und auch als sie erklärte, dass jetzt der richtige Zeitpunkt sei, um Aktien zu kaufen, da die Preise so niedrig waren wie nie, hörte ihr niemand zu. Ihre Kleinkunden – die Bauarbeiter – kehrten zur Genossenschaftsbank zurück, wo ihre Ersparnisse wenigstens sicher waren, und die verbliebenen Kunden kauften hauptsächlich Sparbriefe, was für sie nur mickrige Provisionen abwarf. Langsam wurde ihr klar, dass ihr Einkommen in diesem Jahr – mit etwas Glück – ungefähr ein Viertel des Vorjahreseinkommens ausmachen würde.

Doch es war unmöglich, ihrer Schulden mit derart wenig Geld Herr zu werden. Die Hypothek, die Raten für das Auto, die Kreditkartenrechnungen. Sie versuchte, ihre Ausgaben so niedrig wie möglich zu halten, und verbot sich sämtliche Shoppingtouren, Restaurantbesuche, Gesichtsbehandlungen und neuen Anschaffungen. Sie beschloss sogar, einige ihrer Schmuckstücke zu verkaufen, doch als sie erfuhr, dass sie pro Dollar, den sie für eine Kette ausgegeben hatte, die sie noch immer nicht abbezahlt hatte, ganze zwanzig Cent zurückbekam, fiel sie beinahe in Ohnmacht. Allerdings brauchte sie das Geld so dringend, dass ihr am Ende nichts anderes übrig blieb.

Nachdem sie ihre Barreserven aufgebraucht hatte, musste sie selbst Aktien abstoßen und Verluste in Kauf nehmen, obwohl sie wusste, dass sich die Kurse mit der Zeit wieder erholen würden. Doch diese Zeit hatte sie schlichtweg nicht, und obwohl es der allerletzte Ausweg war, wurde ihr irgendwann klar, dass sie ihr Penthouse am Lake Michigan verkaufen musste. Ihre Wohnung im vierzigsten Stockwerk mit dem Fischgrätparkett, den Stuckleisten und der eleganten Vertäfelung war die Krönung ihrer harten Arbeit. Sie hatte ihre Freunde, ihr Liebesleben und die Möglichkeit aufgegeben, irgendwann einmal eine eigene Familie zu gründen, um sich etwas wirklich Einzigartiges zu kaufen, und der Gedanke, es nun zu verlieren, war niederschmetternd.

Zum ersten Mal beneidete Suzanne Frauen wie Natasha und Carol Anne, die sich keine Sorgen ums Geld zu machen brauchten, weil ihre Ehemänner mehr als genug verdienten. Vielleicht war es tatsächlich besser, sich mit einem Ehemann abzufinden, wenn man dafür von allen Sorgen befreit war.

Denn das Biest war hungrig und wollte gefüttert werden. Es wollte Geld, und zwar jetzt. Doch selbst wenn sie das Penthouse für einen viel zu niedrigen Preis zum Verkauf anbot, würde es trotzdem eine Weile dauern, bis sich ein Käufer fand, und noch länger, bis das Geld auf ihrem Konto war. Es kam nicht infrage, dass sie ihre Eltern um einen Kredit bat, denn sie machten kein Geheimnis daraus, wie wenig sie von Suzannes verschwenderischem Lebensstil hielten. Sie nun um Geld zu bitten, hätte nur zu einer langen Moralpredigt geführt. Die Situation schien hoffnungslos.

Doch dann fiel ihr plötzlich der Baulöwe Vince Columbo ein. Er war einer der wenigen Großkunden, die ihr treu geblieben waren, und nebenbei auch einer der bekanntesten Immobilienentwickler der Stadt, dessen Vermögen sogar nach dem Börsencrash noch beachtlich war. Suzanne vermutete schon lange, dass Vince sich von ihr angezogen fühlte, doch sie hatte seine unterschwelligen Annäherungsversuche bis jetzt immer ignoriert. Er war immerhin verheiratet, und sie wollte auf keinen Fall die zweite Wahl sein. Als erfolgreiche Geschäftsfrau hatte sie ihre körperlichen Reize anfangs zwar sehr bewusst eingesetzt, um ihn zu einer Zusammenarbeit zu bewegen, danach allerdings peinlich genau darauf geachtet, dass die Beziehung rein geschäftlich blieb.

Suzanne ging davon aus, dass Vince ihr als Kunde treu geblieben war, weil er immer noch Interesse an ihr hatte – und vielleicht konnte sie seine Vernarrtheit nutzen, um einen Kredit zu bekommen. Unter normalen Umständen wäre ihr ein so drastischer Schritt zwar zuwider gewesen, aber es waren harte Zeiten.

Suzanne rief in seinem Büro an und wurde sofort zu ihm durchgestellt. Sie verabredeten sich für den kommenden Freitag zum Mittagessen – um neue Investitionen zu besprechen, natürlich.

An besagtem Tag entschied sie sich für einen königsblauen Hosenanzug, der ihrer blassen Haut schmeichelte und ihre blauen Augen betonte. Sie kam etwas zu früh in dem noblen Restaurant an und ließ sich in einer mit weichem Leder gepolsterten Ecknische nieder, die mit alten Fotos berühmter Chicagoer und Hollywood-Größen geschmückt war. Ihr Blick blieb starr auf die Tür gerichtet, und pünktlich um zwölf betrat Vince Columbo in einem maßgeschneiderten grauen Anzug mit einer roten Krawatte das Restaurant. Seine silberfarbenen Haare waren streng zurückgekämmt, und die Art, wie er aus der eleganten Gästeschar herausstach, verriet Suzanne, dass er sich genauso viele Gedanken über sein Aussehen gemacht hatte wie sie.

Er begrüßte sie mit einem geschäftsmäßigen Handschlag, und sie betrieben ein wenig Small Talk, wobei Suzanne hoffte, dass er ihr ihre Nervosität nicht anmerkte. Als der Kellner sie schließlich unterbrach, bestellten sie Shrimpcocktails und Seezunge. Suzanne wählte eine Flasche Chablis Premier Cru aus der umfangreichen Weinkarte und nickte zustimmend, als der Sommelier ihr einen Probierschluck einschenkte.

Da sie wusste, dass Vince ein großer Baseballfan war, lenkte sie das Gespräch auf das bevorstehende Eröffnungsspiel der Chicago Cubs, um ihm zu zeigen, dass sie sich auch in der Welt des Sports sehr gut zurechtfand. Ein solches Wissen war immer nützlich, wenn man sich in einer Männerdomäne bewegte.

»Was halten Sie eigentlich davon, dass Wrigley Field eine Flutlichtanlage bekommen soll?«, fragte sie und nippte an ihrem Wein.

»Das ist meiner Meinung nach schon lange überfällig. Die Cubs müssen endlich im wirklichen Leben ankommen. Ich weiß, dass viele Leute etwas dagegen haben, weil sie prinzipiell gegen jede Veränderung sind, aber meine Philosophie ist, dass man Veränderungen in Kauf nehmen muss, weil man sonst untergeht. Menschen, die keine Veränderungen akzeptieren, schwimmen am Ende ihr ganzes Leben lang im selben Teich. Und das Wasser wird mit der Zeit so trüb, dass sie die Möglichkeiten nicht mehr sehen, die sich ihnen bieten.«

Suzanne nickte und biss in ihr mit Parmesan überbackenes Brötchen. Normalerweise zerging es auf der Zunge, doch heute war sie so nervös, dass es am Gaumen kleben blieb. Sie nahm einen weiteren – größeren – Schluck Wein, um das Brot und auch ihre Zunge zu lösen.

»Vince, es ist mir wirklich sehr unangenehm, aber ich muss Ihnen etwas gestehen«, presste sie schließlich hervor. »Ich habe Sie unter Vortäuschung falscher Tatsachen hierhergelockt. Ich will eigentlich gar nichts Geschäftliches besprechen. Zumindest nicht im herkömmlichen Sinn.«

Er stellte sein Glas ab und sah ihr, ohne ein einziges Mal zu blinzeln, in die Augen.

»Wir kennen uns mittlerweile seit etwa fünf Jahren und ich … na ja, ich sehe Sie als Freund«, fuhr Suzanne fort und fragte sich, ob sie gerade einen riesigen Fehler machte. »Ich habe niemanden, zu dem ich gehen könnte, und da dachte ich an Sie, weil ich glaube, dass Sie über meine Integrität und meine Arbeitsweise gut genug Bescheid wissen.« Sie brach ab. Das hier lief absolut nicht so wie geplant. Obwohl sie es Hunderte Male in Gedanken und vor dem Spiegel durchgespielt hatte, brachte sie die Frage nicht über die Lippen. »Wissen Sie was? Das hier war ein Fehler«, erklärte sie schließlich und griff dieses Mal nicht zum Wein, sondern zum Wasserglas daneben.

»Was ist denn los, Suzanne?«, fragte Vince und musterte sie interessiert.

Suzanne nahm nun doch noch einen Schluck Wein und atmete tief durch. Es war, wie in einen eiskalten See zu springen. Sie dachte an die einwöchigen Urlaube zurück, die sie als Kind zusammen mit ihrer Familie im nördlichen Minnesota bei Verwandten ihrer Mutter verbracht hatte. Sie und Johnny hatten immer die Zehen in das eisige Wasser gehalten und laut aufgeschrien, wenn die Kälte bis in ihre Knochen drang. Nachdem sie mehrere Male erfolglos versucht hatten, langsam ins Wasser zu waten, fanden sie heraus, dass es weitaus weniger kalt war, wenn man so schnell wie möglich untertauchte und es hinter sich brachte, denn nach dem ersten Schock war es eigentlich gar nicht so schlimm. Die Erwartung war schlimmer als die Realität.

Und so wagte sie auch jetzt den Sprung ins kalte Wasser.

»Ich brauche einen Kredit«, platzte sie heraus.

Vince' Gesicht blieb ausdruckslos, während sie ihm ihre Situation erklärte. Sie erzählte, dass sie viele Kunden verloren habe und auch selbst Verluste habe hinnehmen müssen, und dass sie nun sogar ihr Penthouse verkaufen werde, wenn der Immobilienmarkt sich erholt habe. Sobald dieses Geld auf ihrem Konto sei, würde sie ihm natürlich sofort alles inklusive Zinsen zurückzahlen. Sie sah zwar keine unmittelbare Erholung des Marktes, aber sie würde ihr Bestes geben, um eine lukrative Anlageform zu finden, und sie war sich sicher, dass sie schon bald wieder schwarze Zahlen schreiben würde. Sie würde natürlich einen Schuldbrief ausstellen und …

In diesem Moment unterbrach er sie.

»Wie viel?«, fragte er.

»Wie bitte?«

»Ich fragte, wie viel?«

Zog Vince tatsächlich in Betracht, ihr Geld zu leihen? »Im Moment sind es vierzigtausend«, erwiderte Suzanne und hielt den Atem an.

Vince griff wortlos in seine Jacke, zog sein Scheckbuch hervor, stellte einen Scheck über die genannte Summe aus und schrieb »Kredit« in die Betreffzeile. Dann gab er ihr den Scheck, und Suzanne starrte ungläubig darauf.

Das war viel zu leicht gewesen! Sie hatte eigentlich angenommen, dass sie ihm die Situation genauer erklären musste, doch nun hatte sie plötzlich einen Scheck über vierzigtausend Dollar in der Hand, und das auch noch vollkommen legal durch das kleine Wörtchen »Kredit«.

»Danke«, sagte sie und sah ihm dabei fest in die Augen. »Dann kommen wir nun zu den Rückzahlungsbedingungen …«

»Suzanne, ich mache mir keine Sorgen, dass Sie mir das Geld nicht zurückzahlen können. Ich weiß, dass Sie es tun werden – und zwar mit angemessenen Zinsen.« Er lächelte, und sie merkte zum ersten Mal, wie attraktiv er war. »Ich habe ein besseres Gefühl bei Ihnen, als wenn ich das Geld jemandem aus meiner Familie leihen würde. Aber es gibt natürlich eine Bedingung.«

Aha, dachte sie. *Es war wirklich zu einfach.*

»Ich will, dass Sie einmal die Woche mit mir zu Mittag essen. Um über die Aktienmärkte zu reden, natürlich. Und vielleicht auch noch über Baseball.«

Suzanne war alles andere als naiv und wusste natürlich, was er sich von diesen wöchentlichen Mittagessen erhoffte, doch darüber machte sie sich keine weiteren Gedanken. Damit würde sie schon klarkommen. Das Wichtigste war, das Vince' Kredit den Schuldeneintreiber die nächsten paar Monate in die Schranken weisen würde. Über alles andere würde sie sich erst Sorgen machen, wenn es so weit war.

»Abgemacht?«, fragte er.

»Abgemacht!«, antwortete sie, und sie schüttelten einander die Hand.

Als schließlich die Rechnung für das Essen kam, griff Suzanne gleich danach. Vince wollte sie ihr abnehmen, doch sie bestand darauf, für das Essen aufzukommen. »Bitte, ich habe Sie immerhin zum Mittagessen eingeladen!«, meinte sie. »Das heute geht auf mich.«

Vince erhob keinen Einspruch, und Suzanne zog ihre American Expresskarte aus der Tasche und legte sie auf den Tisch. Es war die letzte Rechnung, die sie in seiner Gegenwart bezahlte.

Kapitel 8

Angie

Angie stand vor dem Fenster im Flur und wartete, bis Suzannes Taxi um die Ecke gebogen war. Sie hatte auf der Fahrt nach Hause plötzlich neue Energie verspürt, und nun wollte sie alles – nur nicht allein sein. Zu Hause war es in letzter Zeit viel zu einsam.

Da es unwahrscheinlich war, dass in der ruhigen Siedlungsstraße ein Taxi vorbeikam, machte sie sich zu Fuß auf den Weg in die Halsted Street. Plötzlich näherte sich von hinten ein Auto, und sie wandte sich um, doch es war nur ein normaler Pkw, der an ihr vorbeifuhr und bei der nächsten Kreuzung abbog. Ein wenig unheimlich war es schon, so ganz allein die menschenleere Straße entlangzugehen. Ihre hohen Absätze klapperten, und einmal glaubte sie sogar, jemanden hinter sich zu hören, doch als sie sich umdrehte, erkannte sie, dass es nur das Rascheln der Blätter im Wind gewesen war. Trotzdem beschleunigte sie ihre Schritte und hastete in ihren High Heels die Straße entlang.

Sie schwitzte, als sie schließlich in die Halsted Street einbog, doch wenigstens waren hier genug Menschen unterwegs, sodass sie keine Angst mehr hatte. Die Leute, die aus den Pubs kamen, trugen Khakis, Strickwesten und Bootsschuhe oder einfache Turnschuhe und waren damit sehr viel weniger stilbewusst angezogen als das Partyvolk in der Rush Street. Angie überlegte kurz, sich einen schnellen Drink in einer der Bars zu genehmigen, aber es war schon spät, und das Glasfläschchen in ihrer Handtasche war mittlerweile leer.

Sie hielt ein Taxi an und gab dem Fahrer eine Adresse in Newtown. Im Wagen stank es nach menschlichen Ausdünstungen, und so kurbelte sie das Fenster herunter und lehnte ihren Kopf an den Türrahmen. Sie starrte gleichgültig auf die Straße hinaus, als das Taxi wenig später vor einer roten Ampel und kaum einen Meter von einem Pärchen entfernt anhielt. Der Mann und die Frau waren so aufeinander konzentriert, dass sie Angie nicht bemerkten, doch sie sah die beiden sehr wohl. Den Mann kannte sie nur zu gut, die kleine blonde Frau hingegen war ihr unbekannt. Die beiden lachten gerade über irgendetwas, und der Mann hatte besitzergreifend einen Arm um die Frau gelegt. Angie steckte den Kopf durch das offene Fenster.

»Harvey!«, brüllte sie. »Hier bin ich, du Arschloch!«

Ihr Ex-Mann wandte den Kopf um und riss erschrocken die Augen auf, als er Angie sah, während die Blondine sie lediglich ausdruckslos anstarrte.

Die Ampel sprang auf Grün, und das Taxi fuhr an, doch Angie brüllte einfach weiter, sodass sich auch die anderen Fußgänger auf dem Bürgersteig zu ihr umwandten. »Ja, genau, ich bin's, du nichtsnutziger Hurensohn! Mach nur weiter so und zeig allen, wie glücklich du bist. Du kannst es wohl kaum erwarten, dass die Scheidung durch ist. Aber ich werde jeden einzelnen Cent aus dir herauspressen, du Mistkerl. Wir sehen uns vor Gericht, du beschissener Polacke!« Als das Pärchen nicht mehr zu sehen war, ließ sie sich in den Autositz zurücksinken und versank in Selbstmitleid.

Was ist bloß schiefgegangen, Harvey?, dachte sie sich. *Warum behandelst du mich so? Habe ich mich nicht immer gut um dich gekümmert, dein Haus sauber gehalten und dir dein Lieblingsessen gekocht? War der Sex nicht genial – zumindest am Anfang? Warum konntest du nicht mehr Verständnis aufbringen? Warum konntest du nicht warten, bis es mir wieder besserging? Verstehst du nicht, wie sehr mich diese Fehlgeburten verletzt haben?*

Angie sah das »ZU VERKAUFEN«-Schild vor ihrem ehemaligen Zuhause vor sich und dachte daran, dass der Gewinn vermutlich ohnehin bei der Scheidung draufgehen würde. Ihre Augen füllten sich mit Tränen.

Sie suchte gerade in ihrer Handtasche nach einem Taschentuch, als das Taxi ruckartig vor einer Kellerbar namens *The Zone* hielt. Die Tasche rutschte von ihrem Schoß und landete auf dem zugemüllten Boden. »Verdammt noch mal, nun sehen Sie mal, was Sie angerichtet haben! Passen Sie doch auf!«, zischte sie.

»Das macht dann vier Dollar«, erwiderte der Taxifahrer.

Sie wollte ihm bereits die Hölle heißmachen, weil er überhaupt etwas verlangte, doch dann zog sie einen Zehndollarschein heraus und hielt ihn nach vorn. Sie legte die Geldbörse neben sich auf den Autositz, während sie ihre Sachen vom Boden aufsammelte und die Lippenstifte, die verschiedenen Cremes und das Glasfläschchen zurück in die Tasche stopfte. Sie war so wütend, dass sie dem Fahrer sicher kein Trinkgeld geben würde. Als er ihr schließlich sechs Dollarscheine über die Schulter zurückreichte, nahm sie das Geld und steckte es eilig in ihre Handtasche. Dann sprang sie aus dem Wagen und knallte die Tür zu.

Ihre Geldbörse lag noch immer auf dem Rücksitz, als das Taxi schließlich davonfuhr.

Der Bürgersteig schien unter ihr zu schwanken, als sie die dunkle Treppe zum Eingang hinunterstolperte und ihre Tasche dabei fest an sich drückte. Sie verlor zwei Mal beinahe das Gleichgewicht, bevor sie unten angekommen war. Dann riss sie fest entschlossen die Tür auf und betrat die Bar.

Kapitel 9

Ich bog in Carol Annes Auffahrt und parkte hinter Michaels silbernem Porsche. Ich war mehr als erleichtert, heil hier angekommen zu sein, vor allem wenn man bedachte, dass ich auf dem Expressway anhalten musste, um mich am Straßenrand zu übergeben … und zwar *zwei Mal.* Selbst jetzt würgte ich noch, obwohl mein Magen bereits leer war, doch im Grunde war ich einfach nur froh, dass ich mich nicht mehr in meiner Wohnung befand, wo mir die Schuldgefühle die Luft zum Atmen genommen hatten. Ich öffnete die Autotür und saß dann einige Sekunden regungslos da, um dem Surren der Rasenmäher und dem Zwitschern der Vögel zuzuhören. Es waren die beruhigenden Geräusche der Vororte, die tief in meiner glücklichen Kindheit verankert waren.

Ich saß immer noch in meinem roten VW Käfer, als Carol Anne mit tränenüberströmtem Gesicht auf mich zulief. Ich stieg aus und nahm sie in die Arme. Wir erdrückten uns in unserer Trauer beinahe gegenseitig.

»Ich kann es einfach nicht glauben«, schluchzte sie immer und immer wieder, und ich spürte ihre Tränen auf meiner Wange.

»Ich weiß, ich weiß«, war die einzige Antwort, die ich mir abringen konnte.

Schließlich traten wir auseinander und musterten einander. Carol Annes Augen waren verquollen und gerötet, doch da waren auch schwarze Ringe, als hätte sie die ganze Nacht kein Auge zugemacht. Ich kannte dieses Gesicht seit unserer Jugend und wusste sofort, dass außer dem Tod unserer Freundin noch etwas anderes dahinterstecken musste.

»Geht es dir gut?«, fragte ich. »Du siehst fast so schlimm aus wie ich.«

Carol Anne sah mich an, und ihr Blick fiel auf meine ebenfalls roten Augen und das von den Bartstoppeln meines Liebhabers gerötete Gesicht. »Was ist denn mit dir passiert? Du siehst aus, als hätte dich jemand durch den Fleischwolf gedreht.«

»Was du nicht sagst!« Meinem Magen ging es inzwischen ein wenig besser, aber mein Kopf dröhnte immer noch. »Ich bräuchte jetzt dringend eine Tasse Kaffee.«

Wir gingen ins Haus und durch den Flur, wo wir uns alle am Vorabend voneinander verabschiedet hatten. Nun waren von sechs Frauen nur noch fünf übrig. Ich warf einen Blick durch das Fenster auf den nierenförmigen Pool und sah Angie vor mir, die den Stripper lautstark anfeuerte, während sie den Hintern in den engen Hosen wackeln und die Brüste in der tief ausgeschnittenen Bluse hüpfen ließ. *Komm schon, raus mit der Knarre, Officer Tony!*

»Ich kann sie immer noch hören«, flüsterte Carol Anne und sprach damit aus, was ich mir gerade gedacht hatte.

»Ja, ich auch.«

Wir gingen durch den Dienstbotengang vorbei an dem Esszimmer mit der Wedgewood-Deckenverzierung aus den 1920ern und kamen schließlich bei der Küche an. Carol Anne schenkte uns zwei Tassen Kaffee ein, und wir setzten uns an die Kücheninsel aus Granit, über der zahlreiche Kupfertöpfe baumelten. Im Haus war es gespenstisch ruhig, denn heute Morgen gab es keine stampfenden Füße, keinen plärrenden Fernseher und auch kein Kindergeschrei – aber irgendwie war es trotzdem lauter als sonst.

»Wo ist denn Michael?«, fragte ich und sah mich verwundert um.

»Im Bett.«

»So spät noch? Ich dachte, er wäre Frühaufsteher.«

»Wir waren lange wach«, erwiderte Carol Anne.

Vielleicht erklärte das die dunklen Ringe unter ihren Augen. Die beiden hatten die Gelegenheit genutzt, dass die Kinder über Nacht außer Haus waren. Schön für sie! Andererseits erinnerte mich die Stabilität ihrer Ehe bloß daran, dass ich meine eigene Partnerschaft gerade erst aufs Spiel gesetzt hatte.

Carol Anne und ich sprachen über Angie und stellten Vermutungen an, was vielleicht passiert war, doch ich konnte mich kaum konzentrieren. Das, was ich getan hatte, bahnte sich immer wieder einen Weg in meine Gedanken, und die Schuldgefühle wurden immer schlimmer, bis ich es schließlich nicht mehr aushielt. »Carol Anne, es ist vielleicht seltsam, dass ich an einem Tag wie heute auf meine eigenen Probleme komme, aber ich muss da dringend etwas loswerden. Etwas echt Schreckliches.«

Die blaugrünen Augen in ihrem müden Gesicht wurden groß vor Schreck. »Hast *du* Angie umgebracht?«

»Darüber macht man keine Witze!« Ich hielt den Blick auf die Tür gerichtet, falls Michael unerwartet auftauchte, dann flüsterte ich so leise wie möglich. »Ich habe Flynn betrogen.«

»Du hast was?«, rief sie empört und ziemlich laut.

»Psst!«, flehte ich und musterte ihr Gesicht. Sie war

meine beste Freundin, und ich brauchte ihr Verständnis. Wir kamen beide aus Familien mit lauter Mädchen und hatten somit ähnliche Erfahrungen gemacht. Carol Anne war die dritte von vier Schwestern, ich die mittlere von dreien, und wir hatten ineinander endlich jemanden gefunden, der wusste, wie es mit einer besserwisserischen älteren und einer verwöhnten jüngeren Schwester war. Jemanden, der nicht mit uns um Daddys Aufmerksamkeit buhlte und auch nicht unser Lieblingsshirt klaute. Wir wussten alles übereinander – zumindest dachte ich das damals. Es gab einen unausgesprochenen Pakt zwischen uns, dass wir nicht nur die Geheimnisse der anderen bewahren, sondern uns auch niemals gegenseitig verurteilen würden.

Doch meine Hoffnung auf Absolution wurde im nächsten Moment zunichtegemacht. »Oh … mein … Gott! Hast du den Verstand verloren?«

»Danke für deine Unterstützung …«

»Es tut mir leid, aber du hast mich echt auf dem falschen Fuß erwischt. Nach der Sache mit Angie ist mir das im Moment einfach zu viel.« Als sie sah, wie verzweifelt ich war, lenkte sie ein. »Okay, sag mir, was passiert ist.«

Ich erzählte ihr, wie ich den Zimmermann in der Bar kennengelernt, ihm einen Drink spendiert und mit ihm getanzt hatte. Und wie er mich nach Hause gefahren und ich ihn nach oben eingeladen hatte, wo dann schließlich … eines zum anderen geführt hatte.

Als ich fertig war, ließ ich meinen dröhnenden Kopf in die Hände sinken. Ich wollte mich verstecken – und vielleicht würde dann alles wieder so sein wie früher. »Der Abend gestern war ein einziger verdammter Albtraum. Und heute ist Angie plötzlich tot, und ich habe etwas

Schreckliches getan. Es ist alles so unwirklich! Da werde ich bald diesen wunderbaren Mann heiraten, und dann ruiniere ich alles. Ich werde dafür in der Hölle landen, das weiß ich bestimmt. Und was, wenn ich schwanger bin?«

Ihre Augen wurden noch größer. »So etwas darfst du nicht mal denken. Du hast doch etwas genommen, oder?«

»Heute Morgen. Aber letzte Nacht nicht.«

Die Stille war ohrenbetäubend, und die Art, wie Carol Anne mich anstarrte, erinnerte mich auf erschreckende Art an meine Mutter. Schließlich meinte sie entsetzt: »Anscheinend hast du wirklich den Verstand verloren! Ich kann ja beinahe noch verstehen, wie es zu letzter Nacht kam. Du warst wirklich total betrunken. Aber es gab auch ein *heute Morgen.*«

Ich schämte mich in Grund und Boden. »Ich weiß ehrlich nicht, was mich geritten hat! Ich glaube, ich war vorübergehend nicht zurechnungsfähig! Nachdem Suzanne mich angerufen und mir von Angie erzählt hat, war er einfach da. Und plötzlich wollte ich es – und ihn – so sehr, dass mir alles andere egal war. Ich weiß, ich hätte mich zurückhalten sollen, aber das wollte ich gar nicht. Und jetzt schäme ich mich so dafür, dass ich es kaum ertrage.«

»Okay, okay. Hör auf, dich selbst fertigzumachen! Das hilft dir jetzt auch nicht weiter.« Ich war wahnsinnig erleichtert, dass Carol Anne endlich einen mitfühlenderen Ton anschlug. »Solche Dinge passieren vermutlich häufiger, als die Leute zugeben wollen. Es war ein allerletztes Aufbäumen. Du hast einen riesigen Fehler gemacht, aber du würdest Flynn so etwas doch nie wieder antun, oder?«

Flynns Name entfachte das schlechte Gewissen erneut.

Aus irgendeinem Grund, den ich nicht verstand, war dieser Mann so verliebt in mich, dass meine Gefühle im Gegensatz zu seinen immer irgendwie nur lauwarm wirkten. Doch jetzt, da ich kurz davor stand, ihn zu verlieren, war meine Liebe zu ihm so stark wie nie zuvor. Ich liebte ihn mehr als alles andere auf dieser Welt. »Du meinst, ob ich ihn jemals wieder betrügen würde? Niemals! Ich habe inzwischen erkannt, wie wichtig er mir ist.«

»Siehst du«, tröstete sie mich. »Vielleicht ist das alles ja aus einem bestimmten Grund passiert. Und es ist nicht sehr wahrscheinlich, dass du wirklich schwanger bist. Ich würde mir eher Sorgen machen, dass er dich mit irgendetwas angesteckt hat …« Sie spitzte die Lippen und dachte kurz nach. »Wann bekommst du deine nächste Periode?«

»In zehn Tagen.«

Wir zählten beide nach, und die Erkenntnis traf uns mit voller Wucht: Es gab keinen schlechteren Zeitpunkt als jetzt.

»Es wird schon alles gut gehen«, erklärte Carol Anne mit falscher Zuversicht.

»Und wenn nicht?«

»Habt ihr immer noch vor, bis zur Hochzeit nicht miteinander zu schlafen?«

Ich nickte schwach.

»Abtreibung?« Der Blick, den ich ihr zuwarf, sagte mehr als tausend Worte. »Ich schätze, dann musst du so tun, als wäre es von ihm.«

»Was ist von wem?«, fragte eine Stimme, und ich fiel beinahe vom Stuhl. Ich hatte die Tür nur einen kurzen Augenblick aus den Augen gelassen, und schon stand Michael Niebaum hinter uns. Er trug ein Grateful-Dead-T-Shirt und Jeans, und seine schwarzen Locken waren noch feucht vom Duschen. Gott sei Dank hatte er den ersten Teil unseres Gesprächs nicht mitbekommen.

»Wir reden von den Entrees für das Probedinner«, erwiderte Carol Anne geistesgegenwärtig.

»Du bist aber früh zurück!«, meinte Michael zu mir, ohne auf die Erklärung seiner Frau einzugehen. Er war ganz offensichtlich nicht im Geringsten an den Details für das Probedinner interessiert. Er drückte Carol Anne einen Kuss auf den Scheitel, und die Zärtlichkeit dieser Geste trieb mir beinahe die Tränen in die Augen. »Warum bist du eigentlich nicht gleich über Nacht geblieben?«

»Glaub mir, das hätte ich tun sollen.«

»Es gibt leider schlimme Neuigkeiten, Michael«, erklärte Carol Anne und wandte sich zu ihrem Mann um. »Angie ist tot.«

Ich habe in meinem ganzen Leben noch nie einen Gesichtsausdruck wie den von Michael Niebaum gesehen, als er von Angies Tod erfuhr. Seine großen dunklen Augen wurden glasig, als würde er einem unbeschreiblichen Schrecken ins Gesicht blicken, dann wurde er kalkweiß. Er wandte sich abrupt ab und goss sich mit zitternden Händen eine Tasse Kaffee ein.

»Was ist passiert?«, fragte er mit dem Rücken zu uns und starrte dabei aus dem Fenster.

»Wir wissen es noch nicht genau, aber es sieht so aus, als wäre sie ermordet worden. Kelly war heute Morgen joggen, und da war eine Menschenmenge im Lincoln Park. Offensichtlich hatte jemand eine Leiche entdeckt und … es war Angie. Das kann man eigentlich kaum glauben, oder? Wir waren doch gestern Abend noch zusammen und …« Carols Stimme versagte, doch sie fing sich schnell wieder. »Michael, sie haben sie ausgerechnet in der Nähe von Belmont Harbor gefunden.«

»Wie bitte?« Als er sich umdrehte, hatte er bereits eine bessere Farbe, doch sein sonnengebräuntes Gesicht war immer noch ungewöhnlich blass. Er verzog das Gesicht und presste sich eine Hand auf den Bauch. »Entschuldigt mich bitte. Ich bin gleich wieder da«, erklärte er und stürzte aus dem Zimmer.

»Ist alles okay?«, rief Carol Anne ihm nach und wandte sich dann erklärend an mich: »Er hat einen empfindlichen Darm, und die Nachricht von Angies Tod hat ihn wohl genauso hart getroffen wie uns.«

Das Telefon klingelte, und Carol Anne warf mir einen argwöhnischen Blick zu, bevor sie abhob. »Hallo? Ja. Ja, das bin ich.« Sie formte mit den Lippen das Wort *»Polizei«*, und ich hörte schweigend zu, während sie weitertelefonierte.

»Ja, ich habe schon von dem Mord gehört. Mhm. Wann? Heute Nachmittag? Ja, ich bin zu Hause.« Es folgte eine kurze Pause. »Maggie Trueheart? Na ja, eigentlich …«

Mir wurde übel. Es war noch zu früh, um mit der Polizei zu sprechen. Ich hatte keine Ahnung, was sie über letzte Nacht alles wissen wollten, und ich wusste auch nicht, wie ich ihre Fragen beantworten sollte, ohne mir mein eigenes Grab zu schaufeln. Ich fuhr mir mit der Hand waagerecht über die Kehle, als wollte ich sie durchschneiden – und im Grunde hätte ich genau das auch am liebsten getan. Meine scharfsinnige Freundin verstand sofort.

»Sie war bis vor Kurzem hier, aber sie ist gerade gegangen. Ja, Officer. Ich meine, *Detective*. Ja, bis später.«

Carol Anne legte auf und sah mich an. »Die Polizei will später vorbeikommen, um über Angie zu sprechen. Warum durfte ich ihnen nicht sagen, dass du hier bist?«

»Weil sie dann auch mit mir reden wollen, und das ertrage ich im Moment einfach nicht.« Ich sprang panisch auf. Das schlechte Gewissen und die Trauer verblassten, und an ihre Stelle trat der pure Selbsterhaltungstrieb. Ich wusste, dass ich beim Verhör würde lügen müssen, und ich wollte nicht, dass Carol Anne dabei war. Oder Michael. Ich nahm meine Handtasche und stand auf. »Ich muss jetzt gehen!«

Carol Anne begleitete mich zur Auffahrt und blieb neben dem Wagen stehen, als ich einstieg.

»Bist du dir sicher, dass alles okay ist?«

»Ich bin mir überhaupt nicht sicher, Carol Anne. Nur eines weiß ich bestimmt: So wie die Dinge im Moment stehen, wäre es besser, *ich* wäre diejenige im Leichenschauhaus.«

»Sag doch so etwas nicht, Maggie!«, erwiderte Carol Anne und streckte eine Hand ins Auto, um sie mir auf die Schulter zu legen. »Die Polizei will doch bloß über Angie sprechen. Sie wissen nichts über dich, und es wird ihnen auch egal sein. Keine Sorge, ich bin auf deiner Seite.«

»Danke, Carol Anne, genau das habe ich jetzt gebraucht!« Ich startete das Auto und fuhr die lange Auffahrt hinunter.

Kapitel 10

Ich dachte die ganze Heimfahrt über nur an Flynn – den Mann, den ich in zwei Wochen heiraten würde und den ich letzte Nacht betrogen hatte. Wir hatten uns im Vorjahr auf Natashas und Arthurs Party am Memorial Day kennengelernt, und ich erfuhr erst später, dass die beiden uns von Anfang an verkuppeln wollten. Nachdem ich endlich die überflüssigen dreißig Pfund losgeworden war, die ich seit der Highschool mit mir herumschleppte, fühlte ich mich an diesem Abend klug und attraktiv zugleich. Ich war jahrelang die pummelige, witzige Freundin gewesen, die alle nur wegen ihrer Persönlichkeit mochten, doch mein verschlanktes Ich war süß, witzig *und* hatte einen tollen Charakter. Das pummelig konnte man getrost streichen.

Flynn und ich verstanden uns auf Anhieb, denn wir liebten beide Sushi, Musik und das Kino. Er fuhr mich nach der Party nach Hause, und wir saßen bis zwei Uhr morgens vor meiner Haustür im Auto und sprachen über unsere Lieblingsfilme. Wir hatten beide einen schrecklichen Geschmack, sodass uns zum Beispiel Filme mit Doris Day und *Die unglaubliche Reise in einem verrückten Flugzeug* gefielen, wir standen aber auch auf Klassiker wie *Der dritte Mann* und *Casablanca.* Flynn fand es faszinierend, dass ich an einer staatlichen Bildungseinrichtung wie der University of Iowa einen Abschluss in Literatur gemacht hatte, während er auf der Eliteuni von Dartmouth Finanzwesen studiert hatte.

Am Ende brachte er mich zur Haustür und küsste mich zum Abschied warmherzig – aber nicht *zu* warmherzig –, und ich hatte das Gefühl, dass mein langweiliges Leben bald ein Ende finden würde. Als er mich am nächsten Tag anrief, war ich mir sicher.

Und mein Leben änderte sich tatsächlich. Zum ersten Mal seit der Highschool war ich Teil eines »Wir«. Es gab nicht mehr nur mich – oder besser gesagt mich und meine Freundinnen. Nun war da ein Mann in meinem Leben, und den anderen Frauen zufolge war er auch noch ein guter Fang. Er war attraktiv, ein hingebungsvoller Sohn und Bruder und ein wirklich guter Freund. Er stammte aus einer reichen Familie, doch er war auch aus eigener Kraft erfolgreich und hatte eine schnell wachsende Softwarefirma gegründet – obwohl ich damals noch nicht wusste, was *Software* genau war. Er erzählte mir bereits an unserem ersten Abend, dass sein Unternehmen einmal einen neunstelligen Betrag wert sein würde, und mit sechsunddreißig war er tatsächlich auf dem besten Weg dorthin. Er hatte bereits eine Anzahlung für unser gemeinsames Haus im Gold Coast District geleistet, in das wir nach den Flitterwochen ziehen würden. Das Haus war einfach ein Traum – vier Stockwerke, Holzböden, Badezimmer aus Granit und handgeschnitzte Treppengeländer. Doch je näher die Hochzeit rückte, desto weniger freute ich mich auf mein neues Zuhause. Es kam mir so übertrieben vor. Meine Mutter wies mich zurecht, ich würde mein Glück nicht ausreichend würdigen; sie selbst hingegen war nach Jahren der Sorge mehr als froh, dass ihre dreiunddreißigjährige Tochter nicht mehr in einer Mietwohnung mit nur einem Schlafzimmer wohnen würde, die sich zu allem Überfluss auch noch in einem Wohnhaus ohne Sicherheitssystem befand.

Tatsächlich konnte ich damals einiges nicht ausreichend würdigen – Flynn eingeschlossen. Ich konnte mir schlichtweg nicht vorstellen, was es bedeutet, das ganze Leben mit einer einzigen Person zu verbringen. Abgesehen von meiner ersten großen Liebe an der Highschool hatte ich kaum Erfahrungen mit dem anderen Geschlecht. Vor Flynn hatte ich nur einige kurze Affären und mehrere noch kürzere One-Night-Stands gehabt. Als übergewichtige junge Frau hatte ich zwar keine Probleme, die Kerle ins Bett zu bekommen, doch es war ziemlich schwierig, sie danach zur Rückkehr zu bewegen.

Auch wenn ich nicht wusste, wie viel Glück ich mit Flynn hatte, gab es mehr als genug Leute, die mich ständig daran erinnerten, und ich schob meine mangelnde Begeisterung auf den steigenden Druck vor der Hochzeit. Es war alles so schrecklich langweilig. Die Verlobungsfeiern, die Brautpartys und die zahllosen Dankeskarten, die man jedes Mal schreiben musste. Und dann noch die vielen Entscheidungen und Aufgaben, die laut meiner Mutter lebensnotwendig waren: die Einladungen, die Vorbestellung des Porzellans, des Silberbestecks und der Kristallgläser für die Tafel, die Gespräche mit dem Priester, das dreitausend Dollar teure Hochzeitskleid und die Kleider für die Brautjungfern, die Band, die Blumen, die Menüfolge, der Kuchen, die wöchentlichen Anprobetermine für das Hochzeitskleid, die Reservierung der Hotelzimmer für auswärtige Gäste, die Vorbereitungen für das Probedinner und und und … Die Liste war so lang, dass ich das Gefühl hatte, daran zu ersticken.

Ich fragte mich ständig, was mit mir nicht stimmte. Ich war beinahe Mitte dreißig – ein Alter, in dem andere bereits in Panik gerieten – und würde bald einen Mann heiraten, der die kühnsten Träume der meisten Frauen überstieg. Es gab so viele, die gerne an meiner Stelle gewesen wären. Ich hätte halb wahnsinnig vor Glück sein sollen. Doch ich musste Carol Anne zumindest in einem recht geben: Nach meinem Fehltritt war Flynn für mich zum wichtigsten Menschen der Welt geworden, und ich hatte erkannt, wie sehr ich ihn liebte, weshalb meine Treulosigkeit indirekt vielleicht doch noch etwas Gutes an sich hatte.

Ich beschloss, den Rest meines Lebens damit zu verbringen, meinen Fehler wiedergutzumachen und die perfekte Ehefrau und Freundin zu sein. Und natürlich würde ich ihm nie erzählen, was ich getan hatte. Es war meine Pflicht, ihn vor diesem Schmerz zu bewahren.

Was mich zurück zu dem Mord an Angie brachte. Natürlich war Angie mir sehr wichtig gewesen, aber die Polizei wollte sicher noch an diesem Nachmittag mit mir sprechen, und ich ekelte mich vor mir selbst, weil ich solche Angst vor ihren Fragen hatte. Trotzdem konnte ich nichts dagegen tun. Was, wenn sie mich fragten, ob ich die Bar zusammen mit Angie und Suzanne verlassen hatte? Was würde ich darauf antworten? Es war mein tiefster Wunsch, alles mir Mögliche zu tun, um den Mörder meiner Freundin rasch zu finden, doch die Polizei durfte niemals herausfinden, was ich getan hatte, während Angie ermordet worden war. Niemals. Es gab Dinge, die waren für die Ermittlungen einfach nicht relevant – und deshalb musste auch niemand darüber Bescheid wissen.

Als ich schließlich in meine Wohnung zurückkehrte, blinkte das rote Licht auf dem Anrufbeantworter. Ich hatte drei Nachrichten von Flynn, der mich bat, ihn in

New York anzurufen, und eine von einem gewissen Detective O'Reilly, der wollte, dass ich mich so schnell wie möglich mit ihm in Verbindung setzte. Ich atmete tief durch und rief in Flynns Hotel an. Würde er mir meinen Verrat anhören?

»Hi«, murmelte ich.

»Maggie, wo warst du denn? Ich habe mir langsam Sorgen gemacht!«

»Bei Carol Anne.«

»Warst du nicht erst gestern Abend dort?«

»Ja, ich musste noch etwas holen.«

»Du klingst seltsam. Ist alles okay?«

Bevor er noch weitere Fragen stellen konnte, erzählte ich ihm von Angie und hoffte, dass er meinen seltsamen Tonfall dem Mord an einer guten Freundin zuschreiben würde. Was zum Teil ja auch stimmte. Natürlich hatte er eine Menge Fragen, doch ich unterbrach ihn, bevor es zu viel wurde.

»Ich bin ehrlich gesagt so durcheinander, dass ich im Moment lieber nicht darüber reden will.«

»Natürlich. Ich verstehe, dass dir jetzt nicht danach ist, Liebling. Was für ein Schock! Ich hoffe, sie schnappen den Mistkerl bald!«

»Ja, ich auch«, erwiderte ich, und das war eine der wenigen Wahrheiten in unserem Gespräch.

»Okay, dann sehen wir uns morgen. Ich liebe dich«, meinte er zum Abschied.

»Ich dich auch«, antwortete ich automatisch.

Ich hatte kaum aufgelegt, als es an der Tür klopfte. Ich öffnete, und vor mir standen zwei Männer – einer groß, der andere klein – und hielten mir ihre Polizeimarken entgegen. Man musste kein Genie sein, um zu wissen, wer die beiden waren. Offensichtlich hatten sie beschlossen, einen kleinen Umweg einzulegen, bevor sie zu Carol Anne fuhren. Hätte ich die verdammte Tür bloß nicht aufgemacht!

Natürlich wollten die Cops alles über letzte Nacht wissen. Wir saßen am Küchentisch, und ich versuchte, meine höllischen Kopfschmerzen zu ignorieren und gleichzeitig die Ereignisse so gut wie möglich zusammenzufassen, ohne verfängliche Informationen preiszugeben. Während O'Reilly den Großteil der Fragen stellte, ließ sein Partner den Blick durch meine Wohnung schweifen, als machte er eine Bestandsaufnahme. Seine kleinen Augen wanderten von dem eierschalenfarbenen Sofa und dem dazu passenden Lehnstuhl, die ich bei einem Möbeldiscounter gekauft hatte, über die kleine Ecke, in der ich mein Büro eingerichtet hatte, zu den Regalen, die unter dem Gewicht meiner Lieblingsbücher und der gesammelten Werke Shakespeares beinahe zusammenbrachen, und zu den Kartons, die ich angefangen hatte, für den Umzug nach der Hochzeit zu packen. Kozlowskis Schweigen machte mich nervöser als die Fragen des rotgesichtigen Iren, vor allem, als sein Blick sich der offenen Küchentür näherte. Ich hatte die Flasche Jameson zwar weggestellt, aber die beiden Whiskey-Gläser standen immer noch verkehrt herum auf der Arbeitsplatte. Mein Herz begann zu rasen. Waren sie ihm aufgefallen?

O'Reilly stellte eine weitere Frage, doch ich war so abgelenkt, dass ich nicht richtig zuhörte. »Tut mir leid, was haben Sie gesagt?«

»Gab es gestern Abend irgendwelche Probleme? In der Bar vielleicht?«

»Ja, da war eine Kleinigkeit.« Ich erzählte ihnen von den Kerlen, die Angie hatte abblitzen lassen. »Sie sagte immer allen ins Gesicht, was sie dachte.«

»Gab es danach noch weiteren Kontakt zu den Männern?«

»Nein, sie verschwanden kurz darauf mit einer jungen Frau. Sie war offensichtlich interessanter als wir.«

»Wann haben Sie die Bar verlassen?«

»Suzanne und Angie sind um etwa drei Uhr los.«

»Und Sie?«

»Ein bisschen später.«

Es war Kozlowski, der schließlich die Frage stellte, vor der ich mich die ganze Zeit gefürchtet hatte.

»Warum sind Sie nicht zusammen mit den anderen nach Hause gegangen?«

Mein Herz schlug so schnell, dass ich Angst hatte, es würde mir aus der Brust springen. Die Art, wie er die Frage gestellt hatte, ließ seine Vermutung erkennen, dass ich etwas zu verbergen hatte. Was ja auch stimmte. Doch auch wenn die Nacht mit dem Zimmermann falsch gewesen war, war es nicht illegal und für die Ermittlungen vollkommen irrelevant. »Weil ich weitertanzen wollte und noch keine Lust hatte, nach Hause zu gehen«, erwiderte ich mit trockenem Mund.

»Haben Sie mit einem Bekannten getanzt?«, fragte Kozlowski weiter.

Also ehrlich, was zum Teufel hat denn das mit dem Fall zu tun? »Nein, ich habe einfach nur so dahingetanzt.« Okay, jetzt hatte ich also die Polizei belogen. Und das *war* vermutlich illegal.

»Und wann haben Sie das *Overhang* schließlich verlassen?«

Bildete ich es mir nur ein, oder wanderte der Blick des groß gewachsenen Detectives tatsächlich noch einmal zurück in die Küche? Hatte er die beiden Gläser entdeckt? Ich wäre am liebsten ins Bad gelaufen, um mich zum dritten Mal an diesem Tag zu übergeben. Ich erinnerte mich, wie Lichter in der Bar plötzlich wieder angingen. Sie hatten total geblendet, so hell waren sie. »Zur Sperrstunde. Um halb vier.«

»Wie sind Sie denn nach Hause gekommen?«

»Mit dem Taxi.« Ich gewöhnte mich wohl besser an diese Lüge, die mir so einfach über die Lippen gekommen war. Es ist unfassbar, wozu man fähig ist, wenn auf einmal alles auf dem Spiel steht.

O'Reilly stellte eine weitere Frage, doch ich war erneut so abgelenkt, dass ich nur das Ende mitbekam: »… Wie war er so?«

»Er? Wer?« Das Blut dröhnte in meinen Ohren, und alles drehte sich, sodass ich langsam Angst hatte, in Ohnmacht zu fallen. Hatte der Detective mich gerade nach Steven Kaufman gefragt?

»Angies Ex. Harvey. Wie war er so?«

»Harvey?« Die Erleichterung war unbeschreiblich. Mein Herzschlag beruhigte sich. Das waren die Folgen des schlechten Gewissens. O'Reilly interessierte sich nicht für den Zimmermann, sondern für Harvey. Gott sei Dank! »Er ist im Grunde kein schlechter Mensch. Er stammt aus einer armen Familie und hat es aus eigener Kraft zu einer Menge Geld gebracht, worauf er ziemlich stolz ist.«

»Warum wollten sich die beiden scheiden lassen?«

»Harvey hat Angie betrogen.«

»War es eine schmutzige Scheidung?«

»Es gab natürlich einige Feindseligkeiten, vor allem was das Haus der beiden betraf. Angie hat immer geschworen, dass das Haus und alles, was dazugehört, am Ende ihr gehören wird – und wenn sie dabei draufgeht …« Ich brach ab, als mir klar wurde, was ich da gerade gesagt hatte.

»Glauben Sie, dass Harvey Wozniak Angie etwas angetan hat?«

Ich dachte daran, wie unglaublich glücklich Angie und Harvey in den ersten Jahren gewesen waren. Er war wie ein Welpe gewesen, der ihr ständig glücklich und aufgeregt hinterherhechelte. Er hatte Angie angefleht, ihm zu vergeben, nachdem er sie betrogen hatte, doch sie ließ nicht mit sich reden. War es möglich, dass sich Harveys Liebe in das Gegenteil verwandelt und er Angie umgebracht hatte? Nein, das konnte ich mir nicht vorstellen.

»Harvey hat Angie auf keinen Fall umgebracht. Er hat sie wirklich geliebt.«

»Wussten Sie, dass Angie gestern Abend Kokain konsumiert hat?«, fragte O'Reilly.

Ich schüttelte den Kopf. Eine weitere Lüge, aber hier ging es darum, was die Polizei wissen musste und was nicht. Und dieser Punkt gehörte zur zweiten Kategorie.

»Dann wissen Sie vermutlich auch nicht, woher sie den Stoff hatte?«

Ich schüttelte erneut den Kopf – und dieses Mal war es sogar die Wahrheit.

Ich glaube, dass noch nie jemand so erleichtert war wie ich, als sich die Detectives schließlich verabschiedeten. Ich beglückwünschte mich insgeheim, dass ich die Befragung überstanden hatte, ohne mein Geheimnis auszuplaudern, doch das schlechte Gewissen saß mir immer noch im Nacken. Und auch das Bewusstsein, dass ich mich selbst in diese Lage gebracht hatte, änderte nichts daran. Die explosive Mischung aus schlechtem Gewissen und Angst führte dazu, dass Dutzende Szenarien in meinem Kopf herumschwirrten: Was, wenn die Polizei den Barkeeper im *Overhang* befragte und er sich daran erinnern konnte, wie ich mit dem Zimmermann die Bar verließ? Würden O'Reilly und Kozlowski dann sofort wieder vor meiner Tür stehen, um mich erneut zu verhören? Ich hoffte nur, dass Angies Mörder so schnell wie möglich gefunden wurde, bevor jemand hinterfragte, was ich letzte Nacht wirklich gemacht hatte.

Andererseits durfte ich nicht so paranoid sein. Die Polizei interessierte sich nicht für mein Privatleben, sondern ausschließlich für Angie und das Leben, das sie vor ihrem Tod geführt hatte.

Meine Kopfschmerzen wurden immer schlimmer, weshalb ich zwei Tabletten schluckte, mir schwor, nie mehr auch nur einen Tropfen zu trinken, und ins Schlafzimmer ging. Die nackte Matratze erinnerte mich erneut an mein sündiges Geheimnis. Ich legte mich aufs Bett, presste die Hände auf die Ohren und dachte darüber nach, wie ich meinem Verlobten morgen gegenübertreten sollte. Und wie sehr ich Angie vermisste.

Kapitel 11

Angie

Angie und Harvey lernten sich an einem dieser verrückten Einkaufssamstage vor Weihnachten kennen. Die Chicagoer Zweigstelle von Bloomingdale's war völlig unterbesetzt, und Angie arbeitete als Aushilfe in der Dessous-Abteilung. Sie bahnte sich gerade einen Weg durch das Gedränge, als ihr Blick auf einen großen und kräftigen Mann mit dunklen Haaren in einer Jacke der Chicago Blackhawks fiel, der ein Regal mit Spitzennachthemden durchstöberte und dabei den Blick beschämt gesenkt hielt.

»Kann ich Ihnen vielleicht helfen?«, fragte sie und beschloss, sich einen kleinen Spaß mit ihm zu machen. Er sah sie mit müden, treuherzig wirkenden Hundeaugen an und lief knallrot an. Am liebsten wäre er wohl im Erdboden versunken.

»Ähm, ja. Ich suche nach einem Geschenk.« Seinem nasalen Akzent nach kam er aus dem Süden. Aus der Arbeiterklasse.

»Für Ihre Frau?«

»Ähm, nein. Für eine besondere Freundin.« Er räusperte sich.

»Die Glückliche.« Angie sah die Dessous durch, bis sie

auf ein hauchdünnes, schwarzes Babydoll mit Federsaum stieß. Sie hielt es ihm entgegen. »Passt die Größe?«

»Ich bin mir nicht sicher«, erklärte Harvey, der mittlerweile die Farbe von Roter Bete angenommen hatte. Offensichtlich war ihm nicht klar gewesen, dass die Größe von Bedeutung sein könnte.

»Okay. Vergleichen Sie Ihre Freundin einfach mal mit mir«, neckte Angie ihn und sah ihm dabei direkt in die Augen. »Hat sie so ungefähr meine Größe? Oder ist sie größer? Oder kleiner?«

Harvey betrachtete Angie genauer. Mit ihren vollen, aufreizend lächelnden Lippen, dem üppigen Dekolleté und den breiten Hüften verkörperte sie die pure Sinnlichkeit – und plötzlich erwartete seine Freundin ein ziemlich mageres Weihnachtsfest.

Er nahm Angie das Babydoll ab und hielt es vor sie hin. »Das sieht gut aus. Ich nehme es. Könnten Sie es vielleicht einpacken?«

Sie ging mit ihm zur Kasse und wickelte seinen Einkauf in buntes Geschenkpapier. Anschließend steckte sie das Päckchen in eine Bloomingdale's-Tasche, die sie Harvey überreichte. »Ihre Freundin wird sich sicher darüber freuen.«

»Das glaube ich eher nicht.« Harvey gab Angie die Einkaufstasche wieder zurück. »Das ist für Sie!«

Nun war es an Angie, rot zu werden, und sie stand wie erstarrt hinter dem Ladentisch, während Dutzende Weihnachtseinkäufer um ihre Aufmerksamkeit wetteiferten. Von ihrer Reaktion ermutigt, fragte Harvey: »Also, wohin gehen wir heute Abend essen?«

Angie erlangte ihre Fassung wieder und meinte: »Wie wäre es mit Morton's? Ich liebe Fleisch.«

Angie trug das Nachthemd zum ersten Mal in ihrer Hochzeitsnacht, denn sehr zur Freude und auch zum wachsenden Frust ihres zukünftigen Ehemannes war sie noch Jungfrau und wollte mit dem Sex bis nach der Hochzeit warten. Ihre aufreizende und oft sogar unanständige Art war bloß Show. Ihr Vater war ein Schürzenjäger, der ihre Mutter so unverfroren betrog, dass es praktisch jeder wusste, und nachdem sie sein Verhalten von klein auf mitbekommen hatte, entwickelte Angie eine ganz eigene Meinung, was Sex und den Kummer betraf, den er verursachte. Sie würde Sex nie auf die leichte Schulter nehmen.

Als Angie das Nachthemd am ersten Abend ihrer Flitterwochen in der Suite im *Las Brisas* zum ersten Mal anzog, stellte sich heraus, dass sich das Warten – für beide – gelohnt hatte. Harvey war genau die Art von rücksichtsvollem Liebhaber, von dem sie gelesen hatte, und ihre Schüchternheit löste sich unter seiner führenden Hand in Luft auf. Sie merkte, dass sie gerne Sex hatte, und das war auch gut so, denn sie wünschte sich sehnlichst Kinder und eine eigene Familie.

Harvey und Angie waren überglücklich, als sie kurz nach den Flitterwochen erfuhren, dass Angie schwanger war. Sie kauften ein Haus mit drei Schlafzimmern in der Old Town und verwandelten es in ein Zuhause für ihre kleine Familie.

Doch dann verlor Angie das Baby. Der Arzt erklärte ihr, dass so etwas bei der ersten Schwangerschaft nicht selten vorkam, und so probierten es Harvey und sie voller Eifer noch einmal, aber auch die zweite Schwangerschaft endete in einer Fehlgeburt. Und dann auch noch die dritte.

Nach der vierten Fehlgeburt war Angie am Boden zerstört. Sie verstand nicht, warum ihr Körper sie im Stich ließ, obwohl er doch ganz offensichtlich dafür geschaffen war, Kinder zu gebären. Als sie schließlich auch noch ein fünftes Baby verlor, wandte sie sich nicht hilfesuchend an Harvey, sondern schloss ihn vollkommen aus. Sie wollte nicht mehr, dass er sie berührte, denn eine neuerliche Enttäuschung hätte sie schlichtweg nicht ertragen. Das Schlafzimmer, in dem sie beide so viele schöne Stunden erlebt hatten, wurde zu einem erbitterten Schlachtfeld, als ihr Mann sie wiederholt anflehte, seine Sehnsüchte zu erfüllen, und sie es ihm versagte.

So ging es beinahe ein Jahr lang, bis Angie eines Tages zu früh von der Arbeit nach Hause kam und Harvey mit einer Blondine im Bett erwischte.

Obwohl Angie ihre Unfähigkeit, ein Baby auf die Welt zu bringen, vollkommen aus dem Gleichgewicht gebracht hatte, war Harveys Untreue noch schlimmer. Er schwor, dass es das erste und einzige Mal gewesen war. Die Frau war eine Kollegin und hatte ihn mit dem Auto nach Hause gebracht, und er hatte ihr in einem Augenblick der Schwäche nachgegeben. Er beteuerte, er werde so etwas nie wieder tun, doch davon wollte Angie nichts wissen. Sie hatte jahrelang zugesehen, wie ihre Mutter die außerehelichen Affären ihres Vaters stillschweigend ertrug, und sie hatte nicht die Absicht, dasselbe durchzumachen. Harvey flehte um Vergebung, erinnerte sie daran, dass sie seit Monaten nicht miteinander geschlafen hatten, und bat sie, mit ihm zur Eheberatung zu gehen. Doch Angie konnte und wollte ihre Meinung nicht ändern. Für sie war Untreue das schlimmste Vergehen überhaupt. Also warf sie Harvey aus der Wohnung und reichte die Scheidung ein. Und sie sah kein einziges Mal zurück.

Kapitel 12

Carol Anne

Nachdem die Kinder wieder zu Hause waren, stieg der Geräuschpegel im Haus auf ein ohrenbetäubendes Level. Cara und Eva stritten um die Fernbedienung für den Fernseher, während Michael jr. in seinem Hochstuhl saß und lautstark Carol Annes Aufmerksamkeit einforderte. Doch Carol Anne stand vor der Spüle, schälte Kartoffeln und bekam von beidem kaum etwas mit. Sie war mit ganz anderen, verstörenden Gedanken beschäftigt. Sie hatte Angie verloren, und das auch noch durch Mord. Wie groß musste die Trauer sein, die Angies Eltern durchlebten. Sie konnte nur ahnen, wie unglaublich schmerzhaft es sein musste, ein Kind zu verlieren. Und dann war da auch noch diese idiotische Aktion ihrer besten Freundin, die mit einem Fremden geschlafen und damit ihre ganze Zukunft aufs Spiel gesetzt hatte. Doch am schlimmsten war die Sorge um ihre Ehe. Irgendetwas stimmte zwischen ihr und Michael ganz und gar nicht mehr.

Michael war in der Praxis gewesen, um sich um die Komplikationen nach einer Fettabsaugung zu kümmern, als die Detectives an der Tür geklingelt hatten. Die Kinder waren noch immer bei ihrer Großmutter, und im Haus war es unheimlich still, als Carol Anne sich mit den

Polizisten ins Wohnzimmer setzte, um ihnen Rede und Antwort zu stehen.

Die beiden wollten alles über den letzten Abend, über Angie und Harvey und über den Zustand wissen, in dem sich Angie befunden hatte, als sie Carol Annes Haus verlassen hatte. Sie fragten, ob sie wusste, dass Angie Kokain konsumiert hatte – wovon sie natürlich nicht das Geringste geahnt hatte. Detective O'Reilly übernahm den Großteil der Befragung, während sich sein schweigsamer Partner Notizen machte. Die beiden waren sehr sachlich, und Carol Anne fiel es nicht schwer, ihnen gegenüber direkt und ehrlich zu sein. Nicht, dass sie etwas zu verbergen hatte. Zumindest glaubte sie das bis kurz vor dem Ende der Befragung.

»Wann sind Ihre Gäste denn aufgebrochen, Mrs Niebaum?«, fragte O'Reilly. Carol Anne wurde gerne Mrs Niebaum genannt, ihr gefiel der Klang dieses Namens.

»So gegen zehn, würde ich sagen.«

»Stimmt es, dass Mrs Lupino danach mit Ms Trueheart in die Stadt gefahren ist?«

»Ja, das stimmt.«

Der klein gewachsene Detective nickte und faltete seine Hände mit den dicken Fingern im Schoß. »Und danach waren Sie allein.«

»Ja. Meine Kinder waren bei meiner Schwiegermutter – wo sie auch immer noch sind –, und mein Mann war mit ein paar Freunden beim Kartenspielen.«

»Ich hoffe, er hat gewonnen«, scherzte Kozlowski, und es war das erste Mal, dass er seit der Vorstellung an der Eingangstür etwas sagte.

»Ja, hat er. Und das ist auch gut so. Er war ja auch lange genug unterwegs.« Sobald Carol Anne die Worte ausgesprochen hatte, hätte sie sie am liebsten wieder zurückgenommen. Sah sie da ein Funkeln der Erleuchtung in O'Reillys Augen? Seine rechte Augenbraue zuckte, und er strich mit dem Finger darüber, um es zu verbergen.

»Wann genau ist Ihr Mann denn nach Hause gekommen, Mrs Niebaum?«, fragte er.

Sie sagte sich, dass es vermutlich eine reine Routinefrage war, doch sie wollte trotzdem nicht, dass die beiden erfuhren, dass draußen bereits die Vögel gezwitschert hatten, als Michael schließlich zu ihr ins Bett gekrochen war. Denn das war nicht nur erniedrigend, es ging die Detectives auch nichts an. Carol Anne hoffte, dass die beiden ihr kurzes Zögern nicht bemerkten. »Michael war kurz nach Mitternacht zu Hause.«

Danach gingen die beiden und ließen sie allein in ihrem Haus zurück, das sich plötzlich viel zu groß und viel zu leer anfühlte.

Das Geschrei der Kinder erreichte ein unerträgliches Ausmaß und drang bis in Carol Annes düstere Gedanken, wo es langsam, aber sicher an ihren Nerven zerrte. Ihre Hand rutschte ab, und sie schnitt sich mit dem Kartoffelschäler. Wütend drehte sie sich um und fauchte: »Cara! Eva! Aufhören! Und zwar sofort, verdammt noch mal!«

Die beiden Mädchen schienen überrascht, dass ihre Mutter auch einmal die Nerven verlieren konnte, und rannten aus der Küche und den Flur hinunter. Der Kleine schrie allerdings umso lauter, und so nahm Carol Anne ihn aus dem Hochstuhl und drückte ihn an sich. Als er sich beruhigt hatte, setzte sie ihn zurück und fütterte ihn mit Karottenbrei, während ihre Gedanken zu Michael zurückkehrten.

Er hatte sie seit Monaten nicht mehr angerührt, und sie

benutzten ihr Ehebett in letzter Zeit nur noch zum Schlafen. Zum ersten Mal in fünfzehn gemeinsamen Jahren befürchtete Carol Anne, dass Michael eine andere hatte. Nachdem genug Frauen Tag für Tag in seinem Büro ein und aus gingen, wäre es für ihn ein Leichtes gewesen, eine Geliebte zu finden. Carol Anne hatte viele Artikel zu dem Thema gelesen, doch die dort angeführten Anzeichen von Untreue trafen nicht auf Michael zu, und das verwirrte sie. Er hatte keine neue Unterwäsche und verbrachte auch nicht unnötig viel Zeit vor dem Spiegel. Er roch nicht nach fremdem Parfum, und niemand rief im Haus an und legte auf, sobald Carol Anne abhob. Und so hatte sie irgendwann beschlossen, dass ihre Fantasie wieder einmal mit ihr durchging und er einfach zu viel arbeitete und daher zu müde war – eine Entschuldigung, auf die er jedes Mal zurückgriff, wenn die Intimität in ihrer Ehe zu wünschen übrig ließ.

Doch die Ereignisse des vergangenen Tages hatten ihr Misstrauen von Neuem befeuert. Michael war erst um fünf Uhr früh ins Haus geschlichen und hatte sie natürlich geweckt – wenn man das ruhelose Hin-und-her-Wälzen überhaupt als Schlaf bezeichnen konnte. Er hatte sich entschuldigt und ihr erklärt, dass er eine hohe Summe beim Pokern gewonnen habe und es sich für einen Gewinner nun mal nicht gehöre, als Erster nach Hause zu gehen. Und dann hatte er zum ersten Mal seit Monaten mit ihr geschlafen, und ihr Ärger war verflogen. Es zählte nur noch, dass sie sich seit Ewigkeiten wieder nahe waren.

Ihr Glück hatte jedoch ein abruptes Ende gefunden, als sie seine Reaktion auf Angies Tod gesehen hatte. Er war plötzlich kalkweiß geworden, und seine Hände hatten so unübersehbar gezittert, dass er beinahe den Kaffee danebengegossen hätte. Das waren auf keinen Fall die Hände eines fähigen Chirurgen gewesen, der eine Frau im Handumdrehen um zwanzig Jahre jünger machen konnte.

Natürlich war Angies Tod eine unerwartete Tragödie, trotzdem schien Michaels Reaktion übertrieben heftig. Immerhin war Carol Anne mit Angie befreundet gewesen und nicht er. Und dann kam Carol Anne plötzlich ein unfassbarer Gedanke: Hatte Angie sich vielleicht zwischen Michael und sie gedrängt? Hatte das Scheitern ihrer Ehe dazu geführt, dass sie nun auch die Ehe ihrer Freundin ruinieren wollte?

Carol Anne fütterte ihren kleinen Sohn immer noch mit Karottenbrei, als sie plötzlich spürte, dass jemand hinter ihr stand. Michael hatte die nervtötende Angewohnheit, einen Raum zu betreten, ohne sich vorher anzukündigen, und sich dann so unerwartet bemerkbar zu machen, dass sie jedes Mal vor Schreck beinahe in Ohnmacht fiel. Auch dieses Mal führte seine Hand auf ihrer Schulter dazu, dass sie dem Baby den Löffel ruckartig aus dem Mund zog. »Ich hasse es, wenn du dich so anschleichst!«, zischte sie und warf ihm einen bösen Blick zu, bevor sie sich wieder dem Baby zuwandte. »Wie geht es deiner Patientin?«

»Gut. Ich musste bloß ein paar Drainagen legen. Allerdings ist eine Fettabsaugung bei Mrs Cavanaugh ohnehin die reinste Zeitverschwendung. Sie wird sich alles sofort wieder anfuttern, aber dieses Mal wird sich das Fett nicht am Hintern, sondern an den Hüften festsetzen. Gott sei Dank bezahlen meine Patienten immer im Voraus.« Er schlang von hinten die Arme um sie, und sie stellte den Babybrei beiseite, drehte sich um und schmiegte sich an seine Brust.

»Michael, warum hast du heute Morgen so seltsam reagiert, als du von Angies Tod erfahren hast?«, fragte sie, ohne aufzusehen.

Er versteifte sich und löste sich aus der Umarmung. Dann packte er sie unerwartet fest an den Oberarmen und starrte sie an. Sein durchdringender Blick machte ihr Angst. »Wovon redest du? Eine deiner Freundinnen wurde ermordet, und du glaubst, ich hätte seltsam reagiert? Wie soll ich denn sonst reagieren? Solche Nachrichten bekommt man doch nicht jeden Tag!«

»Oh Gott, Michael, du hast recht!«, entschuldigte sie sich, denn sie wollte ihn nicht verärgern. »Ich habe nur manchmal so große Angst. Du und die Kinder bedeuten mir einfach alles, und wenn sich etwas zwischen uns stellt …«

Er umarmte sie erneut, drückte sie noch fester an sich und wiegte sie sanft vor und zurück. »Liebling, es ist etwas Schreckliches und absolut Abscheuliches passiert. Da ist es verständlich, dass du durcheinander bist. Aber interpretiere nicht Dinge in die Situation hinein, die gar nicht da sind.«

Carol Anne fühlte sich in seiner Umarmung so sicher, dass sie langsam zu der Überzeugung gelangte, dass sie überreagierte. Auch wenn seine Stimme irgendwie anders klang, als müsste er sich zwingen, normal zu reden. Sie hatte das Gefühl, dass etwas nicht stimmte, und dieses Gefühl verließ sie auch nicht, als er schließlich nach oben ging, um sich fürs Essen umzuziehen.

Trotzdem versuchte sie, ihr Misstrauen zu unterdrücken. Dieser Kerl mit den wirren Locken war das Wichtigste in ihrem Leben und der einzige Mann, den sie jemals geliebt hatte – und daran würde sich nie etwas ändern.

Trotzdem überschatteten die Sorgen um ihre Ehe in diesem Moment sogar die Trauer um ihre verstorbene Freundin.

Kapitel 13

Noch 13 Tage

Das Schlimmste war, Flynn nach meinem Treuebruch wieder gegenüberzutreten, nachdem er am Sonntagnachmittag aus New York zurückgekommen war. Ich konnte mich zwar davor drücken, ihn am Flughafen abzuholen, aber seine Einladung zum Abendessen musste ich natürlich annehmen. Wenigstens überließ er mir die Wahl des Restaurants, und so entschied ich mich für unser Lieblings-Sushi-Restaurant, wo ich ihm wenigstens nicht den ganzen Abend gegenübersitzen und ins Gesicht schauen musste. Ich hatte Angst davor, was seine vertrauensvollen blauen Augen wohl in meinen verlogenen grünen Augen sehen würden.

Da ich den Gedanken, dass Flynn sich in meiner Wohnung aufhielt, nicht ertrug, vereinbarten wir, uns vor dem Restaurant zu treffen. Als er in der üblichen verwaschenen Jeans und dem roten Poloshirt um die Ecke bog, stiegen mir Tränen in die Augen. Er umarmte mich, und ich ertränkte Ralph Laurens Pony in einem Tränenmeer, wobei ich nicht wusste, was mich mehr zum Weinen brachte: mein Fehltritt oder Angies Tod. Seine sanfte Hand streichelte meinen Hinterkopf, während er immer wieder flüsterte. »Ist schon okay, Mags. Ist schon okay.«

Als ich die Fassung wiedererlangt hatte, wischte ich mir die Tränen von den Wangen und sah kurz zu ihm auf, bevor ich den Blick eilig wieder senkte. »Willkommen zu Hause«, murmelte ich.

Später saßen wir nebeneinander im Sushi-Restaurant, und ich erzählte ihm alles, was ich wusste: Suzanne hatte Angie nach Hause gebracht, doch diese hatte ihre Wohnung wenig später wieder verlassen und war danach offenbar ermordet worden. Glücklicherweise wollte er keine Details zum Verlauf des Abends hören. Je weniger ich ihm erzählen musste, desto besser. Ich flunkerte ein wenig – obwohl das Wort »flunkern« in diesem Zusammenhang ziemlich unpassend ist – und erklärte, dass Angie, Suzanne und ich das *Overhang* zusammen verlassen hatten, anschließend aber in zwei verschiedene Taxis gestiegen waren, weil Suzanne Angie nach Hause begleiten wollte. Obwohl das ziemlich unlogisch war, weil Angie näher bei meiner Wohnung in der Old Town als bei Suzannes Penthouse am Lake Shore Drive wohnte und es daher sinnvoller gewesen wäre, wenn *ich* Angie nach Hause begleitet hätte. Doch Flynn fiel das gar nicht auf.

Er suchte nicht nach Schwachstellen in meiner Geschichte, denn er hatte ja keinen Grund, mir zu misstrauen. Er versuchte, die Stimmung ein wenig zu heben, indem er das Thema wechselte und mir von seinem Wochenende mit den Studienkollegen erzählte, von dem er sich – seiner Behauptung nach – einen ganzen Monat lang erholen musste. Sie hatten am Freitagabend mit einigen Drinks im *Fanelli* begonnen, die Steaks im *Gallaghers* genossen und die Nacht anschließend im *P. J. Clarkes* ausklingen lassen. Am Samstag hatten sie im *Hell's Kit-*

chen zu Abend gegessen, und danach wurde Flynn in einen Club an der Westside entführt.

»Willst du wissen, was ich dachte, als ich den Mädchen beim Tanzen zusah?«, fragte Flynn und nahm meine Hand. »Ich dachte, dass sie es nicht mit dir aufnehmen können. Und ich wünschte mir, ich wäre hier bei dir gewesen. Oder du bei mir.«

»Ja, ich wünschte auch, ich wäre in New York gewesen«, erwiderte ich wahrheitsgemäß.

Wäre ich mitgekommen, wäre das alles nicht passiert.

Ich wandte mich Flynn zu, musterte sein freundliches Gesicht, seine Nase und das markante Kinn, und rief mir ins Bewusstsein, was für ein Glück ich hatte. Meine Mutter erinnerte mich ja auch andauernd daran. »Es gibt nicht viele Männer wie Flynn. Vor allem nicht für Frauen über dreißig«, wiederholte sie bis zum Überdruss. »Ich habe dir ja gesagt, dass du jemanden finden wirst, wenn du erst mal abgenommen hast!«

Als wäre mein Übergewicht nicht auch deine Schuld gewesen, Mutter!, hätte ich dann am liebsten zu ihr gesagt, und plötzlich sah ich den blonden, rebellischen Barry Metter mit seinem verträumten Schlafzimmerblick vor mir, und mein Herz brach erneut für das junge Mädchen, das ich einmal gewesen war.

Ich hatte mich genauso Hals über Kopf in Barry verliebt wie Carol Anne in ihren Michael. Er war meine erste große Liebe gewesen – und ich war ihm verfallen.

Barry war älter und cleverer und sah die Welt bereits mit anderen Augen. Er folgte radikalen Überzeugungen, hatte fantastische Pläne, die Welt vor dem Verhungern zu retten, und er wollte auf keinen Fall nach Vietnam. Wir lernten uns im Winter während meines Junior-Highschool-Jahres kennen und waren das ganze Frühjahr und den Sommer über unzertrennlich. Natürlich drängte er mich irgendwann, aufs Ganze zu gehen, und verlangte – wie vermutlich alle Jungen in diesem Alter – einen Beweis für meine Liebe. Da ich ein wohlerzogenes, katholisches Mädchen war, verwehrte ich ihm seinen Wunsch zwar, doch ich ließ ihn stattdessen Dinge tun, mit denen meine Eltern ganz sicher nicht einverstanden gewesen wären.

Im September stand schließlich Barrys Umzug an die Universität von Berkeley bevor, und ich beschloss, dass der Beweis meiner Liebe die einzige Möglichkeit war, ihn über die Tausende Kilometer zwischen Winnetka und Kalifornien an mich zu binden.

Der perfekte Abend war bald gefunden. Meine Eltern wollten in die Stadt, um sich *La Traviata* anzusehen, und würden erst spät nach Hause kommen. Und da meine ältere Schwester bereits aufs College ging und meine jüngere Schwester bei einer Freundin übernachtete, hatte ich das ganze Haus für mich allein.

Barry kletterte an der Ulme vor meinem Zimmer hoch, damit die Nachbarn nicht sahen, dass ich Besuch bekam, und ich wartete in einem gelben Nachthemd, das meine Eltern mir zu Weihnachten geschenkt hatten, am Fenster. Als er mich in die Arme schloss, waren wir wie Romeo und Julia – zwei junge Liebende, die sich ineinander verloren und alles um sich herum vergaßen. Barry war sehr zärtlich, und ich spürte nur einen kaum merklichen Schmerz, als er sich schließlich in unerforschte Regionen vorwagte. Er lag auf mir, und wir hatten die Laken nach unten getreten, als plötzlich die Zimmertür aufging. Es hatte einen Stromausfall gegeben, und die Opernaufführung war abgesagt worden.

Das Gekreische meiner Mutter, als sie uns beide sah, verfolgt mich bis heute. Sie wollte, dass Barry wegen Unzucht mit einer Minderjährigen ins Gefängnis wanderte, und da er bereits achtzehn und ich erst sechzehn war, hatte sie gute Chancen damit. Letzten Endes wurde Barry jedoch schlichtweg aus meinem Leben verbannt, und ich bekam für die letzten beiden Ferienwochen Hausarrest, sodass ich keine Gelegenheit hatte, mich vor seiner Abreise von ihm zu verabschieden. Daraufhin lag ich tagelang in meinem Zimmer und weigerte mich, etwas zu essen.

Zwei Wochen später schlüpfte ich in meine graue Uniform und kehrte für mein Senior-Jahr an die Immaculata zurück. Ich aß immer noch nichts, doch in den folgenden Wochen wurde meine Uniform trotzdem immer enger. Meine Mutter konfrontierte mich mit der Wahrheit, bevor ich es mir selbst gegenüber eingestehen konnte. Da meine ältere Schwester nicht mehr zu Hause wohnte und meine kleinere Schwester noch nicht ihre Periode hatte, waren meine Mutter und ich die Einzigen im Haus, die Tampons benutzten, und nachdem die neue Tampon-Schachtel unter dem Waschbecken im Bad einen Monat lang ungeöffnet geblieben war, hatte sie schnell die notwendigen Schlüsse gezogen.

Ehe ich michs versah, schleppte mich die katholischste aller Katholikinnen zu einem jüdischen Gynäkologen. Ich hatte keine andere Wahl. Ich war sechzehn, und mein Ex-Freund wohnte Tausende Kilometer weit entfernt. Und wenn meine Mutter sich etwas in den Kopf gesetzt hatte, war sie wie ein Tornado. Man konnte sich nicht gegen sie zur Wehr setzen, und ich war ihr hilflos ausgeliefert. Also tat ich, was man mir sagte, und starrte an die Decke, während ich mit gespreizten Beinen darauf wartete, dass der Arzt meine Gebärmutter ausschabte. Ich war wie betäubt, weil ich nicht nur Barry, sondern auch sein Kind verloren hatte, und begann vor lauter Kummer wieder zu essen.

Und ich hörte gar nicht mehr damit auf. Ich aß, um den Schmerz zu betäuben. Hamburger, Fritten und Eiscreme – ich konnte nicht genug bekommen und aß immer weiter, bis ich mir bei einem Meter sechzig Körpergröße ganze dreißig Pfund angefuttert hatte.

Ich sah Barry nie wieder. Sein Vater wurde wenig später ebenfalls nach Kalifornien versetzt, und so hatte Barry auch keinen Grund mehr, in den Ferien nach Hause zu kommen. Andererseits wollte ich ohnehin nicht, dass er mich dermaßen fett zu Gesicht bekam. Mit der Zeit ließ der Schmerz nach, doch die dreißig Pfund blieben mir die restliche Zeit an der Highschool, im College und auch danach erhalten, als wollte sich mein Körper an mir rächen. Zum Teil ließ sich sogar meine Karriere beim *Chicagoan* auf mein Übergewicht zurückführen, denn ich hatte keinen Freund, der mich ablenkte, und daher mehr als genug Zeit, mich einem Job zu widmen, den ich nicht einmal mochte.

Eines Tages hatte ich einen Termin bei einer Versicherungsgesellschaft, die im *Chicagoan* inserierte, und musste davor einige Minuten im Wartezimmer Platz nehmen. Dort entdeckte ich in einem der Magazine ein Bild von Barry. Er hatte eine Auszeichnung als bester Versicherungsvertreter in seinem Bezirk bekommen. Sein Gesicht war weicher und irgendwie schwabbelig, seine Haare wurden bereits dünner, und das Grinsen, das ich so geliebt hatte, war einem aufgesetzten Lächeln gewichen. In dem Artikel stand, wie stolz seine Frau und seine beiden Kinder auf ihn seien. Seine rebellischen Träume hatten also einem langweiligen Leben Platz gemacht. Und in diesem Moment erkannte ich, dass ich mir insgeheim die ganze Zeit Hoffnungen gemacht hatte, dass wir irgendwann wieder zusammenkommen würden. Doch damit war jetzt Schluss.

In den darauffolgenden Wochen hörte ich auf, mich mit ungesundem Essen vollzustopfen. Ich strich die Hamburger, die Fritten, die Kekse und die Eiscreme von meinem Speiseplan und aß stattdessen Obst, Gemüse und Fisch. Ich ging zu Fuß zur Arbeit, anstatt mit dem Auto oder mit dem Taxi zu fahren, und ich machte Sit-ups und Liegestütze. Ich verlor ein Pfund nach dem anderen, bis ich eines Tages auf die Waage ging und nur noch fünfundfünfzig Kilo wog. Es war genau dasselbe Gewicht wie damals, als ich mich in Barry verliebt hatte.

Und es war auch das Gewicht, mit dem ich schließlich Flynn kennenlernte.

Jedes Wort, das ich an diesem Abend mit Flynn wechselte, erschien mir erzwungen und gekünstelt, als wäre er ein Fremder, den man nicht schnell genug loswerden konnte. Die Ironie dahinter war allerdings, dass er noch immer derselbe Mann war, den ich am Donnerstag zum Flughafen gebracht hatte. *Ich* war diejenige, die sich verändert hatte. Ich hatte sein Vertrauen missbraucht und fühlte mich wie eine Fremde. Sosehr ich mich auch bemühte, mich normal zu verhalten – es gelang mir einfach nicht. Deshalb war die Erleichterung auch riesig, als Flynn mich schließlich vor meiner Wohnung absetzte. Doch bevor ich aussteigen konnte, fragte er mich noch einmal rundheraus, ob alles in Ordnung sei. Ich schob mein seltsames Verhalten auf Angies Tod, was zum Teil ja auch stimmte, stürzte aus dem Auto und eilte zu meiner

Wohnung. Ich war froh, dass wir noch nicht zusammenwohnten, denn so konnte ich wenigstens mit meinem schlechten Gewissen allein sein.

Kapitel 14

Suzanne

Vince saß auf der Bettkante und sah zu, wie Suzanne sich anzog. Er hatte ein Laken über seinen erschlafften Penis gebreitet, und sein Blick war so intensiv, dass sie ihn immer noch spürte, während sie sich ihr schwarzes Kleid über den Kopf zog. Als sie den Arm verrenkte, um den Reißverschluss am Rücken zu schließen, sprang er auf und zog ihn beinahe ehrfürchtig hoch. Seine Augen fixierten sie weiter, als sie sich an den Frisiertisch setzte, ihre blonden Haare zu einem perfekten Knoten drehte und etwas Lippenstift auflegte. Als sie schließlich in den schweren Goldarmreif schlüpfte, den er ihr geschenkt hatte, nickte er anerkennend.

Doch im nächsten Augenblick fiel ihre Fassade in sich zusammen. Sie ließ den Kopf nach hinten auf die Stuhllehne sinken und seufzte, während sie die Augen zusammenpresste und hoffte, in der Dunkelheit hinter ihren Lidern ein wenig Ruhe zu finden. Sie hatte furchtbare Angst vor dieser Beerdigung. Die Totenwache war schon schlimm genug gewesen: der Geruch in der Aufbahrungshalle, Angies weinende Mutter, ihr gebrochener Vater, die drei Brüder, die versuchten, stark zu sein, und die trauernden Gesichter der anderen Familienmitglieder und Freunde, deren Schmerz noch durch die Frage nach dem Warum verstärkt wurde.

Die letzten Tage waren vor allem für Suzanne kaum zu ertragen gewesen, denn sie hatten die Erinnerungen an Johnnys Tod zurückgebracht. Sie hatte gedacht, die Zeit hätte die Wunden geheilt, doch der Mord an Angie hatte sie von Neuem aufgerissen, und der Schmerz war so schlimm wie zu Beginn.

Als sie die Augen wieder öffnete, sah Vince sie besorgt an. Suzanne rang sich ein schwaches Lächeln ab. »Ich sollte mich besser auf den Weg machen.«

»Ist alles in Ordnung? Du siehst blass aus«, meinte er besorgt.

Sie wollte schon mit »Ja« antworten, doch dann schüttelte sie den Kopf. Vergeblich versuchte sie, ihre Gefühle unter Kontrolle zu bringen, als sie sich neben ihm aufs Bett setzte, in dem sie noch vor wenigen Minuten die reinste Ektase erlebt hatten. »Ach, Vince! Ich werde einfach das Gefühl nicht los, dass das alles irgendwie meine Schuld ist. Ich meine, ich weiß natürlich, dass es nicht so ist, aber ich kann nichts dagegen tun. Und jedes Mal, wenn ich Angies Eltern sehe, wird es schlimmer. Ich fühle mich verantwortlich.«

»Aber warum solltest du für ihren Tod verantwortlich sein?«, meinte er beruhigend. »Du hast Angie doch nicht gezwungen, noch einmal loszuziehen.«

»Aber ich habe sie *nach Hause gebracht*. Du verstehst das nicht!«

»Dann hilf mir, es zu verstehen.«

»Nein, es ist zu kompliziert.«

Vince legte tröstend einen Arm um Suzanne, doch sie schlüpfte darunter hervor und drückte ihm einen schnellen Kuss auf die Lippen, der sich vollkommen von den gierigen Küssen unterschied, die sie vorhin genossen hatten.

»Ich will nicht zu spät kommen. Schließ bitte ab, wenn du gehst, okay?«

Suzanne verließ die Wohnung und fuhr mit dem Aufzug in die Garage. Als sie sich in den Verkehr einreihte, fiel die Morgensonne auf den Goldarmreif, und seine schlichte Schönheit brachte sie unwillkürlich zum Lächeln. Vince hatte ihr das Schmuckstück bei einem ihrer ersten Mittagessen mitgebracht, doch damals hatte sie es dankend zurückgewiesen. Jetzt betrachtete sie den Armreif allerdings mit der Zufriedenheit einer Katze auf der warmen Motorhaube. Trotz der traurigen Ereignisse schaffte es das erhebende Gefühl des Reichtums immer wieder, ihre Stimmung aufzuhellen.

Die Mittagessen mit Vince hatten vollkommen unschuldig begonnen. Einen ganzen Monat lang trafen sie sich jeden Freitag in einem noblen Restaurant, genossen das hervorragende Essen und tranken teuren Wein. Vince war der perfekte Gentleman – er stand auf, wenn sie an den Tisch trat, er hielt während des Essens respektvoll Abstand, und er drückte ihr bei der Verabschiedung einen höflichen Kuss auf die Wange. Sie sprachen selten übers Geschäft, dafür umso mehr über Kunst, Sport und Geschichtliches. Manchmal diskutierten sie auch politische Themen, doch da sie beide konservativ wählten und Anhänger des damaligen Präsidenten George Bush waren, hatten sie einander nicht viel entgegenzusetzen.

Vince erzählte nur ein einziges Mal von sich und seinem Leben, und zwar, als Suzanne sich nach drei Gläsern Wein genug Mut angetrunken hatte, um ihn zu fragen, wie er so erfolgreich geworden war.

Vince war zweiundvierzig und stammte aus Pittsburgh. Seine Eltern waren bei seiner Geburt schon ein wenig älter gewesen und starben schließlich nur wenige Monate nacheinander, sodass er bereits mit acht Jahren zum Waisen wurde. Die nächsten acht Jahre wurde er von einem Verwandten zum anderen weitergereicht, verbrachte ein paar Monate hier und ein Jahr dort, ohne jemals ein eigenes Zimmer zu bekommen oder gar ein richtiges Zuhause zu haben.

»Aber ich brauche dir deshalb nicht leidzutun«, winkte Vince ab, als er Suzannes mitleidsvollen Blick sah. »Meine Kindheit hat mich zu dem gemacht, was ich heute bin. Sie hat in mir den unumstößlichen Wunsch entstehen lassen, erfolgreich zu sein, und den hätte ich vielleicht nicht, wenn mein Leben normal verlaufen wäre.«

Da er so schnell wie möglich selbstständig sein wollte, verließ er die Highschool und suchte sich einen Job als Bauarbeiter. Die Bezahlung war gut, und es gab genügend Arbeit. Er liebte die Baubranche und die Vorstellung, dass ein Gebäude praktisch aus dem Nichts erschaffen werden konnte, und er hatte den Mut und das Geschick, auch in höher gelegenen Stockwerken zu arbeiten. Er lernte, die Symmetrie der Gebäude zu schätzen, und bewunderte, wie Stahl und Beton zusammen mit Hunderten Kilometern an Kabeln und Rohren ein wahres Kunstwerk erschufen. Und er kämpfte gerne gegen die Elemente und liebte es, anfallende Probleme zu lösen.

»Ich wollte eine eigene Firma gründen und Gebäude planen und bauen, also besuchte ich die Abendschule, holte meinen Abschluss nach und begann Architektur und Konstruktionswesen zu studieren. Mein Leben bestand aus Lernen und Arbeiten.«

Er hielt einen Moment inne und überlegte, ob er weitersprechen sollte, und obwohl Suzanne ihn nicht drängte, fuhr er fort: »Ich war sehr einsam. Doch dann stellte mir ein Bekannter, mit dem ich zusammen an einem Projekt arbeitete, seine Schwester Giovanna vor, und ich hatte plötzlich meine erste Freundin. Es lief alles perfekt, bis sie plötzlich schwanger wurde. Und so heiratete ich mit neunzehn und wurde mit zwanzig Vater.«

Dieses Mal zögerte er nicht, bevor er weitersprach.

»Aber weißt du was? Auch wenn ich jung heiraten musste, war meine Tochter es auf jeden Fall wert. Ich liebe sie mehr als alles andere auf der Welt.«

Nachdem Vince diese besondere Hürde überwunden hatte, fuhr er mit seiner Geschichte fort. Die Familie zog nach Chicago, wo die Baubranche gerade einen regelrechten Boom erlebte. Er bekam einen Job in einer kleinen Firma, und der Besitzer nahm ihn unter seine Fittiche und brachte ihm alles über das Baugeschäft bei. Als sein Chef beschloss, sich zur Ruhe zu setzen, kaufte Vince die Firma und begann, Gebäude nicht nur zu bauen, sondern auch selbst zu planen und Standorte zu entwickeln.

»Und mittlerweile ist *Columbo* der größte Bauträger in der Stadt, und das Firmenlogo ist überall zu sehen. Die Immobilienentwicklung ist meine große Leidenschaft, und ich bin sehr gut darin. Ich liebe den Wettbewerb, ich arbeite gerne mit den Verbänden und löse Probleme bei der Planung. Es gibt nichts, was ich lieber tun würde.«

Suzanne sah ihn über den Rand ihres Weinglases hinweg an. »Das ist eine tolle Geschichte. Du hast sehr vieles, worauf du stolz sein kannst«, erklärte sie, auch wenn sie sich nicht sicher war, warum er ihr von seiner Familie erzählt hatte. Sein bisheriges Leben spielte keine Rolle, da sie nicht vorhatte, jemals etwas mit ihm anzufangen, und so ließ sie das Thema fallen.

Vince sprach danach nie wieder von seiner Familie, und Suzanne fragte auch nicht nach. Ihre Gespräche beim Mittagessen drehten sich wieder um vertraute Themen wie Kunst, Sport und Geschichte.

Doch dann brachte Vince ihr eines Tages eine Flasche teures französisches Parfum mit. Sie versuchte, das Geschenk abzulehnen, doch er bestand darauf, dass sie es behielt, es sei doch nur eine Kleinigkeit, und so nahm sie es argwöhnisch entgegen. Eine Woche darauf überreichte er ihr einen Goldarmreif von Bulgari, der sicher um einiges teurer gewesen war als das Parfum. Dieses Mal lehnte sie das Geschenk vehement ab. Ihre Verabredungen zum Mittagessen waren streng geschäftlich, und seine Geschenke deuteten darauf hin, dass es für ihn mehr war als das. Er zuckte mit den Schultern und steckte den Armreif wieder in die Tasche.

Als sie am Ende des Essens auf die Rechnung warteten, überraschte er sie erneut. »Suzanne, eine schöne Frau sollte sich mit schönen Dingen schmücken, deshalb werde ich dir weiterhin Geschenke machen. Es steht dir natürlich frei, sie abzulehnen, aber ich werde alle aufbewahren, weil ich die Hoffnung nicht aufgebe, dass du sie eines Tages annimmst.«

Ihre blauen Augen verfinsterten sich. »Wie du willst. Aber ich bin nicht käuflich.«

Am darauffolgenden Freitag überreichte er ihr eine Kette aus schwarzen Perlen, die sie bewundernd musterte, bevor sie dankend ablehnte. Eine Woche später war es eine Uhr von Cartier, und so ging es noch einige Wochen weiter, bis Suzanne sich schließlich gegen ihren Willen immer mehr von dem Selfmade-Millionär angezogen fühlte. Es war unmöglich, seinem Charme zu widerstehen. Er war erfolgreich, intelligent und sah gut aus. Er hatte sie gerettet, als sie keinen Ausweg mehr gesehen hatte. Und sie hatten viel gemeinsam: Sie waren beide vom Erfolg getrieben; sie wussten, dass dieser auch seinen Preis hatte; und sie liebten die materiellen Vorzüge, die er mit sich brachte. Außerdem interessierten sie sich für Kunst und Literatur und hatten wenig Interesse an gesellschaftlichen Ereignissen wie Partys und Galas. Sie waren Einzelgänger, denen die Arbeit tiefste Befriedigung verschaffte.

Vince war ihr Freund. Ihr Vertrauter. Ihr Förderer.

Und schließlich auch ihr Liebhaber.

Es passierte bei ihrer zwölften Verabredung. Vince hatte vermutlich bereits gespürt, dass ihre Entschlossenheit langsam ins Wanken geriet, denn als sie an diesem Tag ins Ritz Carlton kam, wurde sie nicht wie üblich zu einem Tisch im Restaurant geführt, sondern in das private Esszimmer einer Suite. Vince wartete bereits mit einer Flasche Taittinger Comtes de Champagne auf sie. Er hob die Flasche aus dem Eimer mit Eis und zeigte sie ihr.

»Mein Lieblingschampagner«, verkündete er.

»Nicht schlecht«, erwiderte sie und war sich durchaus bewusst, dass der Preis für die Flasche schwindelerregend hoch war. Sie ließ ihren geschulten Blick durch den Raum wandern. Ein großer Perserteppich bedeckte den Großteil des roséfarbigen Marmorbodens, vor der verspiegelten Wand standen zwei dick gepolsterte, mit cremefarbenem Brokat überzogene Barockstühle, aus den Lautsprechern klangen die sanften Töne von Bachs Brandenburgischen Konzerten, und unter dem glitzernden Kristallkronleuchter war ein Tisch für zwei mit feinstem Porzellan, schwerem Silberbesteck und funkelndem Kristall gedeckt. Suzanne hatte immer gedacht, solche Orte gäbe es nur im Kino oder in Tagträumen.

»Ich hoffe, es macht dir nichts aus, dass wir heute nicht im Restaurant essen«, entschuldigte sich Vince. »Aber ich ertrage die Gespräche anderer Leute heute einfach nicht.«

»Über solche Annehmlichkeiten kann man sich wohl kaum beschweren«, erwiderte sie. Ihr Blick wanderte zu der offenen Tür auf der gegenüberliegenden Seite, hinter der sich ein Schlafzimmer mit breitem Himmelbett befand. Vor einigen Wochen hätte sie es noch als Beleidigung empfunden, doch heute begannen ihre Knie beim Anblick des Bettes zu zittern.

Ein diskretes Klopfen an der Tür erklang, und ein Kellner im weißen Frack trat ein und rollte einen Servierwagen mit einem eisgekühlten Berg Kaviar, dazu Toastecken und Crème fraîche ins Zimmer. Vince zog ihr einen Stuhl heraus, und Suzanne setzte sich eilig, froh, wieder festen Halt zu haben. Vince ließ sich lächelnd ihr gegenüber nieder.

Mittlerweile glühten ihre Wangen, und ihr Gesicht hatte vermutlich dieselbe Farbe wie ihr rotes Kostüm. Der Kellner schenkte den Taittinger ein, servierte den Kaviar und verschwand. Vince und Suzanne stießen schweigend an und nippten an ihren Gläsern. Der Champagner war hervorragend, doch Suzanne bemerkte es kaum. Die unbekannten Gefühle in ihr waren übermächtig und verschlugen ihr beinahe den Atem. Es hatte natürlich einige Männer in ihrem Leben gegeben, doch das Studium und die Arbeit hatten immer an erster Stelle gestanden, und so waren ihre sexuellen Erfahrungen begrenzt. Ihr wurde ein wenig schwindelig, und sie fragte sich, ob der Taittinger oder doch der Mann daran schuld war.

Der übliche Small Talk kam nicht richtig in Gang, während sich die Spannung zwischen ihnen immer mehr auflud, und bald waren nur noch Bachs klassische Klänge zu hören. Als der Kellner schließlich kam, um die Gläser aufzufüllen, brach Suzanne das Schweigen. Sie sah Vince tief in die Augen und war selbst überrascht, wie kühn sie sich plötzlich anhörte: »Ich denke, der zweite Gang kann noch ein wenig warten.«

Der Kellner zog sich zurück, und sie waren wieder allein. Vince betrachtete Suzanne mit intensivem Blick. Er sehnte sich danach, zu ihr zu gehen, doch sein Körper hätte ihn verraten, sobald er aufgestanden wäre. Ihre Haut glänzte rosig, und ihre erweiterten Pupillen stachen aus ihren saphirblauen Augen hervor. Er war angespannter als bei der Geburt seiner Tochter.

Als er endlich die richtigen Worte fand, klang seine Stimme jedoch fest und entschlossen. »Suzanne, ich wünsche mir mehr als alles andere auf der Welt, mit dir zu schlafen.«

Seine Worte freuten sie sehr, denn sie empfand dasselbe. Jede Faser ihres Körpers sehnte sich danach, von ihm berührt zu werden. Ein Gefühl, von dem sie nie etwas geahnt hatte, nahm von ihr Besitz, und sie ergriff die Initiative, stand auf und umrundete den Tisch. Sie ließ sich auf seinem Schoß nieder und schlang die Arme um ihn. Seine Erregung war deutlich spürbar, und sie genoss diese neu entdeckte Macht über einen anderen Menschen.

Der erste Kuss dauerte minutenlang, konnte und wollte sich doch keiner vom anderen lösen. Suzanne hatte noch nie einen Kuss wie diesen erlebt. Er beförderte sie in eine andere Dimension, so innig und leidenschaftlich war er, das Sinnlichste, was sie je erlebt hatte. Sie wollte, dass er niemals endete.

Nachdem Vince sich mittlerweile nicht mehr für seine Erregung schämte, stand er mit Suzanne in den Armen auf und trug sie ins Schlafzimmer, wo er sie erneut leidenschaftlich küsste und aufs Bett legte. Seine Lippen wanderten von ihrem Hals zu ihren Wangen und den Lidern. Er öffnete die Jacke ihres Kostüms und drückte seine Lippen auf die Wölbung ihrer Brüste, bevor er den Reißverschluss des Rocks öffnete und ihn über ihre Hüften nach unten zog. Seine Begeisterung steigerte sich, als er den Strumpfgürtel aus Spitze und die Strümpfe entdeckte, die sie anstatt der üblichen Strumpfhose angezogen hatte, als hätte sie geahnt, was heute passieren würde.

Nun war Suzanne an der Reihe, und sie ließ sich Zeit damit, Vince auszuziehen. Langsam öffnete sie einen Hemdknopf nach dem anderen und liebkoste dabei immer wieder seine nackte Brust. Als keine Knöpfe mehr übrig waren, griff sie nach dem Reißverschluss seiner Hose.

Danach drückte Vince sie sanft auf den Rücken und küsste sie, während er ihr den BH, den Strumpfgürtel und das hauchdünne Höschen abstreifte. Er war halb wahnsinnig und wollte jeden Zentimeter ihres Körpers mit der Zunge liebkosen, und seine Erregung nahm zu, als sie sich stöhnend unter ihm wand. Als er es nicht mehr länger aushielt, legte er sich auf sie und drängte sich zwischen ihre Beine.

»Bist du bereit?«, keuchte er.

»Ich habe nichts zur Verhütung«, presste sie zwischen zwei Atemzügen hervor, und das erregte ihn nur noch mehr, denn die Tatsache, dass sie weder die Pille nahm noch eine Handvoll Kondome dabeihatte, sagte ihm, dass eine Situation wie diese neu für sie war und nicht an der Tagesordnung.

Vince hingegen war auf alles vorbereitet. Er holte ein

Kondom hervor, und was darauf folgte, war der beste Sex, den sie beide jemals erlebt hatten.

Sie beendeten das Mittagessen im Bett und schliefen zwischen den einzelnen Gängen erneut miteinander. So wurde es langsam Abend, und Suzanne lag vollkommen zufrieden in Vince' Armen und konnte kaum glauben, dass es tatsächlich etwas Erhebenderes gab, als ein neues Anlagekonto zu eröffnen oder einen riesigen Bonusscheck in den Händen zu halten.

»Ich habe dir etwas mitgebracht«, meinte Vince irgendwann und drückte ihr einen Kuss auf die Stirn, bevor er in die Nachttischschublade griff und mehrere kleine Päckchen hervorholte. Ihr Herz machte einen Sprung, als ihr klar wurde, dass es die Geschenke waren, die sie zurückgewiesen hatte: der Goldarmreif, die schwarze Perlenkette, die Uhr von Cartier. Aber da war auch noch ein zusätzliches Päckchen im typischen Tiffany-Blau und mit einer weißen Schleife. Suzanne stockte der Atem, als sie es öffnete, und sie war sich nicht sicher, ob sie erleichtert oder enttäuscht war, als ihr Blick auf ein erlesenes Paar Diamant- und Smaragdohrringe fiel, die im Schein der Lampe funkelten.

»Oh, Vince, die sind einfach unglaublich!«, rief sie aus.

»Dann nimmst du meine Geschenke jetzt also an?«

»Die Gier behält am Ende wohl immer die Überhand«, lächelte sie, bevor sie aus dem Bett stieg und nackt vor den Spiegel trat. Sie legte die Ohrringe, die Perlenkette und den Goldarmreif an und drehte sich zu ihm um. »Was meinst du dazu?«

Der Anblick der schwarzen Perlen, die beinahe bis zu ihrem flachen Bauch reichten, erregte ihn aufs Neue, und so streckte er wortlos die Hand aus und zog sie wieder zu sich ins Bett.

Kurz nach Mitternacht erlitt Suzannes neu gefundenes Glück zum ersten Mal einen herben Dämpfer. Sie lag dösend in Vince' Armen, als er sie weckte. Er sah sie entschuldigend an, und das Lächeln, das sich gerade auf ihrem Gesicht breitmachen wollte, verschwand.

»Ich muss dich jetzt allein lassen.« Er zog sie an sich und flüsterte ihr leise ins Ohr: »Ich habe noch nie für eine Frau so empfunden wie für dich. Du hast mich vom ersten Augenblick an verzaubert. Mit dir zusammen zu sein ist schöner, als ich es mir jemals hätte vorstellen können.«

Suzanne bemühte sich um einen gleichgültigen Gesichtsausdruck. Er hatte gerade gesagt, dass sie das Beste in seinem Leben war – aber das hielt ihn nicht davon ab, zu seiner Frau zurückzukehren. Es kam zwar nicht überraschend, aber es tat trotzdem weh. Sie war enttäuscht, dass er sie ausgerechnet jetzt verließ, obwohl sie heute diesen gewaltigen gemeinsamen Schritt gewagt hatten. Warum hatte er sich keine Lüge ausgedacht, damit sie die Nacht gemeinsam verbringen konnten? Verdammt, sie hatte nicht einmal im Büro angerufen, um Bescheid zu geben, dass sie nach dem Mittagessen nicht mehr wiederkam! Sie hatte ihren guten Ruf aufs Spiel gesetzt, und nun wollte er sie allein lassen.

»Bitte sieh mich nicht so an«, flehte er, als hätte er ihre Gedanken gelesen. »Verurteile mich nicht. Nicht, nachdem wir etwas so Wichtiges und Bewegendes erlebt haben.«

Willkommen in der Realität!, dachte sie und fragte sich, was sie sich eigentlich erwartet hatte. »Es ist schade, dass du gehst«, meinte sie schließlich, und damit war die Sache erledigt.

Sie erwiderte seinen Abschiedskuss leidenschaftslos

und sah ihn mit kühlem Blick an, als er ihr einen letzten Kuss auf die Wange drückte. Sie wollte nicht, dass er sie für bedürftig hielt. Nachdem er gegangen war, ließ sie Wasser in die Marmorbadewanne und gab etwas von dem teuren Badesalz dazu. Der Duft nach Lavendel kitzelte sie in der Nase, als sie sich langsam in das dampfende Wasser gleiten ließ. Sie beschloss, noch einmal über die ganze Situation nachzudenken, und kam am Ende zu dem Schluss, dass es Schlimmeres gab. Einen Liebhaber zu haben und nebenbei ein eigenes Leben zu führen, bedeutete immerhin, dass man die Vorteile beider Seiten genießen konnte. Außerdem hatte sie sich nie einen festen Partner und eine eigene Familie gewünscht, was sprach also dagegen?

Nach dem Bad stieg Suzanne wieder ins Bett und vergrub den Kopf in Vince' Kissen. Es roch noch immer nach ihm. Sie steckte sich ein Kissen zwischen die Beine und das zweite unter den Kopf und fühlte sich so sexy und zufrieden wie noch nie. Kurz darauf fiel sie in einen ruhigen, traumlosen Schlaf.

Als sie am nächsten Morgen in ihre Wohnung zurückkehrte, lag ein Karton mit zwei Dutzend langstieliger gelber Rosen und einer Karte vor ihrer Tür. *Für die außerordentlichste Frau der Welt. In Liebe, Vince.*

Ab diesem Tag spielte es keine Rolle mehr für Suzanne, dass Vince verheiratet war, und sie nahm sich vor, die Beziehung einfach zu genießen. Obwohl sie sich natürlich manchmal fragte, ob eine Affäre mit einem verheirateten Mann gut – und moralisch vertretbar – war, gab Vince ihrem Leben etwas, von dem sie bis dahin nicht einmal gewusst hatte, dass sie es brauchte. Ihre gemeinsame Zeit war aufregend und leidenschaftlich. Dank Vince hatte sie etwas, worauf sie sich freuen konnte, und er sorgte dafür, dass sie auch körperlich Stress abbauen konnte. Jede Minute mit ihm war der reinste Genuss, und nachdem sie akzeptiert hatte, dass ihre Beziehung nie irgendwohin führen würde, wurde das Zusammensein noch genussreicher. Es war nicht notwendig, die Situation zu analysieren. Sie waren zwei Menschen, die sich gut unterhielten und miteinander schliefen. Und das reichte ihr.

Das Hupen der Autos hinter ihr riss Suzanne aus ihren Gedanken. Die Ampel war grün, und sie hielt den Verkehr auf. Sie rief sich in Erinnerung, dass sie auf dem Weg zu einer Beerdigung war, und trat aufs Gaspedal. Und in diesem Moment spürte sie ganz deutlich, wie Angie missbilligend von oben auf sie herabblickte.

Kapitel 15

Noch 10 Tage

Ich saß am Fenster, zupfte Fusseln von meinem schwarzen Rock und hielt nach Flynns silberfarbenem Audi Ausschau. Wir würden uns heute zum ersten Mal seit dem misslungenen Abendessen am Sonntag wiedersehen, und meine Nerven waren zum Zerreißen gespannt. Mein Magen rebellierte, und ich hoffte, dass er sich bis zur Beerdigung beruhigen würde. Die letzten Tage waren einfach schrecklich gewesen. Ich hatte versucht, zur Normalität zurückzufinden, ohne wirklich zu wissen, wie diese Normalität aussah. Mein Leben war so dermaßen aus den Fugen geraten, dass ich mich fühlte, als würde ich über mir schweben und auf mein unglückseliges Ich hinunterschauen.

Ich war Flynn den ganzen Montag über mit der Begründung aus dem Weg gegangen, dass ich vor der Hochzeit im Büro noch wahnsinnig viel zu erledigen hätte und bis spätabends arbeiten müsse. Was im Grunde sogar stimmte. Die Aufgaben einer Verkaufsleiterin konnten nicht warten, ganz egal, ob deren beste Freundin ermordet worden war, ob sie ihren Verlobten betrogen hatte oder ob sie demnächst auf einer der ausschweifendsten Hochzeiten der Geschichte die Braut spielen sollte. Da ich mir in letzter Zeit so oft für die Hochzeitsvorbereitungen freigenommen hatte, stapelte sich der Papierkram auf meinem Schreibtisch, und mein Kalender ermahnte mich, dass ich nur noch zehn Tage hatte, um alles auf die Reihe zu bekommen.

Am Dienstag war das Glück ebenfalls auf meiner Seite, denn Flynn hatte einige Auswärtstermine und kehrte erst spätabends in die Stadt zurück, was mir die Tortur ersparte, mit ihm zu Angies Totenwache zu gehen. Es war auch so schon schlimm genug gewesen, und alle hatten geweint. Ich war mit Suzanne dort, die so fertig war, dass wir bereits nach einer Stunde wieder nach Hause fuhren.

Und nun saß ich hier, und mir war übel vor Angst, weil ich bald meinen Verlobten wiedersehen würde. Ich wollte nicht, dass Flynn womöglich in meine Wohnung heraufkam, und so hetzte ich die Treppe hinunter und stürzte zur Tür hinaus, sobald sein Auto in die Straße bog. Er war seit jener schicksalsträchtigen Nacht nicht mehr bei mir gewesen, und ich hatte Angst, dass er sofort etwas merken würde, wenn er den »Tatort« erst einmal betreten hatte.

Nachdem wir uns nun einige Tage nicht gesehen hatten, hatte ich den Schutzschild gegen das schlechte Gewissen ein wenig gesenkt, doch heute brauchte ich ihn mehr denn je.

Ich fühlte mich furchtbar verletzlich, als ich auf Flynns Auto zuging. Es hatte vorhin heftig geregnet, und es roch nach nassem Asphalt, während sich die Sonne langsam durch die letzten schwarzen Wolken drängte. Es würde einer dieser schwülheißen Tage werden, die so typisch für Chicago waren. Ein beinahe perfekter Tag für eine Beerdigung. Ich blieb einen Augenblick lang neben dem Auto stehen, um mich zu sammeln, dann atmete ich tief durch und öffnete die Beifahrertür. Der Geruch nach Reinigungslösung stieg mir in die Nase. Natürlich! Heute war ja Mittwoch. Und an diesem Tag wusch und polierte Flynn sein Auto höchstpersönlich. Beerdigung hin oder her. Er lächelte, und seine weißen Zähne blitzten auf. Ich setzte mich und schloss eilig den Sicherheitsgurt, der mich davor bewahrte, ihm mehr als einen schnellen Kuss auf die Wange drücken zu müssen.

»Wie romantisch«, murmelte er sarkastisch, und sein Lächeln verzog sich zu einem enttäuschten Schmollmund.

»Flynn, wir sind auf dem Weg zur Beerdigung meiner besten Freundin!«

»Ja, natürlich. Tut mir leid, das war respektlos.« Er fuhr ohne ein weiteres Wort los. Ganz offensichtlich hatte ich ihn nicht nur betrogen, sondern durch mein abweisendes Verhalten auch noch seine Gefühle verletzt. Im Radio erklang Whitney Houstons »I Want to Dance With Somebody Who Loves Me«, und ich sah den Zimmermann auf der Tanzfläche im *Overhang* vor mir. Sofort verdrängte ich das Bild.

Nachdem wir zwanzig quälende Minuten auf verstopften Seitenstraßen unterwegs gewesen und nur langsam vorangekommen waren, bogen wir endlich auf den Dan Ryan Expressway, und Flynn trat aufs Gas. Er schlängelte sich zwischen den anderen Autos hindurch, ohne richtig Abstand zu halten, und überquerte dabei manchmal vier Fahrstreifen auf einmal. Er fuhr gerne schnell und rücksichtslos, und normalerweise beschwerte ich mich deswegen, aber heute erschien mir ein tödlicher Autounfall als perfekte Lösung für meine Probleme. Als wir auf den Edens Expressway bogen, erhöhte Flynn das Tempo noch einmal, und mir wurde klar, dass ich etwas sagen musste – wenn schon nicht um meiner selbst willen, dann wenigstens für die Sicherheit der anderen Verkehrsteilnehmer.

»Danke, dass du mich zur Beerdigung begleitest«, begann ich und hoffte, dass es nicht zu verlogen klang. »Ich weiß, dass heute ein wichtiger Tag im Büro gewesen wäre.«

»Ich würde dich doch in solch einer Situation niemals allein lassen.« Er schien beschwichtigt, denn er verlangsamte das Tempo und hielt sich beinahe an die Geschwindigkeitsbegrenzung. »Maggie, was ist eigentlich los mit dir?«

»Warum fragst du mich das ständig?«, seufzte ich und spielte den Ball damit sofort zurück. Angriff ist manchmal eben wirklich die beste Verteidigung.

»Na ja, ich weiß natürlich, dass dich Angies Tod schwer getroffen hat, aber du bist irgendwie nicht mehr du selbst, seit ich aus New York zurück bin. Als wärst du ein anderer Mensch ...« Als ich nichts darauf erwiderte, meinte er: »Siehst du? Genau das meine ich. Irgendetwas stimmt hier nicht.«

»Es tut mir leid.« Ich suchte fieberhaft nach einer vernünftigen Entschuldigung. Es war unfair, ihn derart zu quälen. »Vermutlich bin ich bloß erschöpft und ein wenig depressiv. Es hat wirklich nichts mit dir zu tun!«

Er nahm eine Hand vom Lenkrad und tätschelte meine. »Denk einfach an etwas Schönes. An unsere Hochzeit zum Beispiel. Es ist kaum zu glauben, dass es nur noch zwei Wochen sind, oder?«

»Ja, stimmt«, erwiderte ich und meinte es auch so. Die letzten Monate waren regelrecht verflogen. Ich dachte an die vielen Hochzeitsgeschenke, die sich in meinem ehemaligen Kinderzimmer stapelten. Es sah aus wie auf einem Basar.

»Weißt du, Mags, einer der schönsten Tage in meinem Leben war der Tag, an dem ich dich kennengelernt habe«, erklärte Flynn, als wir den Expressway verließen und durch das angrenzende Waldschutzgebiet fuhren, wo die Bäume in ihrer ganzen Pracht dastanden. »Ich habe dir das nie gesagt, aber abgesehen von deiner wunderbaren Persönlichkeit habe ich immer am meisten an dir bewundert, dass du nicht zu diesen Frauen gehörst, die es nur aufs Geld abgesehen haben. Du hast Substanz. Und du bringst mich zum Lachen. Versprichst du mir, dass du mich auch nach der Hochzeit noch zum Lachen bringst?«

»Ich werde mich bemühen«, erwiderte ich und fragte mich, ob er den Witz über die Junggesellinnenparty kannte, an dem die Braut … Ich sah erneut den Zimmermann vor mir, der mich anlächelte, als würde er mich schon ewig kennen, und ermahnte mich, endlich damit aufzuhören. Woher kamen diese Gedanken eigentlich andauernd?

Und wie konnte ich auf dem Weg zur Beerdigung meiner besten Freundin bloß an so etwas denken?

Kapitel 16

Vince

Vince lag allein in Suzannes Bett und fragte sich, mit welchem Zauber sie ihn belegt hatte. Alles, was sie tat, hinterließ einen bleibenden Eindruck. Er sah vor sich, wie sie die Schultern durchdrückte, bevor sie die Wohnung verließ, um zur Beerdigung ihrer besten Freundin zu fahren. Sie hatte ihn an einen Soldaten vor dem Kampf erinnert, und dieses Bild rührte ihn an, wie er es noch nie erlebt hatte. Er erinnerte sich, wie selbstbewusst ihre Größe sie wirken ließ, als er sie zum ersten Mal auf einer seiner Baustellen gesehen hatte. Aber dieses Mal war es anders gewesen. Sie hatte sich unbeugsam gegeben, um nicht von der Trauer übermannt zu werden. Er wünschte, es wäre möglich gewesen, sie auf die Beerdigung zu begleiten. Er wollte sie in den Armen halten und ihr eine Schulter bieten, an der sie sich ausweinen konnte.

Seit ihrem letzten Treffen war weniger als eine Woche vergangen, doch es hatte sich wie eine Ewigkeit angefühlt. Er war froh, dass er heute Morgen unangemeldet bei ihr vorbeigekommen war, und noch mehr, dass sie ihn mit offenen Armen empfangen hatte. Der Sex war schnell und leidenschaftlich gewesen, und er dachte voller Befriedigung daran, wie sie danach den Goldarmreif über ihr schmales Handgelenk gestreift hatte. Mein Gott, er hatte sie in den letzten Tagen so wahnsinnig vermisst.

Er vergrub den Kopf in den Laken und sog ihren Geruch ein, um ihn für später zu konservieren. Dann duschte er und zog sich zum zweiten Mal an diesem Tag an. Er stand vor dem Spiegel im Badezimmer und band seine Krawatte, als sein Blick durch die offene Tür ins Schlafzimmer fiel. Wie erwartet hatte selbst Suzannes Schlafzimmer Stil – von den Laken des Luxuslabels Frette über das Schlittenbett im Biedermeierstil bis hin zu den japanischen Drucken an den Wänden. Suzanne hatte Klasse, und das war etwas, was seiner Frau fehlte und was man mit keinem Geld der Welt kaufen konnte. In Vince' Augen war Suzanne die pure Perfektion, und seine Besessenheit machte ihn oft wahnsinnig vor Angst, dass sie nicht genauso viel für ihn empfand wie er für sie.

Als er sie einmal nach ihren bisherigen Beziehungen gefragt hatte, hatte sie ihm erklärt, dass die wenigen Männer in ihrem Leben keinen bleibenden Eindruck hinterlassen hatten. Aber es war doch unmöglich, dass eine so schöne und perfekte Frau wie Suzanne nie die wahre Liebe erlebt hatte, oder? Es musste doch jemanden in ihrem Leben gegeben haben, für den sie tiefste Leidenschaft empfunden hatte.

Vince war natürlich aufgefallen, dass es kaum persönliche Fotos in Suzannes Wohnung gab, aber er nahm an, dass sie irgendwo Erinnerungen an ihr früheres Leben aufbewahrte. An das Leben, bevor sie ihn kennengelernt hatte.

Plötzlich kam ihm eine Idee, für die er sich umgehend verabscheute, weil sie Suzannes Privatsphäre unentschuldbar verletzte – obwohl ihm gleichzeitig klar war, dass er es einfach tun musste. Vince näherte sich Suzannes begehbarem Kleiderschrank und zögerte nur einen kurzen Moment lang, bevor er ihn betrat.

Wie der Rest der Wohnung war auch hier alles unglaublich ordentlich, und die Kleider auf den Bügeln waren nach Farben sortiert. Er öffnete wahllos einige Schubladen mit Unterwäsche, Strümpfen, T-Shirts, Seidenschals und stieß dabei jedes Mal auf ein kleines Abbild ihrer Persönlichkeit. In jeder Schublade lag ein kleines, nach Flieder duftendes Säckchen, und es war dieser Geruch, den er mit den herrlichen Augenblicken verband, wenn er sie vor dem Sex langsam auszog.

Nachdem die Schubladen keine neuen Erkenntnisse gebracht hatten, wandte er sich den Regalen unter der Decke zu, in denen Suzanne ihre Handtaschen und Schuhe aufbewahrte. Schwarze Pumps von Ferragamo. Goldene Sandalen von Gucci. Sein Blick wanderte weiter zu der Ecke des Kleiderschrankes, und dort wurde er endlich fündig. Zwischen dem letzten Schuhkarton und der Wand steckten drei alte, abgegriffene Fotoalben. Vince streckte die Hand aus und zog eines heraus.

Die Fotos zeigten Suzanne als Teenager, am Strand, in der Schule und im Park. Er nahm an, dass es sich bei den anderen Mädchen um ihre Freundinnen handelte, von denen sie immer erzählte. Die mollige Rothaarige würde bald heiraten, und die Dunkelhaarige mit dem üppigen Busen war das Mordopfer. Er stellte das erste Album zurück und griff nach dem zweiten. Diese Fotos stammten offensichtlich vom College, denn sie waren hauptsächlich auf dem bewaldeten Campus und auf Partys entstanden, auf denen die männlichen und weiblichen Gäste Bier tranken und rauchten. Vince war froh, dass keines der Fotos Suzanne im Arm eines anderen Mannes zeigte.

Da war niemand, der dieses besondere Lächeln bekam, das ihn jedes Mal vom Hocker haute.

Das dritte Album hatte einen abgegriffenen Ledereinband und war um einiges älter als die anderen. Auf der ersten Seite war das Foto eines kleinen Mädchens zu sehen, das ein Baby in einer Wiege betrachtete, das zweite Foto zeigte eine Familie mit einem kleinen blonden Jungen, einem etwas älteren blonden Mädchen und zwei blonden Erwachsenen, die glücklich lächelnd an einem kleinen Fluss auf einer Picknickdecke mit Picknickkorb saßen. Die Familie wurde im Laufe der nächsten Seiten immer älter, und Suzanne entwickelte sich zu einer wunderschönen jungen Frau, während der Junge zu einem attraktiven jungen Mann heranwuchs. Da war der Vater, der den Weihnachtsbaum aufstellte, und die Mutter, die den Truthahn aus dem Ofen holte. Fotos von der Erstkommunion, Abschlussfeiern und diversen Geburtstagen. Das ganze Album zeigte dieselbe kleine Familie: Suzanne, den Jungen und ihre beiden Eltern.

Auf der letzten Seite klebte ein vergilbter Zeitungsausschnitt.

Junger Mann bei Unfall mit Fahrerflucht getötet

John Anders Lundgren (22) aus Winnetka wurde am frühen Morgen bei einem Unfall auf der Green Bay Road getötet. Sein Wagen wurde von einem schwarzen Cadillac von der Straße gedrängt, der offensichtlich ins Schleudern geraten war. Ein Zeuge gab an, dass der Fahrer des zweiten Autos in Schlangenlinien gefahren und offensichtlich betrunken gewesen sei. Leider konnte er das Nummernschild nicht mehr erkennen, da er anhielt, um dem Unfallopfer zu helfen. Lundgren wur-

de ins Evanston Hospital eingeliefert, starb aber auf dem Weg ins Krankenhaus.
Er war auf dem Heimweg von Chicago gewesen, wohin er seine Schwester nach einer Familienfeier zurückgebracht hatte.
Lundgren hinterlässt seine Eltern Lars und Inga und seine Schwester Suzanne.

Vince steckte das Album wieder zurück und hatte das Gefühl, als hätte er gerade einen Blick in die Büchse der Pandora geworfen. Suzanne sprach zwar ab und zu über ihre Eltern, aber sie hatte nie erwähnt, dass sie auch einen Bruder gehabt hatte, und schon gar nicht, dass dieser bei einem Unfall ums Leben gekommen war. Nun verstand er, warum ihr Angies Tod so zu schaffen machte.

Natürlich sollte er sich schämen, weil er ihr Vertrauen missbraucht und ihre Privatsphäre missachtet hatte, doch er war so von ihr besessen, dass er nicht anders konnte. Und dieser Vorfall war im Vergleich zu dem, was er bereits getan hatte, nicht der Rede wert. Diese andere Sache war sehr viel schlimmer als das Durchwühlen eines Schrankes, und falls Suzanne es jemals herausfinden würde, würde sie ihn mit ziemlicher Sicherheit hassen. Und genau deshalb musste er dafür sorgen, dass sie es nicht erfuhr. Er hätte es einfach nicht ertragen, wenn sie ihn hasste.

Kapitel 17

Flynns Hand war wie die Klaue eines Monsters, das mich in die Aufbahrungshalle zerrte. Man hatte aus mehreren kleinen Räumen einen großen Saal gemacht, der trotzdem zum Bersten gefüllt war. Der vordere Teil war lediglich mit Familienmitgliedern besetzt – Angie war schließlich Italienerin gewesen –, und an den Wänden standen so viele Blumen, dass es beinahe aussah wie in einem Blumenladen. Neben dem geschlossenen Sarg waren zwei Collagen aufgestellt, die Angies Lebensweg von der Kindheit über die Highschool bis zum College nachzeichneten. Bilder von der Hochzeit und ihrer Ehe fehlten, und es schien beinahe, als wäre sie nie verheiratet gewesen.

Ida Lupino stand laut schluchzend vor dem Sarg ihrer Tochter, und ihr ausladender Busen bebte. Angies Vater stand neben seiner Frau und tätschelte ihr beruhigend die Schulter. Sein gebräuntes Gesicht wirkte ernst unter dem Schopf weißer Haare, und die Trauer, die jeder Vater und jede Mutter empfindet, wenn die natürliche Ordnung plötzlich außer Kraft gesetzt wird, war ihm deutlich anzusehen. Er hatte nichts mehr mit dem eleganten Mann gemein, der seine strahlende Tochter vor vielen Jahren hinter ihren acht Brautjungfern zum Altar geführt hatte. Angies gut aussehende drei Brüder standen in düsteren schwarze Anzügen neben ihren Eltern und hielten den

Blick gesenkt, während ihre Frauen hilflos danebenstanden.

Ich entdeckte Kelly, die neben Arthur und Natasha in der Mitte des Saales saß. Sie hatte die Haare zu einem dicken Zopf geflochten und war wie fast alle anderen Trauergäste in Schwarz gekleidet. Natasha sah in ihrem teuren schwarzen Kostüm sehr elegant aus, während Arthurs verhärmtes Gesicht noch missmutiger wirkte als sonst und man ihm deutlich ansah, dass er am liebsten gar nicht hier gewesen wäre. Carol Anne und Michael saßen hinter den beiden und hatten drei weitere Plätze reserviert. Ich fing Flynns Blick auf und deutete mit dem Kopf in die entsprechende Richtung, und wir machten uns auf den Weg zu ihnen und setzten uns. Flynn begann ein Gespräch mit Arthur, der direkt vor ihm saß, während ich mich an Carol Anne wandte.

»Ist Suzanne nicht da?«, fragte ich.

»Nein, noch nicht.«

»Ich hoffe, es geht ihr gut. Die Totenwache gestern Abend hat sie ziemlich mitgenommen. Es war wohl wie ein Déjà-vu. Wie hält sich Angies Familie?«

»Ich glaube, der Anblick spricht für sich …« Mein Blick wanderte nach vorn, wo Mrs Lupinos Söhne ihre Mutter mehr oder weniger zu ihrem Stuhl schleppten, damit die Verabschiedung am Sarg beginnen konnte. Angies Schwägerinnen scharten sich um ihre Schwiegermutter und versuchten, sie zu beruhigen. Es war herzzerreißend.

»Und du?«, flüsterte Carol Anne. »Wie geht es dir?«

»Nicht so gut.« Ich wandte mich um, um nach Suzanne Ausschau zu halten, und entdeckte Albert Evans unter den Nachzüglern, die sich im hinteren Teil des Saales drängten. Albert war Angies Assistent bei Bloomingdale's und ein sehr guter Freund gewesen, der sie seit der Trennung von Harvey maßgeblich unterstützt hatte. Bevor ich Flynn kennenlernte, hatte ich nach Feierabend oft mit Albert und Angie bei einem Drink zusammengesessen und mich gelangweilt, während die beiden über die Feinheiten des Einzelhandels diskutierten. Albert trug einen makellosen, schmal geschnittenen italienischen Anzug und sah eher aus, als wäre er auf einem Shooting für ein Modemagazin als auf einer Beerdigung. Sein Gesicht erinnerte mich allerdings an ein Kind, dessen Hund gerade von einem Auto überfahren worden war. Unsere Blicke trafen sich, und ich lächelte schwach, woraufhin er sein Taschentuch aus feinstem irischem Leinen hob und eine Träne abtupfte. Sein Partner Julian stand neben ihm und versuchte offensichtlich, angemessen respektvoll und nicht allzu gelangweilt auszusehen.

In diesem Moment betrat Suzanne den Saal und war so wunderschön, dass es für eine Beerdigung unpassend erschien. Ich winkte sie zu mir, und wir begrüßten uns leise, während der groß gewachsene, beinahe kahlköpfige Priester ans Pult trat. Pater Carroll war ein langjähriger Freund der Familie Lupino und hatte auch Angies Hochzeit ausgerichtet. Nun würde er sie also beerdigen.

»Erhebt Euch«, begann er, und wir folgten seiner Aufforderung. Er sprach das katholische Totengebet, das ich zum ersten Mal mit acht Jahren auf der Beerdigung meiner Großmutter gehört hatte, und seine monotone Stimme wurde nur ab und zu von Mrs Lupinos Schluchzen unterbrochen. Nach dem Totengebet besprengte er den Sarg mit Weihwasser und lud die Trauergemeinde ein, der Toten die letzte Ehre zu erweisen, bevor die Totenmesse begann.

Die Stühle leerten sich, und die Trauergäste bildeten

eine Schlange, die langsam an Angies Sarg vorbeizog. Carol Anne blieb kurz stehen, um über das glatte Holz zu streichen, während Michael respektvoll nickte. Kelly berührte den Sarg ebenfalls, genauso wie Suzanne, die ein Schluchzen unterdrückte. Arthur führte die ziemlich ungerührte Natasha am Sarg vorbei – und dann war ich an der Reihe.

Auf dem Sargdeckel stand Angies Abschlussbild der Highschool, und ihr engelsgleiches Gesicht strahlte unter dem schwarzen Hut hervor. Ich dachte an die Abmachung, die meine fünf Freundinnen und ich sturzbetrunken in unserer Abschlussnacht getroffen hatten: Sollte jemand von uns schon in jungen Jahren sterben, schworen wir uns feierlich, nicht um ihn zu trauern, sondern eine Party zu veranstalten und die Leiche mit einem Bier in der einen und einem Joint in der anderen an die Wand zu lehnen. Ich sah den Rosenkranz vor mir, den Ida Lupino ihrer Tochter zweifellos um die Finger gewickelt hatte – vermutlich würde er Angie im Jenseits bessere Dienste erweisen als ein Bier und ein Joint.

»Auf Wiedersehen, Angie«, flüsterte ich und strich über den Sarg, während mir Tränen in die Augen stiegen. Flynn schob mich sanft weiter, und ich trat zurück und wischte mir mit den Fingerspitzen die Augen trocken. Dieses Mal fühlte sich Flynns beruhigende Hand genau so an, wie es sein sollte.

Als wir in die Vorhalle traten, fiel mein Blick zu meiner Überraschung auf Harvey, der wie ein Ausgestoßener in einer Ecke saß und seinen Lockenkopf verlegen gesenkt hatte. Ich hatte ihn seit der Trennung von Angie nicht mehr gesehen, und er sah schrecklich aus. Sein Gesicht war schmerzverzerrt, und er hatte dunkle Ringe unter den Augen, als hätte er seit Tagen nicht mehr geschlafen.

Vermutlich dachte er, dass das alles nie passiert wäre, wenn Angie und er sich nicht getrennt hätten. *Aber dafür ist es jetzt zu spät, Harvey.* Die Vergangenheit lässt sich nicht ändern. Er hob den Blick und sah mich an, und als ich an ihm vorbeikam, nickte ich ihm mitfühlend zu. Ich wollte eigentlich die Hand ausstrecken, seinen Arm berühren und ihm sagen, wie leid mir alles tat, aber ich unterließ es.

Wir traten aus der düsteren Aufbahrungshalle ins blendend helle Sonnenlicht, und obwohl ich die Augen zusammenkneifen musste, sah ich Detective O'Reilly und Detective Kozlowski auf dem Parkplatz stehen. Sie waren dem Anlass entsprechend im Anzug gekommen und versuchten, die Trauergäste, die aus der Aufbahrungshalle traten, möglichst unauffällig zu mustern. Angst ergriff mich. Ich hatte gehofft, die beiden nie wiederzusehen. Ich schmiegte mich an Flynn, um ihnen zu zeigen, dass ich nicht allein war, und hoffte, dass sie dieser Anblick davon abhalten würde, weitere unangenehme Fragen zu stellen.

»Siehst du die beiden Männer dort drüben? Das sind die Cops, die in Angies Fall ermitteln«, erklärte ich Flynn leise.

»Du meinst die beiden in den abgetragenen Anzügen? Und ich dachte, es wären noch ein paar italienische Verwandte«, erwiderte Flynn.

Ich ermahnte ihn, still zu sein, und sah mich um, ob auch niemand von Angies Verwandten zugehört hatte. »Was meinst du, warum sie zur Beerdigung gekommen sind?«

Flynn warf mir einen Blick zu, als wäre ich nicht ganz bei Trost. »Sie sehen sich die Trauergäste an. Ich bin mir sicher, dass so etwas in einem Fall wie diesem reine Routine ist. Du weißt schon: Der Mörder kehrt zum Ort des Verbrechens zurück …« Er setzte seine Ray-Ban-Sonnenbrille auf und nahm einen orangefarbenen Aufkleber mit der Aufschrift BEERDIGUNG entgegen, den er im unteren Teil der Windschutzscheibe platzierte, als wir beim Auto ankamen. Mir fiel auf, dass er sorgsam darauf achtete, den Aufkleber nicht zu fest anzudrücken, damit er nachher keine Kleberrückstände am Glas hinterließ.

Während wir bei laufender Klimaanlage im Auto saßen und darauf warteten, dass sich die Prozession in Richtung Kirche in Bewegung setzte, dachte ich darüber nach, was Flynn über den Mörder gesagt hatte, der zum Ort des Verbrechens zurückkehrt. Ich konnte mir schlichtweg nicht vorstellen, dass einer der Menschen hier etwas mit Angies Tod zu tun hatte.

Kapitel 18

Nach der Messe trafen sich die Trauergäste im Haus der Familie, und als Flynn und ich dort ankamen, war der Bordstein bereits so zugeparkt, dass wir erst fünf Straßen weiter einen Parkplatz fanden. Wir machten uns unter den dichten Blättern der Eichen auf den Weg zu Angies Elternhaus, und ich musste daran denken, wie oft ich in meiner Kindheit und Jugend hier entlanggegangen war. Egal, ob das Herbstlaub unter meinen Füßen raschelte oder der Schnee zwischen den kahlen Ästen hindurch auf meinen Kopf fiel, es war immer ein herrliches Gefühl gewesen. Doch nun war all das vorbei.

Der Schmerz wurde schlimmer, je näher wir dem Haus kamen. Das bescheidene Gebäude im Kolonialstil mit den vier Schlafzimmern hatte sich im Laufe der Jahre in einen ausladenden Komplex verwandelt, der beinahe bis zur Grenze des bewaldeten Grundstücks reichte. Angies Vater hatte offenbar nach jedem erfolgreichen Geschäftsabschluss einen neuen Trakt angebaut – vielleicht war es aber auch bei jeder neuen Freundin gewesen, um seiner Frau genügend Beschäftigung zu bieten. Es war kein Geheimnis, dass Mr Lupino ein Schürzenjäger war, und Angie hatte bereits im ersten Jahr an der Highschool bemerkt, dass ihr Vater ihre Mutter betrog. Sie hatte geweint, als sie es uns erzählt hatte. Doch auch wenn Mrs Lupino von den zahlreichen Affären ihres Mannes wusste, ließ sie sich nichts anmerken. Sie waren schließlich Italiener, und es war egal, wie spät der Mann nach Hause kam – er war der Herr im Haus, und seine Frau wartete jeden Abend mit dem Essen auf ihn. Paradoxerweise war Mr Lupino ein ausgesprochener Familienmensch und frommer Katholik, der großzügige Summen an die Kirche spendete und jeden Sonntag die Messe besuchte und in seinem besten Anzug mit seiner Frau und seinen Kindern in der ersten Reihe saß.

Im Vorgarten spielten Dutzende Kinder – vermutlich Angies Nichten, Neffen und junge Cousinen und Cousins –, die sich nach einem schrecklich langweiligen Vormittag endlich austoben durften. Kinder bedeuteten in der Familie Lupino einfach alles, was es umso tragischer machte, dass Angie selbst keine hatte bekommen können. Es waren immer irgendwo Kinder auf dem Grundstück unterwegs, vor allem am Wochenende, wenn die Verwandtschaft zu Besuch kam. In meiner Kindheit fand ich Angies chaotisches Zuhause wahnsinnig einladend und lebensfroh, während es bei uns kalt und reserviert zuging, weshalb ich meine Freizeit gerne hier verbrachte. Meine Cousinen und Cousins wohnten in einem anderen Bundesstaat und waren praktisch Fremde, sodass große Familienzusammenkünfte mir vollkommen fremd waren und ich die Treffen der Familie Lupino vermutlich unterhaltsamer fand, als sie es tatsächlich waren.

Flynn und ich drängten uns ins Haus und bahnten uns durch den überfüllten Flur den Weg in die Küche, die heute an ein Restaurant erinnerte. Mehrere vollbusige Frauen standen vor tragbaren Gasplatten und kochten Nudeln oder grillten Würstchen. Auf der Arbeitsplatte standen bergeweise Penne, Fleischbällchen, gegrillte Hähnchenstücke, Antipasti und knuspriges Brot, und auf einem Tisch im Erker stapelten sich süße Kuchen, Plätzchen, Torten und mit Ricotta gefüllte Cannoli, sodass ich meine Diät in großer Gefahr sah. Es war kein Geheimnis, dass ich mir einen Großteil meines Übergewichts am Tisch der Familie Lupino angefuttert hatte, nachdem in der Küche meiner Mutter nur jeweils eine Sorte Eiweiß, eine Sorte Kohlenhydrate und eine Sorte Gemüse pro Mahlzeit auf dem Speiseplan gestanden hatten.

Eine Frau, deren Arme in etwa einen Umfang hatten wie meine Oberschenkel und die ihre weißen Haare zu einem Knoten hochgesteckt hatte, stand vor dem Herd und rührte in einem riesigen Topf. Als sie mich sah, legte sie den Kochlöffel beiseite und eilte auf mich zu, wobei sich ihr ausladender Körper mit erstaunlicher Eleganz bewegte. Sie schlang ihre gewaltigen Arme um mich und drückte mich so fest an sich, dass ich kaum noch Luft bekam.

»Ach, Schätzchen! Wer hätte gedacht, dass wir uns auf diese Weise wiedersehen?«, seufzte sie kopfschüttelnd, bevor sie mich losließ und sich an Flynn wandte, der offensichtlich Angst hatte, ebenfalls umarmt zu werden. »Gehört der hier zu dir?«

»Ja, das ist Flynn Hamilton, mein Verlobter. Flynn, das ist Rose, Angies Tante.«

»Hübsch, aber zu dürr«, erklärte Rose und rang sich ein schwaches Lächeln ab. »Und du auch!«, meinte sie dann und musterte mich von oben bis unten. »Du bist ja nur noch Haut und Knochen!« Sie schien froh, endlich eine Aufgabe zu haben, füllte zwei Teller mit zwei großen Portionen und gab sie uns. »Hier, verschwindet und esst. *Mangia, mangia.*« Nachdem sie ihre Mission erfüllt hatte, wandte sie sich wieder den verschiedenen Töpfen auf den sechs Herdplatten zu.

»Das war ja wie in *Der Pate*«, meinte Flynn, als wir durch die Hintertür in den Garten traten. Überall saßen Menschen an Cafétischen um den Pool oder auf dem Rasen. Ich ließ mich aufs Gras sinken, während Flynn noch einmal ins Haus ging, um etwas zu trinken zu holen.

Ich stocherte in meinem Essen herum, als ich Albert Evans entdeckte, der ganz allein mitten auf dem Rasen stand und überwältigt auf seinen übervollen Teller hinunterstarrte. Als er mich sah, kam er auf mich zu.

»Darf ich mich zu dir setzen?«, fragte er.

»Natürlich. Wo ist denn Julian?«

»Er musste wieder zur Arbeit.« Albert zog sein Stofftaschentuch hervor, faltete es auseinander und legte es auf den Boden, bevor er sich setzte. Dann betrachtete er seinen Teller, als wollte das Essen ihn verschlingen und nicht umgekehrt. »Das war der Irrsinn. Eine gewaltige Frau hat mich vorhin in die Küche geschleppt und mich nicht mehr gehen lassen, bevor sie mir nicht einen Teller hiervon in die Hand gedrückt hatte.«

»Das war Angies Tante, so sind die Italiener nun mal. Egal, wie mies es einem geht – man sollte immer reichlich essen. Sie reden beim Frühstück übers Mittagessen und beim Mittagessen übers Abendessen.« Ich legte meine Gabel auf den Teller. Mir war flau im Magen, und ich brachte nichts hinunter. »Wie geht es dir ohne deine Chefin?«

Alberts Augen wurden feucht, und er griff in die Tasche, um sein Taschentuch herauszuholen, ehe ihm klar wurde, dass er darauf saß. Er presste sich stattdessen die Daumen auf die Augenwinkel. »Es ist echt nicht leicht. Angie war ja nicht nur meine Chefin, sie war auch eine meiner besten Freundinnen. Ich hatte sie wirklich sehr gern. Es ist schrecklich, dass sie so einen gewaltsamen

Tod gefunden hat. Ich hoffe nur, dass sie high genug war, um nichts zu spüren.«

»Was soll denn das heißen?«, fragte ich.

Albert sah sich verstohlen um und beugte sich dann zu mir herüber. »Oh Gott, ich sterbe, wenn ich es noch länger für mich behalten muss. Aber du musst mir versprechen, es niemandem zu sagen, okay?«

Ich schwor es ihm.

»Ich habe Angie gesehen, kurz bevor sie ermordet wurde.«

»Wie bitte? Wo denn?«

»Ich war im *Zone,* und sie ist kurz vor der Sperrstunde hereingeplatzt.«

»Im *Zone*? Was hatte Angie denn im *Zone* verloren?« Ich kannte die Bar in Boystown, weil sie im *Chicagoan* inserierte. Es war eine Schwulenbar und passte absolut nicht zu Angie. Vor allem nicht, wenn sie allein unterwegs war.

Albert sah mich nicht mehr traurig, sondern vielmehr schuldbewusst an. »Ich glaube, sie wollte sich Stoff besorgen.«

»Du glaubst, sie wollte Koks kaufen?«

Er wirkte noch verlegener. »Ich habe sie dem Barkeeper vorgestellt, den ich ganz gut kenne und der nebenbei ein bisschen dealt. Sie war nach der Trennung von Harvey so wahnsinnig deprimiert, dass ich mir dachte, ein kleiner Trip ab und zu könnte nicht schaden. Also habe ich den Kontakt zu Lyle hergestellt. Ich wollte doch nur helfen.«

»Wie nett von dir, Albert«, meinte ich sarkastisch.

»Woher hätte ich denn wissen sollen, dass es derart außer Kontrolle gerät? Ich meine, das konnte ich doch wirklich nicht ahnen, oder?«

Er musste anscheinend eher sich selbst überzeugen als mich. »Hast du mit ihr gesprochen?«

»Nein. Ich war mit einigen Freunden unterwegs, und sie hat mich nicht gesehen. Ich bin nicht zu ihr hin, weil … na ja, du weißt ja, wie aggressiv sie werden konnte, vor allem wenn sie betrunken oder high war. Ich hatte einfach keine Lust, mich mit ihr rumzuärgern.«

»Mann, Albert!«, zischte ich ihn an. »Vielleicht wäre alles ganz anders gekommen, wenn du mit ihr geredet hättest.«

»Ach, halt die Klappe! Als hätte ich mir das nicht auch schon hundertmal gesagt! Aber da ist noch mehr. Nachdem sie den Stoff hatte, hielt sie auf dem Weg nach draußen noch bei einem gut aussehenden, dunkelhaarigen Kerl an, der ganz allein dort herumsaß. Es war offensichtlich, dass sich die beiden kannten und dass er nicht gerade glücklich war, sie zu sehen. Angie sagte etwas zu ihm, und er sah aus, als wollte er ihr eine verpassen. Dann war sie weg.«

»Oh mein Gott! Hast du der Polizei davon erzählt?«

»Das ist ja das Problem. Das kann ich nicht. Wenn ich den Cops sage, dass Angie vor ihrem Tod im *Zone* war, nehmen sie sich Lyle vor. Du glaubst vielleicht, dass mittlerweile alles besser ist, aber es gibt noch immer viele Cops, die etwas gegen Schwule haben. Lyle hat mich angerufen, nachdem er Angies Bild in der Zeitung gesehen hatte, und hat mich angefleht, den Mund zu halten.«

»Und was ist, wenn der Kerl, mit dem sie geredet hat, ihr Mörder ist?«

Albert ließ seinen gegelten Kopf hängen. »Darüber mache ich mir doch auch schon die ganze Zeit Gedanken! Ich habe seit Tagen nicht mehr geschlafen.«

Du bist nicht der Einzige, den sein schlechtes Gewissen

nicht schlafen lässt, dachte ich. Trotzdem war Alberts Geständnis wie ein Rettungsring für mich. Wenn der dunkelhaarige Kerl, den Albert gesehen hatte, tatsächlich Angies Mörder war, dann wäre der Mord bald geklärt, und die Polizei würde keine weiteren Fragen stellen und dabei womöglich auf mein Geheimnis stoßen. »Albert, du musst im Polizeirevier anrufen und nach Detective O'Reilly fragen. Lyle wird ihn nicht weiter interessieren. Er will doch nur Angies Mörder finden.«

Albert verdrehte die Augen. »Okay, ich werde darüber nachdenken, Maggie. Kannst dich drauf verlassen. Aber denk daran, dass du versprochen hast, es niemandem zu sagen.«

»Aber Albert, das hier ist doch eine vollkommen andere Situation!«

»Lass mich das auf meine Art klären, sonst streite ich alles ab.«

»Bitte Albert, du musst das Richtige tun!«

In diesem Moment kehrte Flynn mit zwei Gläsern Wein zurück, und unsere Unterhaltung wurde unterbrochen. Carol Anne und Kelly kamen ebenfalls hinterher, und Albert erhob sich, nahm sein Taschentuch, faltete es sorgfältig und steckte es wieder in seine Hosentasche. Er nickte den Mädchen zu und verschwand, wobei er seinen vollen Teller auf dem Gras stehen ließ.

»Was war denn mit dem los?«, fragte Carol Anne und setzte sich neben mich. Ihr marineblauer Hosenanzug ließ ihre blauen Augen strahlen, doch da war etwas in ihrem Blick, das ich nicht wirklich deuten konnte.

»Ich schätze, er hatte keinen Appetit«, erwiderte ich und nahm Flynn ein Glas ab. »Wo ist denn Michael?«

»Er wurde während der Messe angefunkt. Es gab einen Notfall, und er musste in die Praxis.«

»Ein *schönheitschirurgischer* Notfall?«, witzelte Kelly und steckte sich ein riesiges Fleischbällchen in den Mund.

»Ja, so etwas kann vorkommen«, erwiderte Carol Anne spitz.

»Und Suzanne?«, fragte ich.

»Sie muss auch noch arbeiten. Wenn ihr mich fragt, hat der Anblick von Angies Familie sie ziemlich mitgenommen. Vermutlich hat es sie zu sehr an ihre eigene Familie erinnert«, fügte Carol Anne hinzu.

Ich dachte daran, dass Suzanne bei der Beerdigung ihres Bruders so fertig gewesen war, dass wir sie zu zweit zum Auto begleiten mussten, und meine Gedanken wanderten zu meinen beiden Schwestern. Wir hatten unsere Differenzen, aber ich konnte mir eine Welt ohne sie nicht vorstellen. Genauso wenig, wie wir uns alle eine Welt ohne Angie vorstellen konnten.

Bevor Flynn und ich uns auf den Nachhauseweg machten, mussten wir uns noch von Angies Eltern verabschieden Das war alles andere als leicht, wie sich zeigte, denn es lag eine gewisse Endgültigkeit in diesem Abschied. Angies Mutter umarmte mich weinend, während ihr Vater in schmerzerfülltem Schweigen neben ihr stand wie schon während der Totenwache und der Beerdigung.

»Wenn wir bloß wüssten, wer so etwas Schreckliches getan hat …«, schluchzte Ida Lupino, und ich musste sofort an Albert Evans denken. Musste ich sein Geheimnis unter diesen Umständen wirklich für mich behalten? Würde er das Richtige tun und mit der Polizei reden? Und wenn ja, würde es das Rätsel um Angies Mörder lösen und den Lupinos zumindest ein wenig Linderung verschaffen?

Das Problem war, dass ich mittlerweile zu viele Geheimnisse für mich behalten musste. Mein eigenes eingeschlossen.

Nachdem ich mich mit der – ausnahmsweise ehrlich gemeinten – Begründung, dass die nächsten Tage die Hölle werden würden, von Flynn bei meinem Büro hatte absetzen lassen, verlor ich mich bis weit nach Mitternacht in der Arbeit.

Kapitel 19

Kelly

Die schwarze Wolke zog auf, als Kelly gerade ihre Laufschuhe schnürte. Sie war wie eine Sonnenfinsternis, die sämtliches Licht verschlingt und alles in tiefschwarze Schatten taucht. Ohne Vorwarnung, wie ein Zug, der auf einen Bahnübergang zudonnert – aber im Gegensatz zu dem Zug war die Wolke nicht innerhalb weniger Sekunden verschwunden, sondern schwebte stunden- und manchmal sogar tagelang über ihr.

Es hatte kurz nach dem Tod ihrer Mutter begonnen, und Kelly hatte im Laufe der Jahre verschiedene Strategien entwickelt, um mit den Depressionen fertigzuwerden. In der Highschool hatte sie sich mit einem guten Buch in ihrem Zimmer eingeschlossen. Auf dem College hatte sie sich in dieser Zeit noch mehr als sonst in die Arbeit gestürzt. Und später hatten ihr der Alkohol, die Drogen und die One-Night-Stands Erleichterung verschafft. Nach ihrem Entzug war die Wolke nicht mehr aufgetaucht, doch anscheinend hatte sie die ganze Zeit knapp außer Reichweite gelauert, und nun war sie wieder da und sann auf Rache. Sie schlug wie aus dem Nichts zu und schleuderte ihr Opfer zu Boden.

Kelly fühlte sich plötzlich wertlos, unwichtig und hilflos. Ihr Leben war ein riesiger Haufen Scheiße. Sie war über dreißig und versuchte zu einem Leben zurückzukehren, das sie nie wirklich geführt hatte. Es war hoffnungslos. Sie war nicht wie die anderen Studenten in ihren Kursen, die mühelos und voller Eifer Wissen aufsaugten, während sie schwer dafür schuften musste, und deren Flugbahn direkt zum Erfolg führte. Kelly beneidete ihre Kommilitonen um ihren Enthusiasmus und wünschte, sie hätte ebenfalls so empfunden.

Es war verdammt schwer, den Anschluss zu finden, und oft kam es ihr vor, als wären ihre Freundinnen bereits im Leben angekommen, während sie immer noch auf der Suche war. Die anderen hatten alle eine eigene Familie oder eine tolle Karriere, ein Zuhause, ein eigenes Auto und genug Geld, während Kelly sich ständig fragen musste, wie sie die Studiengebühren oder die Miete bezahlen sollte. Und sie hatten jemanden, den sie liebten: Ehemänner, Verlobte, Kinder. Nur Suzanne war allein, aber die hatte sowieso immer nur ihren Job geliebt. Kelly hatte hingegen noch nie eine Beziehung mit einem Mann gehabt, an den sie sich anlehnen konnte und bei dem sie sich zu Hause fühlte. Sie redete sich immer ein, dass man nicht zwangsläufig einsam war, bloß weil man *allein* war, aber im Grunde war sie beides. Sie war einsam *und* allein. Sie wünschte sich ein Leben, das sie genießen konnte und nicht bloß ertragen musste.

Es war eigentlich ein Witz, dass sie ausgerechnet Psychologie studierte, denn sie hasste Seelenklempner. Nach dem Tod ihrer Mutter hatte sie genug Zeit mit ihnen verbracht und hielt sie für scheinheilige Gestalten mit reichlich eigenen Problemen. Allerdings hatte Kelly das Gefühl, dass sie anderen Menschen besser würde helfen können als die Therapeuten, die sie bis jetzt kennengelernt hatte, und genau deshalb wollte sie eine von ihnen sein. Denn dann gab es zumindest *eine* Therapeutin, die den Schmerz ihrer Klienten wirklich verstand.

Die Katze wand sich um Kellys Beine und warf ihr einen einäugigen, besorgten Blick zu. *Schluss mit dem Selbstmitleid!*, ermahnte Kelly sich selbst. *Du bist ganz allein für dein verkorkstes Leben verantwortlich. Lass nicht zu, dass dich die schwarze Wolke wieder zurück in das Loch befördert, aus dem du gekrochen bist. Geh raus und laufe dich frei!*

Sie schnürte ihre Laufschuhe fertig und trat zur Tür hinaus.

Es war noch früh am Morgen, und am strahlend blauen Himmel waren nur einige kleine Wölkchen zu sehen. Die kalte Luft umfing sie, während sie zum Aufwärmen langsam die Straße hinunterlief. Schon bald hatte sie in ihren gewohnten Rhythmus gefunden, und ihre Muskeln gewannen mit jedem Schritt an Kraft.

Doch obwohl ihr Körper wie gewohnt funktionierte, wollte ihr Kopf noch nicht mitmachen. Die schwarze Wolke schwebte über ihr und verdunkelte den blauen Himmel. Sie folgte ihr bis in den Park, und Kelly lief immer schneller, um sie endlich loszuwerden. Doch sie schaffte es nicht. Die Wolke sank tiefer und tiefer, bis sie Kelly verschluckte, und in ihrem Inneren starrte ihr Angies verzerrtes Gesicht entgegen.

Es hätte dich treffen sollen.

Kelly rang nach Luft und blieb abrupt stehen. Sie beugte sich nach vorn und legte die Hände auf die Knie, um mehr Sauerstoff in ihre Lungen zu bekommen. Die anderen Leute auf der Straße dachten vermutlich, dass sie sich übergeben musste. Ihr Herz raste, und alles drehte sich. Das hier war eine ausgewachsene Panikattacke.

Kelly verdrängte das Gefühl, gleich in Ohnmacht zu fallen, richtete sich auf und machte sich auf den Nachhauseweg. Es gelang ihr kaum, die Clark Street zu überqueren, und auch den Rest des Weges schaffte sie nur mit Mühe.

Die Katze begrüßte Kelly mit einem fragenden Miau, als sie die Tür öffnete und sich zitternd auf das geblümte Sofa sinken ließ.

Die Panik verebbte, es war wie eine Klaue, die langsam einen Finger nach dem anderen von ihrer Brust löste. Sie hatte sich noch nie so sehr nach einem Drink gesehnt. Sie hatte gelernt, mit der Depression zu leben, aber mit den Panikattacken kam sie einfach nicht zurecht.

Sie schaffte es nicht mehr allein. Es wurde Zeit, dass sie mit jemandem redete.

Kapitel 20

Noch 8 Tage

Am Freitagmorgen fragte ich mich, warum ich nicht gleich im Büro übernachtet hatte, nachdem ich es am Vortag ohnehin erst weit nach Mitternacht verlassen hatte. Ich blickte auf den gewaltigen Berg Unterlagen, der noch abgearbeitet werden musste. Absatzzahlen. Berichte. Prognosen. Der Stapel schien immer höher zu werden, anstatt langsam zu schrumpfen, und die Tatsache, dass ich durch Angies Beerdigung beinahe einen ganzen Tag verloren hatte, hatte mich noch weiter zurückgeworfen. Zu allem Überfluss stand meine Periode immer noch aus, und Flynn wurde langsam misstrauisch, weil ich ihm ständig aus dem Weg ging. Im Grunde war das das einzig Gute an der vielen Arbeit: Ich konnte sie als Entschuldigung vorschieben, um mich nicht mit meinem Verlobten treffen zu müssen. Mein schlechtes Gewissen war in den letzten Tagen kein bisschen zurückgegangen, sondern hatte sich sogar noch verschlimmert, sodass es mir langsam die Luft zum Atmen nahm. Und es half auch nichts, dass ich ständig Steven Kaufman auf der Tanzfläche oder in meinem Schlafzimmer vor mir sah. Ich versuchte zwar, die Bilder zu verdrängen, doch sie kamen immer wieder, und auch während der unruhigen Nachtstunden war er mir im Traum erschienen und hatte mich angefleht, Flynn nicht zu heiraten. Freud meinte einmal, die handelnden Personen in einem Traum seien immer der Träumende selbst. Bedeutete das also, dass *ich* der Fremde war, den ich nie mehr wiedersehen wollte?

Ich warf einen Blick auf meinen Kalender. Ich musste im Brautmodengeschäft anrufen, um mich nach den Kleidern für die Brautjungfern zu erkundigen. Und beim Floristen. Außerdem wartete Flynns Mutter auf ein Update, was das Probedinner betraf. All diese Aufgaben erdrückten mich beinahe, sodass ich mich am liebsten in Luft aufgelöst hätte. Ich wollte bloß noch nach Hause und mich mit einem guten Buch in eine Ecke verziehen. Es schien Jahre her, dass ich zum letzten Mal zum Vergnügen gelesen hatte. Meine Wohnung war voller Kartons mit ungelesenen Büchern, doch die derzeitigen Anforderungen des Lebens ließen mir keine Zeit, es mir gemütlich zu machen. Und erst recht nicht, zu schreiben. Ich hatte schon immer das Gefühl gehabt, ein Buch in mir zu tragen, das nur darauf wartete, zu Papier gebracht zu werden, und es sei nur eine Frage der Zeit, bis es endlich aus mir heraussprudelte. Aber das Leben lässt einem keine Zeit.

Das Telefon klingelte. Es war Sandi, die Empfangsdame, die fragte, ob ich den Anruf von Kelly Delaney entgegennehmen wolle. Das wollte ich eigentlich nicht – aber ich tat es trotzdem.

»Bist du um diese Zeit nicht normalerweise beim Laufen?«, fragte ich.

Kellys Stimme klang seltsam gedämpft. »Ich war heute nicht laufen. Hast du ein paar Minuten Zeit?«

Ein paar Minuten Zeit war genau das, was mir im Moment fehlte. »Für dich immer. Was ist denn los?«

»Es geht mir nicht gut, und ich muss dringend mit jemandem reden. Natürlich könnte ich auch zu den Anonymen Alkoholikern gehen, aber das wäre nicht dasselbe wie mit einer Freundin. Deshalb wollte ich dich fragen, ob du heute vielleicht mal Zeit hast? Ich will dich nicht stressen, aber ich weiß nicht, wen ich sonst anrufen soll.«

Ausgerechnet jetzt, Kelly! Ich warf erneut einen Blick auf den Kalender. Mitarbeiterbesprechung. Arbeitsessen. Verkaufsgespräche mit unseren Hauptkunden. Ich war so verplant, dass ich zwischendurch kaum Zeit hatte, auf die Toilette zu gehen. Die erste Pause ergab sich erst um drei Uhr nachmittags, und da wollte ich eigentlich mit dem Papierkram beginnen. Trotzdem konnte ich die Verzweiflung in Kellys Stimme nicht einfach ignorieren. Eine gute Freundin musste eben in Kauf nehmen, dass ihr eigenes Leben den Bach hinunterging, wenn ihre Freundin Hilfe brauchte. »Okay, aber ich schaffe es erst am Nachmittag. Wie wäre es um drei? Hältst du bis dahin durch?«

»Drei ist okay.« Sie klang bereits besser. »Treffen wir uns im *Mayfair Regent*? Ich lade dich auch zum Tee ein. Oder auf einen Drink, wenn du willst.«

»Im *Mayfair*? Echt?« Das teure Hotel war ein Treffpunkt für überkandidelte alte Damen und deren schwule Begleiter.

»Ja, dort können wir in Ruhe reden.«

»Okay. Dann bis drei.«

»Danke, Maggie. Vielen Dank. Ich weiß ja, wie viel du um die Ohren hast, und ich kann dir gar nicht sagen, wie sehr ich das schätze«, erklärte Kelly.

»Dafür sind Freundinnen ja da.«

Ich legte auf und versuchte erfolglos, mich wieder auf die Arbeit zu konzentrieren. Ich spürte ein Ziehen im

Bauch. Kündigte sich etwa gerade meine Periode an? Oder war es etwas anderes? Ich schloss die Augen und hoffte inständig, dass sich das Ziehen zu heftigen, schmerzhaften Krämpfen steigern würde. Und im nächsten Augenblick fragte ich mich, ob es eigentlich klug war, mich mit Kelly zu treffen, obwohl ich selbst total von der Rolle war.

Ich verließ das Büro um Viertel vor drei und ignorierte Sandis ungläubigen Blick. Sie wusste natürlich, wie viel Arbeit noch zu erledigen war. Ich betrat das *Mayfair* kurz vor drei und eilte an dem Türsteher in Uniform vorbei in die biedere Lobby. Die getäfelten Wände, die freskenverzierte Zimmerdecke und die junge Asiatin an der Harfe bildeten eine richtiggehende Oase in der verrückten Großstadt, zu der Chicago geworden war. Mein Blick glitt über zahlreiche gut gekleidete ältere Damen und sehr viel jüngere Herren in elfenbeinfarbenen Seidenjacketts mit bunten Stecktüchern, bis ich Kelly entdeckte, die mein Eintreffen von einem Sofa in der gegenüberliegenden Ecke aus beobachtete. Ihre Augen erinnerten mich an ein verschrecktes Tier.

»Alles okay?«, fragte ich und setzte mich neben sie.

Sie zuckte mit den Schultern. »Als Mom krank wurde, nahm mich meine Tante Betty jedes Jahr mit zum Weihnachtseinkauf auf der Michigan Avenue, und danach kamen wir immer hierher. Wir saßen hier mit unseren vielen Einkaufstüten und tranken Tee. Dieser Tag war etwas ganz Besonderes, und ich habe mich immer sehr darauf gefreut. Ich schätze, dass ich dich deshalb heute hier treffen wollte. Alle Probleme traten plötzlich in den Hintergrund, wenn wir hier waren. Tante Betty ist übrigens kurz nach meiner Mom gestorben. Sie hatte einen Herzinfarkt.« Obwohl ihre blassblauen Augen trocken blieben, sah ich die Traurigkeit darin. Vermutlich hatte Kelly in ihrem Leben schon zu viele Tränen vergossen. »Ich vermisse sie immer noch.«

Ein Kellner in einem weißen Jackett trat mit einem Rollwagen an unseren Tisch und servierte einen Teller mit kleinen Sandwiches und Scones mit Erdbeerkonfitüre und Sahne. Wir wählten eine Teesorte, und er bereitete zwei Porzellankännchen vor, die er mit einer wattierten Teehaube abdeckte, bevor er den Servierwagen weiterschob. Das ganze Ritual wirkte derart kultiviert, dass ich mich zum ersten Mal seit einer Woche beinahe wieder wie ein normaler Mensch fühlte. Kelly goss sich eine Tasse Tee ein und starrte dann darauf hinunter.

»Maggie, ich weiß nicht, was mit mir los ist. Seit dem Mord an Angie habe ich das Gefühl, als würde ich wieder am Abgrund stehen. Ich muss mit jemandem reden, bevor etwas Schlimmes passiert.« Sie musste nicht näher ausführen, was sie mit »etwas Schlimmes« meinte. Ich konnte es mir durchaus vorstellen. »Du weißt, wie sehr ich es hasse, um Hilfe zu bitten, deshalb schätze ich es umso mehr, dass du dir für mich Zeit genommen hast.«

»Klar. Ich habe dir ja gesagt, dass Freundinnen für so etwas da sind.«

»Das letzte Jahr war echt hart, und wenn man bedenkt, was alles passiert ist, habe ich mich eigentlich ganz gut geschlagen. Aber seit Angies Tod habe ich das Gefühl, als würde ich rückwärts auf den Abgrund zugehen. Ich muss ständig an sie denken. Ich wurde in letzter Zeit so sehr von meinen eigenen Problemen in Beschlag genommen, dass ich ihr keine gute Freundin war. Sie hat mich nach der Trennung von Harvey einige Male angerufen, aber ich war so mit dem Studium und der Arbeit beschäftigt, dass ich mir nie die Zeit genommen habe, mit ihr zu reden. Ich habe geahnt, dass sie bei Carol Anne etwas genommen hat, und ich hätte sie darauf ansprechen sollen. Aber das habe ich nicht getan.«

»Kelly, du hättest Angie nicht retten können. Das konnte niemand.«

»Vielleicht nicht, aber ich hätte es zumindest versuchen sollen. Sie hat es ja auch bei mir versucht. Ich habe mich neulich Abend in ihr wiedererkannt. Die Angst, die Unruhe. Ich wusste, dass mehr dahintersteckte als bloß zu viel Alkohol. Aber ich war so mit meinen eigenen Problemen beschäftigt, dass ich nur an mich dachte. Ich wache jeden Morgen auf und sehe sie vor mir, wie sie mich anklagend ansieht. Und manchmal passiert es auch tagsüber. Ich bekomme dann eine Panikattacke, und heute war es sogar so schlimm, dass ich nicht mehr weiterlaufen konnte.«

»Hör auf, dich selbst fertigzumachen!«, erwiderte ich und nahm zur Beruhigung einen Schluck Tee. Meine Hand zitterte kaum merklich, als ich die Tasse zurückstellte. »Was meinst du, wie es mir geht? Immerhin war ich an dem Abend noch mit ihr unterwegs.«

Kelly betrachtete meine zitternde Hand und sah mir dann direkt in die Augen. Sie musterte mich so eingehend, dass ich das Gefühl hatte, sie würde bis in mein Inneres blicken. Wusste sie, was mich plagte?

»Was ist los mit dir?«, fragte sie, und plötzlich verschob sich der Schwerpunkt unseres Treffens. Mit einem Mal war sie wieder das toughe Mädchen, das ich aus der Highschool kannte und das jedes Problem sofort in die Hand nahm und umgehend löste. Egal, ob es sich um eine mathematische Gleichung oder eine kranke Mutter handelte.

»Mit mir? Gar nichts. Wovon redest du? Ich dachte,

wir wollten über dich sprechen?« Ich griff nach einem Gurkensandwich. Obwohl ich absolut keinen Appetit hatte, nahm ich einen großen Bissen, um nicht weitersprechen zu müssen.

»Da ist doch was im Busch, das weiß ich. Komm schon, Trueheart! Ich kenne dich schon seit gefühlten hundert Jahren. Was ist los?« Ich schwieg, doch das brachte sie nur dazu, noch hartnäckiger nachzuhaken. »Bekommst du kalte Füße wegen der Hochzeit?«

Ich schluckte das Sandwich hinunter und wollte bereits antworten, dass das absolut nicht zutraf. Dass Flynn für mich das Wichtigste auf der Welt war und ich es nicht erwarten konnte, in einer Woche und einem Tag endlich seine Frau zu werden.

Genau das wollte ich sagen, doch stattdessen gestand ich ihr alles. »Ich habe Flynn betrogen.«

»Du hast *was?*«

»Du hast richtig gehört.« Ich schluckte die Scham hinunter und erzählte ihr von dem Zimmermann im *Overhang* und davon, wie ich ihn mit nach Hause und schließlich auch mit ins Bett genommen hatte. Als ich ihr von der Befürchtung erzählte, dass ich vielleicht schwanger war, stieß sie einen leisen Pfiff aus.

»Wow! Vielleicht solltest du mal zu einem Therapeuten gehen und nicht ich.«

»Weißt du, das kann ich jetzt gerade echt nicht gebrauchen!«, erwiderte ich abwehrend.

»Okay, schon gut. Tut mir leid. Aber weißt du was? Als wir uns neulich bei Carol Anne trafen, hatte ich nicht nur ein schlechtes Gefühl, was Angie betraf. Mir kam es auch so vor, als würdest du dich gar nicht richtig auf die Hochzeit freuen.«

»Natürlich freue ich mich auf die Hochzeit! Flynn ist

der tollste Kerl überhaupt. Und es ist sicher ganz normal, dass die Braut zwischendurch mal kalte Füße bekommt.« Ich fragte mich, wen ich hier eigentlich überzeugen wollte. Kelly oder doch mich selbst? »Es war ein verdammter One-Night-Stand, weil ich zu viel getrunken hatte. Das ist alles.«

»Und was machst du, wenn du schwanger bist?«

»Gott bewahre! Aber ich werde es ohnehin bald wissen. Und bis dahin verdränge ich es.«

»Okay, aber was machst du, wenn du schwanger bist?«, wiederholte sie.

»Keine Ahnung. Vielleicht fahre ich nach New Hampshire und mache mich auf die Suche nach dem Kerl«, erwiderte ich sarkastisch. »Ich könnte mir einen dieser echt hässlichen Holzfällermäntel besorgen, und wir züchten gemeinsam Schafe.«

Kellys blasse Augen weiteten sich. »Sagtest du gerade New Hampshire?«

»Ja. Der Kerl kam aus New Hampshire.«

Kelly stellte die Tasse so schwungvoll ab, dass beinahe die Untertasse zu Bruch ging. Dann beugte sie sich zu mir vor. »Sag jetzt bitte nicht, dass er einen Pick-up hat. Einen weißen GMC-Pick-up.«

Erinnerungsfetzen schossen mir durch den Kopf, wie Steven sich mit dem gigantischen Wagen in eine Parklücke vor meiner Wohnung zwängte, und ein ungutes Gefühl überkam mich. »Woher weißt du das?«

»Auweia!«, rief Kelly. »So ein Wagen hat am Freitag vor Carol Annes Haus geparkt, als ich mich auf den Nachhauseweg gemacht habe. Das Nummernschild aus New Hampshire sprang mir sofort ins Auge. Wegen des Slogans *Live Free or Die*. Aber was zum Teufel hatte dieser Kerl bei Carol Anne zu suchen?«

Diese neuen Informationen behagten mir ganz und gar nicht, aber ich musste Kelly einbremsen, bevor sie mich mit ihren Vermutungen ins Verderben stürzte. »Ach, hör schon auf! Das ist ja verrückt. Er kann unmöglich vor Carol Annes Haus geparkt haben. Das ist sicher bloß ein seltsamer Zufall. Es gibt vermutlich Tausende solcher Pick-ups.«

»Mit einem Nummernschild aus New Hampshire? In Illinois, an genau diesem Abend? Das glaube ich nicht. Ich wette sogar mit dir, dass es nur diesen einen gab. Und mein Gefühl sagt mir, dass an der Sache etwas faul ist, Maggie! Was, wenn der Kerl Angie beobachtet hat? Vielleicht hat er sogar etwas mit ihrem Tod zu tun?«

»Schluss jetzt! Er kann Angie nicht umgebracht haben. Er war doch bei mir, als es passierte.«

Kelly hatte die Dreistigkeit, die Augen zu verdrehen. »Bist du dir sicher? Du hast doch vorhin zugegeben, dass du vollkommen weggetreten warst.« Sie ließ sich nicht beirren, sondern spann ihre unsäglichen Theorien einfach weiter. »Es gibt keinen triftigen Grund, warum er zuerst in Kenilworth war und dann im *Overhang* auftauchte. Das heißt, wir müssen unbedingt Mutt und Jeff davon erzählen.«

»Du meinst die beiden Cops? Vergiss es, Kelly! Wir wissen doch gar nicht, ob es sein Pick-up war. Und du weißt, was es für mich bedeuten würde, wenn du den Cops davon erzählst.« Ich dachte an das Gespräch mit Albert Evans nach der Beerdigung zurück, und wie ich darauf bestanden hatte, dass er der Polizei erzählt, dass er Angie im *Zone* gesehen hatte. Na toll! Jetzt war ich nicht nur eine Lügnerin und Betrügerin, sondern auch noch scheinheilig. Trotzdem war der Preis zu hoch. »Wenn du wirklich meine Freundin bist, dann redest du nicht mit ihnen.«

»Aber was ist, wenn der Kerl zwischendurch noch mal weg war, während du geschlafen hast, und wenn er in dieser Zeit Angie ermordet hat?«, beharrte sie.

»Und dann ist er zurück in meine Wohnung gekommen und hat sich wieder in mein Bett gelegt, ohne mich zu wecken? Das kann ich mir nicht vorstellen.«

Doch Kelly ließ sich nicht von ihrer Theorie abbringen. »Was, wenn er ein perverser Serienmörder ist? Und was, wenn er dich jetzt auch noch umbringen will? Wenn dir etwas zustößt und ich wusste von diesem Verrückten, dann würde ich es mir nie verzeihen, dass ich nichts unternommen habe.«

»Und was, wenn du mit deiner Aussage mein Leben zerstörst? Bitte, Kelly, versprich mir, dass du nicht zur Polizei gehst«, flehte ich.

»Verdammt!«, fluchte Kelly, als sie mein gequältes Gesicht sah. »Okay, ich verspreche es. Aber gut finde ich das nicht. Und du musst schwören, dass du sofort zur Polizei gehst, falls du ihn noch mal irgendwo siehst. Egal, ob auf der Straße, in einem Laden oder in der Kirche.«

Na großartig. Meine Bemühungen, Kelly zu helfen, hatten mich nur noch mehr in Schwierigkeiten gebracht, und nun musste ich mir auch noch darüber Gedanken machen, ob sie zur Polizei ging oder nicht. Ganz zu schweigen davon, dass ich nicht wusste, was Steven Kaufman tatsächlich in Carol Annes Straße verloren hatte, und dass es auch keine logische Begründung dafür gab – mal angenommen, er war tatsächlich dort gewesen.

»Versprochen«, meinte ich schließlich.

Kapitel 21

Flynn und ich saßen im *Acorn on Oak* und hörten dem gefühlten fünfzigsten Gast zu, der mit wackeliger Stimme seine Version von »Wouldn't It Be Loverly« von Julie Andrews zum Besten gab, während der Mann am Klavier versuchte, eine einigermaßen gute Vorstellung zu liefern, um doch noch ein wenig Trinkgeld einzustreichen. Das *Acorn* war ein Lokal wie aus den Fünfzigern, und der spärlich beleuchtete Raum mit den gepolsterten Lehnstühlen und Sofas wirkte schwülstig, ohne es jedoch darauf anzulegen. Flynn nannte die Bar immer »das perfekte Versteck mitten in der Stadt«.

»Also, wie hat dir der Film gefallen?«, fragte er mich (wir hatten uns gerade *Big* mit Tom Hanks angesehen).

»Er war ganz okay«, erwiderte ich. »Obwohl ich ihn mir lustiger vorgestellt hatte.« Nach dem Treffen mit Kelly im *Mayfair* war ich so durcheinander gewesen, dass ich kurz mit dem Gedanken gespielt hatte, unser allwöchentliches Date am Freitagabend abzusagen, doch das wäre Flynn gegenüber wohl ziemlich unfair gewesen. Außerdem wurde es Zeit, dass ich mein normales Leben wiederaufnahm, und der Film war meine große Chance gewesen. Ich hatte schon vorab angenommen, dass er nicht allzu kontrovers war, keine leidenschaftlichen Sexszenen enthielt und mich außerdem ab und zu zum Lachen bringen würde, und er hatte meine Erwartungen im

Großen und Ganzen erfüllt. Aber vor allem hatte er mich von den Dingen abgelenkt, die mich derzeit am meisten beschäftigten – die Arbeit, die Hochzeit, meine Untreue und meine eventuelle Schwangerschaft –, und ich war zwei glückliche Stunden lang in eine Welt abgetaucht, in der Tom Hanks als dreizehnjähriger Junge das Leben eines Erwachsenen führt. Der Film war der perfekte Ausgleich. Klug. Witzig. Zum Abschalten.

Als wir das Kino schließlich verließen, hatte ich tatsächlich gute Laune.

Bis wir bei einem Werbeposter vorbeikamen, auf dem ein betreten aussehender Tom Hanks fragt: »Hatten Sie jemals ein dunkles Geheimnis?« Ich musste mich tatsächlich bemühen, nicht zu erschaudern.

»Ja, ich mir auch«, meinte Flynn gerade. »Vielleicht wäre *Crocodile Dundee II* besser gewesen.«

»Oh, Gott, verschone mich mit Fortsetzungen!«, widersprach ich. »Wie war denn deine Woche?« Ich versuchte, ein unverfängliches Gespräch in Gang zu bringen, um ihm wieder eine angenehmere Gesellschaft zu sein als in letzter Zeit.

»Eigentlich ziemlich produktiv, wenn man bedenkt …« Er verstummte. Vermutlich wollte er sagen, dass er durch Angies Beerdigung ja einen Tag verpasst hatte, aber er hielt sich zurück. »Und bei dir?«

»Ich kämpfe mich durch. Wenn ich die kommende Woche überstehe, schaffe ich vermutlich alles.«

Er nippte an seinem Bier. »Gibt es Neuigkeiten zum Mord an Angie?«

»Nein, nichts«, erwiderte ich und dachte an den weißen Pick-up vor Carol Annes Haus. Wie groß war die Chance, dass zwei gleiche weiße Pick-ups aus New Hampshire am selben Abend in Chicago herumkurvten?

Weniger als eins zu einer Million, schätzte ich, und es gab immerhin drei Millionen Einwohner in Chicago, die Außenbezirke nicht mitgerechnet.

Doch Flynn redete bereits weiter. »Es ist echt unglaublich, dass die Polizei nicht mehr unternimmt. So ein nichtsnutziger Haufen.«

Zu meiner großen Erleichterung entdeckte Flynn in diesem Moment ein befreundetes Paar, und sie traten an unseren Tisch, um Hallo zu sagen. Er fragte sie, ob sie sich zu uns setzen wollten, und das taten sie dann glücklicherweise auch und ersparten mir dadurch weitere unangenehme Gespräche.

Im Taxi fragte mich Flynn schließlich, ob er noch mit hochkommen sollte.

»Lieber nicht, Flynn. Natasha veranstaltet ja morgen diese dämliche Dessous-Party für mich, und ich muss echt früh raus. Gott sei Dank ist es die letzte Party.«

»Schon okay«, erwiderte er. »Es wäre sowieso zu verlockend. Ich will unser Gelübde nicht brechen.« Er schlang besitzergreifend einen Arm um mich und zog mich an sich. Er küsste mich leidenschaftlich, und ich spürte, wie ich ihm nachgab. Es fühlte sich beinahe wieder so an wie früher. *Vielleicht kommt ja doch noch alles in Ordnung*, dachte ich. *Vielleicht, aber nur vielleicht, wird ja doch alles wieder gut.*

Kapitel 22

Vince

Vince stand vor dem Fenster in Suzannes Esszimmer, sah auf die Stadt hinunter, die sich vor ihm ausbreitete, und dachte an die Hunderte Schicksale, die sich gerade hinter den zahllosen beleuchteten Fenstern abspielten. Eine Mutter hielt ihr Baby im Arm, eine alte Frau wärmte Milch auf dem Herd, ein Paar gab eine Dinnerparty, und ein junger Mann holte eine Dose Bier aus dem Kühlschrank und kehrte ins Wohnzimmer und vor den riesigen Fernseher zurück. Was würde er wohl sagen, wenn sein Blick auf den Mann fiel, der beinahe in vollkommener Dunkelheit am Fenster stand und mit einem Weinglas in der Hand zu ihm hinuntersah?

Vince' Blick wanderte zum Lake Shore Drive, wo sich die Autos im Freitagabendverkehr langsam vorwärtsschoben. Die weißen Scheinwerfer standen in krassem Gegensatz zu den gelben Straßenlaternen, und der Lake Michigan lag dunkel und verlassen daneben.

Er nippte an seinem Wein und genoss den langen Abgang. Es war wie bei Suzanne. Auch ihr Geschmack blieb ihm noch lange, nachdem sie sich getrennt hatten, erhalten.

Er wandte sich vom Fenster ab und sah zu Suzanne hinüber, die am Tisch saß und deren blonde Haare im

Kerzenlicht golden schimmerten. Sie hatte während des Abendessens kaum etwas gesagt und nur ein paar Bissen von dem Filet gegessen, das er mitgebracht hatte. Ihre Stimmung war seit dem Tod ihrer Freundin immer schlimmer geworden, und er verstand natürlich, dass sie einen schweren Verlust erlitten hatte. Trotzdem fiel es ihm schwer, ihr Verhalten nachzuvollziehen. Er trat an den Tisch und goss den Rest des 61er Latour in ihr Glas. Der Wein war geradezu irrwitzig teuer gewesen, doch wenn es darum ging, Suzanne aufzumuntern, war ihm kein Preis zu hoch. Er streckte die leere Flasche von sich und betrachtete das Etikett.

»Einundsechzig war ein gutes Jahr«, meinte er.

»Ja, das war es. Mein Bruder wurde in diesem Jahr geboren.«

Vince hätte die Flasche am liebsten durchs Fenster geschleudert und wünschte, er hätte einen anderen Jahrgang gekauft. Er wollte etwas sagen, doch er durfte im Grunde ja gar nicht wissen, dass Suzanne einen Bruder gehabt hatte. Also stellte er die leere Flasche auf die Anrichte und trat hinter sie, um ihre Schultern zu massieren. Das Gefühl ihrer Haut unter seinen Fingern erfüllte ihn mit Ehrfurcht. Sie war so weich und weiblich und gleichzeitig muskulös und stark. Sie war Widerspruch und Harmonie zugleich. Reserviert und leidenschaftlich.

»Dein Bruder?«

Sie erhob sich ruckartig und trat ans Fenster. Ihr Gesicht, das sich in der Scheibe spiegelte, wirkte ernst und gequält.

»Ja, mein Bruder. Ich habe es dir nie erzählt, aber ich hatte einen Bruder. Er starb bei einem Autounfall. Das ist lange her, es passierte, kurz nachdem ich meinen Job in der Stadt bekommen hatte.«

Sie nippte an ihrem Weinglas und starrte auf den Lake Michigan hinaus.

»Er wurde von einem Betrunkenen von der Sheridan Road gedrängt und krachte gegen einen Baum. Ein Zeuge hielt an, um ihm zu helfen, aber Johnny war nicht angeschnallt gewesen und aus dem Auto geschleudert worden. Er hatte sich das Genick gebrochen. Der Mann blieb bei meinem Bruder, bis der Krankenwagen kam. Johnny starb auf dem Weg ins Krankenhaus. Und sosehr ich diesem Mann auch dankbar bin, dass er angehalten hat, um zu helfen, so sehr wünsche ich mir, dass er einfach weitergefahren wäre, denn dann hätte er vielleicht das Nummernschild des Betrunkenen erkannt, wir hätten den Mörder meines Bruders gefunden, ihm wäre Gerechtigkeit widerfahren, und meine Eltern und ich hätten vielleicht damit abschließen können.«

Vince wollte etwas darauf erwidern, doch Suzanne hob die Hand. »Nein«, murmelte sie und brachte ihn zum Schweigen. »Es gibt da noch etwas, was du über diese Nacht wissen solltest. Johnny starb, weil er mich in die Stadt zurückgebracht hatte. Meine Mutter hatte Geburtstag, und mein Auto war in der Werkstatt, also fuhr ich mit dem Zug nach Winnetka. Meine Eltern wollten, dass ich über Nacht blieb, aber ich bestand darauf, nach Hause zu fahren, weil ich am nächsten Morgen früh ins Büro wollte. Sie wollten jedoch nicht, dass ich so spät noch mit dem Zug fahre, also brachte Johnny mich nach Hause. Und auf dem Rückweg wurde er getötet. Kannst du dir vorstellen, welche Schuld ich auf mich geladen habe? Ich mache mich seither jeden Tag für seinen Tod verantwortlich.«

Sie brach ab, um sich wieder zu fangen, und Vince war klar, dass er sie nicht unterbrechen durfte. »Und jetzt habe ich meine beste Freundin verloren, und es ist wieder dasselbe. Der Mistkerl, der sie auf dem Gewissen hat, läuft irgendwo frei herum. Und ich weiß, dass sie ihn niemals finden werden. Niemand wird jemals für Angies Tod bezahlen. Genauso, wie nie jemand für Johnnys Tod bezahlt hat.« Die Tränen begannen zu fließen und malten schwarze Rinnsale auf ihre Wangen. »Abgesehen von mir. Ich werde den Rest meines Lebens dafür bezahlen. Verstehst du denn nicht? Johnny starb, weil er mich nach Hause gebracht hat. Und Angie starb, weil ich sie nach Hause gebracht habe.«

Vince hatte Suzanne noch nie weinen sehen, und ihr Schmerz brach ihm auf eine Art das Herz, wie er es nie für möglich gehalten hätte. Er ging zu ihr, zog sie an sich und schlang die Arme um ihre bebenden Schultern, während sie ihr Gesicht an seiner Brust vergrub. Ihre Augen und ihre Wangen waren schwarz von der Mascara, und ihre Nase lief in einem fort. Doch je mehr sie weinte, desto mehr liebte er sie. Das Eis war geschmolzen, und das machte sie nur umso anziehender. Es machte Vince Angst, dass seine Gefühle für Suzanne sogar noch intensiver werden konnten.

»Suzanne, Liebling, hör mir zu.« Er hob ihr Kinn an, sodass sie ihm in die Augen sehen musste. »Ich werde das regeln. Ich werde Angies Mörder finden.«

Sie hörte auf zu weinen und begann tatsächlich zu lachen. »Ach, Vince, ich bitte dich … du kannst Angies Mörder nicht finden.«

»Doch, das kann ich«, erwiderte er mit ernstem Gesicht, und seine schwarzen Augen blitzten entschlossen. »Es gibt kaum etwas auf dieser Welt, was man nicht erreichen kann, wenn man gewillt ist, einen angemessenen Preis dafür zu zahlen. Geld kann Türen öffnen, die der

Polizei verschlossen bleiben. Ich kenne da jemanden, der solche Aufträge erledigt. Er wird herausfinden, wer Angie ermordet hat.«

Sie blinzelte die Tränen fort, die ihr gerade wieder in die Augen stiegen. »Du meinst das ernst, oder?«

»Todernst. Dich so zu sehen, ist die reinste Folter.«

»Du glaubst wirklich, dass du Angies Mörder finden kannst?«

»Ich *weiß* es.«

»Mein Gott, du bist einfach wundervoll.« Sie schniefte und wischte sich mit dem Handrücken über die Nase. »Ich sehe bestimmt furchtbar aus.«

»Du warst nie schöner als in diesem Augenblick«, erwiderte er und meinte es auch so. Er nahm ihr Gesicht in die Hände, drückte seinen Mund auf ihre salzigen Lippen und zog sie sanft zu Boden – und jeder Voyeur hätte seine wahre Freude an dem gehabt, was danach folgte.

Es war beinahe Mitternacht, als Vince nach Hause kam, und er ging sofort nach unten in sein Arbeitszimmer. Dabei kam er an der Bar vorbei, die er gerade nach eigenen Vorgaben bauen ließ, und achtete darauf, in der Dunkelheit nicht auf ein herumliegendes Werkzeug zu treten. Sein Arbeitszimmer war sein Zufluchtsort, ein durch und durch männlicher Raum mit schweren Ledersesseln und einem großen Eichenholzschreibtisch. Er ließ sich dahinter nieder und holte sein Adressbuch aus der obersten Schreibtischschublade. Er schlug das Büchlein beim Buchstaben *B* auf und ließ seinen Finger über die Seite gleiten, bis er den gesuchten Namen gefunden hatte. *Belchek, Charley*. Belchek war ein ehemaliger Cop, der entlassen worden war, weil er unerlaubte Methoden angewandt hatte, um Geständnisse zu erpressen. Kurz nach seiner Entlassung hatte er sich allerdings als Privatdetektiv selbstständig gemacht und war als solcher überaus erfolgreich. Er hatte Vince vor einigen Jahren einmal geholfen, einen wichtigen Auftrag an Land zu ziehen, indem er unangenehme Details über Vince' Kontrahenten und dessen jungen Protegé ans Tageslicht befördert und der Presse zugespielt hatte. Seitdem hatte Vince Belcheks besondere Fähigkeiten nicht mehr benötigt – bis jetzt jedenfalls. Es war zwar schon ziemlich spät, aber er nahm an, dass der ehemalige Cop trotzdem noch wach war. Er wählte die Nummer von Belcheks Privatanschluss.

Die Stimme am anderen Ende der Leitung war dunkel und rau.

»Belchek.«

»Charley. Hier ist Vince Columbo.«

Falls Charley die späte Stunde etwas ausmachte, ließ er es sich nicht anmerken. »Vince. Lange ist's her. Aber wie ich gesehen habe, geht es dir seit unserem kleinen Geschäft ziemlich gut. Deine Schilder hängen überall in der Stadt.«

»Ja, ich kann mich nicht beklagen«, erwiderte Vince und ignorierte Belcheks Anspielung, dass Vince es ohne ihn vielleicht nicht so weit gebracht hätte. Stattdessen kam er sofort zum Punkt. »Ich brauche Informationen über die Frau, die letzte Woche im Lincoln Park ermordet wurde. Angela Lupino Wozniak. Ich will wissen, wer sie umgebracht hat.«

»Das ist ein seltsamer Auftrag, aber hey – es geht mich ja nichts an, wofür meine Kunden gewisse Informationen brauchen. Es ist durchaus möglich, dass ich den Mörder finde, aber es wird einiges kosten. Wie viel willst du investieren?«

Vince zögerte keine Sekunde. »So viel wie nötig.«

»Je nach Kaliber des Mörders werden einige Schmiergelder notwendig sein. Du weißt schon – Gangs, organisiertes Verbrechen, ein wahnsinniger Einzeltäter, was auch immer. Ich schätze, wir kommen auf vierzigtausend.«

»Aber ich brauche die Informationen so schnell wie möglich«, fügte Vince hinzu.

Der ehemalige Cop rechnete schweigend nach, dann meinte er: »Okay, mach sechzig daraus.«

»In Ordnung«, erwiderte Vince.

Kapitel 23

Ron

Ron O'Reillys alkoholumnebelter Schlaf wurde immer wieder von seltsamen Träumen durchbrochen. Die Schulglocke läutete, und er wartete vor dem Gebäude auf seine Schwestern und Brüder. Er hatte seiner Mutter versprochen, dass er immer auf sie achtgeben würde. Doch das Läuten wurde immer lauter und hörte gar nicht mehr auf. Er öffnete die Augen. Es war nicht die Schulglocke, sondern das Telefon. Er machte das Licht an und sah blinzelnd auf die Uhr. Fünf Uhr fünfzehn. Auf dem Nachttisch neben ihm stand ein halb volles Whiskey-Glas.

Ron hob den Hörer ab. »O'Reilly.«

Es war der diensthabende Beamte aus dem Revier. »Ron, wir haben gerade einen Anruf bekommen, dass Angela Wozniaks Geldbörse im Büro der Taxizentrale aufgetaucht ist.«

Ron rieb sich die Augen und versuchte, einen klaren Gedanken zu fassen.

»Das soll wohl ein Scherz sein! Es ist jetzt fast eine Woche her.«

»Nein, im Ernst. Ich weiß, es ist noch früh, aber ich dachte, du willst es vielleicht sofort wissen.«

»Ich bin schon unterwegs«, erklärte O'Reilly. Er rief Koz an, den er ebenfalls aus dem Schlaf riss, und befahl ihm, in fünfzehn Minuten vor dem Haus auf ihn zu warten. Dann stand er auf, ging ins Bad, füllte das Waschbecken mit eiskaltem Wasser und tauchte seinen Kopf hinein. Das Wasser raubte ihm zwar einen Moment lang den Atem, aber zumindest war er jetzt wach. Er putzte sich gleich zwei Mal die Zähne und gurgelte danach auch noch mit Mundwasser. *Das sollte reichen,* dachte er.

Der Nachthimmel hellte sich langsam auf und wurde blau, als sie durch das Sicherheitstor auf das Gelände der Taxizentrale bogen, wo ein senfgelbes Taxi neben dem anderen parkte. Ihr Blick fiel auf ein Schild mit der Aufschrift ACHTUNG WACHHUNDE! und dem Bild eines Deutschen Schäferhundes mit gefletschten Zähnen. O'Reilly steckte sich das fünfte Pfefferminzbonbon an diesem Morgen in den Mund und bot Koz ebenfalls eines an, der jedoch dankend ablehnte. Als er neben dem grauen Betonklotz in der Mitte des Geländes hielt, begannen irgendwo Hunde zu bellen.

»Woher kommt das?«, fragte Kozlowski ängstlich und ließ sich absichtlich Zeit damit, die Tür zu öffnen. »Ich hab's ehrlich gesagt nicht so mit Schäferhunden. Ein großer Kerl wie ich ist irgendwie immer eine Herausforderung für sie.«

O'Reilly deutete auf einen Zwinger, in dem zwei Schäferhunde wie Tiger im Zoo vor dem Gitter auf und ab wanderten und die Cops warnend anknurrten. »Da drüben. Keine Angst.«

Sie gingen auf den Betonklotz zu, wo sie ein Wachmann ins Gebäude ließ und ihnen den Weg zum Büro zeigte. Im Inneren des fensterlosen Würfels warteten zwei uniformierte Beamte mit einem schwarzen Taxifahrer, dessen lange, dürre Arme nur aus Haut und Knochen zu bestehen schienen. Hinter dem Resopaltisch saß eine müde aussehende Weiße mit schlechter Haut und einer noch schlechteren braunen Perücke. Vor ihr lag eine Geldbörse von Gucci, die in etwa so groß wie ein Scheckbuch war.

O'Reilly nickte den Cops, dem Mann und der Frau zu. Sein Schädel dröhnte, und er hoffte, dass die Pfefferminzbonbons ausreichten, um die Sünden der letzten Nacht zu überdecken. Die Frau hieß Rosie Harding und hatte die Nachtschicht im Büro übernommen, das lebende Skelett war Mashal Anouye, der Taxifahrer, in dessen Wagen die Geldbörse aufgetaucht war. O'Reilly nahm die Geldbörse und öffnete sie. Angela Lupino Wozniak lächelte ihm von etwa einem Dutzend Kreditkarten entgegen, und im Fach für das Papiergeld befanden sich mehrere Hundertdollarscheine.

O'Reilly schickte die beiden Cops hinaus und setzte sich auf den einzigen leeren Stuhl im Raum, der Anouye genau gegenüberstand. Kozlowski lehnte sich an die Wand und versuchte, sich so unauffällig zu verhalten, wie es mit seiner Größe möglich war.

»Also, wie war das mit der Geldbörse?«, fragte O'Reilly, und

Rosie Harding antwortete, bevor der Fahrer den Mund aufmachen konnte. »Mashal hat sie letzten Samstag nach dem Ende seiner Schicht um etwa fünf Uhr morgens abgegeben, und ich habe sie im Safe eingeschlossen – das machen wir immer, bis ein Fundgegenstand abgeholt wird. Als Mashal mich heute Morgen fragte, ob jemand die Geldbörse abgeholt hätte, sah ich im Safe nach und öffnete sie dieses Mal auch, um nachzusehen, wem sie gehörte. Da fiel mir auf, dass die Frau auf den Fotos dieselbe ist, die im Lincoln Park gefunden wurde. Also habe ich die Polizei verständigt.«

»Stimmt das, Mashal?«, fragte O'Reilly.

Der Taxifahrer rutschte nervös hin und her. »Ja, genau so war es, Sir«, erklärte er mit britischem Akzent.

»Woher kommen Sie, Mashal?«

»Aus Kenia, Sir. Aber ich bin schon seit zehn Jahren in Chicago.«

»Bei uns ist es kühler, oder?«, mischte sich Kozlowski ein.

Der Kopf des Taxifahrers fuhr zu dem Riesen herum, der an der Wand lehnte. »Ja, Sir.«

»Okay, dann erzählen Sie mir mal, wie Sie die Geldbörse gefunden haben«, fuhr O'Reilly fort.

»Es war vor einer Woche am Freitagabend, Sir. Oder besser gesagt am Samstagmorgen, wenn Ihnen das lieber ist. Ich fuhr die Halsted hinunter, als eine Frau mein Taxi anhielt. Ich hätte sie beinahe nicht mitgenommen, weil meine Schicht schon zu Ende war, aber ich dachte, eine zusätzliche Fahrt könnte nicht schaden. Doch als sie ins Taxi stieg, bereute ich es sofort, denn sie war sehr, sehr betrunken.«

»Und wie ging es weiter?«

»Ich sollte sie zu einer Bar in der Lincoln Avenue fahren, Sir. *The Zone.* Aber auf dem Weg dorthin passierte etwas Seltsames. An der Ecke Halsted und Armitage lehnte sie sich plötzlich aus dem Fenster und begann, wie wild rumzubrüllen. Ich weiß nicht mehr genau, was sie alles zu dem Mann am Straßenrand gesagt hat, aber es klang ziemlich deftig, und am Ende meinte sie, sie würden sich vor Gericht wiedersehen. Als wir vor der Bar ankamen, hatte sie es plötzlich sehr eilig. Ich gab ihr das

Wechselgeld, und sie sprang aus dem Auto – und zwar ohne Trinkgeld. Danach bin ich zurück in die Zentrale und habe Feierabend gemacht. Ich kontrolliere immer das Innere des Taxis, bevor ich es abstelle, und dabei fand ich die Geldbörse auf dem Rücksitz. Die Frau hatte sie offensichtlich vergessen.« Er deutete auf die Geldbörse. »Also habe ich mich an die Regeln gehalten und sie hierhergebracht, Sir. Zu den Fundsachen.«

»Und seitdem war sie hier weggeschlossen?«, fragte O'Reilly Rosie Harding. Als sie nickte, hakte er weiter nach: »Wieso versuchen Sie eigentlich nicht, die Besitzer der Fundsachen ausfindig zu machen?«

Ihre Augen blitzten verschlagen. »Sie glauben ja gar nicht, wie viel Müll die Leute im Taxi vergessen. Wir würden den ganzen Tag nur telefonieren.«

O'Reilly wandte sich noch einmal an Mashal, der sich unruhig auf seinem Stuhl wand. »Warum haben Sie extra nachgefragt, ob die Geldbörse abgeholt wurde?«

»Weil es ab und an vorkommt, Sir, dass ein dankbarer Kunde eine kleine Belohnung für den Fahrer hinterlässt, der seine Brieftasche gefunden hat. Ich hätte schon früher nachgefragt, aber ich war krank.«

O'Reilly ließ nicht locker, und so erfuhr er, dass der Taxifahrer an Lungenkrebs litt und sich gerade einer Chemotherapie unterzog, was auch der Grund war, warum er letzte Woche krank gewesen war – und vermutlich auch die Erklärung, warum er nicht still sitzen konnte. Nachdem er Mashal mit der Anordnung, die Stadt vorerst nicht zu verlassen, davongeschickt hatte, steckte O'Reilly die Geldbörse in einen Plastikbeutel und reichte ihn Kozlowski. Rosie Harding saß die ganze Zeit über schweigend hinter dem Schreibtisch.

»Vielleicht sollten Sie Ihre Kunden in Zukunft doch

verständigen, wenn Sie etwas finden«, meinte O'Reilly zum Abschluss. »Als Dienst an der Allgemeinheit.«

Die Sonne war inzwischen aufgegangen, als sie aus dem Gebäude traten, und langsam wurde es warm. Das Bellen der Hunde begleitete sie, während sie in ihren Ford stiegen. O'Reilly ließ den Motor an und wartete, bis die Klimaanlage in Gang gekommen war. Sein Schädel dröhnte. »Es ist echt unglaublich, dass diese verdammten Idioten nicht mal einen Blick in die Geldbörse geworfen haben!«

»Ja, das war wirklich nicht sehr schlau«, stimmte Kozlowski ihm zu. »Glaubst du, dass der Taxifahrer Angie umgebracht hat?«

Kozlowski schüttelte den Kopf. »Nein, eher nicht. Der Kerl sieht aus, als könnte ihn der kleinste Windstoß umhauen. Und warum hätte er dann die Geldbörse abgegeben, ohne das Geld auch nur anzurühren?«

»Ja, da ist was dran. Sie hatte auf alle Fälle genug Kohle dabei, um sich Stoff zu besorgen.«

O'Reilly nickte und fuhr los. »Wenigstens wissen wir jetzt, wo sie war, bevor sie umgebracht wurde.«

Kapitel 24

Kelly

Die Luft war noch feucht vom Morgentau, obwohl die Sonne von Minute zu Minute höher stieg, während Kelly am Lake Michigan entlanglief. Ihr Kopf war um einiges klarer als am Vortag, doch der Schlafmangel setzte ihr langsam zu. Sie hatte sich die ganze Nacht im Bett hin und her gewälzt und der Katze damit eine genauso unruhige Nacht beschert wie sich selbst. Ihre Gedanken kreisten ständig um den Pick-up aus New Hampshire in Carol Annes Straße. Die Cops mussten von dem Wagen und dem Zimmermann erfahren, und sie musste eine Lösung finden, es ihnen zu sagen, ohne das Versprechen zu brechen, das sie Maggie im *Mayfair* gegeben hatte.

Nach etwa acht Kilometern drehte sie um und lief in Richtung Süden, vorbei an dem Wäldchen, in dem Angies Leiche gefunden worden war und das sie vermutlich nie wieder betreten würde. Sie joggte gerade den Bürgersteig in der Nähe des Totempfahls an der Addison Street entlang, als sie Ralph entdeckte, und ihr wurde bewusst, dass sie ihn schon seit mehreren Tagen nicht mehr gesehen hatte. Sie wurde langsamer, um in seine ausgestreckte Hand einzuschlagen, und seine mit grauen Bartstoppeln überzogenen Wangen verzogen sich zu einem Lächeln.

»Tagchen, Missy!«, rief er.

»Hey, Ralph! Was machen Sie denn hier? Hier sind Sie doch sonst gar nicht unterwegs!«

»Ich geh nicht mehr durch das Wäldchen. Dort passieren schlimme Dinge.«

Kelly klatschte mit ihm ab und lief weiter. Erst nach etwa fünfhundert Metern wurde ihr klar, was er gerade gesagt hatte. »Ach, du Scheiße!«, rief sie laut, drehte abrupt um und sprintete zurück.

»Ralph, warten Sie!«, schrie sie, als sein gebückter Körper endlich in Sichtweite kam. Als sie ihn schließlich eingeholt hatte, keuchte sie heftig. »Was haben Sie vorhin über das Wäldchen gesagt, Ralph?«, fragte sie atemlos, und seine Antwort brachte sie vollends aus dem Gleichgewicht. »Ich hab da schlimme Dinge gesehen.«

»Was für schlimme Dinge?«, fragte Kelly, immer noch keuchend.

Die Lippen des alten Mannes spannten sich über seinen fast zahnlosen Kiefer, und er nickte, als hätte er gerade eine schwerwiegende Entscheidung getroffen. Er scharrte mit seinen ausgelatschten Schuhen in der Erde und warf Kelly einen nervösen Blick zu. »Ich will aber keine Schwierigkeiten.«

»Aber nicht doch, Ralph! Ich bin auf Ihrer Seite. Sie werden keine Schwierigkeiten bekommen. Sagen Sie mir bitte, was Sie im Wäldchen gesehen haben.«

»Ein Mann hat eine tote Frau rumgeschleppt.«

Kellys Herz setzte einen Moment lang aus. »Ralph, bitte sagen Sie mir ganz genau, was Sie gesehen haben.«

»Okay, Missy. Es war ungefähr vor einer Woche. Kurz vor Sonnenaufgang. Ich steh immer so gegen halb vier auf und mach mich auf den Weg. Früher hab ich die Bars in Downtown geputzt, da musste ich auch früh raus, und nach fünfunddreißig Jahren kann ich auch in der Rente nicht anders. Da war jemand, der einen schweren Sack über der Schulter trug. Ich dachte: *Mach dich besser bemerkbar, damit er keine Angst bekommt!* Und ich rief *Howdy!*, doch als der Kerl mich hörte, ließ er den Sack fallen und lief davon. Ich bin hin und hab gesehen, dass es eine junge Frau war. Armes Ding! Hals gebrochen, war gleich klar. Ich wollte keine Schwierigkeiten, aber ich wollte auch nicht, dass sie einfach so daliegt, also hab ich Zeitungspapier geholt, damit sie zugedeckt ist, bis jemand vorbeikommt und sie ordentlich begräbt. Dann bin ich weiter. Was hätte ich denn sonst tun sollen?«

Kelly wusste nicht, ob sie lachen oder weinen sollte. Ihr war natürlich klar, dass Ralph nicht der Hellste war, aber sie hatte keine Ahnung gehabt, dass es so schlimm war. Da hatte er doch tatsächlich eine Leiche mit Zeitungspapier abgedeckt, anstatt die Polizei zu rufen! Andererseits hatte Ralph vielleicht genug gesehen, um den Mörder zu identifizieren. Auch wenn er nicht unbedingt der verlässlichste Zeuge war, war es zumindest ein Anfang.

»Ralph, haben Sie den Mann gesehen, der die Frau durch das Wäldchen geschleppt hat?«

»Nicht so richtig. Es war dunkel, und als er mich gehört hat, war er gleich weg.«

»Ist Ihnen denn gar nichts an ihm aufgefallen?«

»Er war ziemlich groß und reichte beinahe bis zu den untersten Ästen. Und er war dunkel.«

»Dunkel? Meinen Sie, dass es ein Schwarzer war?«

Ralph schüttelte den Kopf. »Nein, Missy, er war so weiß wie Sie. Aber er hatte dunkle Haare. Und dunkle Klamotten. Mehr hab ich nicht gesehen, weil er so schnell weg war. Aber erzählen Sie den Cops lieber nichts davon,

Missy! Ich hatte mal Probleme mit denen, als ich noch gerne einen über den Durst getrunken hab, und ich will da wirklich nicht noch mal hin.«

Wem sagen Sie das, dachte Kelly.

»Aber Ralph«, beharrte sie. »Deswegen bekommen Sie sicher keine Probleme mit den Cops! Die würden sich freuen, wenn Sie ihnen davon erzählen.« Sie berührte den alten Mann sanft am Arm. »Und vielleicht gibt es sogar eine Belohnung.«

Sein Gesicht hellte sich auf. »Daran hab ich noch gar nicht gedacht. Eine Belohnung. Ich hab noch nie eine Belohnung gekriegt. Sagen Sie ihnen, dass sie mich hier im Park finden!«

O'Reilly lümmelte in einer Koje bei *Ann Sather,* einem wirklich guten Frühstücksdiner, und sah zu, wie sein Partner ein Omelett mit fünf Eiern, Speck, Käse und Zwiebel verdrückte. Er selbst bekam gerade mal einen Kaffee und Toast hinunter, wobei selbst der Toast seinen Magen auf eine harte Probe stellte. Nachdem Koz den Teller sauber gewischt hatte, wandte er sich einem Berg Pfannkuchen zu. O'Reilly blies in seinen dampfenden Becher. Klar war sein Partner ein Riese, aber er fragte sich trotzdem, wie ein Mensch so viel Essen auf einmal verschlingen konnte.

»Hast du in letzter Zeit nichts zu essen bekommen?«

»Ich habe heute das Frühstück verpasst«, erwiderte der Riese zwischen zwei Bissen. »Melissa und ich frühstücken am Samstag normalerweise im Bett.«

Bei dem Gedanken, wie Kozlowski mit einem Teller auf dem nackten Bauch im Bett lag, rebellierte O'Reillys Magen erneut. Glücklicherweise meldete sich in diesem Moment sein Pager, und er fluchte, als er die Nummer sah. *Kelly Delaney*. Diese Tussi ging ihm ganz gewaltig auf die Nerven. Sie hatte in den letzten vierundzwanzig Stunden drei Mal angerufen, um sich nach dem Stand der Ermittlungen zu erkundigen, und was O'Reilly betraf, gab es nichts Schlimmeres als aufrechte Bürger, die sich ständig einmischten. Was glaubte sie denn, was sie den ganzen Tag über taten? Karten spielen?

Er ließ Koz mit seinem Frühstück allein und ging zum Münzsprecher. Kelly hob nach dem ersten Klingeln ab. »Detective O'Reilly, ich muss mit Ihnen sprechen«, meinte sie.

»Und worum geht es?«

»Was glauben Sie denn, verdammt? Ich habe wichtige Informationen für Sie. Aber ich kann es Ihnen nicht am Telefon erklären. Sie müssen zu mir kommen.«

»Wie es der Zufall will, sind wir gerade in der Nähe«, antwortete er widerwillig. »Wir sind in zehn Minuten da.«

Kozlowski war noch immer mit den Pfannkuchen beschäftigt, als Ron an den Tisch zurückkehrte. »Iss auf!«, befahl er. »Kelly Delaney hat angeblich Neuigkeiten für uns.«

»Und die wären?«, fragte der Riese und wischte sich den Mund mit einer Serviette ab.

»Keine Ahnung. Aber sie meinte, es sei wichtig. Vielleicht hat sie einen entlaufenen Serienmörder gefunden.«

Kelly trug noch immer ihre verschwitzten Laufklamotten, als sie O'Reilly und Kozlowski die Tür öffnete. Sie bat die beiden in die Küche, und sie saßen kaum dreißig Sekunden an dem winzigen Tisch, als ein schreckliches Heulen erklang. Es hörte sich an, als würde im Nebenzimmer jemand gefoltert. Beide Detectives sprangen auf, sahen sich verwirrt in dem kleinen Raum um und legten die Hände auf die Waffen.

»Was zum Teufel ist das?«, fragte O'Reilly, dessen Blick hektisch hin und her sprang.

Es folgte ein zweites, noch lauteres Heulen, und Kelly sah die beiden verlegen an. »Das ist meine Katze. Ich muss sie im Badezimmer einsperren, wenn ich Besuch bekomme. Sie hat's nicht so mit Fremden.« Sie dachte an die Arztrechnungen, die sie immer noch abstotterte, nachdem Tizzy sich auf den Unterschenkel eines Klempners gestürzt hatte, der eigentlich bloß Kellys Toilette reparieren sollte.

Sie setzten sich wieder, und Kelly fiel auf, dass O'Reillys Hände zitterten, obwohl er sie auf den Tisch gelegt hatte. Hoffentlich hatte seine Alkoholsucht keine negativen Auswirkungen auf seine Arbeit. Sein Leben ging sie zwar nichts an, aber das Leben ihrer Freundinnen umso mehr. Eine hatte sie bereits verloren, und sie wollte nicht, dass die Anzahl aufgrund seiner Inkompetenz womöglich noch stieg.

»Also, wenn Sie jetzt so freundlich wären, uns auf den neuesten Stand zu bringen ...«, meinte er.

Kelly erzählte den beiden Detectives von ihrer Begegnung mit Ralph und davon, dass der alte Mann einen großen, dunkelhaarigen Mann überrascht hatte, wie er Angies Leiche durch den Park schleppte. O'Reilly erhoffte sich bereits einen Durchbruch bei den Ermittlungen, bis Kelly hinzufügte, dass Ralph derjenige war, der das Zeitungspapier über Angie gebreitet hatte.

»Er hat ihre Leiche zugedeckt?«, wiederholte O'Reilly ungläubig.

»Ja. Ich habe Ihnen doch schon gesagt, dass Ralph ein

wenig exzentrisch ist. Für ihn war es ein Zeichen des Respekts.«

»Und er hat niemandem davon erzählt … Falls es diesen Ralph tatsächlich gibt, könnte ihn das in ziemliche Schwierigkeiten bringen.«

»Bitte lassen Sie ihn in Ruhe«, bat Kelly. »Ralph hat Angst vor der Polizei, deshalb hat er sich nicht gemeldet. Aber das ändert nichts an dem, was er gesehen hat. Sie müssen ihn finden und mit ihm reden.«

»Ich nehme nicht an, dass Sie seine Adresse haben, oder?« O'Reillys Tonfall ließ vermuten, dass er weder Kelly noch Ralph sonderlich ernst nahm.

»Nein. Aber ich weiß, dass Sie ihn heute Nachmittag im Lincoln Park in der Nähe des Totempfahls finden werden. Er hat versprochen, dass er dort sein wird.«

»Hast du dir das aufgeschrieben, Koz? Am Totempfahl …«

»Machen Sie sich nicht über mich lustig«, fauchte Kelly. »Selbst haben Sie schließlich gar nichts.«

»Wir haben sehr wohl etwas!«, entgegnete O'Reilly. »Angies Geldbörse ist heute Morgen aufgetaucht. Sie hat sie in der Nacht des Mordes im Taxi vergessen. Wir hätten sie schon früher bekommen, wenn diese Idioten sie nicht bis heute im Safe eingeschlossen hätten. Und wir haben erfahren, wohin sie mit dem Taxi gefahren ist. *The Zone*. Kennen Sie den Laden?«

»Ob ich ihn kenne? Die Bar war jahrelang meine erste Anlaufstelle für Koks.«

»Das dürfte vermutlich auch auf Angie zutreffen. Haben Sie einen Namen für mich?«

Kelly zögerte. Auch wenn sie jetzt ein anderes Leben führte, wollte sie niemanden aus der Vergangenheit in Schwierigkeiten bringen. Offensichtlich konnte O'Reilly

Gedanken lesen, denn er meinte: »Sie müssen sich keine Sorgen um Ihren Freund machen. Wir sind von der Mordkommission, nicht von der Drogenfahndung. Wenn wir jeden Drogendealer hopsgenommen hätten, der uns einen Tipp gegeben hat, würden die Gefängnisse aus allen Nähten platzen.«

»Okay. Sein Name ist Lyle. Das hätte ich Ihnen auch so gesagt. Das Wichtigste ist jetzt, dass Angies Mörder gefunden wird.«

»Gut, wir reden mit Lyle«, erwiderte O'Reilly, und Tizzy begann wieder zu heulen. »Oh Mann, das klingt, als hätten Sie einen Exorzisten da drin.«

»Wir haben auch eine Katze«, erklärte Kozlowski. »Sie brauchen vor allem Verständnis.«

Die beiden Cops rückten vom Tisch zurück, doch Kelly wollte nicht, dass sie schon gingen. Sie überlegte fieberhaft, wie sie den beiden von dem Mann aus New Hampshire erzählen konnte, ohne Maggie zu hintergehen. Sie hatten den kleinen Vorgarten beinahe durchquert, als Kelly plötzlich etwas einfiel. Sie hatte Maggie zwar geschworen, der Polizei nichts von dem Mann zu erzählen, aber von dem *Wagen* war keine Rede gewesen.

»Warten Sie!«, rief sie. »Da ist noch etwas!«

O'Reilly drehte sich sichtlich genervt um.

»Vielleicht interessiert es Sie, dass am Abend vor dem Mord ein verdächtiger Pick-up vor Carol Annes Haus geparkt hat …«

Kapitel 25

Noch 7 Tage

Eine halbe Stunde nach der auf der Einladung vermerkten Zeit bog ich schließlich in Natashas Auffahrt in Lake Forest und parkte meinen kleinen Volkswagen zwischen lauter Cadillac Sevilles und riesigen Schlitten von Mercedes und BMW. Arthur Dietrichs Anwesen wirkte eher wie eine Außenstelle der Universität von Oxford als wie ein normales Wohnhaus, und es hatte sogar einen Namen, nämlich *Ferrydale* – obwohl ich ehrlich gesagt keine Ahnung habe, wofür der Name steht. Das neue Haus war auf den Grundmauern eines alten Herrenhauses errichtet worden, das bereits ziemlich pompös gewesen war, als es im Gatsby-Zeitalter der 1920er-Jahre erbaut worden war. Doch Arthur Dietrich wollte es noch schöner und pompöser – und es war ihm gelungen.

Arthur ging es ausschließlich um Äußerlichkeiten, angefangen bei seiner attraktiven Frau, den Kindern und dem Haus bis hin zu seinem Bentley. Als Sohn eines Briefträgers hatte er es durch clevere Aktiengeschäfte zu einem kleinen Vermögen gebracht, das schließlich regelrecht durch die Decke ging, als er rechtzeitig vor dem Börsencrash 1987 zahlreiche Leerverkäufe tätigte. Und es war typisch für Arthur, dass er auch noch stolz darauf war. Ich mochte ihn von Anfang an nicht sonderlich. Er war ein Angeber und Sprücheklopfer, aber meine Gefühle ihm gegenüber waren gespalten, da er es war, der mir Flynn vorgestellt hatte.

Ich hielt vor der massiven Eingangstür inne, die eher zu einer mittelalterlichen Kirche als zu einem Wohnhaus gepasst hätte, strich meine Haare glatt und atmete tief durch. Natasha würde vermutlich ein wenig verärgert sein, weil ich zu spät zu meiner eigenen Party kam, aber meine Mutter war bestimmt außer sich. Und wenn meine Mutter außer sich war, war es für alle Anwesenden die Hölle.

Natashas Butler öffnete die Tür. Ja, *der Butler*. Dieser Beruf wurde damals gerade aus England importiert und war der letzte Schrei unter den Neureichen. Hobbs führte mich ins Foyer, wo Natasha sich gerade mit zwei Bridge-Freundinnen meiner Mutter unterhielt.

»Ah, unser Ehrengast! Na endlich!«, rief sie und schwebte zu mir, um mir einen Kuss auf beide Wangen zu hauchen. »Wir haben uns schon Sorgen um dich gemacht!«

»Es tut mir leid. Der Verkehr war die Hölle.«

Ich entschuldigte mich auch noch bei den Freundinnen meiner Mutter, und wir gingen gemeinsam den breiten Flur mit den dicken Orientteppichen und den neu erworbenen Gemälden hinunter, die zweifelsohne Sammlerstücke waren. Die restlichen Gäste saßen im Arboretum, tranken Weißwein und führten förmliche Gespräche zwischen Orangen- und Feigenbäumen. Die meisten Frauen waren in Mutters Alter – also etwa Mitte fünfzig oder älter – und trugen Designerkleider und Handtaschen, die direkt von den Modeseiten der *Vogue* stammten. Ich war mit meinem Hemdkleid, das ich im

Ausverkauf bei J. Crew gekauft hatte, und meiner zerschlissenen Tasche auf jeden Fall die am wenigsten modische Frau im Raum. Meine Mutter trug ein kanariengelbes Kostüm, einen Hermès-Schal über den Schultern und Perlenohrringe und saß auf einem Rattanstuhl neben meiner jüngeren Schwester Laurel, die ziemlich wütend aussah, weil sie ebenfalls eingeladen worden war. Ich konnte es ihr nicht verübeln. Ihr hingen die Junggesellinnenpartys schon genauso zum Hals heraus wie mir. Unsere ältere Schwester Ellen lebte mit ihrem Mann und den Kindern in New York und hatte das Glück, aufgrund der Entfernung eine perfekte Entschuldigung für alle sieben bisherigen Partys gehabt zu haben.

Meine Mutter warf mir einen vernichtenden Blick zu, als sie mich sah. Dann kleisterte sie ein Lächeln auf ihr perfekt geschminktes Gesicht und kam auf mich zu, um mich rasch zur Seite zu nehmen. »Margaret Mary!«, fauchte sie und benutzte zur Warnung auch noch meinen vollen Namen. »Hast du eigentlich eine Ahnung, wie vollkommen unter aller Würde es ist, zu spät zu seiner eigenen Party zu kommen?«

»Bitte Mutter, lass das! Es geht mir echt nicht gut.« Im Gegensatz zu der Entschuldigung, die ich Natasha gegenüber vorgebracht hatte, war das nicht einmal gelogen. Ich hatte den ganzen Morgen auf der Toilette verbracht und mich übergeben, während ich gleichzeitig hoffte, dass der Hamburger von gestern Abend daran schuld war und nicht etwas anderes.

Meine Mutter musterte mich, und die Sorge um ihre Tochter überdeckte den Ärger. Sie legte mir eine Hand auf die Stirn. »Du siehst tatsächlich blass aus. Oh Gott, sag jetzt bloß nicht, dass du krank wirst! Doch nicht ausgerechnet jetzt!«

»Mutter, hör auf! Es ist vermutlich nur eine leichte Lebensmittelvergiftung. Und jetzt komm, bringen wir es endlich hinter uns.«

»Maggie!«

Ich hatte keine Lust, auch nur ein einziges Wort mit ihr zu wechseln, und so kehrte ich ins Arboretum zurück. Da ich inzwischen eine erfahrene Veteranin war, was Junggesellinnenpartys betraf, begrüßte ich alle Gäste herzlich, entschuldigte mich bei jeder Einzelnen für mein Zuspätkommen und machte ein riesiges Aufhebens um Flynns Mutter und ihre Freundinnen, von denen ich viele zum ersten Mal sah. Und natürlich auch um Natashas Mutter. Da sie eine der besten Freundinnen meiner Mutter war, war sie immerhin der Hauptgrund, warum ich keine andere Wahl gehabt hatte, als der Party im Haus ihrer Tochter zuzustimmen.

Natürlich war mir durchaus bewusst, warum Natasha diese vollkommen unnötige Party veranstaltete. Obwohl Arthurs Vermögen beträchtlich war, brachte es nicht notwendigerweise auch den Zutritt zu gewissen sozialen Kreisen mit sich, in denen Natasha gerne verkehrt hätte. Mit Flynns Mutter und ihren Freundinnen hatte sie jedoch Frauen in ihrem Haus, die den besten Clubs der Stadt angehörten und in den wichtigsten Komitees von Chicago saßen. Es waren Frauen, die mit wenigen Telefonanrufen einen neuen Gebäudetrakt für das Art Institute finanzieren oder einen Gorilla für den Lincoln Park Zoo herbeischaffen konnten. Für Natasha gab es auf dem Weg nach oben keinerlei Grenzen, und die Anwesenheit dieser Frauen in ihrem Haus war ein großer Schritt in Sachen sozialer Aufstieg.

Der Butler verkündete, dass das Mittagessen serviert sei, und wir machten uns nacheinander auf den Weg in das offizielle Esszimmer, wo uns ein langer Tisch mit exotischen Blumenarrangements in Kristallvasen und einem exquisiten Büfett aus verschiedenen Nudelgerichten, Salaten, Meeresfrüchten und geräuchertem Fisch erwartete. Wir füllten unsere Teller und begaben uns anschließend auf die Veranda zu den kleinen Tischchen mit Sonnenschirmen, die sich um eine Miniaturversion des Trevi-Brunnes scharten. Ich schummelte mich auf den Stuhl neben Carol Anne, die Natashas Einladung als Einzige aus unserer Truppe angenommen hatte. Suzanne und Kelly hatten die richtige Entscheidung getroffen und abgesagt. Ich hatte gehofft, einige private Worte mit meiner besten Freundin wechseln zu können, und so verlor ich beinahe die Beherrschung, als Natasha sich auf den Stuhl neben mir setzte und damit sämtliche Pläne zunichtemachte. Ich winkte ab, als der Kellner mir ein Glas Wein anbot, und bat um Eistee. Mein Magen rebellierte immer noch, sodass nicht an essen zu denken war, also schob ich den Krabbensalat auf meinem Teller von einer Seite auf die andere, um wenigstens den Eindruck zu erwecken, ich hätte davon gegessen. Mein Verhalten blieb meiner aufmerksamen Mutter natürlich nicht verborgen.

»Schätzchen, du bist wirklich wie deine Mutter!«, rief sie mir vom Nebentisch aus zu.

Die Gäste verstummten, und sämtliche Augen waren auf sie gerichtet. Ich legte meine Gabel beiseite und wartete mit ungutem Gefühl auf die Offenbarung, warum wir uns so ähnlich waren.

»Ich war vor der Hochzeit mit deinem Vater auch so nervös, dass ich nichts hinunterbrachte. Meine Schneiderin wurde es mit der Zeit so leid, mein Hochzeitskleid ständig einzunähen, dass sie mir vorschlug, doch erst zwei Tage vor dem großen Tag wiederzukommen.«

Die anderen Gäste lachten, und ich wand mich verlegen. Ich hasste es, im Mittelpunkt zu stehen. Außerdem war es manchmal wirklich unglaublich, welche Trivialitäten meine Mutter von sich gab. Ich stopfte mir etwas Krabbensalat in den Mund, um allen zu zeigen, dass sie unrecht hatte, und kämpfte gegen den Impuls an, ihn sofort wieder hochzuwürgen.

Kurz darauf wandten sich die anderen Gäste wieder ihren Gesprächen zu, und ich stand nicht mehr im Zentrum der Aufmerksamkeit. Natasha sah in ihrem cremefarbenen Kleid, das vermutlich aus einer der teuren Boutiquen in der Old Street stammte, einfach toll aus, doch als sie mir zulächelte, sah ich, dass etwas Spinat auf ihrem Schneidezahn klebte. Normalerweise hätte ich es ihr gesagt, doch heute hatte ich keine Lust dazu. Sollte sie doch eine der anderen Frauen darauf aufmerksam machen – oder besser noch ihr Mann, nachdem alle nach Hause gegangen waren.

»Und? Gibt es Neuigkeiten zu Angie?«, fragte sie und klang dabei eine Spur zu selbstzufrieden.

»Soweit ich weiß, ist sie immer noch tot«, erwiderte ich bissig, doch schon im nächsten Augenblick kam mir meine Antwort ein wenig zu streitlustig vor, selbst wenn sie an Natashas Adresse ging, und so fügte ich eilig hinzu: »Soweit ich weiß, hat die Polizei noch keine Spur.«

»Ich habe gehört, dass Drogen im Spiel waren. Also ich glaube ja, dass sie auf der Suche nach einem One-Night-Stand war – und das wurde ihr zum Verhängnis.«

»Natasha, was redest du denn da? Du weißt doch genau, dass Angie nichts von One-Night-Stands hielt.«

»Nein, da muss ich dir widersprechen! Ich weiß, wie sie wirklich war. Sie hat immerhin einmal versucht, Arthur zu verführen.«

Carol Anne verschluckte sich beinahe an ihrem Essen, während ich mir große Mühe gab, ein breites Grinsen zu unterdrücken. Angie hatte nie ein Geheimnis daraus gemacht, wie sehr sie Arthur Dietrich verachtete, und ihn immer »das wandelnde Preisschild« genannt, weil er so gerne herumposaunte, wie viel seine neueste Anschaffung gekostet hatte. Und Natasha bildete da keine Ausnahme. Er sprach von seiner Frau, als gehörten sie, ihr Schmuck und ihre Kleider zu seinem Portfolio.

Natasha ließ sich durch unsere Reaktionen jedoch nicht von ihrer Behauptung abbringen. »Ja, lacht nur über mich! Aber Arthur hat mir erzählt, dass Angie sich auf der Verlobungsparty, die wir letzten Winter für Maggie veranstaltet haben, an ihn rangemacht hat. Er kam aus der Toilette und musste sie richtiggehend abwehren.«

Ich wusste von dem Vorfall, doch es war nicht ganz so abgelaufen, wie Natasha es uns erzählte. Tatsächlich hatte ein betrunkener Arthur Angie gegen die Wand gedrückt, nachdem sie aus der Toilette gekommen war. Er hatte versucht, ihr eine Hand unter die Bluse zu schieben, doch anstatt beleidigt oder wütend zu reagieren, hatte Angie ihn bloß ausgelacht und war gegangen. Sein verletztes Ego hatte ihn vermutlich dazu veranlasst, die Geschichte umzudrehen und sie anschließend seiner Frau zu erzählen.

»Natasha, es tut mir leid, aber Angie hätte sich niemals an Arthur herangemacht.«

»Doch das hat sie! Und das habe ich auch der Polizei gesagt. Wisst ihr, was euer Problem ist?« Sie deutete auf mich und Carol Anne. »Ihr seid zu vertrauensselig. Da draußen gibt es eine Menge Leute, die versuchen, einen hinters Licht zu führen. Wenn ich eines in meinem Leben gelernt habe, dann, dass man immer ein Auge auf die Dinge haben sollte, die einem gehören, denn sobald man sich einmal entspannt, kommt jemand und nimmt einem alles weg.«

Wir waren mehr als erleichtert, als der Butler kam und Natasha etwas ins Ohr flüsterte. »Ich muss mich um die Nachspeise kümmern«, erklärte sie, stellte ihr Weinglas ab und folgte ihm ins Haus.

»Wow, ihre Nerven sind ja zum Zerreißen gespannt.«

»Das ist doch nichts Neues.«

»Wie geht es dir eigentlich?«

»Ich lebe noch. Aber gerade mal so.«

»Irgendwelche Anzeichen von Du-weißt-schon-was?«

»Nein, aber ich habe noch zwei Tage, bevor ich endgültig in Panik verfalle.«

Wir verstummten, als meine jüngere Schwester zu uns an den Tisch trat und sich auf Natashas Platz setzte. »Ich wollte euch nur sagen, dass ich vor meiner eigenen Hochzeit die Fliege machen werde. Dieser Zirkus ist ja nicht auszuhalten«, erklärte sie.

»Ja, wem sagst du das«, erwiderte ich erschöpft.

Eine Glocke ertönte, und alle sahen zu den geöffneten Verandatüren hinüber, wo der Butler kundtat, dass der Kaffee serviert sei. Alle Anwesenden bildeten erneut eine Reihe und bewegten sich ins Esszimmer. Das Büfett hatte sich mittlerweile in eine französische Patisserie mit Fruchttörtchen, Crème brûlée und unzähligen Pralinen verwandelt, und es gab sogar eine Espressomaschine. Ich beschloss, die Nachspeise lieber ausfallen zu lassen, und nahm mir stattdessen einen koffeinfreien Cappuccino mit Magermilch.

Als ich daran nippte, kam mir der Gedanke, dass mein Leben im Grunde wie dieser Cappuccino war: ein Kaffee ohne Kick und Milch ohne Fett. Ein unbefriedigender Abklatsch des Echten.

Nach der Nachspeise spielte ich die folgsame Braut und öffnete die wunderschön verpackten Geschenke, die auf einem Tisch neben dem Springbrunnen auf mich warteten. Obwohl es als Dessous-Party geplant war, enthielten die meisten Päckchen geschmackvolle Wäsche wie einen Morgenmantel aus Satin oder elegante Nachthemden, die ich unter vielen *Ooohs* und *Aaahs* hochhielt, damit sie alle sehen konnten.

So lief es bis zu dem Geschenk, das ich von Flynns Mutter bekommen hatte. Ich öffnete den hübsch eingepackten Karton und schlug das Seidenpapier zurück, und darunter kam ein kirschroter Body mit Löchern im Schritt und an den Brustwarzen zum Vorschein. Mein Gesicht wurde mindestens so rot wie der Body, und ich sah meine zukünftige Schwiegermutter fragend an. Sie nickte, und ich hielt das hauchdünne Wäschestück hoch, damit es alle bewundern konnten.

»Da seht ihr, wie sehr ich mir wünsche, dass Maggie so bald wie möglich schwanger wird«, erklärte Marguerite Hamilton, und alle lachten. Alle, mit Ausnahme der Braut, die am liebsten im Erdboden versunken wäre. Ich legte den Body zurück in den Karton und hoffte inständig, dass Marguerites Wunsch nicht bereits in Erfüllung gegangen war.

Kapitel 26

Ron

Sie hatten den Wagen in einer ruhigen Seitenstraße im Schatten geparkt und die Fenster heruntergekurbelt, und O'Reilly sah zu, wie sein Partner zwei Big Macs und eine große Portion Fritten verdrückte. Er selbst trank wieder einmal schwarzen Kaffee.

»Wo isst du das alles eigentlich hin?«, fragte er.

»Jeder muss mal etwas essen«, erwiderte Koz.

»Ja, klar, aber ist dir schon mal in den Sinn gekommen, auch etwas für die anderen übrig zu lassen?«

Ron nahm einen weiteren Schluck von der bitteren Brühe. Es war mittlerweile später Nachmittag, und er war erschöpft von der Lauferei, die Kozlowski und ihn nach ihrem frühmorgendlichen Weckruf erwartet hatte.

Nachdem sie Ms Delaneys Wohnung verlassen hatten, hatten sie sich zuerst auf die Suche nach Lyle aus der Bar gemacht, der nicht gerade glücklich war, als sie ihn aus dem Bett klingelten. Er spielte den Dummen, als sie ihn nach Angie fragten, rieb sich die verschlafenen Augen und schwor, dass er diese Frau noch nie gesehen habe.

Doch dann sagte ihm O'Reilly kurz und bündig, dass er und Koz von der Mordkommission und nicht von der

Drogenfahndung seien und dass diese niemals Wind von seiner kleinen Nebenbeschäftigung bekommen werde, falls Lyle sich kooperativ zeige. Aber falls er sich weiter dumm stelle, könne er natürlich für nichts garantieren …

Also packte Lyle aus. Ja, Angie sei um etwa drei Uhr morgens ins *Zone* gekommen, um Stoff zu kaufen. Sie habe auch einen Drink bestellt, doch als sie für den Drink und den Stoff bezahlen sollte, habe sie ihre Geldbörse nicht finden können. Da Lyle sie kannte und wusste, dass sie vertrauenswürdig war, habe er den Drink auf seine Rechnung genommen und ihr Versprechen akzeptiert, am nächsten Abend mit dem Geld wiederzukommen.

»Und danach ist sie gegangen?«, wollte O'Reilly wissen.

Der dürre Barkeeper fuhr sich mit der Hand durch die schütteren Haare. »Nein, sie ist noch mal stehen geblieben, um sich mit jemandem zu unterhalten. Es war ein dunkelhaariger, gut aussehender Kerl. Ich hatte ihn noch nie bei uns gesehen. Er schien ziemlich durcheinander, nachdem er mit ihr geredet hatte.«

»Aber die beiden sind nicht zusammen los?«

»Nein. Sie hat die Bar allein verlassen. Der Kerl ist noch geblieben.«

»Sind Sie sicher?

»Ja, ich bin mir sicher. Ich habe Ihnen ja gesagt, dass er gut aussah, oder?«, erwiderte Lyle, und seine müden Augen glänzten sehnsüchtig.

Nachdem sie bei Lyle fertig waren, besuchten sie Harvey Wozniak in seiner Mietwohnung. Sie hatten ihn auch schon kurz nach dem Mord befragt und kannten ihn bereits. Harvey hatte zwar kein Alibi für die Zeit, in der Angie getötet worden war, aber der Schock, als sie ihm die Nachricht überbracht hatten, war so echt gewesen, dass O'Reilly ihn nicht als verdächtig eingestuft hatte. Bis jetzt. Die Aussage des Taxifahrers hatte Harvey zurück in den Kreis der Verdächtigen befördert, denn man musste nicht gerade ein Einstein sein, um sich auszurechnen, wen Angie vom Taxi aus beschimpft hatte.

Als sie schließlich unangekündigt vor Harveys Tür standen, glich er einem Nervenbündel. Seine behaarten Hände zitterten die ganze Zeit, in der die beiden Detectives auf seinem heruntergekommenen Sofa saßen und ihn befragten, und ihr undurchdringlicher Gesichtsausdruck schien ihm Angst zu machen.

»Warum haben Sie uns nicht gesagt, dass Sie Angie in der Nacht des Mordes getroffen haben?«, fragte O'Reilly und sah Harvey scharf an.

Harvey erinnerte sich, als wäre es gestern gewesen: Wie er mit Jennifer im Arm in den frühen Morgenstunden die Halsted Street hinunterging und sich in Gedanken bereits mit ihr im Bett wälzte. Wie er plötzlich seinen Namen hörte. Und wie seine Ex-Frau aus dem Taxifenster hing und ihn beschimpfte, als wäre sie vom Teufel besessen. *Du beschissener Polacke! Wir sehen uns vor Gericht! Ich werde jeden einzelnen Cent aus dir herauspressen, du betrügerischer Mistkerl!*

»Warum ich Ihnen nichts davon erzählt habe? Ich konnte nicht. Ich meine, da beschimpft mich meine Ex-Frau in aller Öffentlichkeit, und im nächsten Augenblick ist sie tot. Und ich habe kein Alibi. Ich sehe ab und zu fern, wissen Sie? Ich weiß, wie das ausgesehen hätte. Es landen doch andauernd Leute für Verbrechen im Gefängnis, die sie gar nicht begangen haben.«

»Dann behaupten Sie also, Sie hätten Ihre Verabredung in deren Wohnung abgesetzt und wären dann sofort nach Hause gefahren?«

»Ja.«

»Ich nehme an, Sie hatten bereits Sex mit ihr?«

»Mit Jennifer? Ja, auch wenn es Sie eigentlich nichts angeht.«

»Und warum haben Sie ausgerechnet in dieser Nacht nicht mit ihr geschlafen?«

»Hmm, wie soll ich das erklären? Nachdem ich Angie gesehen hatte, war ich nicht mehr in Stimmung. Ich wollte allein sein. Wissen Sie, als ich Angie kennenlernte, traf es mich wie der Blitz. Ich hätte nicht einmal im Traum erwartet, je eine Frau wie sie zu heiraten. Unsere ersten gemeinsamen Jahre waren fantastisch – bis sie mich nicht mehr an sich heranließ. Die Sache mit der heißen Schnecke aus dem Büro, die mich nach Hause gefahren hatte, war das erste Mal, dass ich Angie betrog. Und ausgerechnet an diesem Tag kam sie unerwartet früh von der Arbeit nach Hause. Danach ging mein Leben den Bach runter. Ich habe meine Frau und mein Zuhause verloren. Das Glück hat mich verlassen. Sogar meine Aktiengeschäfte laufen mies. Sehen Sie sich doch mal das Drecksloch an, in dem ich wohne! Sogar die Möbel sind nur geliehen. Und da fragen Sie mich, warum ich an diesem Abend nicht mit Jennifer geschlafen habe? Ich sage es Ihnen: Der Sex mit Jennifer ist okay, aber im Vergleich zu dem Sex mit Angie ist er nichts. Ich hatte schlichtweg das Interesse verloren.«

Harvey schlug sich frustriert auf den Oberschenkel, und O'Reilly wusste nicht, was ihm mehr zu schaffen machte: sein Leben, seine finanzielle Situation oder die Tatsache, dass er Angie für immer verloren hatte.

»Ich habe Angie nicht umgebracht«, erklärte dieser große, starke Mann, und Tränen schimmerten in seinen Augen. »Das müssen Sie mir glauben. Ich habe meine Frau geliebt.«

Nach dem Besuch bei Harvey waren sie zum Lincoln Park gefahren, um mit Ralph, dem mysteriösen Spaziergänger, zu sprechen. Sie mussten nicht lange nach ihm suchen, denn er hatte sein Versprechen gehalten und sich seit dem Gespräch mit Kelly in der Nähe des Totempfahls aufgehalten. Er erzählte ihnen noch einmal, wie ein großer, dunkelhaariger Mann Angie einfach fallen gelassen hatte und danach verschwunden war. Und wie er die Leiche mit Zeitungspapier abgedeckt hatte, damit ihr nicht kalt wurde.

»Würden Sie den Mann wiedererkennen?«, fragte O'Reilly.

Der alte Mann nickte. »Ja, Sir. Ich glaube schon.«

O'Reilly sah seinem Partner zu, wie er auch noch den zweiten Big Mac verschlang, und fragte sich, was es über seine eigene geistige Gesundheit aussagte, dass er den minderbemittelten Ralph tatsächlich als Zeugen in Betracht zog.

»Also, was hältst du von der Sache?«, fragte Kozlowski, trank schlürfend seine Cola aus und rülpste laut.

»Ich überlege, Wozniak zur Gegenüberstellung aufs Revier zu holen. Und dazu die Schwuchtel aus der Bar und den Verrückten aus dem Park.«

»Glaubst du wirklich, dass Wozniak Angie umgebracht hat?«

»Nein. Aber dann können wir ihn wenigstens ausschließen.«

»Und was ist mit dem weißen Pick-up in Kenilworth?«

»Was soll damit sein?«

»Glaubst du, dass mehr dahintersteckt?«

»Willst du mich verarschen? Als Ms Delaney von dem Pick-up angefangen hat, hätte ich sie am liebsten gefragt, was sie geraucht hat. Vergiss diesen beschissenen Wagen. Der hat nichts zu bedeuten.«

O'Reilly ließ den Wagen an. Er sehnte sich nach einem Drink und konnte schon spüren, wie das Bier, das er sich nachher in der Bar in der Nähe seiner Wohnung genehmigen würde, seine Kehle hinunterrann. Doch bevor er zum Vergnügen überging, mussten sie noch einen letzten Zwischenstopp einlegen. »Okay, Koz. Da wir schon mal in der Nähe sind, schauen wir auch noch auf einen Sprung bei der Braut vorbei. Und dann machen wir Feierabend.«

Kapitel 27

Ich musste dreimal gehen, bis ich alle Geschenke von meinem VW in meine Wohnung gebracht hatte. Beim Anblick der glänzenden Schachteln dachte ich allerdings nur an die unzähligen Dankeskarten, die ich auch dieses Mal schreiben musste. Ich setzte mich aufs Sofa und zog die Beine hoch. Ich war froh, dass ich wieder in meinen Kokon zurückgekehrt und den neugierigen Blicken der anderen entkommen war. Ich hatte die ganze Party über kaum etwas gegessen, und nun hatte ich Magenkrämpfe, die ich als Hunger identifizierte. Ich ging in die Küche und machte mir ein Erdnussbuttersandwich, von dem ich gerade mal drei Bissen gegessen hatte, als es an der Tür klopfte.

»Zum Teufel noch mal!«, rief ich und versuchte, nicht zu ausfällig zu werden, weil mein Plan von einem ruhigen, ungestörten Abend nun dahin war. Ich legte das Sandwich auf die Arbeitsplatte und ging zur Tür. Mein Appetit verflog schlagartig, als ich durch das Guckloch sah und die beiden Detectives von der Mordkommission erkannte. Was wollten die beiden denn hier? Ich überlegte, ob ich ihnen öffnen oder mich lieber aus dem Fenster stürzen sollte, und hatte mich beinahe für das Fenster entschieden, als mir klar wurde, dass sich meine Wohnung ja bloß im zweiten Stock befand. Das hätte vermutlich nicht gereicht, um die Sache zu erledigen, also öffnete ich doch die Tür.

»Guten Abend, die Herren«, meinte ich bemüht freundlich. »Was kann ich für Sie tun?«

»Ich hoffe, wir stören nicht«, erwiderte O'Reilly. »Aber es gibt neue Erkenntnisse, und die würden wir gerne mit Ihnen besprechen.«

»Natürlich, kommen Sie rein.« Ich hielt den beiden die Tür auf, und das Herz schlug mir bis zum Hals. Ich hatte Angst, dass die »neuen Erkenntnisse« etwas mit dem Zimmermann zu tun hatten. »Ich komme gerade von einer Brautparty«, erklärte ich und räumte die Päckchen vom Sofa, damit sie sich setzen konnten.

Ich hatte beide Arme voller Geschenke und stolperte zu allem Überfluss auch noch über den Teppich vor dem Sofa. Die Päckchen fielen zu Boden, und der Body mit dem Loch im Schritt landete vor den Detectives. O'Reilly schien ihn kaum zu bemerken, während Kozlowskis Ohren rot anliefen und er sich verlegen in Richtung Küche abwandte. Dieses Mal standen keine Gläser auf der Anrichte – da war nur das Erdnussbuttersandwich, von dem jemand dreimal abgebissen hatte.

»Wie schon gesagt, das sind alles Geschenke.« Ich stopfte das hauchdünne Stück Stoff zurück in die Schachtel und stellte sie zu den anderen, die ich an der Wand aufgereiht hatte. Meine kleine Aufräumaktion war allerdings ohnehin sinnlos, denn die beiden Detectives wollten sich nicht setzen.

»Es dauert nur eine Minute«, winkte O'Reilly ab. »Wir haben bloß ein paar kurze Fragen an Sie. Haben Sie jemals von einer Bar namens *The Zone* gehört?«

Seine Frage war wie Balsam auf meiner geschundenen Seele. Sie wollten nicht über Steven Kaufman, sondern über die Bar reden, in der Angie gewesen war! Die Angst ließ langsam nach.

»Dann haben Sie also mit Albert gesprochen?«, fragte ich, denn ich ging davon aus, dass Angies Assistent sich endlich entschlossen hatte, zur Polizei zu gehen.

»Albert? Welcher Albert?« O'Reillys überraschtem Gesicht zufolge hatte ich die falschen Schlüsse gezogen. Und mich damit selbst in die Falle manövriert.

»Albert Evans. Angies Assistent.«

»Wir kennen keinen Albert Evans.« Die Augenbraue über dem rechten blutunterlaufenen Auge schoss hoch. »Vielleicht können Sie uns kurz aufklären?«

Albert würde sich wohl oder übel damit abfinden müssen, dass ich einen Fehler gemacht hatte, und so erzählte ich den Cops von dem Gespräch, das wir nach der Beerdigung im Haus der Lupinos geführt hatten, und meinte zum Abschluss: »Er wollte sich eigentlich bei Ihnen melden.«

O'Reillys Gesicht wurde noch röter als sonst. Er war offensichtlich richtig wütend. Ich hasste es, beim Lügen erwischt zu werden, auch wenn ich ihnen in diesem Fall lediglich die Wahrheit verschwiegen hatte. Wobei es natürlich auch noch etwas anderes gab, wovon ich ihnen bis jetzt nichts erzählt hatte und das seinen Schatten auf unser Gespräch warf, nämlich mein Techtelmechtel mit dem Zimmermann.

»Nun, das hat er nicht getan«, erwiderte O'Reilly missmutig, doch im nächsten Augenblick wirkte er so enthusiastisch wie noch nie. Sein Ärger schien verflogen. »Ist dieser Albert vielleicht groß? Und dunkelhaarig?«

»Nein, eher das Gegenteil«, antwortete ich und sah Alberts schmale Schultern und die blasse Haut vor mir. »Er ist ziemlich schmächtig und hat blonde Haare.«

»Ein Zeuge hat gesehen, wie sich Angie im *Zone* mit einem großen, dunkelhaarigen Mann unterhielt. Wissen Sie, ob Harvey Wozniak öfter in dieser Bar verkehrt?«

Ich hätte beinahe laut aufgelacht. »Harvey im *Zone*? Auf keinen Fall! Er ist total homophob und würde sich einer Schwulenbar nicht auf zehn Kilometer nähern. Er hatte immer regelrecht Angst vor der Weihnachtsfeier bei Bloomingdale's, weil Angie so viele schwule Kollegen hatte. Er verbrachte den ganzen Abend mit dem Rücken zur Wand, und selbst wenn ihm seine Geldbörse hinuntergefallen wäre, hätte er sich sicher nicht danach gebückt. Außerdem kann er es gar nicht gewesen sein, denn Albert kennt Harvey. Er hätte ihn sicher wiedererkannt.«

»Aha«, knurrte O'Reilly. »Aber wenn Ihnen das nächste Mal jemand etwas im Zusammenhang mit dem Fall erzählt, gehen Sie nicht davon aus, dass sich die Zeugen von selbst bei uns melden, sondern rufen Sie uns sofort an! Verstanden?«

»Ja, wird gemacht«, erwiderte ich und hatte bereits eine Hand auf den Türknauf gelegt. Nachdem ich erneut gerade mal so davongekommen war, wollte ich die beiden Cops so schnell wie möglich loswerden. Doch bevor sie sich auf den Weg die Treppe hinunter machten, meldete sich Kozlowski zum ersten Mal an diesem Abend zu Wort.

»Warte Ron, wir sollten sie noch nach dem Pick-up fragen.«

Der Schlag traf mich vollkommen unerwartet, und ich tat mein Bestes, um nicht zusammenzuzucken. Es stand außer Zweifel, welchen Pick-up er meinte. Diese verfluchte Kelly hatte mich verraten. Ich umklammerte den Türknauf, damit die Cops nicht sahen, wie sehr meine Hand zitterte, und fragte mich, ob das Leben, wie ich es kannte, nun bald ein Ende finden würde.

»Okay.« O'Reilly warf seinem Partner einen seitlichen

Blick zu, den ich vermutlich nicht sehen sollte. »Kennen Sie zufällig jemanden aus New Hampshire?«

Scheiße! Das war's. Ich wollte gerade reinen Tisch machen, als mir O'Reillys ausdrucksloses Gesicht auffiel. Und Kozlowski starrte ebenfalls stumpf vor sich hin. Spielten die beiden mit mir, oder wussten sie tatsächlich nichts über meine dunkle Verbindung zu Steven Kaufman? Meine ganze Zukunft hing von dieser Frage ab, und so bemühte ich mich um denselben undurchschaubaren Gesichtsausdruck wie die beiden Cops. »Warum fragen Sie?«

»Weil letzten Freitag ein verdächtiger weißer Pick-up aus New Hampshire vor dem Haus der Niebaums gesehen wurde«, antwortete O'Reilly, und sein Tonfall verriet mir, dass er diese Spur für die reinste Zeitverschwendung hielt.

»Nein, ich kann mich nicht erinnern, jemals jemanden aus New Hampshire kennengelernt zu haben«, erklärte ich. Es war wirklich erstaunlich, wie sich Lüge auf Lüge türmte.

Sobald die beiden gegangen waren, rannte ich ins Bad und erbrach das Erdnussbuttersandwich. Was würde passieren, wenn die Polizei Steven Kaufman mit mir in Verbindung brachte? Würde man Anklage gegen mich erheben? Würden die Zeitungen darüber schreiben? Ich dachte an Flynn und meine Eltern und die Schande, die über mich hereinbrechen würde, sollte es so weit kommen.

Als mein Magen endlich leer war, ging ich ins Schlafzimmer und schlüpfte aus meinem schweißnassen Kleid. Dabei erhaschte ich einen Blick auf mein Abbild im Standspiegel. Nachdem mir so viele Jahre lang ein dickes

Mädchen entgegengeblickt hatte, war es immer noch schwer zu glauben, dass dieser wohlgeformte Körper mit dem flachen Bauch und den schlanken Schenkeln tatsächlich mir gehörte. Einem unerklärlichen Impuls folgend, ging ich ins Wohnzimmer und holte den Body, den Flynns Mutter mir geschenkt hatte. Ich schlüpfte hinein und nahm eine ziemlich nuttige Pose vor dem Spiegel ein. Ich betrachtete meine Brustwarzen, die durch den transparenten Stoff ragten, und die braunen, gekräuselten Haare im Schritt und fühlte mich dabei unglaublich sexy. Ich stellte mir vor, wie mich ein Mann aufs Bett warf und in einem Akt wilder Leidenschaft nahm.

Das Problem war nur, dass dieser Mann nicht Flynn war.

Mein Blick wanderte zu dem Papierkorb unter meinem Schreibtisch. Ich hatte ihn seit mehr als einer Woche nicht ausgeleert. Ich drehte ihn um und durchwühlte die Taschentücher und Papierschnipsel, bis ich den zusammengeknüllten Zettel mit der Telefonnummer fand, die Steven Kaufman am Morgen nach unserer gemeinsamen Nacht aufgeschrieben hatte. 708-925-1014. Ich hob den Hörer ab und begann zu wählen, doch dann hielt ich inne. Ich wartete ein paar Sekunden und wählte erneut. Und dieses Mal schaffte ich die ganze Nummer. Als das Freizeichen erklang, legte ich sofort auf. Ich hatte keine Ahnung, warum ich die Nummer überhaupt gewählt hatte und was ich getan hätte, wenn jemand abgenommen hätte.

Ich schlüpfte in eine schlabberige Jogginghose samt Pullover und rief Flynn an, um unsere Verabredung zum Abendessen abzusagen. Er klang enttäuscht, meinte aber, dass er es verstehen könne. Danach kroch ich ins Bett und war kurz darauf eingeschlafen. Ich schlief tief und fest, bis ich von einem wahnsinnig intensiven Orgasmus geweckt wurde. Ich hatte geträumt, dass der Zimmermann in meine Wohnung eingebrochen war und vor meinem Bett stand.

»Bist du gefährlich, oder willst du bloß mit mir schlafen?«, fragte mein Traum-Ich.

»Ich bin gefährlich«, antwortete er, riss mir die Decke vom Leib und legte sich auf mich.

Als ich vollständig wach war, wurde mir klar, dass ich tatsächlich enttäuscht war, dass ich alles nur geträumt hatte. *Was zum Teufel ist bloß los mit dir?*, fragte mich mein hin- und hergerissenes Ich. Ein Teil von mir sehnte sich danach, den Zimmermann wiederzusehen. Der andere wusste, dass ein solcher Wunsch nicht nur falsch war, sondern geradezu eine Dummheit. Und dann gab es auch noch einen dritten Teil, der mir mit beunruhigender Klarheit zu verstehen gab, dass ich eigentlich Angst vor Steven Kaufman haben sollte.

Kapitel 28

Suzanne

Das Läuten der Glocken der Holy Name Cathedral wurde vierzig Stockwerke bis in Suzannes Wohnung hochgetragen. Dort saß Suzanne gerade in der Küche und las die Sonntagsausgabe der *New York Times*. An einem perfekten Sonntag wäre sie jetzt bereits im Büro gewesen, doch sie hatte vorhin einen Anruf von Detective O'Reilly erhalten, der ihr noch einige Fragen stellen wollte und ihre Pläne damit durchkreuzt hatte. Sie rief beim diensthabenden Portier an, um ihm zu sagen, dass sie Besuch erwartete, und wandte sich anschließend wieder der Zeitung zu. Sie war etwa bei der Hälfte des Wochenrückblickes angelangt, als es an der Tür klingelte. Sie öffnete und war überrascht, Vince zu sehen und nicht die Cops. Er hielt einen riesigen Strauß exotischer Blumen in der Hand.

»Vince, was machst du denn hier?«, fragte sie.

»Ich musste in der Nähe eine Baustelle kontrollieren. Weißt du, du solltest dem Portier sagen, dass er dich anrufen soll, bevor er Besucher hochschickt. Ich könnte ein verdorbener Sittenstrolch sein.«

»Das tut er ja normalerweise auch. Aber heute habe ich ihm gesagt, dass er …« Doch Vince ließ Suzanne nicht ausreden, sondern presste die Lippen auf ihre. Er drängte sie in die Wohnung und schloss die Tür mit dem Fuß. Dann ließ er die Blumen fallen, schob eine Hand geschickt unter ihren Baumwollrock und umfasste ihren Hintern.

Suzanne schnappte nach Luft. »Du bist ja wirklich ein verkommener Sittenstrolch!«

»Ja, und du bist schuld«, antwortete er. Er legte ihre Hand auf seinen Hosenschlitz, und als sie seine Erregung spürte, begehrte sie ihn noch mehr. Vor einer Minute war Sex das Letzte gewesen, was ihr in den Sinn gekommen wäre, und nun dachte sie an nichts anderes mehr.

Vince zerrte an ihrem Spitzenhöschen, bis es riss, und als er einen Schritt zurücktrat, damit sie seine Hose öffnen konnte, stolperte er beinahe über die Blumen. Er trat sie beiseite, ließ die Hose herunter und hob Suzanne mit einem Stöhnen hoch, um in sie einzudringen. Er konnte sich kaum zurückhalten, als er schließlich in sie stieß. »Oh Gott!«, stöhnte Suzanne und klammerte sich verzweifelt an ihn. Ihre Füße strampelten in der Luft, als er ihre Bluse und den BH hochschob und sich seine Lippen um ihre rechte Brustwarze schlossen. Sie stöhnte erneut auf und drängte sich näher an ihn, um ihn tiefer in sich aufzunehmen.

Nun gab es nur noch Vince und sie, und kurz darauf trat auch Vince in den Hintergrund, und da war sie wieder: diese unglaubliche Lust, die beinahe an Schmerz grenzte. Suzanne schrie auf, und dann kam Vince ebenfalls und röhrte wie ein brünstiger Hirsch, während er noch tiefer in sie stieß und sich in ihr entleerte.

Danach blieben sie einige Sekunden lang regungslos stehen, genossen das gemeinsame Hochgefühl und schnappten nach Luft. Vince ließ Suzanne langsam sinken, bis sie wieder festen Boden unter den Füßen hatte.

Seine Hände umklammerten immer noch ihren Hintern, und sie bemühten sich beide, wieder zu Atem zu kommen, als es an der Tür klingelte. Vince sah Suzanne verwundert an.

»Erwartest du jemanden?«

»Ach du Scheiße«, erwiderte sie, obwohl sie solche Ausdrücke sonst selten verwendete. »Das sind die Cops. Sie wollen sich mit mir über Angie unterhalten.« Sie rückte eilig ihre Bluse zurecht und strich den Rock glatt.

»Ich warte im Schlafzimmer«, flüsterte Vince und grinste schelmisch.

»Hier, nimm das mit.« Suzanne hob ihr zerrissenes Höschen hoch und warf es ihm zu. Er vergrub einen herrlichen Augenblick lang seine Nase in dem zarten Stück Stoff, dann verschwand er durch den Flur. Die Türglocke schrillte erneut, und dieses Mal klang es deutlich ungeduldiger. Suzanne warf einen Blick durch den Spion und sah, dass es tatsächlich O'Reilly und Kozlowski waren. Sie fuhr sich durch die Haare und öffnete die Tür.

»Bitte entschuldigen Sie, ich war gerade im Bad«, erklärte sie und hoffte, dass ihr Rock und die Bluse an Ort und Stelle waren.

»Ich hoffe, wir stören nicht«, erwiderte O'Reilly.

»Nein. Ich sagte ja, dass ich alles tun möchte, um zu helfen.«

Sie trat beiseite, um die Cops in die Wohnung zu lassen; Kozlowski bückte sich, um den Blumenstrauß hochzuheben, der noch immer am Boden lag. Suzanne war so darauf konzentriert gewesen, halbwegs präsentabel auszusehen, dass sie den Strauß vollkommen vergessen hatte. Kozlowski gab ihr die Blumen, und sie legte sie auf den Tisch im Flur, ohne ein weiteres Wort darüber zu verlieren. Bildete sie es sich nur ein, oder hatten sich die beiden Männer gerade einen wissenden Blick zugeworfen?

Suzanne führte die Detectives ins Wohnzimmer, und sie nahmen dieselben Plätze ein wie bei ihrem letzten Besuch. Die venezianische Vase reflektierte das Morgenlicht und malte bunte Muster auf die Tischplatte.

»Also, Sie haben am Telefon angedeutet, dass es neue Spuren gibt.«

»Genau«, bestätigte O'Reilly. »Erstens wissen wir jetzt, dass Angie in eine Bar namens *The Zone* gefahren ist, nachdem Sie sie zu Hause abgeliefert hatten. Sie wollte sich dort neuen Stoff besorgen.«

Suzanne schloss die Augen und wurde von denselben dunklen Gedanken geplagt, die sie seit dem Mord immer wieder quälten. Wäre Angie zu Hause geblieben, wenn Suzanne mit ihr in die Wohnung gegangen wäre und sie zu Bett gebracht hätte? Wäre das Ganze anders ausgegangen, wenn sie Angie mit Maggie im *Overhang* zurückgelassen hätte? Sie würde es nie erfahren.

Als sie die Augen wieder öffnete, starrten sie die beiden Detectives an. O'Reilly wirkte ungeduldig, während Kozlowski eher Mitgefühl zeigte.

»Ein Zeuge hat gesehen, wie Angie eine hitzige Diskussion mit einem Mann führte. Er war groß und hatte dunkle, lockige Haare«, fuhr O'Reilly fort. »Haben Sie eine Ahnung, wer das gewesen sein könnte?«

»Das klingt nach Harvey.«

»Wir wissen bereits, dass es nicht Harvey war. Wäre es vielleicht möglich, dass es sich um Michael Niebaum handelte?«

»Michael Niebaum?«, fragte Suzanne erstaunt. Die Vorstellung, dass Carol Annes Mann etwas mit Angies Tod zu tun hatte, war absurd.

»Eine Ihrer Freundinnen hat angegeben, dass Angie etwas für die Ehemänner anderer Frauen übrighatte. Und Dr. Niebaum war an diesem Abend tatsächlich unterwegs.«

»Das ist das Lächerlichste, was ich je gehört habe!«, erwiderte Suzanne und fragte sich, wer so etwas wohl behauptet hatte. Dann sah sie plötzlich Natasha vor sich. Sie verschränkte die Arme vor der Brust. »Angie hatte nie eine Affäre mit einem verheirateten Mann. Sie hatte feste Überzeugungen, was das betraf. Außerdem kann ich Ihnen versichern, dass Michael Niebaum ein wunderbarer Ehemann und Vater ist. Es ist ausgeschlossen, dass er eine Affäre mit Angie hatte.«

»Hey, wir sind von der Mordkommission und nicht von der Sittenpolizei. Wir müssen solche Fragen stellen.«

Zu Suzannes Überraschung ergriff Kozlowski das Wort. Dieser große Mann war so schweigsam, dass sie sich schon gefragt hatte, ob er überhaupt sprechen konnte. »Vielleicht solltest du Ms Lundgren nach dem weißen Pick-up fragen.«

O'Reilly ging Kozlowskis Besessenheit, was diesen Wagen betraf, gehörig auf die Nerven. Andererseits war Koz nun mal sein Partner, und er wusste, dass es zu seinem eigenen Vorteil war, wenn er sich mit dem Riesen gut stellte. »Ist Ihnen vielleicht in der Mordnacht vor Mrs Niebaums Haus ein verdächtiges Fahrzeug aufgefallen? Zum Beispiel ein weißer Pick-up mit einem Nummernschild aus New Hampshire?«

»Nein. Ich kann mich an keinen weißen Pick-up erinnern. Aber da war doch irgendetwas mit New Hampshire ...« Suzanne durchforstete ihre Erinnerungen, und dann fiel es ihr wieder ein: »Ah, jetzt weiß ich es wieder! Im *Overhang* war ein Kerl aus New Hampshire.«

Ron O'Reilly ließ sich so ruckartig zurückfallen, dass der Stuhl beinahe umkippte, während Kozlowski sich nach vorn lehnte. »Können Sie den Mann beschreiben?«

Suzanne schnappte hörbar nach Luft. »Ja, jetzt, wo Sie mich danach fragen ... er war ziemlich groß und hatte dunkle Locken. Aber er trug eine Brille.«

Jetzt übernahm O'Reilly. »Wissen Sie vielleicht, wie er hieß?«

»Nein, mehr weiß ich nicht. Da fragen Sie besser Maggie. Sie hat mit ihm geredet. Und sie war mit ihm auf der Tanzfläche, als Angie und ich gingen.«

O'Reillys Gesicht wurde so rot wie eine Tomate. Er dachte an die Braut, die gestern schlichtweg geleugnet hatte, jemanden aus New Hampshire zu kennen. Er dachte daran, wie seltsam sich die Blondine ihm gegenüber verhalten hatte, als sie sie in die Wohnung ließ. Und er dachte daran, wie ausweichend Mrs Niebaum seine Fragen beantwortet hatte. Warum hatte er bloß das Gefühl, dass ihm diese Frauen etwas verheimlichten?

Suzanne brachte die Detectives zur Tür und hoffte, dass sie den nassen Fleck hinten auf ihrem Rock und das gräulich weiße Rinnsal nicht gesehen hatten, das ihre Beine hinunterlief. Dann ging sie ins Schlafzimmer, wo Vince auf ihrem Bett lag und einen Artikel in einer Frauenzeitschrift über die romantischsten Restaurants in Paris las. Er hatte schon beschlossen, mit Suzanne in die Stadt der Liebe zu fliegen. Erste Klasse natürlich. Sie würden sich eine Suite im Ritz nehmen, sich Champagner aufs Zimmer bestellen und ... na ja, er hoffte, dass sie zwischendurch auch etwas von der Stadt zu sehen bekämen.

»Haben Sie dich gegrillt?«, fragte er grinsend.

»Nein, aber ich hoffe, dass ich keinen allzu schlechten

Eindruck erweckt habe.« Sie schlüpfte aus ihrem Rock und warf ihn auf den Badezimmerboden. Dann krabbelte sie zu ihm ins Bett und berührte seine Wange mit der Nasenspitze. »Aber sie haben eine Menge seltsamer Fragen gestellt. Zum Beispiel über Carol Annes Mann. Ich glaube, Natasha hat ihnen eingeredet, dass Angie eine Affäre mit einem verheirateten Mann hatte. Abgesehen davon, dass es unmöglich stimmen kann, habe ich keine Ahnung, wie sie ausgerechnet auf Michael kommen. Carol Anne und er sind doch seit dem ersten Tag unzertrennlich.«

Vince hörte kaum, was sie sagte. Der Anblick der halb nackten Suzanne neben ihm erregte ihn aufs Neue, und ihre Hand auf seinem Bauch schien unter Strom zu stehen. Seine Lust auf sie war unersättlich und nur im Moment der Befriedigung zu ertragen. Noch verrückter war nur die Tatsache, dass er mehr wollte als bloß ihren Körper. Seine Gefühle gingen über das rein animalische Verlangen nach Sex hinaus. Er wollte sie in ihrer Gesamtheit – ihren Körper und ihre Seele –, und er wollte sich sicher sein, dass sie für immer ihm gehörte.

»Und dann war da noch diese andere Sache«, fuhr sie fort. Ihr Kopf lag auf seiner Brust, sodass sie das beständige Klopfen seines Herzens hören konnte. »Angeblich hat am Abend vor dem Mord ein Pick-up aus New Hampshire vor Carol Annes Haus geparkt. Und seltsamerweise war der Kerl, mit dem Maggie im *Overhang* tanzte, auch aus New Hampshire. Ist das nicht ein seltsamer Zufall? Ich meine, wie oft läuft einem schon jemand aus New Hampshire über den Weg?«

Vince' Herz setzte einen Moment lang aus, und Suzanne merkte es natürlich. Sie hob den Kopf und sah ihn an. Er wirkte gequält und presste die Lippen aufeinander, während seine dunklen Augen die Wand fixierten. »Vince? Ist alles in Ordnung?«

»Ja, es war nur ein Muskelkrampf«, erwiderte er und versuchte verzweifelt, sein Herz dazu zu bringen, wieder normal zu schlagen. Er stand kurz davor, die Nerven zu verlieren, obwohl ihm das sonst nie passierte. Dann suchte die Polizei also im Zusammenhang mit dem Mord nach einem Mann aus New Hampshire. Okay, na gut. Jetzt war vor allem wichtig, dass Angies Mörder so schnell wie möglich gefasst wurde, bevor die Polizei den Mann aus New Hampshire ausfindig machte und gewisse Dinge ans Tageslicht kamen, die Suzanne Vince nie verzeihen würde.

Er musste Charley Belchek anrufen und ihm Feuer unterm Hintern machen.

Kapitel 29

Carol Anne

Michael steuerte die *Dermabrasion* aus dem Anlegeplatz, während Cara und Eva in ihren Schwimmwesten ausgelassen übers Deck tobten. Das Brummen der Motoren und die Sonne auf dem Gesicht schienen auch Michael jr. zu beruhigen, der glücklich in seinem Autositz saß und mit den Beinchen strampelte. Es war die erste Ausfahrt der Saison, und als sie die glücklichen Gesichter ihrer Kinder sah, die fernab von dem tödlichen Gift des Fernsehers herumtollten, fragte sich Carol Anne, warum sie am Anfang eigentlich dagegen gewesen war, dass Michael dieses Boot kaufte.

Die *Dermabrasion* war eine zwölf Meter lange Motorjacht mit zwei Kabinen und einer Kombüse, die es mit jeder handelsüblichen Küche aufnehmen konnte, und sie hatte das beste Navigationssystem, das man mit Silikonimplantaten kaufen konnte. Tatsächlich wurde das ganze Schiff mit dem Geld finanziert, das Michaels Patientinnen für ihre Eitelkeiten ausgaben, und Carol Anne dankte im Stillen den Frauen, die ihnen diese Extravaganz mit ihren Bauchstraffungen, den Augenliderliftings und den übertriebenen Brustvergrößerungen ermöglichten. Sie sah auf ihre schlanke Mitte hinunter, die nach dem letzten Baby sogar noch dünner war, und lächelte. Sie selbst zog keinen dieser Eingriffe in Erwägung. Obwohl es der Job ihres Mannes war, Menschen zu dem zu machen, was sie nicht waren, und die verheerenden Auswirkungen des Alters im Zaum zu halten, war sie bereit, die Dinge so zu nehmen, wie sie kamen.

Das Boot tuckerte langsam durch das spiegelglatte Wasser im Hafen, vorbei an zahllosen ähnlich eleganten Jachten, und begann erst sanft zu schaukeln, als sie den Lake Michigan erreicht hatten. Carol Anne sah zurück auf die Skyline der Stadt, deren Hochhäuser wie graue Zähne in den blauen Himmel ragten, und ihr Blick wanderte unwillkürlich zu dem Wäldchen, in dem Angies Leiche gefunden worden war. Es behagte ihr gar nicht, dass der Fundort so nahe am Hafen lag.

Michael gab Gas, und das Boot schoss vorwärts. Die Mädchen schrien begeistert auf, und Carol Anne verdrängte alle düsteren Gedanken. Sie würde nicht zulassen, dass irgendetwas diesen idyllischen Tag ruinierte.

Als sie weit genug von der Küste entfernt waren, um ungestört zu sein, stellte Michael den Motor auf Leerlauf und rief den beiden Mädchen zu: »Will vielleicht jemand das Steuer übernehmen?« Ein ohrenbetäubendes Kreischen war die Antwort, und Cara und Eva rannten mit ihren langen dürren Beinen die Treppe zur Brücke hoch. Jede wollte die Erste sein, und ihr Gezanke hallte übers Wasser.

Carol Anne nahm ihren kleinen Jungen aus dem Autositz und ließ sich in einen der Liegestühle sinken, um ihn zu stillen. Sie sah zu, wie seine winzigen, perfekten Hände sie umklammerten, und seine dunklen, wissbegierigen Augen saugten alles um ihn herum auf. Ihre Liebe zu diesem Kind war so übermächtig, dass sie oft meinte zu platzen. Dieses Baby war ein Wunder, und es hatte sich so lange Zeit gelassen, dass sie bereits Angst gehabt hatte, es würde nicht mehr kommen.

Sie wusste nicht mehr genau, wann der körperliche Kontakt in ihrer Ehe nachgelassen hatte. War es nach dem zweiten Kind passiert oder schon vorher? In den letzten Jahren war ihr Sexleben jedenfalls praktisch inexistent gewesen, und es waren oft Monate vergangen, in denen sie einander nicht berührt hatten – abgesehen von der einen oder anderen Umarmung oder einem schnellen Kuss. Es kam jedes Mal zum Streit, wenn sie Michael darauf ansprach, und er schob sein mangelndes Interesse auf den Druck, unter dem er in der Praxis stand. Ihre Streitigkeiten endeten immer auf dieselbe Art: Sie hatten routinemäßigen, unbefriedigenden Sex, auf den schließlich weitere enthaltsame Monate folgten.

Obwohl sich die Situation nach Evas Geburt merklich zum Schlechteren gewendet hatte, war der Sex im Nachhinein betrachtet auch schon vorher immer weniger geworden. Im Grunde ging es kurz nach ihrer Hochzeit los. Während des Medizinstudiums und der Praktika im Krankenhaus blieb nicht viel Zeit für ihr Liebesleben, und als die Mädchen da waren, wurde es noch schlimmer, und jede Schwangerschaft und Geburt zog eine weitere Durststrecke nach sich.

Carol Anne versuchte, sich selbst einzureden, dass Liebe im Erwachsenenalter nun mal so war, und fand ihr Glück darin, sich um ihre Familie und die Erziehung der Mädchen zu kümmern. Sie hatte alles versucht, um Michaels Interesse zu wecken: sexy Unterwäsche, duftende Bodylotions, schmutzige Filme – alles, abgesehen vielleicht von einem Trapez, das von der Decke hing, und selbst das hätte sie gekauft, wenn sie sich etwas davon erhofft hätte. Sie verstand nicht, warum ihr Mann nicht an ihr interessiert war. Sie hatte immer noch eine tolle Figur, tat ihr Bestes, um ihre widerspenstigen Haare zu bändigen, und das Gesicht, das ihr aus dem Spiegel entgegenblickte, war immer noch attraktiv. Sie fragte sich täglich, warum Michael jegliches Interesse verloren hatte.

Nachdem weitere sechs Monate ohne körperliche Annäherungsversuche vergangen waren, hatte sich Carol Anne eines Abends neben Michael gelegt und zu weinen begonnen. Er hatte pflichtschuldigst mit ihr geschlafen, und in dieser Nacht war ihr Sohn gezeugt worden. In den darauffolgenden Monaten widmete er sich ihr regelmäßig einmal pro Woche, bis ihr Bauch schließlich immer runder wurde und sie ihr Bett erneut nur zum Schlafen benutzten. Und daran hatte sich seit Michael Juniors Geburt auch nichts geändert.

Bis zu Angies Tod letzte Woche – denn seit diesem Tag war Michael wie ausgewechselt. Er schlief beinahe jeden Abend mit ihr, und zusammengerechnet kamen sie so in einer Woche auf mehr intime Begegnungen als im ganzen vergangenen Jahr. Carol Anne wusste nicht, was sie davon halten sollte, aber sie hatte nicht vor, sich zu beschweren. Sie musste immer noch an seinen Gesichtsausdruck denken, als er von Angies Tod erfahren hatte. Vielleicht hatte der Tod ihm die Augen geöffnet, und er hatte erkannt, wie leicht man jemanden verlieren konnte, dem man nahestand. Oder gab es vielleicht einen anderen, dunkleren Grund? Stimmten die Befürchtungen, die Carol Anne einfach nicht mehr losließen? Hatte Michael tatsächlich eine Affäre mit Angie gehabt, und war die Liebe zu seiner Frau nach Angies Tod plötzlich wiedererwacht?

Im Grunde hielt Carol Anne einen solchen Verrat jedoch für unmöglich. Michael war seit dem Tag, an dem sie sich kennengelernt hatten, ihr bester Freund, und sie hatten sämtliche Schwierigkeiten gemeinsam überstanden. Das Fundament ihrer Ehe war unerschütterlich. Und so schob sie ihre Zweifel beiseite. Im Moment zählte bloß, dass sie als Familie glücklich waren.

Während Carol Anne das Baby stillte, steuerten die Mädchen abwechselnd das Boot, bis Michael schließlich den Motor abstellte und sie auf dem Wasser dahintrieben. Carol Anne ging mit ihrem kleinen Jungen unter Deck und setzte ihn wieder in seinen Autositz, während sie Truthahnsandwiches, Karotten- und Sellerieschnitze und – als besondere Überraschung – Pommes frites zubereitete. Zu Hause gab es nie Fritten, damit sich die Kinder nicht zu sehr an Fast Food gewöhnten, doch heute war ein besonderer Tag. Außerdem würden die Fritten Eva besänftigen, die ihre Erdnussbuttersandwiches vermisste. Nachdem bei Cara eine Erdnussallergie festgestellt worden war, wurde Erdnussbutter aus dem Haus verbannt, und Michael bewahrte selbst im Erste-Hilfe-Koffer an Bord immer genügend Adrenalinspritzen auf.

Carol Anne stellte zwei Trinkpäckchen für die Mädchen, eine kalte Dose Bier für Michael und ein Glas Wasser für sich selbst auf das Tablett und ließ Michael jr. gut gesichert in seinem Autositz zurück, um das Essen und die Getränke nach oben zu tragen.

Sie hatte das Tablett gerade auf dem Tisch abgestellt, als das Brummen eines anderen Bootes ihre Aufmerksamkeit erregte. Ein Rennboot mit zwei Männern am Bug und einem hinter dem Steuer raste auf sie zu. Alle drei Männer waren schlank und gebräunt und lediglich mit winzigen Tangaslips bekleidet. Sie winkten der *Dermabrasion* mit einer seltsamen Vertrautheit zu, und Carol Anne starrte zu ihnen hinüber, als Michael plötzlich den Motor anließ. »Festhalten!«, rief er und gab Gas.

Carol Anne wurde gegen die Reling geschleudert, als das Boot einen Satz nach vorn machte. Das Tablett fiel vom Tisch, und das Essen landete auf dem Boden.

»Michael! Was machst du denn?«, schrie sie, und im nächsten Moment hörte sie über das Dröhnen des Motors hinweg Babygeschrei in der Kabine unter ihr. Sie eilte die Treppe hinunter, um nach Michael jr. zu sehen. Er weinte, aber sonst ging es ihm gut. Als das Boot endlich langsamer wurde, stapfte sie mit dem Baby im Arm zurück an Deck. »Was zum Teufel sollte das denn gerade?«, rief sie in Richtung Brücke.

»Mommy hat geflucht!«, schrie Eva.

»Mommy hat geflucht!«, wiederholte ihre Schwester wie ein Papagei.

»Es war nur wegen der Kerle in dem Boot. Ich wollte nicht mit ihnen reden«, antwortete Michael, und sie konnte seine Stimme über das Brummen des Motors und das Pfeifen des Windes in ihren Ohren kaum hören.

»Du kanntest sie?«

»Ach, es sind nur ein paar Schnorrer, die ständig im Hafen herumhängen. Und seit sie herausgefunden haben, dass ich Schönheitschirurg bin, lassen sie mich nicht mehr in Ruhe. Wenn ich mit ihnen geredet hätte, wären wir sie nie wieder losgeworden. Und der heutige Tag gehört doch ganz der Familie.«

»Findest du nicht, dass es ziemlich unhöflich war, einfach so abzudüsen?«

Michael hielt das Boot an, ohne ihr zu antworten. Sie waren ganz allein auf dem Wasser, und das mysteriöse Boot war nirgendwo zu sehen.

»Wie wäre es, wenn wir gleich hier zu Mittag essen?«

Carol Anne sah zu dem Tablett hinunter, das immer noch auf dem Boden lag, und schüttelte frustriert den Kopf. Die Sandwiches hatten den Aufprall überlebt, aber die Fritten und die Gemüseschnitze waren über das ganze Deck verstreut. Sie räumte auf und trug die Schalen zurück unter Deck, um sie neu aufzufüllen. Als sie fertig war, kamen Michael und die Mädchen von der Brücke, und die Familie setzte sich in die Sonne und aß in zufriedener Eintracht zu Mittag, während die Wellen an den Rumpf des Bootes schwappten. Michael nahm einen großen Schluck Bier und lächelte, während seine Augen ins Leere blickten. Dann stellte er die Dose ab und legte die Arme um seine beiden Töchter.

»Es gibt echt nichts Schöneres, oder?«, meinte er.

Carol Anne beschloss, das verwirrende Verhalten ihres Mannes zu ignorieren. Sie war immer noch fest entschlossen, sich diesen Tag durch nichts und niemanden verderben zu lassen.

Die Junisonne stand noch hoch am Himmel, als sie langsam zurück in den Hafen tuckerten. Michael legte an und stieß dabei nur einige Male sanft gegen die Pfähle, was die Mädchen jedes Mal zum Lachen brachte. Nachdem das Boot vertäut war, ließ Carol Anne die Kinder bei ihrem Vater, der nach unten gegangen war, um den Motor zu kontrollieren, und unternahm den ersten von vielen Gängen, um alles wieder ins Auto zu laden. Sie hatte gerade die Kühlbox neben dem Volvo abgestellt, als sie bemerkte, dass sie von zwei Männern in einem sandfarbenen Auto beobachtet wurde, das zwei Parkplätze weiter parkte. Die Türen des Wagens öffneten sich, und die Männer stiegen aus. Carol Annes Alarmglocken schrillten, als sie die beiden Detectives wiedererkannte, die nach dem Mord an Angie bei ihr gewesen waren. *Was hatten die beiden hier verloren?*

»Bitte entschuldigen Sie die Störung, Mrs Niebaum«, begann die Bulldogge, die Carol Anne als Detective O'Reilly in Erinnerung hatte. »Hätten Sie eine Minute Zeit für uns?«

»Natürlich«, erwiderte Carol Ann, obwohl sie im Grunde nicht mit den beiden reden wollte.

Der größere Polizist nahm die Kühlbox und hob sie für Carol Anne ins Auto. »Sie haben wirklich ein sehr schönes Boot«, sagte er.

»Ja, wir sind froh, dass wir es haben«, stimmte sie ihm zu. »Wir haben es erst vor ein paar Jahren gekauft und hatten im letzten Jahr kaum Gelegenheit, damit zu fahren, weil ich schwanger war. Aber diesen Sommer werden wir versuchen, es regelmäßig zu nutzen.«

»Sind Sie auch schon nachts damit unterwegs gewesen?«, fragte O'Reilly.

Carol Anne zögerte. Die Frage kam ihr seltsam vor, und die unangenehmen Blicke der beiden Detectives waren noch eigenartiger. Sie richtete sich auf, stemmte die Hände in die Hüften und fuhr in Gedanken die Krallen aus wie eine Löwin, die ihre Jungen verteidigt. Sie würde ihre Familie beschützen. »Was soll diese Frage?«

»Mrs Niebaum, ich muss Sie noch einmal fragen, wann genau Ihr Mann Freitagnacht nach Hause gekommen ist – oder Samstagfrüh, wenn Ihnen das lieber ist.«

Carol Anne versuchte, sich zu erinnern, was sie beim letzten Mal gesagt hatte – sie musste unbedingt bei ihrer Lüge bleiben. »Das habe ich Ihnen doch schon gesagt. Es war kurz nach Mitternacht.«

»Ist Ihr Mann vielleicht auch hier? Wir würden gerne mit ihm sprechen.«

»Er ist noch an Bord. Mit den Kindern. Ich hole ihn«, antwortete Carol Anne und versuchte, unbeeindruckt zu klingen, obwohl ihr Mund ganz trocken war. Die Glücksgefühle, die ihr dieser Tag beschert hatte, lösten sich in Luft auf. Sie ging mit wackeligen Beinen zurück zum Boot, während sich in ihrem Kopf alles drehte.

»Michael!«, rief sie atemlos, als sie die Treppe zur Kabine hinunterstieg. Er steckte seinen Kopf aus dem Maschinenraum, und sie ging zu ihm, damit die Mädchen sie nicht hören konnten, die gerade versuchten, ihren kleinen Bruder mit ein paar Plastikdinosauriern zum Lachen zu bringen. »Die Polizei ist da. Sie wollen mit dir sprechen«, flüsterte sie.

»Was zum Teufel wollen sie denn?« Sein Gesicht wurde kalkweiß, und sein Blick huschte zur geöffneten Luke.

»Sie sind nicht auf dem Boot, sondern auf dem Parkplatz«, erwiderte Carol Anne. »Michael, ich habe ihnen gesagt, dass du in der Nacht, in der Angie ermordet wurde, gegen Mitternacht zu Hause warst. Ich weiß, dass das nicht stimmt, aber ich wollte nicht, dass sie erfahren, wie lange du tatsächlich unterwegs warst. Ich glaube nicht, dass sie es verstehen würden.«

Die Farbe kehrte langsam wieder in seine Wangen zurück. »Ist schon okay, Liebling. Du hast genau das Richtige getan. Ich rede schnell mit ihnen und bin gleich wieder da.«

Carol Anne blieb bei den Kindern und versuchte, nicht vor Angst verrückt zu werden, während sie den Rest aufräumte. Die Kinder wurden langsam unleidlich, und sie schaffte es gerade noch, sie unter Deck zu halten. Sie wollte nicht, dass sie sahen, wie ihr Vater mit der Polizei sprach, vor allem nicht, wenn womöglich etwas Schreckliches passierte. Sie war sich zwar nicht sicher, was sie sich darunter vorstellte, aber sie wusste, dass Handschellen dabei eine Rolle spielten. Obwohl es absolut keinen Grund gab, jemandem Handschellen anzulegen.

»Wo ist Daddy?«, fragte Cara. »Fahren wir jetzt endlich nach Hause?«

»Daddy kommt gleich wieder. Und jetzt sei ein braves Mädchen und pack den Rest zusammen.«

Während die Mädchen ihre Klamotten und Bücher einsammelten, wischte Carol Anne die Kabine sauber und wusste nicht, ob sie weinen oder schreien sollte. Sie war noch nie zuvor so verwirrt gewesen und hatte solche Angst gehabt. Zehn Minuten vergingen und dann noch einmal zehn, bis Michael endlich wiederkam.

Als sie sein gewohntes unbeschwertes Lächeln sah, erlaubte sie sich endlich, sich zu entspannen. Sie hatte sich umsonst Sorgen gemacht.

»Okay, Leute! Seid ihr bereit?«

»Daddy! Daddy!«, riefen die Mädchen freudig und rannte hinter ihm die Treppe hoch.

Carol Anne nahm das Baby und folgte ihnen.

Während die Kinder auf der Heimfahrt mit ihren Malbüchern beschäftigt waren, fragte Carol Anne Michael leise, was die Detectives von ihm gewollt hatten.

»Eigentlich gar nichts. Irgendjemand hat ihnen offenbar eingeredet, dass Angie und ich eine Affäre hatten.«

»Und das nennst du ›gar nichts‹?«, fragte Carol Anne, und nachdem das im Grunde ihren eigenen, unausgesprochenen Befürchtungen entsprach, nutzte sie die Chance, um reinen Tisch zu machen. »Und? Hattet ihr eine Affäre?«

»Liebling, das ist doch lächerlich!« Michael warf ihr einen schnellen, ernsten Blick zu, bevor er sich wieder auf die Straße konzentrierte. »Ich kann nicht glauben, dass du mich das tatsächlich fragst! Ich schwöre dir, dass ich nie eine Affäre mit Angela hatte. Und auch mit keiner anderen Frau.«

Sie beobachtete ihn, wie er, den Blick starr auf die Straße gerichtet, weiterfuhr. Obwohl sie ihm glaubte, hatte sie immer noch das Gefühl, dass etwas nicht stimmte. Andererseits waren ihre Ängste zumindest im Moment aus dem Weg geräumt, und so hielt sie lieber den Mund, und sie brachten den Rest des Heimwegs schweigend hinter sich.

Kapitel 30

Vince

Vince' Laune erreichte einen neuen Tiefpunkt, als er in die Auffahrt bog und der Mercedes seiner Frau vor der Eingangstür parkte. Obwohl er ihr immer wieder sagte, dass sie den Wagen in die Garage stellen sollte – wo es immerhin Platz für drei Autos gab –, ließ sie ihn ständig vor dem Haus stehen, sodass es an ein Werbeshooting für eine Nobelkarosse erinnerte. Das stattliche Haus allein war ihr anscheinend nicht Beweis genug für ihren Reichtum. Sie musste der ganzen Welt zeigen, was sie hatten. *Einmal Prolet, immer Prolet,* dachte Vince.

Er parkte seinen Cadillac Seville in der Garage und schloss das Tor. Giovanna hatte auf einen Mercedes bestanden, während er ausländischen Autos nichts abgewinnen konnte, sondern amerikanische Marken bevorzugte. Dieses Land hatte viel Gutes für ihn getan, und er wollte ihm etwas davon zurückgeben. Er war ein aufrechter Bürger, der zur Wahl ging und artig seine Steuern zahlte. Na ja, zumindest den Großteil.

Er betrat das Haus durch die Garage und stürmte in die Küche. »Giovanna!«, rief er und bemühte sich erst gar nicht, seine Wut im Zaum zu halten.

Maria, die Haushälterin aus El Salvador, streckte den

Kopf aus der Speisekammer und zog ihn eilig wieder zurück, wie eine Schildkröte, die sich in ihrem Panzer versteckt. Sie wusste, wann man dem Herrn des Hauses besser nicht in die Quere kam. Vince stürmte durch die Küche in die Eingangshalle, wo er vor der Wendeltreppe innehielt. »Giovanna!«

Einen Moment später tauchte der Kopf seiner Frau über dem Geländer auf. Ihre langen braunen Haare fielen ihr offen über die Schultern. »Vince, warum brüllst du wie ein Verrückter? Du machst Maria Angst, und dann muss ich mir wieder eine neue Haushälterin suchen!«

»Verdammt, Giovanna! Wie oft habe ich dir schon gesagt, dass du dein verfluchtes Auto in die Garage stellen sollst?«

»Beruhige dich, Vince, sonst bekommst du noch einen Herzinfarkt. Ich musste einige Kartons ins Haus tragen. Ich stelle das Auto später hinein.«

Kartons. Diese Frau tat den ganzen Tag nichts anderes, als einzukaufen. »Ich muss arbeiten. Ich bin unten im Arbeitszimmer«, fauchte er und beendete damit das Gespräch – falls man es überhaupt so nennen konnte.

Er ging die Wendeltreppe hinunter ins Billardzimmer, wo ein Panoramafenster zum makellosen Garten und zum Pool hinausging. Da die Bar gerade umgebaut wurde, glich der Raum einem einzigen Schlachtfeld, und überall lagen Werkzeuge und Holzabschnitte herum. Vince ließ zufrieden die Hand über die makellose Oberfläche der Kirschholztheke gleiten. Die Arbeit des Handwerkers war einfach perfekt. Doch im nächsten Augenblick ballte er die Hand zur Faust und schlug so schnell zu, dass es wehtat.

Er ging in sein Arbeitszimmer, setzte sich hinter den Schreibtisch, suchte eine Telefonnummer heraus und wählte. Eine Rezeptionistin meldete sich, doch bevor sie den Namen des Hotels ausgesprochen hatte, fauchte er bereits: »Geben Sie mir Zimmer vierunddreißig! Und falls der Gast nicht da ist, hinterlasse ich eine Nachricht!«

Doch der Bewohner des Hotelzimmers war da. »Was gibt's?«, fragte er, als er Vince' Stimme hörte.

»Ich will, dass Sie sofort herkommen.«

»Hey, Mann, es ist Sonntag.«

»Wenn Sie Ihren Job behalten wollen, sollten Sie Ihren Arsch hierherbewegen!« Vince knallte den Hörer auf die Gabel. Auch wenn dieses Arschloch der beste Handwerker der Welt war, konnte er offensichtlich keine Anweisungen befolgen.

Vince' Wut war so außer Kontrolle, dass er befürchtete, sein Kopf würde explodieren. Giovanna hatte recht. Es war nicht gut, wenn er sich immer so aufregte. Sein Arzt hatte ihn bereits gewarnt, dass es schlecht für den Blutdruck war, aber in Situationen wie diesen konnte er eben nicht anders.

Er hörte ein leises Klopfen an der Tür, die sich kurz darauf einen Spaltbreit öffnete. Anna steckte den Kopf herein. »Störe ich?«, fragte sie und sah ihn mit ihren dunklen Augen an.

Seine Laune besserte sich schlagartig. Er war froh, dass seine Tochter wieder zu ihrer natürlichen Haarfarbe zurückgekehrt war. Sie färbte ihre rabenschwarzen Haare so oft, dass er sich nie sicher war, was ihn erwartete. Einmal war sie blond, dann wieder karottenrot. Giovanna versicherte ihm immer, dass es doch nur Haare waren, die sich leicht umfärben ließen, ganz im Gegensatz zu Tätowierungen, die anscheinend langsam in Mode kamen und die man nicht mehr so leicht loswurde.

»Komm rein, Liebling. Du störst nie.« Sie öffnete die

Tür und trat ins Zimmer. Die enge Jeans und das knappe Top wirkten ziemlich billig, und Vince nahm sich vor, Giovanna aufzutragen, mit Anna über ihren Kleidungsstil zu sprechen. Obwohl Giovanna selbst auch keinen besseren Geschmack hatte und sich immer für das auffälligere Modell anstatt für ein elegantes Ensemble entschied. Er wünschte, Anna hätte ein besseres Vorbild. Jemanden wie Suzanne zum Beispiel.

Doch abgesehen von den Klamotten, war Anna Vince sehr ähnlich, und er vergötterte sie. Sie hatte seine Intelligenz und seine Zielstrebigkeit geerbt. Schon seit ihrer frühesten Kindheit hatte sie genau wie er sämtliche Probleme am Schopf gepackt, egal, ob es ums Radfahren oder um gute Noten in der Schule ging. Sie war unerbittlich, wenn sie etwas haben wollte, und gab nie nach. Sie hatte gerade ihr erstes Jahr an der Universität von Illinois beendet, wo sie Architektur studierte, und in sämtlichen Prüfungen eine klare Eins abgeräumt. Wenn sie im nächsten Jahr ihren Abschluss in der Tasche hatte, würde Vince sie zu seiner Partnerin machen. Sie hatte bereits in den Schulferien immer im Unternehmen gearbeitet und kannte es von Grund auf.

»Wo warst du denn den ganzen Tag, Daddy?«, fragte Anna. »Wir wollten doch zusammen zum Brunch!«

Vince schlug sich an die Stirn. Er war so versessen darauf gewesen, Suzanne zu sehen, dass er den Brunch mit seiner Frau und seiner Tochter vollkommen vergessen hatte. »Es tut mir leid, Schätzchen, aber an der Delaware-Baustelle gab es Schwierigkeiten. Das verstehst du doch, oder? Wir verschieben es auf nächsten Sonntag, okay?« Er hasste es, seine Tochter anzulügen, und mit einem Mal packte ihn die Angst. Es war erschreckend, wie durcheinander seine Gefühle im Moment waren. Es war, als stünde er beim Tauziehen in der Mitte: Seine Familie zog an einem Ende, während Suzanne das andere Ende in der Hand hielt. Und in letzter Zeit war der Zug auf Suzannes Seite so stark geworden, dass er sich nicht sicher war, wie lange er noch durchhielt. Nachdem er als Kind von einer Familie zur nächsten gereicht worden war und sich nie sicher sein konnte, bei wem er landen würde, hatte er sich geschworen, dass seine Tochter in einem stabilen Umfeld aufwachsen würde und er seine Familie für nichts und niemanden verlassen würde – und schon gar nicht für eine Geliebte. Er hatte Frauen benutzt und sie nach Lust und Laune wieder in den Wind geschossen, wobei er ihnen meistens noch eine stattliche Summe mit auf die Reise gegeben hatte, um den Schmerz zu lindern. Doch das war vor Suzanne gewesen. Sie war ihm zu wichtig, als dass er sich einfach so von ihr trennen würde. Und daher gab es auch keine befriedigende Lösung für sein Problem.

»Okay, Daddy. Dann eben nächsten Sonntag. Aber vergiss es nicht wieder!«

»Nein, das werde ich nicht, Schätzchen. Versprochen.« Das bedeutete allerdings, dass er den Sonntagvormittag nicht mit Suzanne im Bett verbringen konnte.

Seine Tochter setzte sich auf die Armlehne seines Stuhls und schlang die Arme um seinen Hals. »Weißt du, Mom und du, Ihr seid das Wichtigste auf der Welt für mich. Und daran wird sich auch nie etwas ändern, oder?«

Einen Moment lang dachte Vince, er hätte etwas Wissendes in ihrem Blick entdeckt, aber das war unmöglich. Sie konnte auf keinen Fall von Suzanne wissen. Er war mehr als vorsichtig gewesen. »Und es wird sich auch nie etwas daran ändern, dass du das Wichtigste für uns beide bist. Obwohl du eines Tages einen Mann finden wirst, der dir mehr bedeutet als wir, und dann wirst du gemeinsam mit ihm eine eigene Familie gründen. Allerdings brauchst du dazu meine Einwilligung, und ich werde nur den perfekten Mann akzeptieren. Was wohl bedeutet, dass du uns noch einige Zeit erhalten bleiben wirst«, scherzte er, bevor er deutlich ernster hinzufügte: »Sieh bloß zu, dass du immer wählerisch bleibst.«

»Ja, Daddy«, erwiderte sie und erhob sich. »Ich hab dich lieb.«

»Ich dich auch, Schätzchen.« Er sah ihr nach, wie sie das Zimmer verließ, und beim Anblick ihres sanft schaukelnden Hinterns setzte sein besorgtes Vaterherz einen Moment lang aus. Er hoffte bloß, dass sie auf ihn hörte und sich nicht mit dem Nächstbesten einließ. In letzter Zeit ging sie mit einem schmalzigen Italiener, den sie in einer Bar kennengelernt hatte und der viel zu alt für sie war. Giovanna hatte ihm versichert, dass es nur eine Phase war – etwa so wie die ständig wechselnden Haarfarben. Und sie hatte Vince gewarnt, dass er Anna nur noch mehr in die Arme dieses Mannes treiben würde, wenn er eine zu große Sache daraus machte. Vince hoffte bloß, dass seine Frau recht hatte. Er konnte sich nichts Schlimmeres als einen Itaker als Schwiegersohn vorstellen.

Etwa eine halbe Stunde später klopfte es erneut an der Tür. »Kommen Sie rein«, rief er mürrisch. Die Tür ging auf, und Steven Kaufman schlenderte ins Zimmer. Er trug ein blaues T-Shirt, zerrissene Jeans und hatte seine Locken zu einem Pferdeschwanz zusammengefasst.

»Also, was ist so wichtig, dass ich ausgerechnet am Sonntag herkommen muss?«

»Was so wichtig ist?« Vince versuchte, an seinen Blutdruck zu denken und seine Wut im Zaum zu halten. Aber er kämpfte auf verlorenem Posten. »Wir haben ein ernsthaftes Problem. Erinnern Sie sich an den Zusatzjob, den ich vergangenes Wochenende für Sie hatte?«

Steven zuckte mit den Schultern. »Sie meinen, dass ich Ihre Geliebte beschatten sollte? Wie schon gesagt: Sie müssen sich keine Gedanken machen. Ich bin mir sicher, dass sie kein Interesse an einem anderen hatte.«

»Okay, gut. Aber Sie haben da etwas getan, was sicher nicht zum Auftrag gehörte.«

»Ich verstehe nicht ganz …«

»Sie haben mit den Frauen geredet. Und Sie haben mit der Braut getanzt. Dabei hatte ich doch gesagt, dass Sie Abstand halten sollen.«

Steven grinste verschlagen. »Und? Warum ist das so wichtig?«

»Lesen Sie keine Zeitung, Mann? Es ist wichtig, weil eine der Frauen noch in derselben Nacht umgebracht wurde. Jemand hat einen Pick-up aus New Hampshire in Kenilworth gesehen, und welchen Eindruck macht es wohl, wenn anschließend ein Mann aus New Hampshire ausgerechnet in der Bar auftaucht, in der die Frauen gefeiert haben? Es würde so aussehen, als hätte dieser Mann die Frauen verfolgt. *Darum* ist die Sache so wichtig.«

Das Grinsen verschwand, und Steven ließ sich in den Besucherstuhl sinken. »Wer war es?«

»Wie bitte?«

»Wer wurde ermordet?«

»Na ja, es war nicht Suzanne, und es war auch nicht die Braut, also war es die Dritte im Bunde. Angie. Diesen Namen werde ich wohl nie vergessen. Suzanne hat genug Tränen wegen ihr vergossen.«

Steven griff mit der Hand nach hinten und zog an seinem Pferdeschwanz. »Ich habe sie nicht umgebracht.«

»Mein Gott, das hoffe ich doch! Aber das ändert nichts an der Tatsache, dass die Polizei alle möglichen Leute nach Ihnen fragt. Und wenn man Sie findet, sollten Sie ein Alibi für die restliche Nacht haben.«

»Aber das habe ich doch.«

Vince' schwarze Augen durchbohrten Steven, dann zählte er eins und eins zusammen. »Nein, das darf nicht wahr sein! Sagen Sie jetzt bitte nicht, dass Sie mit der Braut geschlafen haben!« Der Zimmermann schwieg, und Vince spürte, wie sein Blutdruck gefährlich hochschnellte. Er vergaß einen Moment lang, dass seine Hand bereits ziemlich wehtat, und ließ die Faust erneut auf den Tisch knallen. »Sie sollten Suzanne beschatten und nicht ihre Freundin ficken!«

»Das ging von ihr aus! Sie hat mich auf einen Drink eingeladen.«

»Ach, verdammt noch mal!«, rief Vince und lehnte sich zurück. »So ein verfluchtes Chaos. Die Polizei sucht nach einem weißen Pick-up aus New Hampshire, und da es in Chicago nicht gerade viele Autos aus New Hampshire gibt, werden sie Sie früher oder später finden. Sie werden Sie fragen, was Sie in Kenilworth und später in dieser verdammten Bar verloren hatten – und was antworten Sie dann? Dass Sie die Geliebte Ihres verheirateten Auftraggebers beschattet haben. Und was haben Sie in der Zeit getan, als Angie Wozniak ermordet wurde? Sie haben die Braut gefickt. Die Situation ist also verdammt brenzlig. Sowohl für mich als auch für Sie. Ganz zu schweigen von der Braut.«

Steven schien nicht gerade glücklich mit Vince' Einschätzung. »Hey, es tut mir leid. Aber woher sollte ich denn wissen, dass eine der drei noch am selben Abend ermordet wird? Mir gefällt die Sache genauso wenig wie

Ihnen. Glauben Sie mir, ich bin auch nicht gerade scharf darauf, ins Visier der Polizei zu geraten.«

Vince war mittlerweile so wütend, dass er Steven nicht einmal richtig zuhörte. Es war ihm egal, warum der Handwerker nicht mit der Polizei sprechen wollte. Und es war ihm inzwischen auch egal, ob die Braut ihren Zukünftigen betrogen hatte oder nicht. Suzanne war das Einzige, was zählte. Er wollte sich gar nicht vorstellen, was passierte, wenn sie herausfand, dass er sie hatte beschatten lassen. Würde sie ihn hassen? Würde sie nie wieder mit ihm reden? Denn das würde er nicht überleben.

Es gab nur eine Möglichkeit, das Problem zu lösen: Steven Kaufman musste verschwinden, bis Charley Belchek Angies Mörder entlarvt hatte. Danach würde sich niemand mehr für den Mann aus New Hampshire interessieren. Vince bezweifelte zwar nicht, dass der ehemalige Cop seinen Auftrag erledigen würde, aber die Frage war, wie lange er dafür brauchte. In der Zwischenzeit wollte Vince auf keinen Fall, dass Kaufman mit seinem Pick-up herumkurvte und womöglich von der Polizei aufgespürt und verhört wurde. Der Zimmermann musste abtauchen, und wo ging das besser als direkt unter Vince' Nase?

»Also, wir machen jetzt Folgendes: Sie stellen Ihren Wagen in meine Garage und lassen ihn dort stehen, bis die ganze Sache durch ist. Sie können in der Zwischenzeit hierbleiben und an der Bar weiterbauen. Maria wird Ihnen eines der Zimmer fürs Personal vorbereiten. Dort ist es sicher schöner als in der billigen Absteige, in der Sie in der Stadt untergekommen sind.« Er schloss die oberste Schreibtischschublade auf, wo er seine Geldkassette aufbewahrte. Darin befanden sich neben Bargeld einige Schlüssel und ein zusätzlicher Garagenöffner. Früher hatte er auch eine Pistole darin aufbewahrt, doch nach dem Börsenkrach hatte er die Pistole lieber unten an den Schubladenboden geklebt, weil er sich so sicherer fühlte. Er zählte fünf Hundertdollarscheine von einem Bündel ab und legte das Geld und den Garagenöffner vor Steven auf den Tisch.

»Hier. Das ist für die Umstände. Und jetzt stellen Sie den Wagen so schnell es geht in die Garage, bevor das Nummernschild Aufmerksamkeit erregt.«

Steven stand schweigend vor Vince und überlegte. Er ließ sich nicht gerne herumkommandieren, aber er befand sich in einer heiklen Situation und hatte im Moment auch keine bessere Idee. Er wollte auf keinen Fall von der Polizei erwischt werden, und außerdem hatte Vince zumindest in einem Punkt recht: Es war überall angenehmer als in dem schäbigen Hotel, in dem er im Moment wohnte. Also steckte er das Geld ein und griff nach dem Garagenöffner.

»Wo soll ich den Wagen denn hinstellen?«

»Nehmen Sie den Parkplatz meiner Frau. Das ist der mittlere. Und, Kaufman? Halten Sie sich von meiner Tochter fern!«

»Ich wusste gar nicht, dass Sie eine Tochter haben«, erwiderte Steven, der bereits auf dem Weg zur Tür war.

»Gut, dann wäre es besser, wenn das auch so bleibt«, rief Vince ihm nach und dachte bei sich, dass Steven Kaufman genau die Art von Loser war, von der Anna sich ständig angezogen fühlte.

Giovanna Columbo schüttelte genervt den Kopf. Sie konnte ihren Mann einfach nicht verstehen. Da ging sie eigens nach draußen, um das Auto in die Garage zu fahren, weil er sie darum gebeten hatte – nein, weil er es *be-*

fohlen hatte –, und als sie das Tor öffnete, stand der Pick-up des Zimmermanns auf ihrem Parkplatz. Was ging bloß in den Männern vor?

Allerdings gefiel es ihr im Grunde ohnehin besser, wenn das Auto vor dem Haus stand, und so setzte sie zurück und parkte erneut vor dem Eingang. Genauso wie in den Hochglanzmagazinen.

Kapitel 31

Ron

Der Montagmorgen war grau und verregnet, und das Wetter machte Ron O'Reillys Kopf gehörig zu schaffen. Vier Aspirin und zwei Becher Kaffee hatten keine Linderung gebracht, und so saß er leidend an seinem Tisch, wünschte sich, vom Hals aufwärts nichts mehr zu spüren, und versuchte, den Lärm der Kollegen an ihren Telefonen auszublenden. Koz war nach einer schlaflosen Nacht mit starken Zahnschmerzen beim Zahnarzt.

Die Arbeit am Mordfall Angela Lupino Wozniak machte O'Reillys Kopfschmerzen nur noch schlimmer. Er war mittlerweile zu der Meinung gelangt, dass Niebaum Angie umgebracht hatte, und zwar nicht nur, weil Natasha Dietrich ihn darauf gebracht hatte, sondern auch, weil der gute Herr Doktor ein Boot im Belmont Harbor hatte, der wiederum nicht weit vom Leichenfundort entfernt lag. Selbst wenn Dr. Niebaum wider Erwarten nicht mit Angie im Bett gewesen war, war eines ganz sicher: Michael Niebaum war am Freitag nicht um Mitternacht zu Hause gewesen. Er mochte vielleicht ein ganz passabler Lügner sein, aber seine Frau war es nicht.

Und dann war da noch der mysteriöse Mann aus New Hampshire, der den Fall noch komplizierter machte. Seine Anwesenheit in Kenilworth und später im *Overhang* war bedenklich. Nach dem Gespräch mit Suzanne Lundgren hatten sie sofort eine Fahndung nach dem weißen GMC-Pick-up herausgegeben, und falls der Kerl noch in Chicago war, würden sie ihn früher oder später finden. In der Zwischenzeit wollte O'Reilly noch einmal mit der Braut sprechen.

Aber das hatte Zeit. Zuerst musste er Albert Evans aufsuchen – Angies unkooperativen Assistenten. O'Reilly hatte seine Adresse und Telefonnummer von der Personalabteilung bei Bloomingdale's bekommen, doch als er in seiner Wohnung anrief, verkündete der Anrufbeantworter, dass Evans das Wochenende über in New Buffalo war und am Montag zurückkam. O'Reilly hinterließ eine mürrische Nachricht, in der er Evans darauf hinwies, dass die Unterschlagung von Beweisen harte Strafen nach sich zog, und wettete mit sich selbst, dass sich Evans schon bald bei ihm melden würde.

Eine Sekunde später hatte er die Wette auch schon gewonnen.

»O'Reilly.«

»Hier ist Albert Evans«, erklärte eine männliche Stimme, der die Angst deutlich anzuhören war. »Sie wollten mich sprechen?«

»Ja, das ist richtig, Mr Evans. Ich möchte mit Ihnen über den Mord an Angela Wozniak reden. Können Sie jetzt gleich hier im Revier vorbeikommen?«

»Nein, das geht leider nicht. Ich muss ins Büro.«

»Wir könnten uns auch dort treffen«, schlug O'Reilly vor, und als Evans schwieg, meinte er: »Oder wir trinken einen Kaffee. Es dauert nicht lange.«

Das Zittern in Evans' Stimme war immer noch deutlich zu hören. »Ja, das könnten wir machen. Kennen Sie das *Peaches* auf der Rush Street? Wenn ich den nächsten Bus erwische, bin ich in dreißig Minuten dort.«

»In Ordnung«, erwiderte O'Reilly. »Und wie erkenne ich Sie?«

»Bei dem Regen werde ich meinen olivfarbenen Trenchcoat anziehen. Aber ehrlich gesagt, habe ich Sie schon mal gesehen. Sie haben bei der Beerdigung vor der Aufbahrungshalle gewartet. Sie haben grau melierte Haare und sind wie ein Cop angezogen – nichts für ungut.«

»Okay, dann in einer halben Stunde«, knurrte O'Reilly und dachte bei sich, dass er wirklich Glück hatte, dass Evans ein derart aufmerksames Arschloch war.

O'Reilly erkannte Angies Assistenten, kaum dass er durch die Tür trat. Er trug den bereits erwähnten Trenchcoat und einen schwarzen Regenschirm mit Entenkopfgriff, und seine Haare waren trotz des strömenden Regens perfekt gestylt. Evans' Blick huschte durch den Raum, bis er O'Reilly in einer Ecke entdeckte. Er hängte seinen Regenmantel an die Garderobe, stellte den Schirm in den Messingeimer und machte sich auf den Weg durch das geschäftige Café.

»Ich bin Albert Evans.«

»Setzen Sie sich«, erwiderte O'Reilly, und es klang wie ein Befehl. Evans glitt folgsam auf die Bank gegenüber und wirkte wie ein Tier in der Falle. »Mir ist zu Ohren gekommen, dass Sie Angie Wozniak kurz vor ihrem Tod gesehen haben.«

Albert senkte den Blick auf seine manikürten Hände. »Es tut mir so leid«, jammerte er und wagte es nicht, hochzusehen. »Ich weiß, ich hätte mich bei Ihnen melden sollen. Vor allem, da Angie mir doch so viel bedeutet hat. Sie war mehr als eine Vorgesetzte, sie war eine sehr gute Freundin und ein echter Engel. Und sie hatte einen so wunderbaren Geschmack. Die Kollegen vermissen sie alle sehr.« Er nahm den Löffel, der auf dem Tisch lag, und spielte nervös damit herum. »Aber das ist vermutlich nicht das, was Sie hören wollten, oder?«

O'Reilly hob eine Augenbraue und sah Evans schweigend an.

Albert legte den Löffel beiseite und sah verlegen hoch. »Angie kam erst ziemlich spät ins *Zone*. Etwa eine Stunde bevor der Laden dichtmacht. Es war nicht zu übersehen, dass sie total betrunken war. Ich war mit einer Gruppe Freunde unterwegs, also ignorierte ich sie. Ich meine, sie war wie eine Schwester für mich, und ich habe sie sehr geliebt, aber sie konnte ein richtiges Miststück sein, wenn sie getrunken hatte. Ich hatte keine Lust, mich mit ihr herumzuärgern. Sie bestellte einen Drink an der Bar, und auf dem Weg zur Tür blieb sie stehen, um sich mit einem gut aussehenden Kerl zu unterhalten, der ganz allein an einem Tisch saß. Er war mir schon beim Reinkommen aufgefallen. Nach dem Gespräch wirkte er ziemlich wütend, und kurze Zeit später verließ er die Bar ebenfalls.«

»Warum haben Sie uns das nicht schon früher erzählt?«

Albert zuckte mit den Schultern und griff wieder nach dem Löffel. »Hören Sie«, erklärte O'Reilly rundheraus, »Sie brauchen sich keine Sorgen um Ihren Kumpel Lyle zu machen. Ich habe bereits mit ihm gesprochen, und falls er wirklich mal im Knast landet, dann nicht wegen mir.«

»Sie wissen von Lyle?« Evans war sichtlich schockiert.

»Glauben Sie, wir sitzen einfach nur rum und drehen Däumchen? Natürlich wissen wir von Lyle! Und jetzt erzählen Sie mir von dem Mann, mit dem Angie sich unterhalten hat.«

Albert schien erleichtert, dass er nun nicht mehr im Verdacht stand, einen Freund verraten zu haben, und fing an auszupacken: »Er war ungefähr Ende dreißig, groß, dunkel und ziemlich muskulös. Und er hatte lockige Haare.«

»Trug er eine Brille?«

»Nein, sicher nicht. Ich stehe nicht auf Männer mit Brille.«

»Würden Sie ihn auf einem Foto wiedererkennen?«

»Klar«, erwiderte Albert wie aus der Pistole geschossen und schien froh, helfen zu können.

O'Reilly legte ein Bild von Harvey Wozniak auf den Tisch. »Ist das der Mann aus dem *Zone?*«

Albert schüttelte den Kopf. »Nein. Das ist Harvey. Angies Ex. Außerdem sagte ich doch, dass der Kerl ziemlich muskulös war.«

O'Reilly legte ein weiteres Foto neben Harveys Bild. Alberts Augen wurden groß, und sein schlechtes Gewissen wurde übermächtig. »Oh, mein Gott, das ist ja unglaublich! Das ist er! Das ist der Kerl, mit dem Angie gesprochen hat. Aber das Bild wird ihm irgendwie nicht ganz gerecht. Wer ist das denn?«

»Das ist im Moment nebensächlich«, erwiderte O'Reilly und nahm das Foto von Michael Niebaum, das er bei der Kraftfahrzeugbehörde angefordert hatte, wieder an sich. »Sie wären doch bereit zu einer Gegenüberstellung, nicht wahr?«, fragte er.

»Natürlich, wenn es hilft, Angies Mörder zu schnappen«, erwiderte Albert.

Kozlowski saß an seinem Schreibtisch und versuchte, Kaffee aus einem Styroporbecher zu trinken, was nach fünf Novocain-Spritzen nicht gerade einfach war. Die

Zahnschmerzen hatten ihn die ganze Nacht über wach gehalten, und daran war ausschließlich er selbst schuld. Seine Frau drängte ihn schon seit einer Ewigkeit, endlich zum Zahnarzt zu gehen, doch er hatte nicht auf sie gehört. Glücklicherweise zählte sie nicht zu den Frauen, die darauf herumritten, dass sie es ihren Männern ja gleich gesagt hatten, und nach all den Schmerzen, die er erlitten hatte, würde er in Zukunft auf jeden Fall tun, was sie sagte. Er war noch nie so froh gewesen, eine Spritze zu sehen, auch wenn der Zahnarzt danach so lange gebohrt hatte, dass es an ein Wunder grenzte, dass er nicht auf Öl gestoßen war.

Kozlowski nahm einen weiteren Schluck Kaffee, doch sein Mund war so taub, dass er ihm übers Hemd lief. Er warf den Becher in den Müll und sah gerade auf, als O'Reilly das Büro betrat. Sein Gesicht war so rot wie immer, und Koz fragte sich, ob er wohl schon seinen ersten Drink hinter sich hatte. Manchmal roch sein Partner so stark nach Alkohol, dass der Gestank ihm regelrecht aus den Poren quoll und Kozlowski das Autofenster immer einen Spalt geöffnet hatte.

Kozlowski verstand einfach nicht, wie man seinen Körper derart vergiften konnte. Er selbst hatte nicht viel für Alkohol übrig. Er trank ab und zu ein Bier, aber mehr nicht.

Glücklicherweise rauchte O'Reilly wenigstens nicht, denn das wäre schlichtweg inakzeptabel gewesen.

»Wir haben einen Zeugen, der gesehen hat, dass sich Michael Niebaum im *Zone* mit Angie unterhalten hat«, erklärte O'Reilly triumphierend und knallte das Foto der Verkehrsbehörde auf den Tisch.

»Das is ja ssssuper. Snappen wir ihn unssss?«

»Was ist denn mit dir los?«

»Novocain.«

O'Reilly nickte mitfühlend. »Nein, ich glaube nicht, dass Fluchtgefahr besteht. Zumindest im Moment noch nicht. Und wir müssen zuerst die Sache mit dem Kerl aus New Hampshire erledigen.«

»Und wasss jesss?«

»Jetzt fahren wir zur Braut«, erwiderte O'Reilly.

Kapitel 32

Noch 5 Tage

Ich war vollkommen in die Verkaufszahlen des letzten Monats und die Prognosen für den kommenden Monat versunken, und es war einfach herrlich, einmal an etwas anderes als mein verkorkstes Leben zu denken, doch dann riss mich das Summen der Gegensprechanlage aus meiner Glückseligkeit und beförderte mich zurück in die Realität. Sandi Lanes Neugierde war kaum zu überhören: »Da sind zwei Gentlemen in der Lobby, die gerne mit Ihnen sprechen würden. Ein Detective O'Reilly und ein Detective Kozlowski.«

Ich presste die Hände auf die Schläfen, damit mein Kopf nicht explodierte, und fragte mich, was zum Teufel die beiden Cops dazu trieb, ausgerechnet hierher zu kommen. Obwohl mir die Angst beinahe die Kehle zuschnürte, schaffte ich es, Sandi ruhig und besonnen zu bitten, die beiden in mein Büro zu schicken. Ich konnte auf keinen Fall in der Lobby mit ihnen sprechen. Nicht mit einer krankhaft neugierigen Empfangsdame in Hörweite. Außerdem bezweifelte ich, dass ich es auf meinen wackeligen Beinen überhaupt bis in die Lobby geschafft hätte. Ganz zu schweigen von meiner Blase.

Kurz darauf standen die beiden Detectives in meinem

Büro. Ihre Anwesenheit raubte mir den Atem, und ich fragte mich, ob sich eigentlich genügend Sauerstoff für drei Personen in meinem Büro befand. Ich schob die Unterlagen auf meinem Schreibtisch hektisch hin und her, um ihnen zu zeigen, dass ich im Grunde keine Zeit für dieses Gespräch hatte.

»Bitte entschuldigen Sie, dass wir nicht vorher angerufen haben. Wir waren gerade in der Gegend«, log O'Reilly.

»Sie sind aber ziemlich oft *in der Gegend*«, erwiderte ich spitz.

Die beiden ließen sich unaufgefordert auf meinen beiden Besucherstühlen nieder und kamen gleich zum Punkt, ohne auf meinen Kommentar einzugehen. »Es gibt etwas, worüber wir noch einmal mit Ihnen sprechen müssen«, erklärte O'Reilly. »Erinnern Sie sich, dass wir Sie neulich gefragt haben, ob Sie jemanden aus New Hampshire kennen?«

Wumms. Das saß. Ich bemühte mich um mein allerbestes Pokerface und wartete schweigend, was als Nächstes kam.

»Wir haben gestern mit Suzanne Lundgren gesprochen, und sie hat uns erzählt, dass Sie und Ihre Freundinnen am Abend des Mordes einen Mann aus New Hampshire kennengelernt haben. Sie meinte, Sie hätten sich im *Overhang* mit ihm unterhalten.«

Ich antwortete nicht sofort, sondern starrte O'Reilly eine gefühlte Ewigkeit lang an. Dann hatte Suzanne mich also verraten. Ich räusperte mich, um noch ein paar Sekunden Zeit zu gewinnen, und überlegte fieberhaft, wie viel ich den Cops verraten sollte. Doch dann machte O'Reilly einen schwerwiegenden Fehler, der mir den erhofften Ausweg bot.

»Erinnern Sie sich jetzt an ihn?«, bohrte er weiter.

Erinnern. Danke, Detective! Wir waren an diesem Abend sturzbetrunken, und O'Reilly konnte unmöglich wissen, welche Erinnerungen der Alkohol ausgelöscht hatte und welche nicht. Außerdem kannte er sich mit den Folgen von zu viel Alkohol bestens aus.

»Detective«, erklärte ich verlegen. »Ich bin echt nicht stolz darauf, aber ich war an dem Abend sturzbetrunken. Ich erinnere mich flüchtig, dass ich im *Overhang* mit einem Kerl getanzt habe, aber ich könnte wirklich nicht sagen, ob er aus New Hampshire oder doch vom Mond kam.«

»Ich hatte nichts vom Tanzen gesagt …«

Ich zuckte zusammen, schaffte es aber, mir nichts anmerken zu lassen. »Okay, aber daran erinnere ich mich eben. Allerdings ist das im Grunde auch schon alles.«

O'Reillys blutunterlaufene Augen durchbohrten mich, und er suchte offenbar nach einer Schwachstelle in meiner Geschichte. Doch mein Gesicht blieb ausdruckslos, und die Pokerrunden auf dem College machten sich endlich bezahlt. Als er weitersprach, klang er verärgert: »Dann behaupten Sie also, dass Sie sich nicht erinnern können, worüber Sie mit dem Mann gesprochen haben?«

Ich schüttelte den Kopf und zuckte mit den Schultern. »Nein, tut mir leid.«

O'Reilly versuchte, noch ein wenig nachzuhaken, doch er schaffte es nicht, meine Behauptung zu entkräften. Schließlich gab er auf, und die beiden gingen. Ich fühlte mich, als hätte ich gerade eine Befragung vor dem Obersten Gerichtshof überstanden. Obwohl ich jede Art von Lügen verabscheute, wurde ich langsam verdammt gut darin. Und hätte ich auch nur einen Augenblick vermutet, dass Steven Kaufman tatsächlich etwas mit Angies

Tod zu tun hatte, hätte ich ihnen die Wahrheit gesagt. Das hätte ich wirklich. Doch so blieb das, was ich über Steven Kaufman wusste, und das, was wir während des Mordes an Angie erlebt hatten, mein Geheimnis.

Der restliche Tag war zum Vergessen. Der Druck, dem ich durch die Arbeit und die bevorstehende Hochzeit ausgesetzt war, war einfach zu viel für mich, und zu allem Überfluss ließ meine Periode immer noch auf sich warten. Obwohl ich etwa ein halbes Dutzend Mal auf die Toilette rannte, blieb das Toilettenpapier jedes Mal makellos weiß.

Als ich am Abend meine Wohnung betrat, war ich vollkommen erschöpft. Ich hatte noch so viele Deadlines vor mir, dass ich eigentlich Überstunden machen sollte, doch Flynn wollte zum Abendessen kommen, und ich konnte ihn nicht schon wieder vertrösten. Ich hatte ihn in letzter Zeit ohnehin viel zu schlecht behandelt.

Ich schnitt gerade das Gemüse und genoss die einfältige Routinearbeit, als plötzlich das Telefon klingelte. Ich hob ab und bereute es im nächsten Augenblick zutiefst. Es war meine Mutter. Nachdem ich am Abend zuvor ein gemeinsames Essen ertragen hatte, um die letzten Details zu besprechen, war ich eigentlich davon ausgegangen, dass sie mich eine Zeit lang in Ruhe lassen würde.

»Ich rufe nur an, weil ich dich an die letzte Anprobe am Donnerstag erinnern wollte.«

»Mom, darüber haben wir doch gestern Abend schon gesprochen! Es steht in meinem Kalender. Hör mal, ich koche gerade. Ist sonst noch was?«

»Wie kommst du denn mit den Dankeskarten für die letzte Brautparty voran?«

Es war beinahe unmöglich, meine Mutter abzuwimmeln, wenn sie sich erst mal etwas in den Kopf gesetzt hatte.

»Ich überlege noch, was ich schreiben soll.«

»Ich würde vorschlagen, dass du solche Dinge gleich erledigst. Dann musst du dir in den Flitterwochen keine Gedanken darüber machen. Und du musst unbedingt das jeweilige Geschenk im Text erwähnen!«

Als hätte ich vorgehabt, in den Flitterwochen Dankeskarten zu schreiben! Ich stellte mir vor, wie ich auf St. Barth am Strand lag und vollkommen sorglos dem Rauschen der Wellen lauschte. »Okay, ich fange noch heute an. Aber jetzt muss ich auflegen. Flynn ist gerade gekommen.«

Ich war mittlerweile eine so versierte Lügnerin, dass ich mich kaum noch wiedererkannte. Doch wenn ich so darüber nachdachte, war ich mir schon seit einiger Zeit vollkommen fremd – und es hatte bereits vor Angies Tod und meiner Nacht mit Steven Kaufman begonnen.

Ich legte das Messer beiseite und setzte mich an den Küchentisch. Es wurde Zeit, ehrlich zu mir zu sein. Was war aus der beherzten jungen Frau geworden, die reisen und schreiben wollte? Wo war der Teenager geblieben, der nie ein konventionelles Leben führen wollte? Ich hatte mich lange Zeit hinter meinen dreißig Pfund Übergewicht versteckt, und als ich mich endlich davon befreit hatte, war ich über dreißig und hatte meine Träume aufgegeben. Und nun wollte ich mich den Träumen anderer Menschen fügen.

Die Zeit verging viel zu schnell. Es fühlte sich an, als wäre der Uni-Abschluss erst gestern gewesen. Eigentlich hatte ich nach dem College vorgehabt, mir ein Jahr Auszeit zu nehmen und mit dem Rucksack durch Europa zu trampen, um Eindrücke für mein zukünftiges Buch zu sammeln. Doch meine Mutter hatte meinen Traum zunichtegemacht: »Europa läuft dir nicht davon, aber wenn du dich jetzt nicht um deine Karriere kümmerst, werden dich die anderen schnell abhängen.« Also reiste ich nicht nach Europa und verbrachte nicht ein Jahr damit, neue Orte und neue Menschen kennenzulernen, sondern machte lediglich einen Kurztrip nach London und Paris, wo ich jeweils eine Woche blieb. Danach kam ich nach Hause, um Anzeigenraum in einer Zeitung zu verkaufen.

Was hatte meiner Mutter eigentlich das Recht gegeben, mich derart zu kontrollieren? Warum hatte ich mich nicht gegen sie aufgelehnt und getan, wonach mir der Sinn stand?

Ich werde nie das Strahlen in den Augen meiner Mutter vergessen, als ich Flynn das erste Mal mit nach Hause brachte. Nichts hatte sie jemals glücklicher gemacht, und als er kurz darauf mit einem Diamantring vor mir auf die Knie fiel, nahm ich seinen Antrag an. Ich hatte viel zu lange in dem Glauben gelebt, dass ich nie mehr die große Liebe erleben und schon gar keinen Ehemann finden würde. Das Leben mit Flynn würde komfortabel und sicher sein. Ich musste lernen, mich glücklich zu schätzen, dass ich jemanden wie ihn gefunden hatte.

Doch stattdessen sah ich plötzlich eine Tür vor mir, die sich nie wieder öffnen würde.

Steven hatte eine Seite in mir zum Vorschein gebracht, die ich seit der Highschool und Barry Metter tief in mir begraben hatte. Ich hatte auf dem College genügend Psychologiekurse besucht, um mir im Klaren darüber zu sein, dass ich den Papierkorb mit Stevens Nummer aus gutem Grund nicht ausgeleert hatte. Tatsächlich lag der Zettel mittlerweile in einer Schublade im Schlafzimmer. Obwohl wir nur wenige, alkoholumnebelte Stunden miteinander verbracht hatten, konnte ich ihn einfach nicht vergessen. Ich sehnte mich danach, ihn anzurufen und zu fragen, was er von mir hielt. Die Realität schien mir zuzubrüllen: *Hallo? Es gibt keine wahre Liebe, das ist doch bloß ein Märchen! Genau wie die Träume, die Eltern an ihre Kinder vererben, um sie irgendwann trotzdem zu zerstören.*

Ich hatte einmal irgendwo gelesen, dass Menschen mittleren Alters ein hohes Risiko haben, ihre Kreativität zu verlieren. War mir das etwa auch passiert? Hatte die Tatsache, dass ich beinahe Mitte dreißig war, meine Persönlichkeit ausgelöscht? Heiratete ich Flynn, weil ich ihn liebte oder weil es das Vernünftigste war?

Ungeöffnete Türen sollen besser geschlossen bleiben, dachte ich und beschloss, mir keine weiteren Gedanken darüber zu machen. Ich würde mein weiteres Leben mit Flynn verbringen, der jeden Augenblick auftauchen würde.

Ich griff nach dem Messer und schnitt weiter Gemüse.

»Ich hoffe, das war jetzt kein Vorgeschmack auf unser Eheleben«, meinte Flynn, nachdem ich ihm zur Begrüßung einen lustlosen Kuss auf die Lippen gedrückt hatte. Er zog mich an sich und küsste mich leidenschaftlich. Flynn war nicht gerade ein feuriger Liebhaber, und so war ich ziemlich überrascht, als sein Kuss plötzlich immer heftiger wurde, seine Zunge in meinen Mund vordrang und er mir eine Hand unter die Bluse schob, um meine Brust zu kneten.

»Die fühlen sich irgendwie größer an«, hauchte er.

»Meine Periode ist überfällig«, antwortete ich und entzog mich seiner Umklammerung.

»Kein Wunder, dass du so seltsam drauf bist.« Er

schlang einen Arm um meine Taille und zog mich erneut an sich. »Weißt du, ich habe über unsere kleine Abmachung nachgedacht, und vielleicht ist es doch keine so gute Idee gewesen. Ich meine, es ist ja nicht so, dass wir am Samstag zum ersten Mal miteinander schlafen werden.« Er küsste meinen Hals, und seine Hand wanderte wieder zu meiner Brust. Zu meinem Entsetzen musste ich feststellen, dass seine Annäherungsversuche mich ziemlich nervten.

»Komm schon, Flynn. Es war doch deine Idee, und wir haben fast einen Monat hinter uns. Wir sollten durchhalten.« Ich warf ihm einen kleinen Brotkrumen zu, indem ich ihn lange und innig küsste, dann ging ich in die Küche, um mich um das Abendessen zu kümmern. Flynn schmollte ein wenig und sah sich die Nachrichten im Fernsehen an, doch als wir uns schließlich an den Tisch setzten, hatte er seine Enttäuschung offenbar überwunden. Er erzählte mir von der Arbeit und davon, dass die neue Software den Markt revolutionieren würde. Dann kam er auf die Hochzeit zu sprechen und darauf, wie sehr er sich freute, dass die meisten seiner Uni-Freunde kommen würden.

»Klar kommen sie, Flynn! Du bist ja auch ein toller Kerl.«

»Das sage ich mir auch jeden Morgen«, erwiderte er und meinte es nur zum Teil ironisch. »Aber ich frage mich langsam, ob du das auch so siehst.«

»Warum sagst du so etwas?«

»Weißt du das wirklich nicht? Du verhältst dich total seltsam, seit ich aus New York zurück bin. Wir haben in der letzten Woche kaum miteinander geredet.«

»Bitte nicht schon wieder dieses Thema …«, seufzte ich und leierte meine alte Liste an Entschuldigungen herunter: »Angies Tod. Die Arbeit. Die Hochzeitsplanungen. Meine Mutter. Wenn alles vorbei ist, geht es mir sicher wieder besser, versprochen.«

Ich zwang mich, das restliche Essen über besonders redselig zu sein, machte mich über die Frauen auf der Dessous-Party lustig und erzählte ihm von dem aufreizenden Body, den seine Mutter mir geschenkt hatte. Wir aßen Nudeln und Salat, und Flynn trank beinahe die ganze Flasche Chianti. Nach dem Essen entschied er sich, nach Hause zu fahren, anstatt sich einen Film anzusehen, wie wir es sonst immer taten.

»Du solltest dich lieber etwas ausruhen, Mags. Du bist echt nicht du selbst.« Er zögerte, dann meinte er: »Du bekommst doch nicht etwa kalte Füße, oder?«

Ich wollte ihn umarmen und sagen: *Doch, das tue ich. Danke, dass du mich verstehst.* Doch im Grunde war es nur eine rhetorische Frage gewesen. Der Gedanke, dass mich die Vorstellung, bald seine Frau zu werden, nicht in hellste Aufregung versetzte, wäre ihm niemals gekommen. Und das war sein gutes Recht. Er war ja auch wirklich ein toller Kerl.

Er schlang einen Arm um mich, und ich fühlte mich wohl dabei. Allerdings war es die Art von Trost, die ich bei einer guten Freundin oder dem Bruder gefunden hätte, den ich nie hatte. »Mach dir bitte nicht so viele Gedanken. In fünf Tagen bist du Mrs Flynn Rogers Hamilton III. In sieben Tagen trinken wir Mojitos am Strand. Und wenn wir erst einmal in unserem neuen Haus wohnen, können wir endlich unsere eigene Familie gründen.«

Er zwinkerte mir zu und verschwand die Treppe hinunter. Ich sah ihm nach, bis sein blonder Kopf durch die Eingangstür verschwunden war. Flynn war das Beste, was mir jemals passiert war, und es war dumm, ihn für jemanden wie Steven Kaufman aufs Spiel zu setzen. Ich dachte kurz an die starken Hände des Zimmermanns und wie er mich damit gepackt hatte, doch ich verdrängte den Gedanken rasch wieder.

Während ich das Geschirr spülte, überlegte ich, warum ich nicht einfach zugelassen hatte, dass Flynn mit mir schlief. Falls ich wirklich schwanger war, hätte das sämtliche Probleme gelöst. Doch Gott sei Dank hatte ich meine Integrität noch nicht ganz verloren. Mit einer solchen Lüge hätte ich niemals leben können.

Und so betete ich: *Bitte, lieber Gott, lass mich nicht schwanger sein, und ich verspreche, ihn nie wieder zu betrügen.*

Kapitel 33

Carol Anne

Die Mädchen waren bei der Tagesbetreuung, das Baby machte sein Vormittagsschläfchen, und Carol Anne war allein in der Küche. Sie wollte eigentlich eine Hähnchen-Piccata zubereiten, doch ihre Aufmerksamkeit wurde immer wieder von dem Rotkehlchen abgelenkt, das in dem Holzapfelbaum vor dem Fenster sein Nest baute. Der Vogel, der emsig kleine Zweige aufschichtete, um ein sicheres Zuhause für seine Eier und später für die Küken zu errichten, erinnerte sie an sich selbst. Ihre einzige Aufgabe im Leben war es, das Nest ihrer Familie zu beschützen.

Doch im Moment plagte sie die Angst um dieses Zuhause vom Aufwachen bis zum Einschlafen. Auch wenn sich Sorgen zu machen im Grunde nichts Neues für sie war. Sie war eine chronische Pessimistin, die immer sofort das Schlimmste befürchtete, wenn jemand zu spät kam oder nicht abhob, wenn sie anrief. In solchen Fällen befürchtete sie immer, dass es zu einem Autounfall, einem Herzinfarkt oder einem Flugzeugabsturz gekommen war. Sie hatte überall im Haus Transistorradios und Taschenlampen deponiert, im Keller befand sich ein Monatsvorrat an Wasserflaschen, und unter jedem Bett im oberen Stockwerk lag eine Strickleiter, falls einmal ein Feuer ausbrechen sollte. Die Angst, die Carol Anne in letzter Zeit verspürte, war jedoch so übermächtig, dass sie alles andere in den Hintergrund drängte.

Michael verhielt sich immer seltsamer. Am vergangenen Abend war er ständig hinter ihr hergelaufen und hatte sich geräuspert, als wollte er etwas sagen, doch wenn er schließlich den Mund aufgemacht hatte, war es jedes Mal etwas total Profanes wie etwa »Was gibt's zum Abendessen?« oder »Wie war dein Tag?«. Carol Anne war klar, dass er auf den richtigen Moment wartete, um ihr etwas Wichtiges zu sagen. Er hatte sich ähnlich unentschlossen verhalten, als er vor ein paar Jahren die *Dermabrasion* kaufen wollte. Allerdings sagte ihr ihr sechster Sinn, dass es dieses Mal um eine ernstere Angelegenheit ging.

Es gab nur eine Lösung, wenn sie derart angespannt war: Sie brauchte eine Zigarette. Sie öffnete die Schublade mit den Geschirrtüchern und kramte darin herum. Kurz darauf schloss sich ihre Faust um ein Päckchen, das sie unter den Frotteetüchern versteckt hatte. Sie schnupperte durch die Verpackung hindurch am Tabak. Sie rauchte nur in absoluten Notfällen – und die derzeitige Situation gehörte definitiv dazu. Sie entzündete die Zigarette an der Flamme im Gasherd und nahm einen tiefen Zug. Das Nikotin wirkte sich sofort auf ihr Nervensystem aus, und eine angenehme Ruhe erfasste sie. Sie richtete den Blick nach oben und dankte Gott für solch kleine Gefälligkeiten.

Als die Zigarette bis zum Filter hinuntergebrannt war, nahm Carol Anne eine neue und dachte über die Ironie des Schicksals nach. Der äußere Schein trog oft, vor allem, wenn es ums Glücklichsein ging. Sie dachte an ihre beste Freundin, die kurz vor ihrer Traumhochzeit stand und kurz davor war, alles durch einen One-Night-Stand zu zerstören. An Kelly, die immer noch das Loch zu füllen versuchte, das ihre Mutter nach ihrem Tod hinterlassen hatte. An Suzanne, die ganz allein in ihrem Palast hoch über der Stadt saß, und an Natasha und Arthur, den Kontrollfreak. War eine von ihnen wirklich glücklich?

Ihre Mutter schien tatsächlich glücklich gewesen zu sein, als Carol Anne und ihre beiden Schwestern noch klein waren, doch dann kam die schockierende Wende, und ihre Eltern ließen sich kurz nach dem Highschool-Abschluss ihrer jüngsten Tochter scheiden. Wie lange hatten sie einander nur den Kindern zuliebe ertragen? Carol Anne hatte keine Ahnung, aber sie wusste, dass ihr *eigenes* Glück ausschließlich vom Wohlergehen ihrer Familie abhing – von Michael und den Kindern. Solange sie zusammen waren, gab es kein Problem, mit dem sie nicht fertiggeworden wären.

Sie drückte die zweite Zigarette aus und überlegte, ob sie noch eine nehmen sollte, als sie plötzlich eine Bewegung wahrnahm. Michael war wie immer vollkommen unbemerkt in die Küche getreten. Sie wusste, dass er wütend werden würde, wenn er sie beim Rauchen erwischte, denn wie jeder Arzt war er natürlich strikt dagegen. Doch als sie sich zu ihm umdrehte, erwähnte er die Zigaretten mit keinem Wort, ja, er schien sie nicht einmal zu bemerken. Sein Gesicht war das eines Fremden.

»Was ist denn los? Warum bist du um diese Uhrzeit zu Hause? Ist alles in Ordnung?« Ihre Fragen kamen wie aus der Pistole geschossen.

»Carol Anne, wir müssen reden.«

Der Nikotingeschmack in ihrem Mund verursachte ihr plötzlich Übelkeit. Sein Tonfall ließ auf etwas Unheilvolles schließen. Sie hatte sich vor diesem Moment gefürchtet, und nun, da er gekommen war, hatte sie so große Angst, dass sie am liebsten davongerannt wäre. Doch sie blieb stark.

»Geht es um Angie?«, flüsterte sie.

»In gewisser Weise, ja.«

»Hast du sie umgebracht?«

»Um Himmels willen, nein! Mach dich nicht lächerlich«, erwiderte er, und sein Lächeln war so unbefangen, dass er einen Moment lang wieder ganz der Alte war. Doch dann zog der dunkle, unbekannte Schatten wieder auf. »Das hier ist nicht leicht für mich.«

Oh, mein Gott, er will sich scheiden lassen!, dachte Carol Anne. Sie wagte es kaum, Luft zu holen, während sie sein gequältes Gesicht musterte. Das Schweigen wurde vom Geräusch des Kühlschrankes durchbrochen, der gerade neue Eiswürfel produzierte. Carol Anne wartete mit zum Zerreißen angespannten Nerven darauf, dass Michael weitersprach, und hätte ihn am liebsten angebrüllt, endlich mit der Wahrheit herauszurücken.

»Erinnerst du dich noch an unser erstes Mal?«, fragte er und schaffte es sogar, erneut zu lächeln.

Als könnte sie das jemals vergessen! Es war am Tower Beach auf einer Decke passiert, die sie aus dem Haus geschmuggelt hatte und die sie danach nicht mehr mitnehmen konnte, weil sie voller Sand war. Ihre Mutter hatte jahrelang nach der Decke gesucht. Carol Anne hatte damals riesige Angst gehabt, dass die Polizei kommen und sie erwischen würde, doch Michael hatte sie beruhigt und ihr gesagt, dass Menschen, die einander lieben, es verdient hätten, diese Liebe auch zu teilen. Danach hatte sie gewusst, dass sie für immer zusammengehörten. Sie war sechzehn gewesen.

»Natürlich erinnere ich mich daran! Und ich habe nie mit jemand anders geschlafen.«

Er wandte ihr den Rücken zu, denn er schien nicht in der Lage, ihr in die Augen zu sehen. »Ich schon.«

Seine Worte brannten wie eine Ohrfeige, und ihre Wange fühlte sich tatsächlich wie taub an. Dann waren ihre Befürchtungen also berechtigt gewesen. Michael hatte eine Affäre. Sie griff nach einer Zigarette und zündete sie an. Es war ihr mittlerweile egal, was er davon hielt.

»Das wird jetzt wehtun«, gab er zu, »aber ich muss dir endlich die ganze Wahrheit sagen. Das ist das Mindeste, was dir zusteht. Ich fühle mich schon seit langer Zeit irgendwie anders. Tatsächlich ist es schon mein ganzes Leben lang so. Aber es wurde mir erst ein oder zwei Jahre nach dem Abschluss des Studiums richtig bewusst. Ich hatte sehr intensive feuchte Träume, die mich Nacht für Nacht aus dem Schlaf rissen, doch ich habe immer darauf geachtet, dass du nichts merkst. Und dann wurde Cara und etwas später auch noch Eva geboren, und die Träume hörten eine Zeit lang auf. Allerdings hatte ich immer noch verstörende Gedanken, und ich vermisste die Träume sogar irgendwie. Bis ich eines Tages eine Person kennenlernte, die mich zwang, mich meinen Ängsten zu stellen. Jemanden, der verstand, was mich plagte. Diese Person meinte: ›Ich weiß, was mit dir los ist.‹ Wir redeten lange darüber, und als die Wahrheit schließlich ans Licht kam, fühlte es sich richtig an. Es war, als wäre mir ein riesiger Stein vom Herzen gefallen. Endlich war das Leben wieder lebenswert – und wir begannen eine Affäre.«

Carol Anne stiegen Tränen in die Augen, und sie hatte das Gefühl, als wäre ihre ganze Welt aus den Fugen geraten. »War es Angie?«

»Nein, es war nicht Angie. Die Person arbeitete als Assistenzarzt im Krankenhaus.«

»Bist du noch mit ihr zusammen?«

»Nein.« Michael legte den Kopf in den Nacken und starrte an die Decke. Die nächsten Worte waren kaum zu verstehen. »Meine Affäre mit ihm ist schon lange vorbei.«

Die Worte trafen Carol Anne wie ein Faustschlag. Sie wollte ihn korrigieren und sagen, dass es doch *»mit ihr«* heißen musste, doch in ihrem tiefsten Inneren wusste sie, dass es kein Grammatikfehler gewesen war. Michael hatte ihr gerade etwas gestanden, das sie im Grunde schon vermutet hatte, das aber so verwerflich war, dass sie nicht weiter darüber nachdenken wollte. Doch jetzt konnte sie es nicht mehr verleugnen, und plötzlich ergab alles einen Sinn. Es erklärte, warum sie mehr oder weniger wie Bruder und Schwester zusammenlebten. Und nun war ihr auch klar, was es mit den jungen Männern auf dem Boot auf sich gehabt hatte.

»Du hattest eine Affäre mit einem Mann«, sagte sie, und es überraschte sie selbst, wie ruhig sie dabei klang.

»Ja.«

»Gab es noch andere?«

»Ja.«

In diesem Moment verlor Carol Anne die Beherrschung. Sie stürzte sich auf Michael und trommelte mit den Fäusten auf ihn ein. Er nahm die Schläge ohne Gegenwehr entgegen. »Dann ist unsere Ehe wohl eine einzige Lüge!«, schrie sie. »Du Mistkerl! Du verdammter Mistkerl.« Als sie endlich erkannte, wie gewalttätig ihre Reaktion war, ließ sie die Hände sinken und starrte ihn mit Tränen in den Augen an. »Und was ist mit Aids, Michael? Was ist mit *mir?* Hast du dir jemals Gedanken darüber gemacht, dass du mich anstecken könntest?«

»Ich hatte immer nur Safer Sex«, erklärte er rundheraus.

»Und das soll mich jetzt beruhigen, oder wie.« Sie ging zum Tisch, setzte sich und vergrub den Kopf in den Händen. »Du hast vorhin gesagt, dass es hier auch um Angie geht. Wie hast du das gemeint?«

»Ich habe Angie in der Nacht vor dem Mord gesehen. In einer Schwulenbar.«

»Wie bitte? Das verstehe ich nicht.« Carol Anne hob den Kopf und starrte ihn verwirrt an. »Warum erzählst du mir das jetzt?«

Er streckte ihr seine Hände entgegen, öffnete und schloss sie, als wollte er nach etwas greifen, das gerade außer Reichweite lag. Seine Augen waren gerötet, und er kämpfte ebenfalls mit den Tränen. »Ich hatte heute Morgen Besuch von Detective O'Reilly. Jemand hat gesehen, wie ich mich in der Bar mit ihr unterhalten habe.« Seine Schultern sackten nach unten, dann sprach er weiter. »An dem Abend, als du auf Maggies Party warst, hatte ich nach dem Pokerspiel noch Lust auf mehr, und so fuhr ich in die Stadt, um ...« Er atmete tief ein und schien Kraft zu sammeln, um weiterzusprechen. »Ich war in einigen Bars, und schließlich verschlug es mich in einen Laden namens *The Zone*. Angie saß an der Bar. Sie war sturzbetrunken, aber sie wusste trotzdem ganz genau, warum ich dort war. Sie kam zu mir und ließ einen Kommentar vom Stapel, wie sinnlos die Ehe doch sei. Dann verschwand sie. Ich trank aus und ging ebenfalls.

Auf Angies Beerdigung sah ich plötzlich einen Kerl, der mir an dem Abend in der Bar ständig schöne Augen gemacht hatte. Ich war mir ziemlich sicher, dass er mich in der Aufbahrungshalle nicht gesehen hatte, aber ich beschloss, vorsichtshalber nicht mit zu Angies Eltern zu fahren – für den Fall, dass er dort auftauchte.«

»Dann gab es an dem Tag also gar keinen Notfall?«

»Nein«, gab Michael zu und sah Carol Anne direkt in die Augen. »Aber das ist leider nicht alles. Die Cops wollen, dass ich an einer Gegenüberstellung teilnehme. Offenbar gibt es jemanden, der mich im Dunkeln gesehen haben will, wie ich Angies Leiche herumschleppte. Was allerdings unmöglich ist, weil ich nicht dort war.«

»Eine Gegenüberstellung? Das geht auf keinen Fall! Was, wenn dich jemand gesehen hat? Denk mal, was das für deinen Ruf bedeuten würde.«

»Ich weiß«, seufzte er niedergeschlagen.

»Als du an diesem Morgen nach Hause kamst, hast du mit mir geschlafen, und es fühlte sich an, als würdest du es ernst meinen. Hast du mir das alles nur vorgespielt?«

»Nein. Ich war total hin- und hergerissen, denn ich liebe dich wirklich von ganzem Herzen. Nachdem ich Angie in dieser Bar gesehen hatte, bin ich ins Auto gestiegen und einfach herumgefahren, bis an die Grenze zu Wisconsin. Ich konnte nur daran denken, wie schrecklich es wäre, dich und die Kinder zu verlieren, und es machte mir höllische Angst, denn ihr seid das Wichtigste in meinem Leben. Am Ende beschloss ich, dir alles zu erzählen und eine Therapie zu machen, um das Problem aus der Welt zu schaffen. Und sobald ich diesen Entschluss gefasst hatte, wollte ich bloß noch nach Hause und dir nahe sein. Ich will, dass wir zusammenbleiben. Ehrlich.«

Carol Anne holte tief Luft und dachte einen Augenblick über die Situation nach. Ihr Mann hatte ihr gerade gestanden, dass er mit anderen Männern geschlafen hatte. Das allein war schon schlimm genug, aber zu allem Überfluss wurde er nun auch noch des Mordes an Angie verdächtigt. Sie fragte sich, was schlimmer war: dass ihr Mann schwul war oder dass er ein Mordverdächtiger war. Sie beschloss, dass die Sache mit dem Mord im Moment eine größere Gefahr für ihre Familie darstellte. Sie sah bereits die Schlagzeilen vor sich: MORDVERDACHT! *Verheirateter Arzt und bekannter Schönheitschirurg verkehrt regelmäßig in Schwulenbars.*

Es würde keine Rolle spielen, ob Michael schuldig war oder nicht, er würde trotzdem viele Patienten verlieren. Sein Ruf wäre ruiniert. Und was war mit Cara und Eva? Wie würden die anderen Kinder reagieren, wenn man ihrem Vater ein solches Verbrechen anlastete?

Was nützte es ihnen, wenn Michaels Therapie erfolgreich war – was sie inständig hoffte –, wenn seine Karriere ruiniert war?

Das Wichtigste war nun, dass sie die Kinder vor jeglichem Schmerz bewahrte. Angies Fall erregte eine Menge öffentliche Aufmerksamkeit, und sie durfte nicht riskieren, dass Michael damit in Verbindung gebracht wurde. Sie ging zu ihrem Mann und massierte ihm den Nacken, wie sie es immer getan hatte, wenn er nach einem langen Tag als Assistenzarzt nach Hause gekommen war. Sie würde sich um die Sache kümmern.

Es durfte auf keinen Fall zu dieser Gegenüberstellung kommen. So viel war klar.

»Mach dir keine Gedanken, Michael. Es wird alles gut«, versicherte sie ihm. Und das würde es auch. Dafür würde sie sorgen. Jetzt, da sie wusste, wogegen sie kämpfte, war alles viel einfacher.

Kapitel 34

Ron

Nachdem Kozlowski eine weitere schlaflose Nacht mit starken Zahnschmerzen verbracht hatte und zu Hause geblieben war, war Ron allein losgefahren, um dem Ärztezentrum einen Besuch abzustatten und mit Dr. Michael Niebaum zu sprechen. Wobei *Ärztezentrum* ziemlich irreführend war. Das Wartezimmer mit der Kaffeebar und dem Marmorboden erinnerte ihn eher an eine Hotellobby. Oder an ein Bordell, wenn man sich all die gut aussehenden jungen Frauen so ansah, die hier ein und aus gingen.

Der Arzt hatte sich sofort bereit erklärt, mit ihm zu sprechen, und als O'Reilly ihm von dem Zeugen erzählt hatte, der ihn mit Angie im *Zone* gesehen hatte, gab er alles bereitwillig zu. Doch dann hatte er tatsächlich den Mumm, O'Reilly eine Lügengeschichte aufzutischen und zu behaupten, er wäre bis nach Wisconsin gefahren, um nachzudenken. Viel wahrscheinlicher war es da, dass er sich auf den Weg zum Belmont Harbor gemacht hatte. Die gute Nachricht war, dass Niebaum einer Gegenüberstellung zugestimmt hatte. Allerdings musste O'Reilly dafür zuerst Ralph ausfindig machen, der jedoch ständig umherstreifte.

Mittlerweile war er wieder im Polizeirevier und wartete, dass sein übliches Frühstück aus Aspirin und Kaffee endlich Wirkung zeigte. Das Telefon klingelte, und zu seiner Überraschung war es Mrs Niebaum. Er sah die hübsche Frau mit der sanften Stimme vor sich, die am Sonntag auf dem Parkplatz so verzweifelt versucht hatte, sich ihre Angst nicht anmerken zu lassen. Sie hatte ihn zwar angelogen, aber er hatte trotzdem Mitleid mit ihr, weil sie mit einem derartigen Arschloch verheiratet war.

»Was kann ich für Sie tun, Mrs Niebaum?«

»Detective O'Reilly, es ist unerlässlich, dass Sie so schnell wie möglich vorbeikommen.«

Unerlässlich. Das war ein starkes Wort. Vielleicht war sie endlich bereit zuzugeben, dass ihr Mann in der Nacht des Mordes nicht bereits um Mitternacht zu Hause war. Auch wenn es dafür mittlerweile ein wenig zu spät war. Oder gab es vielleicht etwas anderes, was sie mit ihm besprechen wollte?

Er war zwar gerade aus den nördlichen Vororten ins Revier zurückgekehrt, doch sein Kopf dröhnte, und ihm war jede Ausrede recht, um wieder zu verschwinden. Gestern Abend war es in der Bar um die Ecke wieder ziemlich spät geworden.

»Ich bin schon unterwegs«, sagte er.

Die Zigarette zwischen Carol Annes Fingern war schon wieder heruntergebrannt, und sie dachte bei sich, dass es dieses Mal wirklich schwer werden würde, mit dem Rauchen aufzuhören. Sie drückte den Rest in einer Untertasse aus. Nach Michaels Beichte hatte sie ihn überredet, wieder in die Praxis zu fahren. Was sollten sie denn zu Hause machen? Einander anstarren vielleicht? Sobald er fort war, rief sie Detective O'Reilly an. Jetzt lag es an ihr, ein Wunder zu vollbringen.

Michael jr. begann in seinem Zimmer zu brüllen, und Carol Anne fluchte laut. Der Wunsch, dass er heute länger schlafen möge, war wohl zu optimistisch gewesen. Sie ging in sein Zimmer hoch, wo er aufrecht in seinem Gitterbett stand und sich an den Stäben festklammerte. Sein kleines Gesicht war rot vor Wut, weil man ihn allein gelassen hatte, doch als er seine Mutter sah, versiegten die Tränen augenblicklich, und im nächsten Moment strahlte er bereits. Es war das erste Mal, dass er allein aufgestanden war.

Die Liebe, die Carol Anne bei seinem Anblick verspürte, war beinahe übermächtig. »Mein kleines Wunder«, flüsterte sie, während sie ihn aus dem Gitterbett hob. »Du weißt ja gar nicht, was für ein Wunder du bist.«

Sie wechselte gerade seine Windel, als es an der Tür klingelte. Schnell zog sie ihn an und eilte dann mit dem Kleinen im Arm die Treppe hinunter.

Detective O'Reilly wirkte müde. Seine Augen waren wie immer blutunterlaufen, seine Kleidung zerknittert, und seine grauen Haare standen in alle Richtungen ab, als wäre er gerade erst aufgestanden.

Carol Anne warf einen Blick über seine Schulter und hielt nach seinem groß gewachsenen Partner Ausschau. »Sind Sie allein?«, fragte sie.

»Detective Kozlowski ist heute leider verhindert.« O'Reilly rang sich ein Lächeln ab, das Carol Anne vermutlich beruhigen sollte. Daraufhin folgte ein peinliches Schweigen, das lediglich vom Glucksen des Babys durchbrochen wurde.

»Macht es Ihnen etwas aus, wenn wir in die Küche gehen?«, fragte Carol Anne schließlich. »Dort kann ich den Kleinen absetzen.«

»Nein, ganz im Gegenteil. Ich mag Küchen.« Carol Anne führte O'Reilly durch das teuer eingerichtete Haus, und er musste unwillkürlich an Suzanne Lundgrens elegante Wohnung über den Wolken und Natasha Dietrichs Herrenhaus in Lake Forest denken. Angie Wozniaks Freundinnen hatten es wirklich weit gebracht. Doch dann fiel ihm Kelly Delaneys kleine Kellerwohnung ein – nun, zumindest *einige* ihrer Freundinnen.

In der Küche setzte Carol Anne das Baby in den Lauflernstuhl und bot O'Reilly eine Tasse Kaffee an.

»Ja. Schwarz und stark, bitte«, erwiderte er.

Seine Hand zitterte, als er die Tasse an die Lippen hob. Der Kaffee war um einiges besser als das Zeug, das er auf dem Revier immer trank. »Sie wollten etwas mit mir besprechen, Mrs Niebaum?«

Carol Anne hatte seit ihrem Telefonat mit dem Detective immer wieder in Gedanken durchgespielt, was sie ihm sagen wollte. Michael war ein guter Mensch, ein hingebungsvoller Vater und ein talentierter, engagierter Arzt, und es wäre schrecklich, wenn gewisse Dinge an die Öffentlichkeit gelangten, denn die ganze Familie war von Michael abhängig. Doch jetzt, da es Zeit wurde, das alles endlich auszusprechen, war ihr Mund staubtrocken, und sie brachte kein Wort heraus. Sie zündete sich eine weitere Zigarette an, um sich Mut zu machen.

»Entschuldigen Sie, das ist nur eine vorübergehende Sache, aber im Moment brauche ich das einfach.« Sie nahm einen tiefen Zug und wartete, bis das Nikotin seine Wirkung entfaltete. Dann blies sie den Rauch weg vom Baby und drückte die Zigarette wieder aus. »Ich habe gehört, dass mein Mann des Mordes an Angie verdächtigt wird.«

»Na ja, wir wollen ihn uns auf jeden Fall mal genauer ansehen.«

»Warum? Weil er in derselben Bar gesehen wurde, in der auch Angie war?« Carol Anne senkte betreten den Blick. »Ja, er hat mir erzählt, dass er dort war. Er hat mir in letzter Zeit so einiges erzählt. Mehr, als ich überhaupt wissen wollte, um ehrlich zu sein. Aber die Tatsache, dass er in dieser Bar war, hat nichts mit Angies Tod zu tun. Es war bloß Zufall. Mehr nicht.«

Und es ist wohl auch Zufall, dass Ihr Boot nur wenige Hundert Meter vom Fundort der Leiche entfernt ankert?, hätte O'Reilly sie am liebsten gefragt, doch er hielt sich zurück. Er hatte Mitleid mit dieser verletzlichen Frau. Sie war nicht nur hübsch, sondern offenbar auch anständig, und ihre blasse Haut und die dunklen, lockigen Haare erinnerten ihn an seine verstorbene Mutter. Und obwohl O'Reilly nicht mit Sicherheit wusste, was Michael Niebaum um drei Uhr morgens im *Zone* verloren hatte, war ihm klar, dass es nichts Gutes für seine Ehe verhieß. Seine Abneigung gegenüber dem Kerl wuchs. Es war im Grunde egal, ob Niebaum etwas mit Angie Wozniaks Tod zu tun hatte oder nicht, sein Lebensstil hatte auf jeden Fall bereits ein Opfer gefordert – und zwar seine hübsche Frau.

»Michael hat mir erzählt, dass Sie ihn zu einer Gegenüberstellung aufgefordert haben«, meinte Carol Anne, und ihre weiche Stimme klang plötzlich eiskalt. Sie griff nach einer weiteren Zigarette, überlegte es sich dann aber doch anders. Sie wandte sich zu ihm um und sah ihn flehend an. »Detective O'Reilly, Sie dürfen Michael nicht zu dieser Gegenüberstellung zwingen! Überlegen Sie doch mal, was das für seine Karriere bedeuten würde. Er muss seinen guten Ruf wahren. Wenn ihn jemand auf dem Polizeirevier sieht, würde das unsere ganze Familie zerstören … unser ganzes Leben.«

»Mrs Niebaum«, erwiderte O'Reilly. »Warum haben Sie

uns eigentlich angelogen? Warum haben Sie behauptet, Ihr Mann wäre bereits um Mitternacht zu Hause gewesen?«

Carol Anne war zwar stark, aber ein Mensch kann nur eine gewisse Anzahl an Schlägen wegstecken. Es prasselte gerade so viel auf sie ein, aus so vielen verschiedenen Richtungen, dass sie Angst hatte, jeden Moment zusammenzubrechen. Obwohl sie es schaffte, halbwegs ruhig zu wirken, stand sie kurz vor dem Abgrund, ihre Hände zitterten, und ihr Blick war von Tränen getrübt. O'Reilly sah, in welcher Zwickmühle sie sich befand, doch er nahm sich vor, dass sein Mitleid für diese Frau seiner Arbeit bei der Mordkommission auf keinen Fall in die Quere kommen durfte. Er würde sich nicht von ihren Tränen ablenken lassen, ganz egal, wie sehr sie ihn an seine Mutter erinnerte.

»Ich weiß auch nicht, warum ich gelogen habe«, gestand Carol Anne und biss die Zähne zusammen, um nicht die Kontrolle zu verlieren. »Vielleicht war es mir peinlich, weil er so spät nach Hause kam. Vielleicht habe ich gespürt, dass es Schwierigkeiten geben könnte. Aber Sie müssen mir glauben: Michael hatte nie eine Affäre mit Angie, und er hat sie ganz sicher nicht umgebracht.«

Dessen war sich O'Reilly zwar nicht ganz so sicher, aber als Carol Anne das Wort »Affäre« benutzte, kam er auf eine Idee. Niebaum war offensichtlich schwul oder bisexuell. Was, wenn er eine Affäre mit mehreren Personen hatte? Vielleicht waren er, Angie und der Kerl aus New Hampshire auf einen Dreier aus gewesen? Das würde einiges erklären. Er brauchte unbedingt einen Durchsuchungsbefehl, damit er sich Niebaums Telefonkontakte ansehen konnte. Es war immer sehr aufschlussreich, mit wem die Leute telefoniert hatten. Aber einen Durchsuchungsbefehl zu bekommen, kostete eine Menge Zeit, und die hatte O'Reilly nun mal nicht. Es musterte die verzweifelte Frau, die er da vor sich hatte.

»Ich sage Ihnen jetzt etwas, Mrs Niebaum: Wenn Sie wirklich so sicher sind, dass Ihr Mann nichts mit Angies Tod zu tun hat, dann könnten Sie etwas für mich tun, um es zu beweisen. Wir machen einen Deal. Ich werde die Gegenüberstellung absagen, wenn Sie mir die Telefonkontakte Ihres Mannes besorgen. Von zu Hause und aus dem Büro. Wenn ich den regulären Weg beschreite, dauert es Tage, aber mit Ihrer Einwilligung ...«

»In Ordnung, ich organisiere sie Ihnen«, erklärte Carol Anne eilig und sah ihn erleichtert an. Einen Moment lang wäre sie ihm am liebsten um den Hals gefallen. »Wir werden alles tun, um Michaels Unschuld zu beweisen. Einfach alles.«

Auf dem Rückweg in die Stadt kam O'Reilly bei einer dieser Restaurantketten mit mittelmäßigem Essen und einer großen Bar vorbei. Er drehte um und bog auf den Parkplatz. Es war immerhin bereits Mittagszeit, und ein kühles Bier würde ihn vielleicht wieder ins Gleichgewicht bringen. Er stürzte das erste Glas in einem Zug hinunter und bestellte ein zweites, an dem er genüsslich nippte, während er die verschiedenen Szenarien im Kopf durchspielte: außereheliche Affäre, ein eifersüchtiger Liebhaber, eine schwule Dreiecksbeziehung ... Schade, dass Koz nicht hier war, um die Sache zu besprechen. Doch wenn Koz hier gewesen wäre, hätte O'Reilly nicht an dieser Theke gesessen und getrunken. Er bestellte ein drittes Bier und verlangte anschließend die Rechnung.

Während er zurück zu seinem Auto ging, dachte er erneut an Carol Anne Niebaum. Glück konnte man offensichtlich tatsächlich nicht mit Geld kaufen.

Kapitel 35

Kelly

Im *Gitane's* ging es genauso verrückt zu wie immer: Männer in Anzügen schlangen eilig ihr Mittagessen hinunter, während Frauen in Designerkleidern genau das Gegenteil machten und sich ewig lange Zeit ließen. Kelly war direkt nach einer Prüfung in Biopsychologie hierhergeeilt, doch sie hatte kein gutes Gefühl, was die Prüfung betraf, und so war sie die ganze Schicht über nicht richtig bei der Sache. Sie vergaß zweimal, eine Bestellung weiterzugeben, bis sie merkte, dass die Gäste bereits ostentativ in ihre Richtung blickten, und einmal brachte sie die falsche Rechnung an einen Tisch. Glücklicherweise fiel es ihr noch rechtzeitig auf, denn sonst hätte sie den fehlenden Betrag von ihrem Gehalt zahlen müssen.

Die Prüfung war jedoch nicht der einzige Grund, warum sie so unkonzentriert war. Ihre Gedanken kreisten immer noch um den Mann aus New Hampshire, denn sie war fest davon überzeugt, dass er etwas mit Angies Tod zu tun hatte. Sie hatte den Cops zwar von dem weißen Pick-up erzählt, aber sie hatten den Kerl immer noch nicht ausfindig gemacht. Es blieb ihr wohl nichts anderes übrig, als ihnen die ganze Geschichte zu erzählen.

»Entschuldige Maggie«, murmelte sie, während sie in

ihrer Schürze nach einem Vierteldollar suchte und dann zu dem Telefon vor der Damentoilette eilte. Sie hatte Glück, und O'Reilly saß an seinem Schreibtisch. »Es tut mir leid, dass ich eine solche Nervensäge bin, aber ich muss unbedingt mit Ihnen sprechen, es ist wichtig.«

»Ich glaube Ihnen kein Wort, Ms Delaney«, erwiderte er. Sein Kater war nach den drei Gläsern Bier ein wenig abgeflaut, doch ihr Anruf brachte ihn mit voller Wucht zurück.

»Was glauben Sie nicht? Dass ich Ihnen etwas Wichtiges zu sagen habe?«

»Nein. Dass es Ihnen leidtut, eine solche Nervensäge zu sein.«

»Haha«, erwiderte sie trocken. »Ich muss Sie wirklich sehen.«

»Wir haben hier im Moment ziemlich viel zu tun«, erklärte er und hoffte, sie damit abzuwimmeln. Er wollte nicht noch mehr Zeit mit dieser aufdringlichen Person verschwenden. »Können wir nicht gleich am Telefon darüber reden?«

»Ich sagte doch, dass es wichtig ist.«

Er gab nach. »Okay, wo treffen wir uns?«

»Meine Schicht ist bald zu Ende. Treffen wir uns in etwa fünfzehn Minuten im *O'Dwyer's* in der Dearborn Street?«

O'Reilly warf einen Blick auf die Uhr an der Wand. Es war drei viertel drei. »Gut. Dann um drei«, bestätigte er. *Und ich hoffe, die Infos taugen etwas!*

Eine Minute später kam Koz. »Schön, dass du noch lebst«, fauchte O'Reilly. »Wo warst du, verdammt noch mal?«

»Beim Zahnarzt. Er hat den verfluchten Zahn endlich gezogen. Aber jetzt ist Melissa stinksauer, weil sie etwas gegen Leute mit Zahnlücken hat. Sie will nicht mit einem Hinterwäldler verheiratet sein. Also muss ich wohl eine Brücke machen lassen, und das ist nicht gerade billig. Die neue Angelrute kann ich also vergessen«, jammerte Kozlowski. »Hab ich was verpasst?«

»Ich bin auf dem Weg ins *O'Dwyer's*. Kelly Delaney will sich mit uns treffen, da ist es vielleicht ganz gut, wenn du noch unter Medikamenteneinfluss stehst.«

»Ms Delaney. Was will sie denn dieses Mal?«

»Keine Ahnung, das hat sie mir nicht gesagt. Vielleicht will sie auch zur Polizei ...«

In der Bar roch es nach abgestandenem Bier und modrigem Holz. Ein paar Stammgäste von früher saßen an der Theke und schwemmten das Hochprozentige in ihren Gläsern mit Bier hinunter. Kelly kam ab und zu hierher an ihren ehemaligen Arbeitsplatz, um sich in Erinnerung zu rufen, wie mies es hier war. Sie war wie der Kerl in Fitzgeralds Geschichte, der sich jeden Tag einen Drink genehmigte, damit er nicht auf die Idee kam, Alkohol wäre besser, als er eigentlich war. Doch im Gegensatz zu Fitzgeralds Figur hätte es Kelly auf keinen Fall bei einem Drink am Tag belassen. Das wusste sie mit Sicherheit.

Sie setzte sich auf einen wackeligen Stuhl an einem wackeligen Tisch am Fenster und nickte dem Barkeeper zu, der schon ewig in dem Laden arbeitete. Eddy erwiderte ihr Nicken mit einem schwachen Lächeln, und seine riesigen, gelben Zähne stachen aus seinem knochigen Gesicht hervor. Er hatte ein Glas vor sich stehen, das aussah wie Wasser mit Eiswürfeln, doch Kelly wusste es besser. Das einzige Wasser in dem Glas kam vom Eis.

Die Kellnerin trat an den Tisch, und Kelly bestellte eine Cola. Sie sah Eddy bei der Arbeit zu, und es war wie ein Déjà-vu: ein Glas, etwas Eis, Cola, einen Strohhalm, alles an die Kellnerin weiterreichen und dann ein Schluck vom eigenen Drink. Kelly fragte sich, wann Eddys Leber wohl den Kampf aufgeben würde oder er betrunken vor ein vorbeifahrendes Auto stolperte.

Sie hatte ein schlechtes Gewissen, weil sie kurz davor war, ihre Freundin zu verraten, aber sie wurde lieber von einer lebenden Maggie gehasst, als auf ihrer Beerdigung zu weinen. Als sie noch klein war, meinte ihre Mutter jedes Mal, wenn sie Kelly bestrafte: *Glaub mir, es tut mir mehr weh als dir!* Und so würde es auch sein, wenn sie das Versprechen brach, das sie Maggie gegeben hatte. Trotzdem musste sie es tun.

Kelly nahm eine alte Ausgabe der *Chicago Tribune* vom Nebentisch und begann mit dem Kreuzworträtsel. Nachdem sie jahrelang hinter der Bar gestanden und oft lange Zeit nichts zu tun gehabt hatte, war sie zu einem richtigen Profi geworden. Sie hatte beinahe alles ausgefüllt, als sie Detective Kozlowski entdeckte, der gerade auf sie zukam. Seine rechte Wange war geschwollen, was ihn wie ein sehr großes, kahles Streifenhörnchen aussehen ließ.

»Ms Delaney, darf ich mich zu Ihnen setzen?«, lallte er, und sie fragte sich, ob er sich womöglich ein Beispiel an O'Reilly genommen hatte. Doch dann presste er sich seine riesige Pranke auf die Wange. »Aus einer Hundert-Dollar-Füllung wurde gerade eine Fünfhundert-Dollar-Brücke.«

»Hassen Sie es auch so, Geld für die Zähne auszugeben? Ich nämlich schon. Und nennen Sie mich um Himmels willen Kelly! Ich fühle mich immer so alt, wenn jemand in meinem Alter Ms Delaney zu mir sagt. Wie eine Lehrerin oder so.«

»Okay, und ich bin Joe.«

»Joe«, meinte Kelly und warf einen Blick auf das unvollständige Kreuzworträtsel. »Kennen Sie vielleicht eine Heilpflanze mit zehn Buchstaben?«

»Nein, leider nicht. Obwohl ich während der Observierungen sehr viel Zeit mit Kreuzworträtseln verbracht habe.«

»Verdammt! Nur eine leere Spalte fehlt mir noch, dann hätte ich alles herausbekommen.« Sie brach ab und dachte darüber nach, was sie gerade gesagt hatte. »Ist es nicht bei der Mordkommission ganz ähnlich? Dass wegen eines leeren Feldes die ganze Ermittlung den Bach runtergeht?«

Kozlowski fuhr sich mit den Fingern unter den etwas zu engen Hemdkragen und wünschte, sein Partner würde endlich auftauchen. Er fühlte sich in Gegenwart anderer Frauen immer ziemlich unwohl und hatte Angst, etwas Dummes zu sagen.

»Es gibt meistens mehrere leere Felder. Außerdem ist es wichtig, dass wir Beweise finden. Oft wissen wir ganz genau, wer der Täter ist, aber wir haben nicht genug, damit der Staatsanwalt Anklage erheben kann. Und dann ist es eigentlich für die Katz, denjenigen überhaupt zu verhaften.«

»Passiert das oft?«

»Öfter, als Sie glauben.«

Kelly dachte an ihre Begegnung mit den jugendlichen Gangmitgliedern. Sie wusste, dass die Teenager sie ohne Umschweife getötet hätten, und fragte sich, ob man sie in diesem Fall wohl jemals geschnappt hätte.

Die Kellnerin kam, und Kozlowski bestellte ein Soda.

»Ich trinke selten Alkohol«, erklärte er. »Das Zeug gibt mir nichts, und auch auf die Wirkung kann ich verzichten.«

»Ich nehme an, Ihr Partner macht das locker wieder wett«, erwiderte Kelly und achtete dabei genau auf die Reaktion des Riesen.

»Ron trinkt vielleicht gerne, aber deshalb ist er noch lange kein schlechter Mensch«, verteidigte Kozlowski O'Reilly. »Außerdem habe ich noch nie einen Cop kennengelernt, der so hart arbeitet. Er hätte schon vor langer Zeit zum Lieutenant ernannt werden sollen.«

»Vielleicht steht ihm der Alkohol im Weg.«

Kozlowski zuckte mit den Schultern. »Er ist Ire, was soll ich noch mehr dazu sagen? Sein Leben war nicht gerade einfach. Seine Mutter starb, als er noch ein Kind war, und er musste seine Geschwister praktisch allein großziehen. Sein Vater war die ganze Zeit betrunken – da sieht man mal, was für ein netter Kerl er ist, denn er hat sich um den alten Mann gekümmert, bis er vor ein paar Jahren starb.«

»Hat er eine Frau?«

»Na ja, er war mal verheiratet. Aber es hat nicht funktioniert.«

Kein Wunder, dachte Kelly, doch sie sah in O'Reilly mittlerweile mehr als bloß einen versoffenen Cop. Sie fragte sich, wie seine Mutter wohl gestorben war und ob sie der Krebs auch von innen heraus aufgefressen hatte, bis nur noch Knochen in einer wertlosen Hülle übrig geblieben waren. Hatte sich Ron O'Reilly auch jeden Abend in den Schlaf geweint? Beschäftigte der Tod seiner Mutter ihn immer noch, genauso wie er auch Kelly beschäftigte? Füllte der Alkohol das Vakuum, das ihr Tod hinterlassen hatte?

»Das mit seiner Mutter tut mir sehr leid«, erklärte Kelly. In diesem Moment ging die Tür auf, und O'Reilly trat ein. Er sah sich um, und sein Blick blieb kurz an der Bar hängen, bevor er sich zu ihnen an den Tisch setzte. Die Kellnerin war bei ihm, bevor sein Hintern den Stuhl berührt hatte.

»Was zu trinken?«

»Kaffee.«

»Sind Sie sicher, dass Sie nichts Stärkeres wollen?«, scherzte Kelly, doch der Blick, den O'Reilly ihr daraufhin zuwarf, sagte ihr, dass sie den Bogen gerade überspannt hatte. Die Kellnerin zog kopfschüttelnd ab und hoffte, dass die drei Abstinenzler an ihrem besten Tisch noch vor der Happy Hour weg wären.

»Ich muss Ihnen etwas Wichtiges sagen«, begann Kelly. »Aber es ist ein sehr sensibles Thema, denn es könnte das Leben mehrerer Menschen ruinieren. Ich verrate das Vertrauen einer guten Freundin, aber ich habe solche Angst, dass ihr auch etwas zustößt, dass ich keine andere Wahl habe.«

O'Reilly warf Kozlowski einen Blick zu. *Immer diese Möchtegern-Detektive!* Er konnte es kaum erwarten, was die ehemalige alkohol- und drogenabhängige, zur Joggingfanatikerin mutierte Psychologiestudentin/Kellnerin ihnen zu sagen hatte. Und er blieb auch nicht lange im Ungewissen. Kelly lehnte sich nach vorn und flüsterte. »Wenn Sie mehr über den Kerl aus New Hampshire wissen wollen, müssen Sie mit Maggie Trueheart reden.«

O'Reilly unterdrückte ein Stöhnen. Delaney hatte sie vollkommen grundlos in diese schmierige Kneipe bestellt. »Wir haben bereits mit Maggie gesprochen«, erklärte er. »Sie kann sich nur noch dunkel daran erinnern, dass sie im *Overhang* mit ihm getanzt hat, das ist alles.«

O'Reilly knallte einen Zehndollarschein auf den Tisch und stand auf.

»Nein, warten Sie«, rief Kelly verzweifelt. »Das ist

nicht die ganze Geschichte! Sie hat Sie angelogen. Sie hat nicht nur mit ihm getanzt – sie hat mit ihm geschlafen.«

Mehrere Gäste drehten den Kopf in ihre Richtung, und O'Reilly setzte sich wieder. Nun hatte Kelly seine ungeteilte Aufmerksamkeit. »Bei allem Respekt – wenn Sie wirklich die Wahrheit sagen, wie ist es dann möglich, dass der Kerl Angie ermordet hat? Er war doch anderweitig beschäftigt.«

»Ich glaube, dass Folgendes passiert ist: Er hat Maggie unbemerkt etwas in den Drink gemischt, entweder in der Bar oder bei ihr zu Hause – glauben Sie mir, ich weiß, wie einfach das ist. Und nachdem er sie außer Gefecht gesetzt hatte, ist er los und hat Angie umgebracht, bevor er wieder zu Maggie ins Bett kroch. Das wäre doch das perfekte Alibi, oder?«

»Aber was wäre sein Motiv?«, fragte sich Kozlowski laut.

»Das weiß ich auch nicht, aber Sie müssen doch zugeben, dass es seltsam ist, dass er zuerst vor Carol Annes Haus und dann im *Overhang* war. Und dass er am Ende auch noch mit meiner Freundin ins Bett gegangen ist.«

O'Reilly nickte nachdenklich. Seine Vermutung, dass Maggie Trueheart etwas vor ihnen verbarg, war also richtig gewesen. Und nun wusste er, was es war. Er dachte daran, dass auch Carol Anne Niebaum ihn angelogen hatte, und bezweifelte, dass Suzanne Lundgren ihm gegenüber vollkommen ehrlich gewesen war. Er war zwar kein Moralapostel, aber was war bloß mit diesen Frauen los? Sagte hier eigentlich irgendjemand die Wahrheit?

»Also, wir müssen jetzt Folgendes tun«, fuhr Kelly vor und verriet ihnen den Plan, den sie sich mittlerweile zurechtgelegt hatte: »Maggie darf nicht erfahren, dass ich es Ihnen gesagt habe, also müssen Sie etwas erfinden. Vielleicht, dass ein Nachbar gesehen hat, wie sie aus einem Pick-up aus New Hampshire ausgestiegen ist. Oder dass der Barkeeper Ihnen erzählt hat, dass sie die Bar mit dem Kerl verlassen hat. Sie können ihr alles erzählen, solange Sie mich aus dem Spiel lassen. Ich würde das hier nicht tun, wenn ich nicht solche Angst hätte, dass er zurückkommt und sich auch noch über Maggie hermacht. Damit könnte ich nicht leben.«

»Keine Sorge, wir werden mit ihr reden«, versicherte ihr O'Reilly. Er stand zum zweiten Mal auf, und Kozlowski folgte ihm.

Sie waren schon auf halbem Weg zur Tür, als der große Cop plötzlich wie angewurzelt stehen blieb und zu Kelly herumfuhr. »Schafgarbe«, meinte er.

Kelly warf einen Blick auf das Kreuzworträtsel und lächelte. »Ja, genau! Schafgarbe. Danke, Joe!«

Draußen auf der Straße sah O'Reilly seinen Partner mit erhobenen Augenbrauen an. »Schafgarbe? Was sollte das denn bedeuten?«

»Eine Heilpflanze mit zehn Buchstaben.«

»Oh.« Offensichtlich hatten die beiden einen Draht zueinander gefunden, bevor er aufgetaucht war, und er hatte keine Ahnung, warum ihn diese Vertrautheit so störte. Es stand doch außer Zweifel, dass Delaney eine wahnsinnige Nervensäge war. Abgesehen von dem naheliegenden Grund, warum er Angie Wozniaks Mörder möglichst bald finden wollte, war es ein riesiger Bonus, dass er Kelly dann endlich wieder los war.

Kapitel 36

Noch 3 Tage

Ich arbeitete am Dienstag bis spät in die Nacht hinein und saß am Mittwochmorgen sofort wieder am Schreibtisch. Ich hatte unruhig geschlafen und von Flynn, der Hochzeit und Steven Kaufman geträumt. Es gab immer noch einige Deadlines, die ich bis zum Ende der Woche erfüllen musste, und die Merkzettel in meinem Posteingangskorb wurden immer mehr. Ich wollte mir die Hände auf die Ohren pressen und den Mund weit aufreißen wie in Edvard Munchs *Der Schrei*. Hätte das Leben doch bloß einen Pausenknopf – oder noch besser: einen Knopf, um alles zurückzuspulen.

Meine Periode hatte immer noch nicht eingesetzt. Meine Brüste waren angeschwollen und empfindlich, und meine Mitte war aufgebläht, als hätte ich mir den Bauch an einem Büfett vollgeschlagen. Ich konnte mich nicht erinnern, dass ich mich vor dem Einsetzen der Periode jemals so unwohl gefühlt hatte. Trotzdem redete ich mir ein, dass ich einfach nur unter Stress stand und sie deshalb auf sich warten ließ. Es war schlichtweg unmöglich, dass ich nach einem einzigen Fehltritt gleich schwanger geworden war. Doch wenn es wirklich nur der Stress war, warum sprangen meine Brüste dann beinahe aus dem BH?

Mein Telefon klingelte. Es war meine Vorgesetzte, Marian Roche, die Herausgeberin des *Chicagoan*.

»Würden Sie bitte in mein Büro kommen?« Ihre Stimme klang sehr geschäftsmäßig, und mein Magen zog sich zusammen. Marian nahm sich selten Zeit für ein Lob. Sie zitierte ihre Mitarbeiter nur zu sich, wenn es ein Problem gab.

»Natürlich, ich bin sofort da!«

Ich fuhr mit dem Aufzug in den zehnten Stock, ging den langen Flur mit den gläsernen Büros der Geschäftsführung entlang und blieb vor dem Schild mit der Aufschrift *M. Roche* stehen.

Marian war elegant gekleidet und beugte gerade den Kopf mit dem vorzeitig ergrauten Haar über den Glasschreibtisch, der genauso durchsichtig war wie die Wände ihres Büros. Sie winkte mich herein und musterte mich mit ihren grauen Augen.

»Wie geht es Ihnen?«, fragte sie, ohne mir einen Stuhl anzubieten.

»Ganz gut«, log ich, und es war nur eine weitere Lüge von vielen. Ich sah zum Park hinaus, wo sich die Softballspieler tummelten. »Das übliche Lampenfieber vor dem großen Tag, aber sonst ist alles okay.«

Ihrem Gesichtsausdruck nach zu urteilen, hatte ihre Frage nichts mit meinem persönlichen Wohlbefinden zu tun. Für solche Belanglosigkeiten hatte Marian keine Zeit. Sie war fünfundvierzig und hatte bereits drei Ehen hinter sich. Die ersten beiden wurden geschieden, die dritte hatte sie zur Witwe und zur Besitzerin und Herausgeberin des *Chicagoan* gemacht. Mittlerweile war sie mit der Zeitung verheiratet und liebte den beruflichen Wettbewerb. Ihr Ziel war ein hochklassiges Produkt, das bei den Lesern und Anzeigenkunden gleichermaßen gut ankam.

»Ich weiß, dass Sie viel um die Ohren haben, aber ich muss Sie trotzdem an die August-Deadlines erinnern.« Sie starrte mich in Grund und Boden. »Schaffen Sie es bis Freitag?«

Ich wand mich verlegen. »Na ja, ich liege ein wenig hinter dem Zeitplan …«

»Was bedeutet ›ein wenig hinter dem Zeitplan‹? Wenn Sie zusätzliche Hilfe brauchen, um alles unter einen Hut zu bringen, dann sagen Sie es! Ich besorge Ihnen jemanden.«

Doch leider war eine zusätzliche Mitarbeiterin auch nicht die Lösung, denn sie würde mir wohl kaum dabei helfen können, mich zu konzentrieren. Und sie konnte mir weder dabei helfen, endlich eine Nacht durchzuschlafen, noch meine Schuldgefühle vertreiben. Ich musste es also allein schaffen. Tatsächlich war dieser Job, den ich so sehr hasste, vielleicht das Einzige, was mich – und vielleicht auch mein Kind – in Zukunft über Wasser halten würde. »Danke, Marian, aber diese Dinge kann ich unmöglich delegieren. Ich werde einfach die nächsten Tage ein paar Überstunden einlegen. Machen Sie sich keine Sorgen, ich schaffe das!«

»In Ordnung, Maggie. Ich vertraue Ihnen. Aber denken Sie daran: Wenn Sie Hilfe brauchen, bin ich für Sie da!«

Wobei sie mir damit nur auf höfliche Art mitteilen wollte, dass ich ganz allein dafür verantwortlich war, wenn ich meinen Job nicht auf die Reihe brachte. Als ich ihr Büro verließ, war ich fest entschlossen, meine privaten Sorgen außen vor zu lassen und mich ab jetzt nur noch auf die Arbeit zu konzentrieren. Doch der Vorsatz hielt nicht lange an, denn als sich die Aufzugtüren öffneten, sah ich Detective O'Reilly in einem der Stühle auf dem Flur sitzen und in der neuesten Ausgabe des *Chicagoan* blättern. Er war in letzter Zeit viel zu oft hier. Sandi bemühte sich redlich, so zu tun, als wäre das nichts Besonderes. Als O'Reilly mich sah, klappte er das Magazin zu und erhob sich.

»Ms Trueheart, haben Sie eine Minute Zeit für mich?«

»Um ehrlich zu sein, nein. Habe ich nicht. Ich habe nicht mal eine *Sekunde* Zeit«, erwiderte ich schrill. Ich wäre am liebsten weitergegangen und hätte ihn in seinen zerknitterten Klamotten im Flur stehen lassen, doch dazu fehlte mir natürlich der Mut. »Kommen Sie mit«, seufzte ich.

Sandis Blick folgte uns. Gott sei Dank war mein Büro nicht aus Glas wie Marians. Ich schloss die Tür. »Detective, Sie verstehen sicher, dass ich bis zum Wochenende noch viel zu tun habe, also könnten Sie sich kurz fassen?«

»Das hängt davon ab, ob Sie mir dieses Mal endlich alles sagen, was Sie wissen.«

»Worüber denn?«

»Über den Mann aus New Hampshire.«

Mein Magen gab ein unüberhörbares Rumpeln von sich, und ich wäre am liebsten auf die Toilette gerannt. Trotzdem gab ich nicht nach, sondern hielt mein Täuschungsmanöver aufrecht. »Hören Sie, ich habe Ihnen diesbezüglich schon alles gesagt!«, erklärte ich kühler, als ich es jemals für möglich gehalten hätte.

»Mrs Trueheart, einer Ihrer Nachbarn hat einen weißen GMC-Pick-up aus New Hampshire in Ihrer Straße gesehen, und zwar in der Nacht, als Angie Wozniak ermordet wurde. Wir suchen nach dem Besitzer dieses Autos, und wenn Sie uns Informationen vorenthalten, kann ich Sie wegen Beihilfe zu einer Straftat und Widerstand gegen die Staatsgewalt verhaften.«

Das war's. Jetzt hatte er mich! Zweimal hatte ich mich aus der Affäre ziehen können, doch nun musste ich die Karten auf den Tisch legen. O'Reillys Worte und die kaum verhohlene Drohung waren unmissverständlich. Wenn es nötig war, würde er mich vermutlich in Handschellen vom Traualtar abführen. Ich sank in einen der Besucherstühle vor meinem Schreibtisch.

»Detective, der Mann, nach dem Sie suchen, kann nichts mit Angies Tod zu tun haben, denn er war die ganze Nacht bei mir«, gestand ich. »Wie Sie vermutlich wissen, werde ich am Samstag heiraten, und ich brauche Ihnen wohl nicht zu sagen, welche Probleme mich erwarten, wenn diese Sache rauskommt. Ich verstehe einfach nicht, warum sich die Polizei von Chicago derart für mein Privatleben interessiert.«

»Ihr Leben interessiert hier niemanden. Das Leben dieses Kerls jedoch sehr wohl. Ich möchte ihm nur ein paar Fragen stellen, das ist alles. Und ich verspreche, die Sache diskret zu behandeln. Das ist auch der Grund, warum ich allein hier bin.«

Noch mehr hätte er mich nicht demütigen können. »Verstehen Sie denn immer noch nicht? Er hat die Bar zusammen mit mir verlassen und war bis zum nächsten Morgen bei mir. Muss ich Ihnen wirklich erklären, warum er nicht als Angies Mörder infrage kommt?«

»Sie haben selbst zugegeben, dass Sie betrunken waren. Waren Sie die ganze Nacht wach? Wissen Sie mit absoluter Sicherheit, dass er Ihre Wohnung zwischendurch nicht verlassen hat?«

Ich durchforstete meine alkoholumnebelten Erinnerungen zum hundertsten Mal. Die Drinks in der Küche, Stevens Lippen auf meinem Hals, wir beide auf dem Weg ins Schlafzimmer. Das Nächste, woran ich mich erinnerte, war, dass Suzanne anrief. Ich konnte tatsächlich nicht sicher sein, dass er die ganze Zeit in meiner Wohnung gewesen war. Aber es waren doch nur ein paar Stunden vergangen, zwischen dem … Vorfall und dem nächsten … Vorfall. »Sie glauben, dass er sich davongemacht hat, um Angie zu ermorden, und danach wiedergekommen ist? Das kann nicht sein!«

»Nichts kann sein, bis es doch sein kann. Und jetzt brauche ich seinen Namen.«

»Steven Kaufman«, seufzte ich.

»Sie haben nicht zufällig eine Adresse oder Telefonnummer?«

Ich war am Ende. »Doch, seine Telefonnummer ist in meiner Wohnung.«

»Gut, dann holen wir sie!«

»Was? Jetzt?« Mein Blick wanderte zu den Bergen von Unterlagen auf meinem Tisch, doch dann wurde mir klar, dass ich die Arbeit vielleicht gar nicht mehr vor der Hochzeit erledigen musste. Wenn es so weiterging, hatte ich am kommenden Wochenende genug Zeit, alles aufzuarbeiten. Und an den Wochenenden danach auch. »Ja, warum nicht«, meinte ich schließlich.

Die Geschenke von der Brautparty standen noch immer in der Ecke, gemeinsam mit mehreren Kartons voller Bücher und anderer Kleinigkeiten, die darauf warteten, nach den Flitterwochen in mein neues Zuhause gebracht zu werden. Auf dem Sofa lag ein leerer Koffer für die Reise, den ich noch packen musste.

Ich ließ O'Reilly allein in dem Chaos und ging ins Schlafzimmer. Die Nummer lag in der obersten Schublade des Frisiertisches neben Erinnerungsstücken aus meinem früheren Leben. Cocktailservietten mit kaum lesbaren Notizen, Postkarten aus London und Paris, Streichholzbriefchen meiner Lieblingsrestaurants. Ich nahm den zerknüllten Zettel, starrte auf die Nummer und notierte sie schließlich auf einer der Postkarten. Als ich ins Wohnzimmer zurückkam, stand O'Reilly am Fenster. Ich gab ihm den Zettel, und er stopfte ihn in seine Hosentasche.

»Macht es Ihnen etwas aus, wenn die Spurensicherung vorbeikommt? Wir bräuchten Fingerabdrücke.«

Und ich hatte gedacht, es könnte nicht mehr schlimmer werden. Ich stellte mir vor, wie ein Bus voller Männer in weißen Overalls vor meiner Wohnung hielt, wie sie in meine Wohnung strömten und überall schwarzes Pulver verteilten. Wie sollte ich das bloß meinen Nachbarn erklären? Oder Flynn? Oder meiner Mutter?

»Das wird nicht notwendig sein.« Ich erinnerte mich, wie Steven in meiner Küche stand und uns zwei Gläser Whiskey eingoss. Ich holte die Flasche und gab sie O'Reilly. »Da sind sicher noch Abdrücke auf der Flasche.«

Ich fragte mich, ob er die halb leere Flasche wohl austrinken würde.

Als ich zurück ins Büro kam, war alles ruhig, und die Rezeptionistin, die Sandi während der Mittagspause vertrat, sah kaum von dem Magazin auf, in dem sie gerade blätterte. Ich ging in mein Büro und schloss die Tür. Eine unerklärliche Ruhe überkam mich, wie bei einem Menschen, der seinen eigenen Tod endlich akzeptiert hatte. Der Berg Unterlagen schien plötzlich bewältigbar. Ich setzte mich an den Schreibtisch und begann voller Eifer mit der Arbeit.

Kapitel 37

Ron

Es war später Nachmittag, und die Telefongesellschaft hatte gerade eine Liste mit sämtlichen ausgehenden Anrufen aus dem Haus der Niebaums und der Praxis gefaxt. Es waren Hunderte Nummern, doch eine Nummer stach besonders heraus. Im Laufe des Abends hatte jemand eine Nummer in Oakbrook gewählt, die zu der Nummer passte, die ihm die Braut gegeben hatte. Sie gehörte einem gewissen Vincent Columbo. Er starrte auf die beiden Zahlenfolgen und konnte sein Glück kaum fassen.

»Koz, findest du das hier auch so interessant wie ich?«, fragte O'Reilly und reichte seinem Partner das Fax und Maggies Zettel.

Kozlowski warf einen schnellen Blick darauf. »Mehr als interessant!«

»Columbo. Columbo. Ich frage mich, ob das wohl dieser Baulöwe ist.«

»Es gibt nur einen Weg, das herauszufinden«, erwiderte Koz.

Auf dem Eisenhower Expressway fuhren die Autos Stoßstange an Stoßstange, und die untergehende Sonne blendete die Autofahrer so stark, dass der Verkehr beinahe zum Erliegen kam. Obwohl die Klimaanlage voll aufgedreht war, schwitzte O'Reilly sämtliche Sünden der letzten Nacht heraus, und Kozlowski öffnete vorsorglich das Fenster. Sie fuhren in westlicher Richtung, nahmen die Ausfahrt Oakbrook und bogen erneut nach Westen. Sie kamen an idyllischen Wiesen vorbei, bis sie Chewton Glen erreichten. Zwei riesige Steintürme ragten rechts und links neben der Einfahrt empor, doch es gab kein Tor.

»Anscheinend legen Sie keinen Wert auf Sicherheit«, bemerkte O'Reilly.

»Zumindest noch nicht«, stimmte Kozlowski ihm zu.

Die beiden Cops bogen in das abgeschlossene Wohngebiet ein, das hauptsächlich aus übergroßen Häusern am Rande eines künstlichen Sees bestand. Schließlich hielten sie vor einer weitläufigen palladianischen Villa mit einer riesigen Garage, in der sicher drei Autos Platz fanden. In der bogenförmigen Auffahrt stand ein Mercedes-Benz, und ein Schild auf dem Rasen vor dem Haus informierte die Besucher, dass das Gebäude mit einem Überwachungssystem ausgestattet war.

»Okay, halten wir uns lieber noch etwas im Hintergrund«, schlug O'Reilly vor, und sie fuhren bis ans Ende der Straße, drehten um und parkten vor einem kleinen, frei stehenden Wäldchen, von dem aus sie die Vorderseite des Hauses im Blick hatten. Einige Zeit später trat eine dunkelhaarige Frau in einem Tanktop und einer engen weißen Hose aus dem Haus und fuhr mit dem Mercedes davon. Kurz darauf fuhr ein Cadillac Seville vor und parkte in der Garage.

»Der Herr des Hauses?«, fragte Kozlowski.

»Gut geraten. Sollen wir rübergehen und uns mit Mr Columbo unterhalten?«

Sie fuhren die Einfahrt hoch und parkten dort, wo vorhin der Mercedes gestanden hatte.

»Unser Wagen ist ein richtiger Schandfleck«, bemerkte O'Reilly, als sie ausstiegen.

Die Cops klingelten, und eine spanischstämmige Frau öffnete die Tür. Sie war offensichtlich verunsichert, als sie die Dienstmarken der Detectives sah, und ließ die beiden vor der Tür stehen, um nach ihrem Arbeitgeber zu suchen. Kurz darauf kam sie wieder und forderte die Cops mit starkem Akzent auf, ihr zu folgen.

Die Haushälterin führte O'Reilly und Kozlowski durch eine opulente Eingangshalle und über eine Wendeltreppe ins untere Stockwerk. Sie durchquerten einen Raum, in dem überall Werkzeuge und Holzabschnitte verstreut lagen, und betraten das angrenzende Büro. Vince Columbo saß an seinem Schreibtisch und sah sich ein Spiel der *Chicago Cubs* an. Er hatte den Ton leiser gedreht, und durch das Fenster hinter ihm waren ein Pool und ein gepflegter Garten zu sehen, der bis an den künstlich angelegten See reichte.

Die beiden Detectives zogen erneut ihre Dienstmarken heraus, und Vince warf einen desinteressierten Blick darauf, ehe er das Spiel ausmachte. »Was kann ich für Sie tun, Gentlemen?«, fragte er und durchbohrte sie mit seinen dunklen Augen.

O'Reilly bemühte sich, so ehrerbietig wie möglich zu klingen. »Mr Columbo, wir sind von der Mordkommission und würden Ihnen gerne ein paar Fragen stellen.«

Die Haushälterin stand nervös in der Tür. »Ist schon okay, Maria. Sie dürfen gehen. Diese Gentlemen sind nicht von der Einwanderungsbehörde.« Sie bekreuzigte sich und murmelte ein Gebet, bevor sie verschwand.

Vince erhob sich und schloss die Tür. Er deutete auf

zwei Lederstühle vor dem Fernseher und nahm auf dem Ledersofa gegenüber Platz. »Also, was wollen Sie wissen?«

»Mr Columbo«, begann O'Reilly, und die kühle Luft im klimatisierten Büro ließ seinen Schweiß endlich trocknen. »Vor etwa einer Woche wurde eine Frau namens Angela Lupino Wozniak ermordet, und ihre Leiche wurde anschließend im Lincoln Park gefunden. Kannten Sie diese Frau?«

»Nein, nicht dass ich wüsste«, erwiderte Vince, auch wenn bei dem Namen natürlich sämtliche Alarmglocken schrillten.

»Dann haben Sie sie also nie getroffen?«

»Nein, sicher nicht.«

»Nicht einmal auf einen Drink oder zu etwas ähnlich Unschuldigem?«

»Ich habe Ihnen doch bereits gesagt, dass ich diese Frau nicht kenne!« Vince versuchte erst gar nicht, seinen Ärger zu unterdrücken. »Hören Sie, Gentlemen, ich habe nichts zu verbergen, aber ich werde argwöhnisch, wenn zwei Detectives plötzlich unangemeldet bei mir auftauchen und mich über eine tote Frau ausfragen, die ich gar nicht kenne, ohne mir einen Grund dafür zu nennen. Vielleicht könnten Sie mich zuerst aufklären, worum es hier geht?«

»Nun, es ist ganz einfach, Mr Columbo. Ihre Telefonnummer wurde mit einem Verdächtigen in dem Fall in Verbindung gebracht. Das hier ist eine informelle Befragung, aber ich habe die Erfahrung gemacht, dass Leute, die nichts zu verbergen haben, normalerweise sehr kooperativ sind. Also wären Sie vielleicht bereit, uns noch ein paar Fragen zu beantworten?«

O'Reilly hatte gerade ausgeredet, als die Tür zum Büro

aufging und eine auffallend hübsche junge Frau mit schwarzen Haaren und einer hautengen Jeans eintrat. Sie wirkte überrascht, als sie die beiden Detectives sah. »Oh, entschuldige Daddy, ich wusste nicht, dass du Besuch hast.« Sie zögerte keine Sekunde, sondern drehte sich gleich wieder um, verließ den Raum und schloss die Tür hinter sich. Vince wünschte sich wieder einmal, sie würde nicht so enge Klamotten tragen.

»Ein hübsches Mädchen«, meinte Kozlowski.

»Meine Tochter. Und ich versichere Ihnen, dass ich jedes Mal tausend Tode sterbe, wenn sie mit irgend so einem Schwachkopf um die Häuser zieht«, erwiderte Vince, bevor er sich wieder dem ursprünglichen Gespräch zuwandte. »Ich möchte klarstellen, dass mir diese Situation nicht gefällt und ich mich nicht überfahren lasse. Fragen, die mir angemessen erscheinen, beantworte ich. Für alle weiteren Fragen wenden Sie sich bitte an meinen Anwalt. Ist das ein Angebot?«

»Ja, das ist es«, erwiderte O'Reilly unbeeindruckt. Dieses wenig entgegenkommende Verhalten war ihm nicht neu. »Zunächst einmal: Wer wohnt in diesem Haus?«

»Ich, meine Frau und meine Tochter, wenn sie nicht gerade auf dem College ist. Die Haushälterin ist halbtags hier«, antwortete Vince.

»Und sonst niemand?«

»So ist es.«

»Kennen Sie jemanden aus Kenilworth?«

»Ich kenne mehrere Leute aus Kenilworth, weil ich dort einige Projekte realisiert habe.«

»Sagen Ihnen die Namen Michael und Carol Anne Niebaum etwas?«

»Nein.«

»Fällt Ihnen vielleicht ein Grund ein, warum jemand

im Haus der Niebaums am Abend des sechsten Juni Ihre Nummer gewählt haben könnte?«

»Ich habe Ihnen doch schon gesagt, dass ich diese Leute nicht kenne, und ich wüsste auch nicht, warum jemand …« Vince verstummte. *Suzanne* hatte ihn an diesem Abend angerufen, um ihre Verabredung abzusagen, weil sie noch mit ihren Freundinnen ausgehen wollte. Er stand auf, öffnete die Tür und steckte seinen Kopf hinaus, um sicherzugehen, dass seine Tochter außer Hörweite war. Dann setzte er sich wieder. »Ich habe an diesem Abend tatsächlich einen Anruf erhalten. Von meiner Freundin. Sie war auf einer Party und rief mich hier im Büro an.« Sein Blick sprang von einem Detective zum anderen. »Ich hoffe natürlich, dass das unter uns bleibt.«

»Und hat diese Freundin auch einen Namen?«, fragte O'Reilly.

»Suzanne Lundgren.«

O'Reilly war sprachlos. Plötzlich konnte er sich sehr gut vorstellen, woher die Blumen auf dem Boden stammten, als sie Suzanne das letzte Mal besucht hatten. Er versuchte, sich nichts anmerken zu lassen.

»Aber ihre Freundin Angie kannten Sie nicht?«

»Nein. Aber Suzanne hat mir natürlich von ihr erzählt. Sie ist übrigens seit dem Mord vollkommen durch den Wind, wie ich dazusagen möchte. Und weil ich Suzanne sehr gernhabe, wäre mir nichts lieber, als dass der Schuldige so bald wie möglich hinter Gitter wandert.«

O'Reilly nickte zustimmend, bevor er die Bombe platzen ließ. »Kennen Sie einen Mann namens Steven Kaufman?«

Vince bemühte sich, Ruhe zu bewahren, während er überlegte, wie die Cops auf den Namen des Zimmermanns gekommen waren. »Warum fragen Sie?«

»Er wurde an besagtem Abend in der Nähe der Frauen gesehen.«

»Steven Kaufman hat hier im Haus einige Arbeiten für mich erledigt. Er hat unter anderem die Bar gebaut, an der Sie vorhin vorbeigekommen sind.«

»Haben Sie eine Ahnung, warum er Ihre Telefonnummer als seine eigene ausgegeben hat?«

»Er wohnt in einem ziemlich zwielichtigen Hotel in der Stadt, also habe ich ihm die Nummer gegeben, damit ihn seine Zulieferer hier anrufen können. Leider hat sich herausgestellt, dass er genauso zwielichtig ist wie das Hotel, denn er ist diese Woche nicht zur Arbeit erschienen.«

»Wissen Sie, was Mr Kaufman letzten Freitag in Kenilworth verloren hatte?«

»Nein, ich habe keine Ahnung.« Auf diese Frage war Vince natürlich vorbereitet, doch er konnte ihnen auf keinen Fall sagen, warum Kaufman an diesem Abend in Kenilworth gewesen war, und auch nicht, dass er im Moment gerade oben in einem der Zimmer fürs Personal saß und vermutlich fernsah.

Auf dem Weg nach draußen ließ Kozlowski die Hand über die makellose Oberfläche der Bar gleiten. Sein Vater hatte in seiner alten Heimat als Handwerker gearbeitet, und er hatte ein Auge für herausragende Handwerkskunst.

»Das ist eine wunderbare Arbeit. Es ist wirklich eine Schande, dass Kaufman die Bar nicht fertiggestellt hat.«

»Ja, nicht wahr?«, erwiderte Vince.

Der Mercedes bog in die Auffahrt, als sie gerade losfuhren. O'Reilly warf einen Blick auf seine Uhr. Es war eines dieser Plastikdinger, die Sportler benutzten, doch sie ging sehr genau. Es war sechs Uhr abends. Die Happy Hour war also schon vorbei. Er beobachtete im Rückspiegel, wie die dunkelhaarige Frau von vorhin aus dem Wagen stieg und begann, Einkaufstüten ins Haus zu tragen. »Wenn meine Frau so aussehen würde, würde ich sicher nicht mit einer anderen herumvögeln«, erklärte O'Reilly.

Kozlowski ließ den Kommentar seines Partners unbeantwortet und meinte stattdessen: »Findest du es nicht seltsam, dass Columbos Frau die Einkäufe durch die Vordertür ins Haus trägt?«

»Wie meinst du das?«

»Na ja, sie haben eine Garage mit drei Stellplätzen, und von der Garage führt doch meistens eine Tür direkt in die Küche, oder? Glaubst du nicht, dass Mrs Columbo lieber dort hineingehen würde, anstatt die Einkäufe durchs ganze Haus zu schleppen?«

»Vielleicht sind alle Parkplätze besetzt.«

»Genau! Also ... die Tochter ist zu Hause, das wäre der erste Platz. Und Columbo steht auf dem zweiten. Aber wer parkt auf dem dritten Platz?«

»Die Haushälterin?«, schlug O'Reilly vor.

»Vielleicht, aber es ist ziemlich ungewöhnlich, einer Angestellten einen Platz in der Garage zu geben. Und es gibt da noch etwas, was mir eigenartig vorkommt. Hast du die Werkzeuge gesehen, die auf dem Boden vor der Bar herumlagen? Die sind ziemlich teuer. Ist es nicht seltsam, dass ein Handwerker sich einfach so aus dem Staub macht und seine Werkzeuge zurücklässt?«

O'Reilly musste nicht lange nachdenken, bevor er antwortete. »Weißt du was, Joseph? Du bist ein verdammtes Genie! Du wirst es noch vor mir zum Lieutenant bringen, das schwöre ich dir! Jetzt müssen wir also nur noch herausfinden, wer hinter Tür Nummer drei parkt!«

Kapitel 38

Suzanne

Suzanne trat durch die Tür und ging direkt in ihr Arbeitszimmer, um den Anrufbeantworter abzuhören. Eine Computerstimme teilte ihr mit, dass sie sechs verpasste Anrufe hatte. Der erste Anrufer war Vince. Es war deutlich zu hören, dass ihn etwas beschäftigte.

»Hallo, Liebling, ich bin's. Ich wollte nur mal sehen, ob du schon von deinen Eltern zurück bist. Ich versuche es später noch mal. Ruf bitte nicht an.«

Das ist aber seltsam, dachte Suzanne. *Das hat er ja noch nie gesagt.*

Die nächste Nachricht war von Kelly. »Hey, gehen wir am Samstag zusammen zur Hochzeit?«

Dann wieder Vince: »Bist du noch immer nicht zu Hause? Ich hoffe, es ist alles okay.«

Eigentlich war überhaupt nichts okay. Heute war Johnnys Todestag, und sie hatte den Abend wie immer im Haus ihrer Eltern verbracht. Es war jedes Mal eine ernste, deprimierende Angelegenheit, bei der bloß alte Wunden wieder aufgerissen wurden.

Der vierte Anruf kam von Detective O'Reilly. »Bitte rufen Sie mich an, wenn Sie das hören.«

Die fünfte Nachricht stammte von ihrem Vater, und er

hatte sie vermutlich hinterlassen, sobald Suzanne aus der Tür getreten war. »Hallo, Schätzchen. Hier sind Mom und Dad. Ruf uns an, damit wir wissen, dass du gut angekommen bist!«

Der letzte Anrufer hatte einfach aufgelegt, doch sie wusste, dass es wieder Vince gewesen war.

Sie rief zuerst ihren Vater an. Er klang verängstigt und erschöpft. »Hallo, Suzanne?«

»Ja, Poppy, ich bin's. Du kannst jetzt schlafen gehen. Ich bin zu Hause.«

Sie hörte, wie ihre Mutter im Hintergrund fragte, ob alles in Ordnung sei, und stellte sich vor, wie ihr Vater in seinem Baumwollpyjama und dem Morgenmantel nickte. Ihr kleines Mädchen war sicher zu Hause angekommen.

»Gute Nacht, Schätzchen. Jetzt werden deine Mutter und ich sicher gut schlafen. Wir haben dich lieb.«

»Ich euch auch«, antwortete Suzanne.

Es machte sie traurig, dass ihre Eltern für immer im Schatten von Johnnys Tod leben würden. Sie schienen irgendwie gefangen, bewegten sich wie zwei Roboter zwischen dem Laden und dem Haus hin und her und verbrachten viel zu viel Zeit mit vergilbten Fotoalben. Manchmal hätte Suzanne am liebsten geschrien: *Ihr müsst ihn endlich loslassen! Ihr müsst euer Leben weiterleben und dürft euch nicht selbst vergessen!*

Tränen stiegen ihr in die Augen. Für ihre Eltern, für Johnny – und für sich selbst. *Du musst ihn auch endlich loslassen, Suzanne!*

Das Klingeln des Telefons riss sie aus ihren bitteren Gedanken.

»Hallo?«, fragte sie müde.

»Liebling, du bist endlich zu Hause! Es ist schon nach

elf. Ich habe den ganzen Abend versucht, dich zu erreichen.«

»Na ja, jetzt bin ich ja da.« Ihre ausdruckslose Stimme machte Vince Angst. Hatte die Polizei etwa schon mit ihr über Steven Kaufman gesprochen? Glücklicherweise zerschlugen sich seine Zweifel gleich wieder, als sie weitersprach: »Ich habe gerade einen der schlimmsten Abende meines Lebens hinter mir. Manchmal denke ich mir, dass ich der einzige Grund bin, warum meine Eltern sich noch nicht ganz aufgegeben haben. Dad redet bereits davon, den Laden zu verkaufen, weil ihn ja niemand übernehmen wird. Natürlich erwarten sie, dass ich ihn weiterführe, und ich schaffe es nicht, ihnen klarzumachen, dass ich mir höhere Ziele gesteckt habe.«

»Du Arme«, erwiderte Vince und fühlte sich ihr so nahe, dass ihr Unglück auch zu seinem wurde. »Kann ich etwas für dich tun?«

»Nein, Vince. Du kannst gar nichts tun.« Dann änderte sich ihr Tonfall, und mit einem Mal klang sie gelöster. »Du hast heute Abend dreimal angerufen. Womit habe ich mir diese Ehre verdient?«

Vince nahm all seinen Mut zusammen. Er musste eine sehr unangenehme Aufgabe erledigen – und zwar sofort. »Ich muss mit dir reden. Jetzt gleich.«

»Heute noch? Aber es ist doch schon so spät! Kann das nicht bis morgen warten?«

Er wollte erwidern, dass es natürlich bis morgen warten konnte. Und noch viel, viel länger. Am besten bis in alle Ewigkeit. Aber diesen Luxus konnte er sich nicht leisten. Er musste zu ihr fahren und ihr alles erklären, bevor es zu spät war. Er musste dafür sorgen, dass sie ihn verstand, und hoffen, dass sie ihn nicht dafür hasste.

»Ich wünschte, es könnte warten, aber das geht nicht.

Um diese Zeit ist ja auf den Straßen nichts mehr los. Ich wäre in fünfundvierzig Minuten bei dir.«

Vince klang so verzweifelt, dass Suzanne einwilligte, obwohl sie hundemüde war. Sie fragte sich, was er wohl seiner Frau erzählte, wenn er das Haus um diese Uhrzeit noch verließ. Schob er einen Notfall auf einer Baustelle vor? Die Vorstellung, dass er gerade in diesem Moment seine Frau belog, war so unangenehm, dass sie sie sofort verdrängte. Doch dann kam ihr ein noch viel beunruhigenderer Gedanke: Was, wenn Vince mit ihr Schluss machen wollte?

Suzanne hatte diese Möglichkeit bis jetzt nicht in Betracht gezogen. Ihre gemeinsame Zeit war so toll und aufregend, dass sie sich gar nicht mehr erinnern konnte, wie es vor ihm gewesen war. Die fantastischen Geschenke, die er ihr machte; die Restaurants, in denen sie speisten; der Sex. Vor allem der Sex. Ein Schauer durchfuhr sie, wenn sie nur daran dachte. Es war kaum zu glauben, dass sie so viele Jahre ohne Intimität verbracht hatte. Mittlerweile konnte sie sich nicht mehr vorstellen, ohne den Sex zu leben.

Dabei war ihr die Tatsache, dass Vince verheiratet war, mittlerweile vollkommen egal. Nachdem sie sich am Morgen nach ihrer ersten gemeinsamen Nacht der Regeln in diesem Spiel bewusst geworden war, hatte sie sich mit der Existenz seiner Frau abgefunden. Sie fühlte sich in keiner Weise bedroht. Es war offensichtlich, dass Vince sie vergötterte – und wie viele Ehefrauen konnten das schon von sich behaupten? Er war als Liebhaber, Freund und Finanzier zur Stelle, wenn sie ihn brauchte. Mehr wollte und brauchte sie nicht.

Doch dann kam ihr noch ein zweiter Gedanke: Was, wenn Vince sich von seiner Frau trennen wollte? Das wäre vermutlich genauso schlimm, wie ihn zu verlieren. Ihre Beziehung war perfekt, so wie sie war – Vince war für sie da, aber sie hatte auch noch ihr eigenes Leben. Suzanne genoss ihre Freiheiten und hatte absolut kein Bedürfnis, zu heiraten und Kinder zu bekommen. Ihrer Überzeugung nach war die Chance, dass Kinder einem bloß Kummer bereiteten, genauso hoch wie die Chance, dass sie einen unglaublich glücklich machten. Sie würde nicht zulassen, dass sie einmal genauso litt wie ihre Eltern.

Suzanne lebte nach ihren eigenen Regeln und war glücklich mit ihrem Leben. Also setzte sie sich ans Fenster, sah auf die Lichter der Stadt hinunter und hoffte inständig, dass sie mit dem, was ihr Vince zu sagen hatte, zurechtkommen würde.

Sie war eingeschlafen und schreckte hoch, als das Telefon klingelte. Es war der Portier. *Ja, bitte schicken Sie Mr Columbo herauf.* Sie öffnete ihm die Tür, und er ging ohne einen Kuss oder eine Umarmung an ihr vorbei. Sein Gesichtsausdruck war besorgniserregend ernst, und seine Augen so geweitet wie bei einem verwundeten Tier. Er sah älter und nicht so attraktiv aus wie sonst. Vielleicht, weil seine Mundwinkel nach unten gezogen waren und seine rechte Wange unkontrolliert zuckte. Suzannes Herz begann, vor Angst zu rasen. *Mein Gott, hilf mir! Er will mich verlassen!*

»Was ist los, Vince?«, fragte sie leise.

»Können wir uns hinsetzen und reden?«

»Natürlich.«

Vince folgte Suzanne ins Wohnzimmer, als wäre er ein unerwarteter Gast und nicht ihr Liebhaber, und setzte sich neben sie aufs Sofa, wobei er bewusst Abstand hielt.

Er musterte sie. Zum ersten Mal, seit sie sich kannten, hatte ihr Körper jegliche Anziehungskraft verloren. Seine Nerven waren zum Zerreißen gespannt wie bei einem Soldaten, der weiß, dass sich der Feind jede Sekunde auf ihn stürzen wird. In diesem Fall war der Feind die Wahrheit.

»Suzanne, du bedeutest mir sehr viel«, begann er beinahe kleinlaut. »Mehr, als mir jemals eine Frau bedeutet hat.«

Suzanne wollte etwas erwidern, doch Vince hob die Hand.

»Warte bitte, bis ich fertig bin. Ich glaube, du kennst mich ziemlich gut, und du weißt, wie ich bin. Wenn ich etwas will, verfolge ich diesen Wunsch zu einhundert Prozent. Nichts kann mich davon abbringen. Was dich betrifft, ist es noch schlimmer, denn ich will dich zu *einhundertzehn* Prozent. Ich denke an dich, wenn ich aufwache. Du bist den ganzen Tag über bei mir. Und auch meine letzten Gedanken vor dem Einschlafen gelten nur dir. Ich werde verrückt, wenn ich nicht mindestens einmal am Tag deine Stimme höre. Meine Gefühle für dich drängen meine Frau dermaßen in den Hintergrund, dass sie praktisch nicht mehr existiert.«

Er stand auf und wanderte mit geballten Fäusten im Zimmer auf und ab. Und Suzanne dachte nicht mehr: *Mein Gott, hilf mir! Er will mich verlassen!,* sondern: *Oh, mein Gott, er will seine* Frau *verlassen!*

»Bitte hasse mich nicht für das, was ich getan habe«, flehte Vince sie an und setzte nun bedächtig einen Fuß vor den anderen. »Ich weiß nicht, wie ich es dir am besten erklären soll, also sage ich es einfach geradeheraus: An dem Abend, als der Junggesellinnenabschied stattfand und du mit deinen Freundinnen unterwegs warst, habe ich …« Er verstummte und konnte nicht mehr weitersprechen.

»Was hast du, Vince? Was hast du getan?«, fragte sie.

Er blieb stehen und senkte den Kopf.

»Ich habe jemanden engagiert, damit er dich beschattet.«

»Du hast *was?*« Die Vorstellung war so lächerlich, dass sie tatsächlich laut auflachte.

»Du hast richtig gehört, ich habe dich beschatten lassen. Ein Mann, der gerade für mich arbeitet, ist dir nach Kenilworth und später in die Innenstadt gefolgt. Er war mit dir und deinen Freundinnen im *Overhang.*«

Ein taubes Gefühl breitete sich in ihr aus, als ihr die Tragweite seines Geständnisses bewusst wurde.

»Das verstehe ich nicht, Vince! Ich war doch immer ehrlich zu dir und habe dir gesagt, wo ich bin und was ich dort mache. Ich habe es dir *freiwillig* erzählt, weil ich es so wollte. Was habe ich getan, dass du mir derart misstraust?« Ihre Wangen glühten vor Wut. Er hatte sich in ihr Leben eingemischt und gedacht, er könnte über sie bestimmen. »Ich habe dich sogar an diesem Abend angerufen und dir gesagt, was ich vorhabe! Aber vielleicht hätte ich es einfach aus Carol Annes Haustür hinausbrüllen sollen. Verdammt, man könnte fast meinen, *ich* wäre hier verheiratet und würde meinen Mann betrügen!«

Er starrte sie an, ohne zu blinzeln. »Das ist ja das Problem, Suzanne, verstehst du denn nicht? Ich bin verheiratet, aber das scheint dir nicht das Geringste auszumachen. Du beschwerst dich nicht darüber und fragst nie nach meiner Frau, oder ob ich noch mit ihr schlafe. Dich interessiert nicht einmal, wie sie aussieht. Das ist doch nicht normal! Wenn du mich lieben würdest, würdest du mich ständig über meine Frau ausfragen, aber du hast nie auch nur ein Wort gesagt. Deshalb habe ich mich gefragt, wie ernst dir unsere Beziehung ist. Und als du mir erzählt hast, dass du am Freitag mit deinen Freundinnen einen draufmachen willst, habe ich die Nerven verloren. Du unternimmst doch sonst auch nie etwas mit ihnen. Ich musste wissen, was du wirklich vorhattest. Wenn du dich mit einem anderen treffen würdest, würde ich sterben vor Eifersucht. Ich bin verrückt nach dir, Suzanne. Du hast mich in einen Irren verwandelt.« Er sank mitten im Wohnzimmer auf die Knie und faltete die Hände wie zum Gebet. »Ich plädiere auf Unzurechnungsfähigkeit. Bitte vergib mir.«

Obwohl Suzanne eigentlich wütend sein wollte, brach sie beim Anblick des auf dem Boden knienden Mannes in Gelächter aus. Sie konnte nicht anders. Ihr Lachen wurde immer hysterischer, und schließlich brach sie auf dem Sofa zusammen und schlang sich die Arme um die Mitte, während ihr Tränen über das Gesicht liefen. Er wollte nicht mit ihr Schluss machen, und er würde auch seine Frau nicht verlassen. Aber er hatte sie beschatten lassen, weil er so besessen war von ihr.

Vince sah sie an wie ein kleiner Junge, der bei etwas Verbotenem erwischt worden war. Als er schließlich erkannte, dass sie nicht aus Wut und Verbitterung lachte, stimmte er nervös und erleichtert mit ein.

Suzanne richtete sich auf und wischte sich die Tränen von den Wangen. Dann sah sie ihn stirnrunzelnd an. »Vince, ich sollte wahnsinnig wütend sein und dich sofort aus meiner Wohnung werfen, stattdessen werde ich dir verzeihen. Aber wenn du noch ein einziges Mal meine Privatsphäre verletzt, dann war's das!«

»Ich schwöre dir, dass ich so etwas nie wieder tun werde!«

»Außerdem hätte ich da noch eine Frage: Warum hast

du ausgerechnet jetzt beschlossen, mir davon zu erzählen?«

»Weil die Cops nach dem Kerl suchen, den ich engagiert habe. Deine Freundin Maggie hat ihnen eine Telefonnummer gegeben, und sie haben die Nummer zu mir zurückverfolgt. Die beiden hegen den lächerlichen Verdacht, dass der Mann etwas mit dem Mord an Angie zu tun hat. Ich wollte einfach vor ihnen mit dir reden.«

»Aber, warum hatte Maggie seine Nummer?« Suzannes Augen weiteten sich, als sie daran dachte, was auf der Tanzfläche im *Overhang* passiert war. »Oh, Vince, du glaubst doch nicht, dass Maggie …«

Er wandte den Blick ab.

»Oh, mein Gott«, war alles, was Suzanne dazu sagen konnte.

Suzanne schlief sofort ein, nachdem sie sich geliebt hatten, und Vince lag neben ihr im Dunkeln und bemühte sich, ruhig zu atmen. Obwohl er erschöpft war, spürte er die Aufregung in seinem Inneren. Er musterte ihr Profil in dem schwachen Licht, das durch die Jalousien fiel, und ihm wurde klar, dass er ohne sie nicht mehr leben konnte. Zum ersten Mal seit seiner Hochzeit dachte er tatsächlich an Scheidung. Es war schon erstaunlich, wie das Schicksal manchmal eingriff und das Leben eines Menschen von Grund auf änderte. Eine falsche Abzweigung, eine zufällige Begegnung, ein Börsenkrach. Manchmal musste man die Gelegenheit eben beim Schopf packen. Und Suzanne war eine Gelegenheit, die er nicht mehr missen wollte.

Auch wenn er wusste, dass er seine Tochter damit verletzen würde. Natürlich liebte er Anna über alles, aber es war eine andere Art Liebe, und er hoffte, dass Anna ihn gern genug hatte, um ihn zu verstehen.

Kapitel 39

Noch 2 Tage

Drei brutal aussehende Punks mit zerrissenen T-Shirts und umgedrehten Baseballkappen beobachteten mich, wie ich die Rolltreppe der Hochbahnstation Fullerton hinunterfuhr. Ich starrte sie herausfordernd an. Sollten sie sich doch mit mir anlegen! Sie würden mir sogar einen Gefallen tun, wenn sie mich zusammenschlagen und sterbend zurücklassen würden.

Es war neun Uhr abends, und ich war völlig fertig. Ich hatte mein Versprechen gegenüber Marian gehalten und alle Deadlines erfüllt. Mein Schreibtisch und mein Eingangskorb waren leer. Ich musste morgen nur noch mal kurz ins Büro, um mich um einige Details zu kümmern, die ich erst kurz vor der Deadline erledigen konnte, dann stand meiner Hochzeit nichts mehr im Weg.

Doch die Tatsache, dass der Druck im Büro endlich nachgelassen hatte, änderte nichts an dem anderen Stress, unter dem ich stand. Die schreckliche Wahrheit war, dass meine Periode immer noch auf sich warten ließ. Ich musste mich also langsam mit dem Gedanken abfinden, dass ich vielleicht wirklich schwanger war, und hatte sogar einen Zwischenstopp in einer Drogerie eingelegt, um mir einen Schwangerschaftstest zu besorgen. Sobald ich mir sicher war, konnte ich mir endlich über die nächsten Schritte Gedanken machen.

Es war ein angenehmer Abend, und vom Lake Michigan wehte eine sanfte Brise herüber. Ich schlenderte den Bürgersteig entlang, vorbei an den geschlossenen Läden und den geöffneten Diners, und ließ mir absichtlich Zeit, um das Unvermeidliche hinauszuzögern. Schließlich bog ich in meine Straße und ging unter den herabhängenden Ästen der Bäume bis zu meinem Haus – wo ich plötzlich wie angewurzelt stehen blieb.

Jemand saß auf der Treppe vor der Eingangstür!

Ich konnte das Gesicht der Person nicht erkennen, nur die dunklen, lockigen Haare. Zuerst dachte ich an eine Obdachlose, doch als die Frau den Kopf hob, erkannte ich Carol Anne. Ihr Gesicht war so aufgedunsen und verheult, dass sie vollkommen fremd aussah.

Ich lief zu ihr und nahm sie in den Arm. »Was ist denn los? Ist etwas mit den Kindern?«

»Nein, den Kindern geht's gut. Es ist wegen Michael. Oh, Maggie, du wirst es nicht glauben!« Sie schluchzte so heftig, dass ich sie kaum verstand.

»Ist ja gut, gehen wir doch erst mal rein!« Ich kramte meinen Schlüssel aus der Tasche, und wir gingen Hand in Hand die Treppe hoch. In meiner Wohnung setzte ich Carol Anne erst mal aufs Sofa im Wohnzimmer, bevor ich in die Küche ging und uns beiden ein Glas Pinot Grigio eingoss. Dann überlegte ich es mir anders und nahm gleich die ganze Flasche mit.

Ich hielt Carol Anne eine Schachtel Kleenex und das Glas Wein entgegen, und sie putzte sich die Nase und nahm einen großen Schluck. Ich wartete, bis sie sich wieder unter Kontrolle hatte, und als das Glas halb leer war, konnte sie endlich normal reden.

»Mein Leben ist ruiniert«, stöhnte sie.

Stell dich hinten an!, dachte ich, doch als sie mir schließlich erzählte, was los war, war ich zutiefst schockiert. Michael stand auf Männer und hatte ihr versprochen, eine Therapie zu machen, um ihre Ehe zu retten – ich war schlichtweg sprachlos. Ich hätte nie gedacht, dass Michael Niebaum homosexuell oder bisexuell oder was auch immer sein könnte. Er war immer der perfekte Ehemann gewesen, und außerdem war er ein richtiger Macho. Andererseits zeigte das nur wieder einmal, dass man Leute nicht nach dem äußeren Schein beurteilen sollte …

»Ich wollte nicht, dass irgendjemand erfährt, dass wir all die Jahre praktisch nicht miteinander geschlafen haben. Nicht einmal du. Es war mir peinlich. Ich dachte die ganze Zeit, dass es an mir liegt, weil ich nicht attraktiv genug oder zu langweilig bin. Doch als Michael mir die Wahrheit sagte, war ich auf groteske Weise sogar froh, denn jetzt weiß ich, wo das Problem liegt und wogegen ich ankämpfe …«

Sie begann erneut zu weinen. »Er hat mir versprochen, sich zu ändern, aber bis jetzt hat es nichts gebracht. Er sollte heute um halb sechs zu Hause sein, und als er um sieben immer noch nicht da war, rief ich in der Praxis an. Er meinte, er müsse noch arbeiten, doch dann hörte ich eine männliche Stimme im Hintergrund und verlor die Beherrschung – du weißt ja, dass im Grunde nur Frauen zu ihm kommen … Danach habe ich die Babysitterin angerufen und bin hierhergekommen. Ich habe es einfach nicht mehr allein geschafft. Ich musste es jemanden erzählen. Ich habe die ganze Zeit vor deiner Tür gesessen und hatte schon Angst, dass du vielleicht gar nicht nach Hause kommst …« Sie griff in ihre Tasche und holte eine

Packung Zigaretten heraus. »Macht es dir etwas aus, wenn ich rauche?«

Wir tranken die Flasche Pinot Grigio leer, Carol Anne rauchte Kette, und ich kämpfte gegen das Verlangen, mich ihr anzuschließen. Schließlich öffnete ich eine zweite Flasche Wein. Carol Anne winkte ab, weil sie immerhin noch nach Hause fahren musste, doch ich musste nirgendwohin, und so nahm ich noch ein Glas.

»Und als wäre das alles nicht schon genug, gilt Michael jetzt auch noch als Verdächtiger in Angies Fall.«

»Oh, Mann! Die Cops verdächtigen aber auch wirklich jeden. Der Kerl, mit dem ich geschlafen habe, gehört auch dazu.«

»Oh, Gott, ich bin so mit meinen eigenen Problemen beschäftigt, dass ich das ganz vergessen habe! Hast du deine Periode schon bekommen?«

Ich deutete auf die weiße Einkaufstüte auf dem Tischchen neben der Tür. »Da drin ist der Schwangerschaftstest. Das Problem ist nur, dass ein falsches Ergebnis in der ersten Woche ziemlich wahrscheinlich ist. Das heißt, dass ich mir nicht sicher sein kann, selbst wenn er negativ ist.«

»Und wenn er positiv ist?«

»Dann weiß ich zumindest Bescheid. Meinst du nicht auch, dass ich eine sehr gute alleinstehende Mutter abgeben würde? Und meine Eltern wären sicher auch total begeistert. Kannst du dir meine Mutter vorstellen?«

»Vergiss deine Mutter! Was ist mit Flynn?«

Ich schüttelte den Kopf und merkte, dass ich ziemlich betrunken war. »Keine Ahnung. Ich schätze, ich warte bis zur letzten Sekunde. Der Raumfahrtbehörde ist es einmal gelungen, den Start des Spaceshuttles siebenundzwanzig Sekunden, bevor es losgehen sollte, noch abzubrechen. Das sollte mir mit der Hochzeit doch auch gelingen, oder?«

Die zweite Flasche Wein war beinahe leer, als ich mich an Carol Annes letzte Worte erinnerte, bevor sie gegangen war: »Wenn du wirklich schwanger bist, ist so viel Alkohol sicher nicht gut für das Baby.«

Ich stellte das Glas beiseite und dachte nach. Ich hatte keine Probleme – es waren lediglich Herausforderungen! Und kurz darauf hatte mein alkoholumnebeltes Gehirn auch schon die Lösung parat: Ich würde die Hochzeit absagen, und Carol Anne würde sich von Michael scheiden lassen. Und dann würden wir zusammenziehen und unsere Kinder gemeinsam großziehen.

Das Klingeln des Telefons riss mich aus meinen absurden Gedanken.

»Hallo?«, meinte ich mit schwerer Zunge.

»Maggie? Geht es dir gut?« Es war Flynn, und er klang verärgert.

»Klar!«, erwiderte ich und bemühte mich, möglichst nüchtern zu klingen. »Carol Anne war gerade da, und wir haben ein paar Gläser Wein getrunken, das ist alles.«

Ich spürte seinen stillschweigenden Tadel sogar durchs Telefon. »Du solltest besser schlafen gehen. Ich muss dir wohl nicht sagen, dass morgen ein wichtiger Tag für uns ist. Die Jungs aus Dartmouth kommen, und ich will nicht, dass du einen Kater hast.«

»Mach dir keine Gedanken wegen mir.«

Er spürte vermutlich, dass wir kurz davor standen, in einen Streit zu geraten, denn er änderte hastig den Tonfall. »Maggie, ich weiß, dass du ziemlich unter Druck stehst. Und ich will dich wirklich nicht ärgern. Ich will nur, dass alles perfekt ist. Und jetzt leg dich hin und schlaf dich aus. Ich rufe dich dann morgen früh an, okay?«

»Okay, Flynn. Gute Nacht.«

»Und, Maggs? Ich liebe dich.«

»Ich dich auch.«

Ich legte auf und dachte an den nächsten Tag, an dem Flynns Trauzeugen in O'Hare landeten und anschließend in ihre Hotels gebracht werden mussten. Er hatte zehn Freunde eingeladen, während die Riege meiner Brautjungfern relativ klein war. Das war das einzige Zugeständnis, das meine Mutter gemacht hatte. Neben mir vor dem Altar stehen würden lediglich meine beiden Schwestern, Flynns Schwester Nan, die gerade von einem Auslandssemester in Italien zurückgekehrt war, und Carol Anne, die meine Trauzeugin sein würde.

Ich hatte gerade aus reinem Trotz auch noch das letzte Glas Wein geleert, als das Telefon erneut klingelte. Ich war mir sicher, dass es noch einmal Flynn war, also fauchte ich ein unfreundliches *Hallo?* in den Hörer. Doch die männliche Stimme am anderen Ende war mir nicht so vertraut wie Flynns, obwohl ich sie trotzdem sofort wiedererkannte.

»Hier ist Steven.«

»Woher hast du meine Nummer?«, fragte ich.

»Ich habe sie von deinem Telefon abgeschrieben«, erwiderte er ungerührt. »Ich fahre heute nach Hause. Das wollte ich dir nur noch sagen.«

»Weißt du, dass du ein Verdächtiger in einem Mordfall bist?«

»Du weißt, dass ich es nicht war.«

»Woher soll ich das wissen?«

»Ach, jetzt komm schon!«

»Nein, ehrlich! Woher soll ich wissen, dass du mir nichts in den Drink gemischt und dich dann rausgeschlichen hast?«, fragte ich und konfrontierte ihn mit Kellys Theorie. »Was hattest du an dem Abend vor Carol Annes Haus verloren? Und warum bist du uns ins *Overhang* gefolgt und hast mich verführt?«

»Es ist nicht so, wie es aussieht«, erklärte er. Es folgte ein langes Schweigen, dann meinte er: »Kann ich vorbeikommen und es dir erklären? Es ist mir wichtig, dass du Bescheid weißt, bevor ich fahre.«

»Kannst du es mir nicht am Telefon erzählen?«

»Es ist kompliziert.«

Das Beste wäre gewesen, kategorisch abzulehnen und aufzulegen. Oder einfach bloß aufzulegen. Das wäre sicher das Allerbeste gewesen. Und das Vernünftigste. Doch in letzter Zeit war ich nun mal alles andere als vernünftig, und da ich mich aufgrund des Alkohols unverwundbar fühlte, sah ich keine Gefahr darin, ihn für ein paar Minuten in meine Wohnung zu lassen. Tatsächlich würde es mir die Möglichkeit geben, einige offene Fragen zu klären, die mir ständig im Kopf herumschwirrten.

»Okay, du kannst vorbeikommen. Aber du solltest dich beeilen, und du kannst nicht lange bleiben.«

»Ich bin schon unterwegs«, erwiderte er.

Ich ließ mich vor den Fernseher fallen und zappte durch die Kanäle auf der Suche nach etwas, das mich ablenken würde. Ich litt gerade Höllenqualen bei einer Wiederholung von *Seinfeld,* als es leise an der Tür klopfte.

Ich öffnete, und im nächsten Moment stand er in Fleisch und Blut vor mir und nicht nur im Traum. Er war sogar noch attraktiver, als ich ihn in Erinnerung hatte, und sein schwarzes, in die Jeans gestecktes T-Shirt gab den Blick auf seine sehnigen Arme frei. Ich stellte mich ihm trotzdem in den Weg.

»Also?«, fragte ich unwirsch.

»Darf ich wenigstens reinkommen?«

»Und woher soll ich wissen, dass du nicht gefährlich bist?«

»Ich bin nicht gefährlicher als du.«

Ich trat beiseite und ließ ihn in die Wohnung. »Du siehst gut aus«, erklärte er lässig, als er an mir vorbeiging, und ließ sich in demselben Stuhl nieder, in dem er auch an jenem schicksalhaften Morgen gesessen hatte. Er benahm sich, als gehörte er hierher, und ich fragte mich, wie er wohl auf die Tatsache reagieren würde, dass mein ganzes Leben auf der Kippe stand – und zwar wegen ihm. Ich setzte mich auf die Armlehne des Sofas und versuchte, so unbeteiligt wie möglich zu wirken und gleichzeitig nicht das Gleichgewicht zu verlieren.

»Ich habe dich nicht reingelassen, damit du mir Komplimente machst! Ich will Antworten. Und du könntest gleich mal damit anfangen, was du an dem Abend in Kenilworth verloren hattest.«

»Ich habe gearbeitet. Mein Boss wollte, dass ich euch folge.«

Ich fiel vor Schock beinahe vom Sofa. Er erzählte, dass sein Auftraggeber, Vince Columbo, und Suzanne eine Affäre hatten und Vince Steven dafür bezahlt hatte, Suzanne nachzuspionieren. Ich war sprachlos und natürlich auch schockiert, als ich von Suzannes Affäre erfuhr, doch ich tat so, als hätte ich bereits davon gewusst.

»Dann hast du uns also die ganze Zeit über beobachtet, während wir bei Carol Anne waren?«

»Ja, aber ich habe eigentlich nur im Wagen vor dem Haus gesessen. Allerdings bin ich schnell mal hinters Haus, als der Stripper kam. Ich habe gesehen, wie er dich an den Stuhl gefesselt hat. Da bist du mir zum ersten Mal aufgefallen, und ich fand dich echt süß.«

Meine Wangen begannen zu glühen. War es Steven oder der Wein? »Und dann?«

»Bevor ihr losgefahren seid, hörte ich, wie du dich mit Suzanne im *Overhang* verabredet hast. Ich bin zu einem Münztelefon und habe Vince gesagt, was sie vorhatte, und er meinte, ich sollte ihr unbedingt folgen.«

Ich dachte daran, wie ich ihn das erste Mal gesehen hatte. Er hatte allein an der Bar gesessen, und seine Locken hingen beinahe in sein Bier. Und dann hatte mein kleiner Scherz, dass ich ihn auf einen Drink einladen wollte, mein Schicksal besiegelt.

»Aber warum bist du Suzanne und Angie nicht gefolgt, als sie die Bar verlassen haben? Warum bist du geblieben?«

Steven senkte den Blick und fuhr mit der Schuhspitze nervös über den Teppich, was ich äußerst liebenswert fand. Es war einfach so erfrischend, einmal keinem Geschäftsmann oder Investmentbanker gegenüberzusitzen. Ich betrachtete seine starken, geschickten Hände. Es gefiel mir, dass er Dinge damit erschuf, die Bestand und einen Wert hatten, während die Geschäftsleute und Banker bloß mit Geld arbeiteten und damit noch mehr Geld machten – und zwar nur um des Geldes willen.

Steven sah grinsend auf, und ich fühlte mich wie Scarlett O'Hara, als Rhett ihr vom Fuße der Treppe zulächelte.

»Ich schätze, ich wurde von einer Frau abgelenkt, die um einiges interessanter war als Vince Columbos Freundin.«

Ich spürte ein Kribbeln und hasste mich dafür. Es bestand einfach eine unerklärliche Verbindung zwischen uns, und die Spannung brachte die Luft vor Verlangen zum Knistern. Ich dachte an das Kind, das vielleicht gerade in meinem Bauch heranwuchs, und diese Intimität war durch nichts zu überbieten. Doch bevor ich etwas sagen konnte, fasste Steven meine Gefühle bereits in die richtigen Worte. »Glaubst du an das Schicksal? Daran, dass wir zusammengehören? Sag nicht, dass du es nicht auch spürst!«

Ich beugte mich unbewusst nach vorn, als wäre er ein riesiger Magnet. Mein Verstand sagte mir, dass es falsch und unmoralisch war, aber ich war machtlos. Dann jedoch siegte die Vernunft, und ich fuhr zurück.

»Du musst jetzt gehen! Ich darf nicht noch einmal denselben Fehler machen.«

Ein entschlossener Blick trat in seine kaffeebraunen Augen. »Vielleicht war es kein Fehler, Maggie. Vielleicht war es Bestimmung.«

In diesem Moment machte sich mein Mund plötzlich selbstständig, ohne vorher das Gehirn um Erlaubnis zu fragen. »Ja, klar! Und dass ich jetzt schwanger bin, war wahrscheinlich auch Bestimmung, oder?«

Ich schob es auf den Alkohol, was jedoch nichts daran änderte, dass ich es gerne sofort wieder zurückgenommen hätte. Doch ich konnte es nicht ungeschehen machen. Und auch wenn die Worte als Ohrfeige gedacht gewesen waren, verstand Steven sie offenbar als Einladung.

Er stand auf, kam auf mich zu, ließ sich auf den Boden sinken und vergrub seinen Lockenkopf in meinem Schoß. *Du verstehst das vollkommen falsch. Das hier ist nicht richtig.*

Es war ein moralisches Tauziehen. Ich wollte unbedingt das Richtige tun, doch aus meinem kategorischen »Nein!« wurde in der nächsten Sekunde ein »Vielleicht«. Er streckte die Hand aus und berührte mein Gesicht, und ich wurde zu Wachs in seinen Händen. Ich rutschte vom Sofa auf den Boden, und im nächsten Moment lag ich auf dem Rücken, und er rollte sich auf mich. Seine Erregung war durch die Jeans deutlich zu spüren, und es war wie die Verheißung des Paradieses, das knapp außer Reichweite war.

Das Verlangen nach ihm war so groß, dass nichts anderes mehr zählte. Weder Flynn noch die Hochzeit noch das Baby in meinem Bauch. Er öffnete meinen BH, und seine Lippen schlossen sich um meine Brustwarze. Mein Unterleib begann zu kreisen, zuerst langsam und dann immer schneller. Ich drängte mich an ihn und rückte dann wieder provozierend von ihm ab. Mein ganzer Körper stand unter Strom – mein Gesicht, meine Finger, meine Zehen. Sogar meine Ohren glühten. Ich wollte ihn so sehr … so sehr.

Bumm! Bumm! Bumm!

Das Geräusch ließ sich nicht zuordnen. Zuerst dachte ich, wir hätten eine Lampe umgestoßen, doch das Pochen ging weiter und wurde immer lauter. Im nächsten Moment schnappte ich entsetzt nach Luft, und die Leidenschaft war dahin. Jemand hämmerte an die Tür! Mein Herz setzte einen Moment lang aus. Flynn war hier, um nach mir zu sehen! Ich sah den Schock in Stevens Blick, als er mich abrupt losließ. Ich dachte daran, wie erbärmlich es wäre, wenn Flynn uns erwischen würde.

Doch dann hörte ich plötzlich Stimmen – und mir wurde klar, dass es nicht Flynn war. »Polizei! Machen Sie die Tür auf! Sie haben zehn Sekunden, dann brechen wir sie auf!«

»Ins Badezimmer!«, raunte ich Steven zu und deutete den Flur hinunter. Ich sprang auf, zog meine Bluse zurecht und zählte bis zehn, bevor ich öffnete. Im nächsten

Moment stürzten O'Reilly, Kozlowski und zwei uniformierte Beamte ins Zimmer.

»Wo ist Kaufman? Wir haben einen Haftbefehl«, fauchte O'Reilly und beachtete mich dabei kaum. Sein Blick wanderte den Flur hinunter zu dem schmalen Lichtstreifen unter der Badezimmertür. »Dort!«, rief O'Reilly, und Kozlowski und die beiden Beamten nahmen vor meinem Bad Aufstellung. »Ihr gebt ihm zwei Sekunden, dann tretet ihr die Tür ein!«

»Warten Sie!«, rief ich, aber mein kompromittierender Zustand goss zusätzlich Öl ins Feuer. »Was haben Sie vor?«

»Wir haben einen Haftbefehl«, wiederholte O'Reilly.

»Aber er hat Angie nicht umgebracht! Er war die ganze Zeit bei mir«, erklärte ich und zerrte O'Reilly am Arm, damit er mich endlich beachtete.

»Hier geht es nicht um den Mord an Angie, sondern um einen Haftbefehl aus New Hampshire. Wegen Körperverletzung und Bigamie«, stellte O'Reilly klar, bevor er ohne Vorwarnung, an Kozlowski gewandt, brüllte: »Okay, das war lange genug! Holt ihn raus!«

Ich schloss die Augen und wartete auf das Geräusch der in tausend Teile zersplitternden Tür, doch es blieb still. Als ich die Augen wieder öffnete, kamen die beiden uniformierten Polizisten gerade mit gezogener Waffe aus dem Badezimmer und schüttelten den Kopf. Im Bad lief der Ventilator, obwohl sich niemand darin befand.

O'Reilly fluchte leise vor sich hin und rannte zusammen mit den anderen in mein Schlafzimmer. Es war ebenfalls leer, und nur die Rollos wehten sanft im Wind. O'Reilly steckte den Kopf zum offenen Fenster hinaus, vor dem sich die Feuertreppe befand.

Ich stand da und schaute wie gebannt zu, während

O'Reillys Worte in meinen Ohren widerhallten. Körperverletzung war schlimm genug, aber Bigamie?

Bigamie! Der Gedanke, dass ich mein Leben beinahe für einen Mistkerl weggeworfen hätte, der nicht nur mit einer, sondern gleich mit *zwei* Frauen verheiratet war, brachte mich beinahe um den Verstand.

Kapitel 40

Kelly

Kelly saß auf einer Parkbank gegenüber dem Water Tower Palace und wartete auf Detective O'Reilly. Sie sah ungeduldig auf die Uhr. Um sie herum spielten Kinder unter den wachsamen Augen ihrer Nannys, die aufgeregt Neuigkeiten auf Polnisch und Spanisch austauschten. Endlich der Enge ihrer Wohnungen entkommen, ließen die Kinder ihrer Energie freien Lauf, kletterten wie kleine Äffchen auf den Spielgeräten herum und tobten wie Tornados durch die Sandkiste.

Kelly warf erneut einen Blick auf die Uhr. O'Reilly hatte bereits fünfzehn Minuten Verspätung, und sie fragte sich langsam, ob er überhaupt auftauchen würde. Hoffentlich hatte er keinen Zwischenstopp in einer Bar eingelegt. Er hatte nicht gerade erfreut gewirkt, als sie ihn am Morgen angerufen hatte, und seine Begeisterung war sogar noch geschrumpft, als sie ihm erklärt hatte, dass sie unbedingt noch einmal mit ihm sprechen müsse. Allerdings war ihr das wirklich scheißegal – er war immerhin ein öffentlicher Bediensteter und sie eine aufrechte Bürgerin, die ihre Steuern zahlte. Sie musste einfach wissen, ob die Polizei den Hinweis, dass Maggie mit dem Mann aus New Hampshire geschlafen hatte, weiterverfolgt hatte. Wenn Kelly in dieser Ermittlung das Sagen gehabt hätte, wäre ihr der Kerl jedenfalls nicht entkommen. Sie dachte an den armen jungen Asiaten, der Jeffrey Dahmer in die Hände gefallen war. Hätte Kelly Dahmer verhört, hätte sie den Braten sicher gerochen – und im Moment brutzelte der Braten in New Hampshire.

Kelly verstand nicht, warum O'Reilly nicht alles daransetzte, den Kerl zu finden, und obwohl ihre Meinung von dem Cop mit den blutunterlaufenen Augen gestiegen war, nachdem sie von seiner schwierigen Kindheit und dem frühen Tod seiner Mutter erfahren hatte, fragte sie sich immer noch, ob sein übermäßiger Alkoholkonsum seine Arbeit womöglich gefährdete.

Sie musste weitere zehn Minuten warten, bevor sie ihn endlich entdeckte. Er überquerte die Straße und hatte die Arme dabei aufgrund seines ausladenden Bauches leicht von sich gestreckt. Obwohl er seine Hemdärmel hochgerollt hatte, zeichneten sich bereits Schweißflecken unter seinen Achseln ab. Er betrat den Park, bahnte sich einen Weg durch die umherlaufenden Kinder und ließ sich neben Kelly auf die Bank sinken. Ein Ball rollte auf ihn zu, und er stoppte ihn mit dem Fuß und warf ihn zurück.

»Sie sind spät dran«, meinte Kelly zur Begrüßung und warf einen demonstrativen Blick auf die Uhr. »Meine Schicht beginnt bald.«

»Ich bin ein viel beschäftigter Mann, und Sie sind nicht mein einziger Fall. Ich meine: Der Mord an Angie ist nicht mein einziger Fall. Nichts für ungut, Ms Delaney, aber Sie erinnern mich manchmal an eine in China gebräuchliche Foltermethode. Dabei tropft das Wasser so lange auf den Kopf des Opfers, bis es den Verstand verliert. Also, was kann ich heute für Sie tun?«

Sie versuchte, ihn nicht allzu grimmig anzustarren. »Haben Sie mit Maggie gesprochen?«

»Oh, Gott, womit habe ich das bloß verdient?«, seufzte O'Reilly und hätte beinahe aufgelacht. »Ich erzähle es Ihnen gleich, aber vorher hätte ich noch eine Frage: Haben Sie jemals darüber nachgedacht, zur Polizei zu gehen?«

»Das wäre so ziemlich das Letzte für mich.« Kelly hatte bis jetzt fast ausschließlich schlechte Erfahrungen mit Cops gemacht. »Aber wenn ich erst mal meinen Abschluss habe, bewerbe ich mich vielleicht um einen Job als Polizeipsychologin. Ihr Jungs hättet es echt nötig.«

O'Reilly ging nicht weiter auf ihren spitzen Kommentar ein. »Also gut, ich muss zugeben, dass Sie recht hatten, was den Kerl aus New Hampshire betrifft. Er war wirklich nicht ganz sauber. Wir haben seine Fingerabdrücke überprüft und herausgefunden, dass er unter anderem wegen Körperverletzung und Bigamie gesucht wird.«

Kelly fiel beinahe von der Bank. »Ich habe Ihnen ja gesagt, dass er gefährlich ist! Glauben Sie, dass er Angie umgebracht hat? Gott sei Dank hat er Maggie nichts getan! Hat sie Ihnen erzählt, was passiert ist? Ich bin mir sicher, dass er ihr etwas in den Drink getan hat!«

»Ja, vielleicht. Aber gestern Abend hat er ihr sicher nichts reingetan.«

»Was soll das denn jetzt heißen?«

Langsam genoss O'Reilly dieses Gespräch. Es war schön, auch einmal die Oberhand zu haben. Er betrachtete Kelly, die ungeduldig darauf wartete, dass er sie aufklärte. Ihre gebräunte Haut war von Sommersprossen übersät, und ihre blauen Augen waren so durchsichtig wie Glasmurmeln. Es war, als würde er sie zum ersten

Mal sehen, und plötzlich wurde ihm klar, dass sie sehr attraktiv war. Für einen Augenblick verlor er sich in seinen Gedanken.

»Was meinen Sie damit, dass er ihr *gestern Abend* sicher nichts verabreicht hat?«, fragte Kelly noch einmal.

»Oh, ja genau!«, stammelte O'Reilly und versuchte, sich wieder zu konzentrieren. »Sie sollten mal mit Ihrer Freundin über ihr Urteilsvermögen sprechen. Kaufman war gestern Abend bei ihr. Ein Streifenwagen hat sein Auto auf der Straße gesehen und einen Funkspruch ausgegeben. Wir haben die Wohnung mit gezogenen Waffen gestürmt.«

»Der Mistkerl war tatsächlich in Maggies Wohnung?« Kelly konnte es einfach nicht glauben. »Ist er etwa eingebrochen? Haben Sie ihn denn wenigstens geschnappt?«

O'Reilly sah sie beschämt an. »Er ist aus dem Fenster geklettert und entkommen. Da er mit zwei Frauen gleichzeitig verheiratet ist, kennt er sich vermutlich mit schnellen Abgängen aus.«

Kellys Gedanken rasten. Hatte Maggie nicht mehr alle Tassen im Schrank? Und wie hatten es diese Vollidioten geschafft, dass ihnen der Kerl entkommen war? O'Reilly sah sie zerknirscht an. Er war der Lösung des Falles so nahegekommen, doch dann hatte er es vermasselt.

Kelly kam der Gedanke, dass es, abgesehen von dem Kerl aus New Hampshire, auch noch andere Dinge gab, über die sie sprechen mussten.

»Leben Sie eigentlich allein?«, fragte sie zu ihrer eigenen Überraschung.

»Das ist eine ziemlich persönliche Frage.«

»Ich wette, Sie nehmen den ganzen Tag über keine ordentliche Mahlzeit zu sich.«

»Das ist bei Cops nun mal so.«

»Okay, aber vielleicht würden Sie gerne mal etwas Selbstgekochtes probieren? Italienisch, mit einem irischen Touch?« *Wo kam denn das jetzt auf einmal her?*

O'Reillys Wangen begannen zu glühen, und sein rotes Gesicht wurde noch eine Spur dunkler. Allerdings lag es gar nicht so sehr daran, dass Kelly plötzlich Interesse an ihm bekundete, sondern daran, dass es eigentlich andersherum ablaufen sollte. Er hatte gelernt, dass der Mann den ersten Schritt machte. Aber fast noch schlimmer war, dass er keine Ahnung hatte, wie sich seine Abneigung gegenüber dieser Frau so schnell ins Gegenteil verwandeln konnte. Und seine nächsten Worte ließen in ihm die Frage aufkommen, ob er selbst einmal zum Psychologen gehen sollte: »Vielleicht sollten wir lieber ausgehen, damit Sie sich zur Abwechslung einmal von einer Kellnerin bedienen lassen können.«

»Wann?«

»Wie wäre es mit morgen Abend?«

»Nein, das geht nicht. Morgen ist Maggies Hochzeit.« Sie überlegte kurz. »Zumindest ist es so geplant.«

O'Reilly verdrehte die Augen. »Wenn diese Hochzeit tatsächlich stattfindet, steht die Ehe unter keinem guten Stern. Soll ich Sie einfach morgen anrufen, und dann sehen wir weiter?«

»Gute Idee.«

Sie beließen es dabei und gingen in verschiedene Richtungen auseinander – O'Reilly kehrte zum Ritz zurück, wo ihn der Parkwächter immer gratis parken ließ, und Kelly eilte die Chicago Avenue hinunter, um noch rechtzeitig zur Arbeit zu kommen. Nach einigen Metern wandte sie sich kurz um und sah O'Reilly nach. Sein Gang schien jetzt aufrechter als vorhin, und sie spürte ein ungewohntes Kribbeln im Bauch. *Tu das nicht! Es war nur eine freundschaftliche Einladung zum Essen!* Sie war doch noch gar nicht bereit, jemanden in ihr Leben zu lassen – und erst recht keinen Cop mit Alkoholproblem.

»Diese verdammten Iren«, murmelte sie vor sich hin.

Doch die Iren stehen nicht nur in dem Ruf, zu viel zu trinken, sie finden sich auch gerne in der Opferrolle wieder, und genau darauf sprang Kelly an. Detective O'Reilly bot ihr eine Aufgabe, und sie war bereit, diese Aufgabe anzunehmen. Er brauchte sie, auch wenn er es noch nicht wusste.

Kapitel 41

Noch 1 Tag

Mein Schreibtisch war absolut aufgeräumt. Sämtliche Unterlagen und auch die Kaffeetassen waren verschwunden, und sogar der Papierkorb war leer. Ich hatte das Unmögliche doch noch geschafft. Ich rollte mit dem Stuhl zurück und trat ans Fenster. Mit einem Anflug von Neid blickte ich auf die Welt da unten. Die Autos auf der Michigan Avenue wechselten von einer Fahrbahn auf die andere wie geschäftige kleine Käfer auf der Suche nach Nahrung, und die Menschen, die den Bürgersteig entlanghasteten, bewegten sich scheinbar im Gleichklang, obwohl jeder in seiner eigenen kleinen Welt gefangen war. So viele Schicksale. Jeder dieser Fremden, die einander nie kennenlernen würden, hatte sein eigenes Leben und seine eigene Fülle an Glück und Traurigkeit, an Erfolg und Misserfolg, an Liebe und Verlust.

Ich hätte mit jedem von ihnen getauscht.

Mir stand der schlimmste Tag in meinem Leben bevor – und ich stellte mich ihm mit einem weiteren grauenvollen Kater. Doch die unsäglichen Schmerzen in meinem Kopf waren eine beinahe willkommene Ablenkung, verglichen mit den psychischen Qualen, unter denen ich litt.

Wie hatte es der Zimmermann geschafft, mich derart hinters Licht zu führen? Wer tat so etwas? Und was sagte es über mich aus, dass ich mich ihm beinahe erneut hingegeben hätte, ohne ein einziges Mal an die Konsequenzen zu denken? Warum war ich so besessen von ihm?

Obwohl ich mittlerweile wusste, wer er war und was er getan hatte, sah ich immer noch vor mir, wie er seinen Kopf in meinen Schoß gelegt hatte, als wollte er sich mit dem Kind unterhalten, das möglicherweise – oder besser gesagt *sehr wahrscheinlich* – in mir wuchs.

Bei diesem Gedanken traf mich augenblicklich das schlechte Gewissen, weil ich so viel getrunken hatte. Wer weiß, was ich dem kleinen Wurm in mir damit angetan hatte?

Ich hätte alles dafür gegeben, die Zeit zurückdrehen zu können. Ich wollte zurück in eine Zeit, als es noch keinen Steven Kaufman, keinen Flynn und keinen *Chicagoan* gab. In die Zeit, bevor ich aufs College ging, bevor Mom mich mit Barry Metter im Bett erwischte, bevor sie mich zu der Abtreibung zwang, die ich nicht mehr vergessen konnte, und bevor ich mir die überflüssigen Pfunde anfutterte, die mich so lange davon abgehalten hatten, mein Leben zu leben. Ich wollte noch einmal zurück und die richtigen Entscheidungen treffen. Ich wollte wieder aufs College, um Theater, kreatives Schreiben oder ein anderes künstlerisches Fach zu studieren, auch wenn ich das Studium selbst finanzieren musste. Ich wollte meinen Freundinnen wieder so nahestehen, dass ich sie jederzeit anrufen konnte und sie sofort für mich da waren. Ich wollte mich auf meine Zukunft freuen, anstatt Angst davor zu haben.

Ich hasste die Falten, die sich um meine Augen und

meinen Mund gebildet hatten, doch es war gar nicht aus Eitelkeit. Ich hasste sie, weil sie ein Zeichen dafür waren, wie schnell die Zeit verging. Ich war Mitte dreißig und hatte noch nie etwas Aufregendes oder Unerhörtes getan. Ich war mein ganzes Leben lang mit dem Strom geschwommen.

Doch dieser Strom würde sich nun bald gegen mich richten, denn ich hatte eine Entscheidung getroffen.

Ich hatte sie bereits getroffen, bevor mich Flynn am Morgen auf dem Weg zum Flughafen zweimal angerufen hatte. Bevor meine Mutter zum dritten Mal mit mir über die Details der Hochzeitsprobe sprechen wollte. Und bevor ich Sandi angeschnauzt hatte, obwohl sie doch nur wissen wollte, wann ich vorhatte, nach Hause zu gehen. Ich hatte die Entscheidung bereits am Abend zuvor in meiner Wohnung getroffen, während ich allein im Dunkeln saß und Laura Nyro hörte.

Es klopfte, und im nächsten Moment steckte Marian den Kopf zur Tür herein. Ihr aufgesetztes Lächeln verblasste, als sie mich vor dem Fenster stehen sah. Meine Chefin hielt sich meistens zurück, aber dieses Mal schaffte sie es anscheinend nicht.

»Ist alles in Ordnung? Sie sehen schrecklich aus!«

Ich war mir sicher, dass »schrecklich« sogar noch untertrieben war. Die Angst, die Unschlüssigkeit, die Überstunden und der exzessive Alkoholgenuss hatten ihren Tribut gefordert. Meine Haut war so grau wie der Bürgersteig dort unten, ich hatte dunkle Ringe unter den Augen, und selbst meine Haare hingen kraftlos herab.

Ich wollte ihr versichern, dass es mir gut ging, doch ich schaffte es nicht, sondern stieß bloß ein erbärmliches Wimmern aus. Natürlich war es mir peinlich, vor meiner Vorgesetzten zu weinen, aber ich war so fertig, dass ich einfach nicht anders konnte. Ich vergrub den Kopf in den Händen und begann zu schluchzen.

»Aber nicht doch, was ist denn los?«, meinte Marian und legte mir in einem seltenen Anflug von Warmherzigkeit eine mit goldenen Ringen geschmückte Hand auf die Schulter. »Es ist doch bloß eine Hochzeit! Obwohl ich natürlich weiß, dass es anstrengend ist – ich habe es ja selbst schon ein paarmal hinter mich gebracht. Wollen Sie darüber reden?«

Ich schüttelte den Kopf und schluckte die Tränen hinunter. Es gab nichts mehr zu sagen. Allerdings hatte mir das Weinen gut getan und mir geholfen, etwas Spannung loszuwerden. Und Marians Anwesenheit beruhigte mich sogar. Sie war der lebende Beweis dafür, dass man Trennungen überleben konnte und nicht gleich starb, bloß weil man allein war.

»Ich muss Sie warnen«, erklärte Marian. »Sie sollten sich vielleicht noch frisch machen, bevor Sie rausgehen. Im Flur warten ein paar Leute auf Sie.«

Deshalb hatte mich Sandi also gefragt, wann ich vorhatte, nach Hause zu gehen. Und ich hatte sie bloß angefaucht. Ich war ein richtiges Miststück. Marian blieb an der Tür stehen und zog ihre Jacke zurecht. »Ich gehe raus und halte die Meute ein paar Minuten in Schach. Kommen Sie zurecht?«

Ich nickte und lächelte dümmlich, während ich mir über die rotzverschmierte Nase wischte. »Danke, dass Sie solches Vertrauen in mich haben.«

»Ja, warum denn auch nicht? Sie haben Ihre Arbeit immer zu meiner vollsten Zufriedenheit erledigt. Sie brauchen bloß etwas mehr Selbstvertrauen.«

Sie trat aus dem Büro und schloss die Tür hinter sich, und ich machte mich mit Puder und Lippenstift daran, für ein ansehnliches Äußeres zu sorgen. Der Puder überdeckte die roten Flecken unter den Augen, und der Lippenstift zauberte etwas Farbe in mein Gesicht, doch gegen den Kummer in meinem Inneren konnte beides nichts ausrichten. Ich wollte mich auf keinen Fall einer Gruppe Gratulanten stellen, die mir viel Glück für meinen wunderbaren neuen Lebensabschnitt wünschen wollten, obwohl ich wusste, dass es nie dazu kommen würde.

Trotzdem riss ich mich zusammen und trat in den Flur hinaus. »Überraschung!«

Meine Wohnung fühlte sich so einsam an wie nie zuvor, und die an den Wänden gestapelten Kartons ließen keinen Zweifel, dass ich bald ausziehen würde. Die Regale waren leer, und sämtliche Deko-Artikel, Erinnerungsstücke, Fotos und Bücher waren bereits verpackt, damit sie während der Flitterwochen auf St. Barth in unser neues Haus gebracht werden konnten. Nur die Möbel blieben zurück und wurden irgendwann von einer Wohltätigkeitsorganisation abgeholt. Obwohl ich seit zehn Jahren in dieser Wohnung lebte, hatte ich nie viel in die Einrichtung investiert, da ich immer davon ausgegangen war, ich würde nur vorübergehend hier wohnen und ohnehin bald in eine andere Wohnung ziehen. Ich stellte die Geschenke meiner Bürokollegen neben die Päckchen von der Dessous-Party und fragte mich, wie lange ich wohl brauchen würde, bis ich alles zurückgeschickt hatte. Wenigstens musste ich keine Dankeskarten mehr schreiben.

Es war kurz nach zwei Uhr nachmittags, und die Hochzeitsprobe war für sechs Uhr geplant, wobei ich bereits eine halbe Stunde früher dort sein musste. Es führte kein Weg daran vorbei, dass ich vorher noch mit Flynn redete.

Ich rief in seinem Büro an, doch dort erklärte mir lediglich ein Tonband, dass Flynn bald heiraten werde und erst in zwei Wochen wieder erreichbar sei. Ich versuchte es bei ihm zu Hause, doch auch hier antwortete nur der Anrufbeantworter. Ich hinterließ eine Nachricht und bat ihn, mich so schnell wie möglich zurückzurufen. Eine Minute später klingelte das Telefon.

»Hallo, meine hübsche Braut! Was gibt's?«

»Flynn, bist du allein?«, fragte ich, obwohl ich das Stimmengewirr im Hintergrund deutlich hören konnte.

»Nein. Ein paar von den Jungs sind hier, und ich muss gleich noch Toady und Craig abholen. Das ist dann aber die letzte Fahrt.«

»Oh. Rufst du mich bitte an, sobald du allein bist? Es ist wichtig.«

»Klar, Liebling. Ich muss jetzt los. Auf den Straßen ist bestimmt die Hölle los.«

Nachdem er aufgelegt hatte, rief ich meine Eltern an. Ich wollte noch ein letztes Mal die Stimme meiner Mutter hören, bevor sie mich hasste. Meine ältere Schwester hob ab, und mir wurde plötzlich schmerzhaft klar, dass Ellen und ihre Familie eigens aus New York angereist waren. Ich hatte mich eigentlich nie sonderlich darum gekümmert, was meine beiden Schwestern von mir hielten, aber dieses Mal hatte ich tatsächlich Angst, dass mich Ellen ebenfalls hassen würde.

»Mom ist nicht da, aber sie kommt sicher gleich wieder. Sie holt gerade ihr Kleid. Bist du schon aufgeregt?«

»Ja, mehr als aufgeregt«, presste ich hervor. »Du brauchst Mom nicht auszurichten, dass ich angerufen habe. Es ist nicht so wichtig.«

»Okay, dann sehen wir uns in der Kirche. Und komm bloß nicht zu spät! Du weißt ja, wie wütend Mom werden kann, und alles läuft viel entspannter, wenn sie gute Laune hat. Glaub mir – ich weiß, wovon ich rede.«

Ich legte auf, und meine Schwester tat mir jetzt schon leid, denn immerhin musste sie sich später mit der Wut meiner Mutter herumschlagen. Ich fragte mich, wie mein Vater wohl reagieren würde. Bis jetzt hatte ich kaum einen Gedanken an den ruhigen, liebevollen Mann verschwendet, der mich ebenfalls durch meine Kindheit begleitet hatte. Würde er immer noch so ruhig und liebevoll sein, wenn ihm klar wurde, wie viel Geld er für eine Hochzeit ausgegeben hatte, die niemals stattfinden würde?

Ich ging ins Schlafzimmer und legte mich aufs Bett, um auf Flynns Anruf zu warten. Aus Minuten wurden Stunden, doch das Telefon klingelte nicht. Um fünf Uhr blieb mir nichts anderes übrig, als mich anzuziehen und mich auf den Weg in die Kirche zu machen.

Bevor ich ging, warf ich den ungeöffneten Schwangerschaftstest in den Müll. Ich hatte beschlossen, dass ich ihn nicht brauchte.

Kapitel 42

Vince

Vince stand vor dem Fenster in seinem Arbeitszimmer, starrte auf den akkurat geschnittenen Rasen hinaus und hoffte, dass sein Blutdruck bald wieder runterging. Der Zimmermann hatte sich am vergangenen Abend aus dem Staub gemacht, seinen Wagen und sein Werkzeug mitgenommen und die Bar halb fertig zurückgelassen. Vince war sich ziemlich sicher, dass er den Kerl nicht wiedersehen würde, aber das war ihm egal. Nachdem er Suzanne mittlerweile gestanden hatte, dass Kaufman ihr gefolgt war, stellte er keine Gefahr mehr dar.

Sein hoher Blutdruck hatte heute eine andere Ursache. Giovanna erlitt gerade einen ausgewachsenen Heulkrampf, weil er eine Benefizveranstaltung vergessen hatte, die sie heute Abend eigentlich besuchen wollten. Und da er viel lieber mit Suzanne zusammen war, hatte er auch nicht vor, doch noch hinzugehen.

»Aber ich habe dir doch schon vor Monaten davon erzählt!«, hatte Giovanna ihn vorhin angeschrien.

»Ja, klar! *Vor Monaten!* Aber du hättest mich noch mal daran erinnern sollen. Jetzt muss ich mit Klienten zu einem Spiel der Red Sox. Ich habe eine Loge reserviert.« Sportveranstaltungen waren immer eine willkommene

Ausrede. »Wie sollen wir uns denn deiner Meinung nach sonst den Lebensstil leisten, den wir gewöhnt sind?«

Vince wusste natürlich, dass Giovanna gegen dieses Argument nichts einwenden konnte, und sie war daraufhin tatsächlich in Tränen ausgebrochen.

Und nun musste er eine unangenehme Entscheidung treffen: Sollte er seine Verabredung mit Suzanne absagen und sich selbst den Abend ruinieren, oder sollte er sich mit Suzanne treffen und seine Frau verletzen? Vince hatte Giovanna immer gut behandelt, ihr alles gegeben, was sie wollte, und sichergestellt, dass sie nichts von seinen Liebschaften erfuhr. Allerdings war das bis jetzt auch ziemlich einfach gewesen, denn seine bisherigen Affären hatten nie lange gedauert und waren bloß als bedeutungslose Abwechslung zum langweiligen ehelichen Sex gedacht gewesen.

Er hatte nicht geahnt, dass etwas in seinem Leben fehlte – bis er Suzanne kennengelernt hatte. Seine Gefühle für sie waren so stark, wie er es nie für möglich gehalten hätte, und an dem Tag, als die beiden Detectives hier bei ihm aufgetaucht waren, hatte er erkannt, dass ihm Suzannes Gemütszustand sehr viel wichtiger war als der seiner Frau. Selbst seine Tochter hielt dem Vergleich nicht stand.

Er hatte sich sogar schon einmal gefragt, ob Giovanna ihn womöglich von sich aus um die Scheidung bitten würde, wenn sie von Suzanne erfuhr, und sich überlegt, wie viel er ihr bezahlen würde. Die Summe, auf die er gekommen war, war um einiges höher, als sie vor Suzanne gewesen wäre, aber mittlerweile war ihm kein Preis zu hoch, um Suzanne in seinem Leben zu wissen.

Er wählte ihre Nummer. Allein der Klang ihrer Stimme verwandelte ihn in einen Hund, der sabbernd vor dem Fenster des Metzgers sitzt. »Wann kommst du? Ich habe im Dessousladen um die Ecke eine kleine Überraschung für dich gekauft«, meinte sie verheißungsvoll. »Ich trage sie bereits. Wenn man das überhaupt so nennen kann …«

Seine Haut prickelte, und er kämpfte gegen das Gefühl an, gerade um etwas betrogen zu werden. »Es gibt da ein kleines Problem. Es könnte sein, dass ich es heute Abend nicht schaffe.« Doch bevor er Suzanne die Situation erklären konnte, ging die Tür zum Arbeitszimmer auf, und seine Tochter kam herein. Sie hatte ihre dunklen Haare hochgedreht und trug abgeschnittene Jeans, die seiner Meinung nach mehrere Zentimeter zu kurz waren.

»Daddy, wir müssen reden!«

Er legte eine Hand auf das Mundstück. »Nicht jetzt, Anna. Ich arbeite.« Sie warf ihm einen ungeduldigen Blick zu und ließ sich in einen der Lehnstühle fallen. Als ihm klar wurde, dass sie nicht einfach wieder gehen würde, nahm er die Hand vom Hörer und meinte mit geschäftsmäßiger Stimme: »Bob? Kann ich mich später noch mal melden?«

Suzanne legte wortlos auf, und Vince wandte sich wieder seiner Tochter zu. Er wollte wütend auf sie sein, weil sie sein Gespräch mit Suzanne gestört hatte, aber es gelang ihm nicht. Dafür nahm sie einen zu großen Platz in seinem Herzen ein.

»Was ist denn los, Schätzchen?«

»Es tut mir leid, dass ich dich beim *Arbeiten* störe, Dad.« Bildete er sich den sarkastischen Unterton in ihrer Stimme bloß ein? »Aber Mom ist oben und weint. Sie sagt, du würdest dich weigern, mit ihr zur Gala in der Kunstgalerie zu gehen. Dabei weißt du doch, wie viel ihr diese Dinge bedeuten, oder? Sie hat einen ganzen Tisch gekauft. Wie würde sie denn vor ihren Freunden dastehen, wenn ihr nicht hingeht?«

»Ich habe deiner Mutter bereits gesagt, dass ich einen Geschäftstermin habe, Liebling«, erwiderte er und klang nicht einmal in seinen eigenen Ohren sonderlich überzeugend.

Anna stand auf und trat hinter seinen Stuhl, um ihm den Nacken zu massieren.

»Daddy, bitte! Lass die Arbeit heute Abend einmal sein. Bitte begleite Mom dorthin. Bitte.«

Vince blickte in die flehenden Augen seiner Tochter und sah ein, dass er sich nicht gegen Mutter und Tochter auf einmal auflehnen konnte. Er wusste, dass er irgendwann frei sein würde, aber heute Abend war nicht der richtige Zeitpunkt dafür. Seine Erregung verebbte, als ihm klar wurde, dass Suzannes Überraschung noch warten musste.

»Okay, ich gehe mit ihr hin. Aber nur unter einer Bedingung: Versprich mir, dass du beim nächsten Mal auch den Rest der Hose kaufst!«

»Versprochen, Daddy.«

Anna ließ von seinem Nacken ab und machte sich auf den Weg zur Tür. Er sah ihr nach, und sein Herz setzte wie immer einen Schlag lang aus. Die festen Schenkel in den engen Shorts, das ausgestellte Top, das sich über ihren Busen spannte. Sie war zu jung und zu vertrauensselig, um so auszusehen.

»Warte«, rief Vince, und Anna blieb stehen und wandte sich noch einmal zu ihm um. »Was hast du eigentlich heute Abend vor, Liebling?«, fragte er und hätte diesen Augenblick, in dem sie einander immer noch bedingungslos liebten und eine glückliche Familie waren, am liebsten für immer bewahrt.

»Ich gehe mit Sal aus.«

Vince' Laune erhielt einen herben Dämpfer, als er an den Kerl dachte, mit dem sie verabredet war. Er hätte Anna am liebsten verboten, sich mit Sal zu treffen, aber diese Zeiten waren schon lange vorbei. »Na gut«, lenkte er ein. »Dann wünsche ich euch viel Spaß. Aber nicht zu viel!« Hoffentlich ging sie nicht mit dem Kerl ins Bett!

»Okay, Daddy«, erwiderte Anna mit einem seltsamen Lächeln auf den Lippen. »Ich sage Mom, dass sie deinen Smoking rauslegen soll.«

Vince wartete, bis ihre Schritte die Treppe hinauf verhallt waren, bevor er noch einmal Suzannes Nummer wählte. »Tut mir leid, dass ich dich vorhin abgewimmelt habe, aber es war meine Tochter. So wie es aussieht, können wir uns heute Abend doch nicht sehen. Ich soll auf eine Wohltätigkeitsveranstaltung. Tut mir sehr leid.«

»Ist schon gut«, erwiderte Suzanne. »Da nächste Woche die neuesten Arbeitslosenzahlen veröffentlicht werden, habe ich ohnehin den ganzen Tag am Telefon verbracht und bin total erledigt. Ich werde mir einfach eine Pizza bestellen, mich damit vor den Fernseher setzen und mir irgendeinen anspruchslosen Mist ansehen.«

Es brachte Vince beinahe um den Verstand, dass Suzanne nicht enttäuscht war, weil sie sich heute nicht treffen konnten. Er hätte erwartet, dass sie zumindest ein wenig verärgert sein würde – irgendein Anzeichen, dass sie sich ohne ihn genauso erbärmlich fühlte wie er sich ohne sie. Doch stattdessen wirkte sie vollkommen gefasst. Weil er noch nicht bereit war aufzulegen, sprach er schnell weiter. »Pizza? Wo bestellst du die denn?«

»Bei Parducci.«

»Parducci? Dem Laden in der Huron Street? Mann, da läuft mir ja das Wasser im Mund zusammen! Fast so, wie wenn ich mir vorstelle, mit dir zusammen zu sein. Okay, wenn du nachher deine Pizza genießt, dann denk daran, dass ich gerade bei einem Stück mürbe gekochtem Rindfleisch sitze und mir langweilige Reden darüber anhöre, warum ich für den guten Zweck mein Geld aus dem Fenster werfen soll. Ich werde mir die ganze Zeit wünschen, bei dir zu sein! Sehen wir uns morgen?«

»Nein, morgen ist Maggies Hochzeit, das weißt du doch. Aber wir können uns am Sonntag treffen.«

Sonntag. Da war doch was, oder? Ein Blick auf den Kalender bestätigte seine Befürchtung: Brunch im Club mit seiner Frau und seiner Tochter. Er hatte es Anna versprochen und konnte sein Versprechen nicht ein zweites Mal brechen. Bei dem Gedanken daran, einen weiteren Sonntagmorgen in Suzannes Bett zu verpassen, wurde sein Herz schwer.

»Ich kann nicht bis Sonntag warten«, erklärte er aus einer plötzlichen Eingebung heraus. »Wie wäre es mit morgen früh? Ich würde dich zeitig abholen, und wir könnten mit dem Boot rausfahren und die Skyline bewundern. Ich verspreche auch, dass ich dich rechtzeitig zurückbringe, damit du dich in Ruhe für die Hochzeit zurechtmachen kannst.«

»Ich wusste gar nicht, dass du ein Boot hast.«

»Nicht? Ja, es liegt im Belmont Harbor. Ich habe es erst vor ein paar Tagen aus dem Trockendock geholt«, log Vince. In Wahrheit lag das Boot schon seit einigen Wochen im Hafen, und er hatte es Suzanne gegenüber nie erwähnt, weil er es praktisch nie nutzte. Er hatte es Giovanna zum Hochzeitstag geschenkt, weil sie der Meinung gewesen war, dass sie unbedingt ein Boot brauchten. Allerdings hatte sich bald herausgestellt, dass weder seine Frau noch seine Tochter gerne auf dem Wasser waren, und so dümpelte es meistens ungenutzt herum. Er hatte bereits darüber nachgedacht, es zu verkaufen, nachdem die Instandhaltung sinnlose Geldverschwendung war, aber jetzt war er natürlich froh, dass er es nicht getan hatte. Der Gedanke daran, mit Suzanne mitten auf dem Lake Michigan zu schlafen, war einfach unwiderstehlich, und er verdrängte sämtliche Gedanken daran, wie sehr er damit das Vertrauen seiner Familie missbrauchte.

»Gut, dann trage ich den Termin für morgen ein, Mr Columbo, aber wir müssen ihn sehr früh einschieben, damit …«

Hatte sie das jetzt tatsächlich gesagt? »In Ordnung, Ms Lundgren«, unterbrach er sie. »Aber vergessen Sie nicht die Überraschung, von der Sie vorhin gesprochen haben! Und Suzanne …«

»Ja?«

»Ich … nein, reden wir besser morgen darüber.«

»Ich kann es kaum erwarten.«

»Ich auch nicht.« Er hielt sich den Hörer noch lange ans Ohr, nachdem sie aufgelegt hatte, denn er wollte nicht, dass die Verbindung zu ihr abriss. »Suzanne, ich liebe dich«, murmelte er schließlich.

Er öffnete die oberste Schreibtischschublade und nahm die Geldkassette heraus, in der er den Schlüssel für das Boot aufbewahrte. Der gelbe Schlüsselanhänger lag auf einem Bündel Geldscheine und hatte die Form einer Boje. Er nahm den Schlüssel kurz heraus, doch dann legte er ihn zurück in die Kassette, die er anschließend wieder in die Schublade schob. Zögernd ging er nach oben, um sich für den Albtraumabend umzuziehen.

Er war so in Gedanken versunken, dass er seine Tochter nicht bemerkte, die sich direkt vor seinem Arbeitszimmer hinter der halb fertigen Bar versteckt hatte.

»Parducci's. Wie kann ich Ihnen helfen?«

»Hallo, ich habe gerade eine Pizza bestellt, und jetzt weiß ich nicht mehr, ob ich Ihnen die richtige Adresse gegeben habe. Mein Name ist Lundgren.«

»Lundgren? 1025 Lake Shore Drive, Wohnung 4025. Ist das korrekt?«

»Ja, genau. Wie lange wird es denn in etwa dauern?«

»Eineinhalb Stunden. Es tut mir leid, aber heute ist einiges los.«

»Wissen Sie was, stornieren Sie die Bestellung lieber! Ich werde doch auswärts essen.«

»In Ordnung. Ich wünsche Ihnen einen schönen Abend!«

Anna Columbo lächelte zufrieden und legte auf.

Kapitel 43

Der Abend vor der Hochzeit

Das hohe, dreiteilige Portal der Holy Name Cathedral erhob sich vor mir. Die Kirche im europäischen Stil war das Prunkstück der Erzdiözese von Chicago, und es waren alle Hebel in Bewegung gesetzt worden, um einen relativ kurzfristigen Hochzeitstermin im Juni zu ermöglichen – ganz zu schweigen von der irrwitzigen Summe, die mein Vater der Diözese gespendet hatte. Manche Leute warteten Jahre, um in dieser Kirche heiraten zu können.

Meine Beine waren schwer wie Blei, als ich die Stufen zum Portal hinaufging. Oben angekommen, hielt ich noch einen Moment inne. Meine Haut war klebrig von der feuchten Luft, und ich nahm einen letzten Atemzug, um Kraft zu schöpfen, bevor ich das schwere Holztor öffnete und in das kühle, dunkle Kirchenschiff trat.

Ich tauchte den Finger ins Weihwasser, bekreuzigte mich und ging in Richtung Altar. Das Klappern meiner Absätze hallte durch die leere Kirche und ließ sie größer erscheinen, als sie eigentlich war. Ich setzte mich in die letzte Reihe und genoss die Schönheit dieses heiligen Ortes, an dem morgen meine Hochzeit stattfinden sollte. Rosafarbene Marmorsäulen im gotischen Stil trugen die mit Gold verzierte gewölbte Decke; die letzten Sonnenstrahlen des Tages fielen durch die hohen Buntglasfenster, und über dem Altar hing Jesus am Kreuz und blickte beschützend auf mich herab, während ich ihn um Stärke und Vergebung bat.

Im nächsten Moment wurde das Tor erneut geöffnet, und die Stille war dahin. Ich wandte mich um und sah meine Mutter und meine beiden Schwestern, die gerade die Kirche betreten hatten. Ellen hielt ihre Tochter Olivia an der Hand, die als Blumenmädchen ihren großen Auftritt haben sollte, und Laurel hatte einen CD-Player mit riesigen Kopfhörern dabei. Ich beendete mein Gebet und stand auf, um sie zu begrüßen. Ein Blick in das Gesicht meiner Mutter reichte, und ich wusste, wie furchtbar ich aussah. »Oh, Gott, du bist doch nicht krank, oder?«, fragte sie, und ihre schrille, besorgte Stimme hallte durch die leere Kirche. »Du hast neulich bei Natashas Party schon schrecklich ausgesehen, aber heute ist es noch schlimmer!«

Meine jüngere Schwester ließ sich auf eine Bank sinken, schloss die Augen und wippte im Takt der Musik.

»Laurel, das hier ist eine Kirche! Steck den CD-Player sofort weg«, fauchte meine Mutter und legte eine Hand auf meine Stirn. »Also Fieber hast du Gott sei Dank nicht.«

»Ich habe dir doch gesagt, dass es mir gut geht«, wiederholte ich, obwohl es natürlich nicht stimmte.

»Hallo, Fremde«, begrüßte Ellen mich und hauchte mir einen Kuss auf die Wange. »Wir wären ja früher gekommen, aber der Verkehr war die Hölle. Bestimmt kommen heute alle zu spät.«

Super!, dachte ich. *Dann bleibt mehr Zeit, um mich doch noch umzubringen.*

Als Nächstes betrat Flynns Schwester Nan mit von der Hitze gerötetem Gesicht die Kirche. Sie hatte dieselben blonden Haare und kornblumenblauen Augen wie ihr Bruder, doch während Flynn schlank und sportlich war, war Nan ziemlich mollig. Sie hatte ein ausgeprägtes Doppelkinn und Arme, die wie Würste aussahen und während ihres Auslandssemesters offenbar noch dicker geworden waren. Es war eine Katastrophe gewesen, ihr ein Brautjungfernkleid auf den Leib zu schneidern, denn sie musste mehrere Male aus Italien anrufen, weil sich ihre Maße geändert hatten.

Nan zog mich in eine feuchte Umarmung. »Ich bin ja so aufgeregt!«, quiekte sie und klang dabei wie ein kleines Mädchen. »Ich habe heute mein Kleid abgeholt, und es passt perfekt! Das wird alles ganz wunderbar werden.«

Das schlechte Gewissen packte mich erneut. Nan hatte mehr als einmal betont, wie stolz sie war, dass sie bei der Hochzeit eine aktive Rolle übernehmen durfte.

Ich dachte an die Brautjungfernkleider aus violetter Seide für siebenhundert Dollar und die gefärbten Seidenschühchen, die perfekt zur Farbe der Kleider passten. Ich dachte an mein makellos weißes Brautkleid für dreitausend Dollar, das in meinem ehemaligen Zimmer hing und auf den einen kurzen Moment im Rampenlicht wartete, bevor es für immer im Schrank verschwand. Ich dachte an die Kalbskoteletts mit Wildreis und Gemüse für achtzig Dollar pro Person, an den Taittinger, mit dem wir anstoßen würden und der pro Glas zwanzig Dollar kostete, an die Band, die Blumen und die Stoffservietten mit den eingestickten Namen.

Doch vor allem dachte ich an Flynn.

Ich hoffte auf eine Katastrophe, die mich im letzten Moment retten würde. Vielleicht ein Tornado, der das

Dach der Kirche mit sich riss, oder ein Erdbeben, das alles zum Einsturz brachte. Ich war sogar mit einem Scharfschützen einverstanden, der mich mit einem Schuss niederstreckte, wenn ich nach der Probe die Kirche verließ.

Meine düsteren Gedanken fanden ein abruptes Ende, als Flynn und seine aufgedrehten Freunde ihren lautstarken Auftritt hatten. Ihre Stimmen waren so laut, dass beinahe das Gold von der Decke rieselte. Toady Cornwall, der erste Trauzeuge, und Bart Pierce, einer der restlichen Begleiter, rissen einige uralte Witze über die Ehe, die niemand wirklich witzig fand. Die ganze Meute stürmte auf mich zu, und ich fühlte mich einen Augenblick lang wie auf einer Verbindungsparty. Ich bemühte mich redlich und versuchte, mit ihnen zu witzeln, doch ich scheiterte kläglich, denn in diesem Moment betrat Carol Anne die Kirche und setzte sich in eine der hinteren Bänke.

Ich entschuldigte mich, um kurz mit ihr zu sprechen. Auch Carol Anne sah aus, als hätte sie eine schlimme Nacht hinter sich. Ich legte ihr mitfühlend eine Hand auf den Arm. »Wie geht es dir?«

»Geht so. Michael und ich hatten gestern eine weitere heftige Diskussion. Er hat mir geschworen, dass er sich tatsächlich helfen lässt und es nicht nur sagt, um mich zu beruhigen. Also habe ich nachgegeben. Und wie sieht es bei dir aus?«

»Lass es mich mal so sagen: Es ist nicht unbedingt nötig, dass du dir nachher sämtliche Anweisungen des Pfarrers merkst«, flüsterte ich.

»Dann war der Test also positiv?«

Ich schüttelte den Kopf. »Ich hab ihn gar nicht gemacht. Das war nicht notwendig.«

»Oh, Maggie«, seufzte Carol Anne, die als gute Freundin natürlich mit mir litt. »Wann sagst du es ihm?«

»Nach diesem ganzen Theater, schätze ich. Ich habe versucht, ihn früher zu erwischen, aber es war immer jemand bei ihm.«

Carol Anne stiegen Tränen in die Augen, doch ich hob die Hand. »Nein, bitte nicht! Es ist auch so schon schwer genug.« Ich umarmte sie innig. »Versprich mir nur, dass wir Freundinnen bleiben. Du bist danach vielleicht die einzige, die ich noch habe.«

»Ah, da ist ja meine wunderschöne Braut!«, rief Flynn plötzlich dazwischen, doch sein Lächeln verblasste, als er sah, wie mitgenommen ich aussah. Er riss sich allerdings gleich wieder zusammen. »Wir haben schon nach dir gesucht.«

»Für immer«, murmelte Carol Anne und berührte meinen Arm, bevor Flynn mich davonzog.

Inzwischen war auch mein Vater gekommen. Er war ein großer, gut aussehender Mann, obwohl seine Haare langsam grau und schütter wurden, und seine Schildpattbrille saß immer genau an der richtigen Stelle. Er kam direkt aus seiner Anwaltskanzlei, doch sein dunkelblauer Anzug und die blaue Krawatte waren makellos. Ich dachte daran, was er all die Jahre Gutes für mich getan hatte. Er hatte meine Ausbildung und meine Europareise bezahlt und meine Mutter besänftigt, nachdem sie mich mit Barry Metter im Bett erwischt hatte. Damals war der bisher schlimmste Tag in meinem Leben gewesen – doch der heutige Tag war dabei, zu einer ernsthaften Konkurrenz zu werden.

Im nächsten Moment betrat Pater Jennings in priesterlichem Schwarz mit weißem Kragen die Kirche, und seine Glatze glänzte im Licht der Deckenlampen. Der

Priester war noch nicht sehr alt und hatte eine lockere Art, sodass er eher einem Freund als einem Mann Gottes glich, und mein schlechtes Gewissen wuchs noch weiter, als ich an die vielen Stunden dachte, die er in die Ehegespräche mit Flynn und mir investiert hatte. *Haben Sie schon besprochen, wer sich um das Familieneinkommen kümmert? Haben Sie dieselben Vorstellungen, was Kinder betrifft? Möchte Flynn vielleicht hin und wieder einen Abend mit seinen Freunden verbringen?*

»Ah, da ist ja mein glückliches Brautpaar!«, rief er und drückte mir einen freundlichen Kuss auf die Wange, bevor er Flynns Hand schüttelte. »Sind alle da?«

»Wenn nicht, dann versäumen sie eben die größte Hochzeit des Jahres«, erwiderte Flynn. Ich bekam eine Gänsehaut und befürchtete, mich gleich übergeben zu müssen.

Der Priester klatschte in die Hände, um die Anwesenden zum Schweigen zu bringen. Eine Sekunde später war es vollkommen still, abgesehen von Toadys Stimme, die jedoch kurz darauf ebenfalls verstummte. Pater Jennings wirkte eher wie ein Regisseur, als er rief: »Okay, Leute! Dann bringen wir es hinter uns, damit ihr alle ins Restaurant abzischen könnt!«

Wir verbrachten eine qualvolle Stunde damit, sämtliche Details der Zeremonie minutiös durchzugehen, und die Anwesenden wurden ihren Rollen entsprechend aufgeteilt: erster Trauzeuge des Bräutigams, Trauzeugin der Braut, Blumenmädchen, Ringträger. Ich verlor beinahe die Fassung, als mich mein Vater zum Altar führte. Ich liebte ihn so sehr, und ich wollte ihn nicht verletzen. Mein Verhältnis zu ihm war anders als das meiner beiden Schwestern. Ich hatte nie einen Schmollmund gezogen oder einen Wutanfall bekommen wie Ellen, und ich war auch nicht wie Laurel gewesen, die ständig seine Hilfe brauchte, egal, ob es um die Anmeldung fürs College oder die Eröffnung eines Bankkontos ging. Ich wusste, dass er meine Gabe schätzte, die Dinge so zu nehmen, wie sie sind. Genauso wie die Tatsache, dass ich alles immer selbstständig erledigte. Wir waren uns in vielerlei Hinsicht ähnlich. Wir jammerten selten, vielmehr fanden wir uns mit einer Situation ab und lösten das Problem.

Meine Mutter verfolgte die Hochzeitsprobe aufmerksam und speicherte sämtliche Details, um sie später zu analysieren und gegebenenfalls kleine Änderungen vorzunehmen. Sie war einer der am besten organisierten und akribischsten Menschen, die ich kannte; ihr Haus war immer wunderhübsch dekoriert und makellos sauber, und ihre Partys waren perfekt geplant. Ihr ganzes Leben basierte auf Ordnung – und so hoffte ich, dass sie mit dem Chaos umgehen konnte, das bald über sie hereinbrechen würde.

Mein Blick wanderte zu Flynn, der glücklich strahlend unsere versammelten Familien und Freunde betrachtete. Er war ein guter Mensch und hatte mich immer gut behandelt, und ich hoffte inständig, dass er mich aus tiefstem Herzen hassen würde, wenn das hier vorbei war. Denn ich hatte es verdient.

Nach der Probe versammelten sich alle vor dem Portal, und Flynn begann, den Transport zum Chicago Club zu organisieren, in dem das Probedinner stattfand. Ich nahm ihn am Arm und zog ihn kurz beiseite.

»Flynn, ich möchte mit dir fahren. Und zwar allein. Ich muss mit dir reden.«

»Klar, Mags«, erwiderte er freundlich und bemühte

sich offensichtlich, sich seine Überraschung nicht anmerken zu lassen.

Sobald die letzten Gäste gefahren waren, überquerten wir gemeinsam die Straße und gingen zum Parkplatz. Als ich zum vermutlich letzten Mal in Flynns makellosen Audi stieg, klopfte mein Herz so laut, dass ich schon befürchtete, er würde es hören.

»Also, was ist denn los, Maggie?«, fragte er, als er auf die Straße bog.

Ich konnte es nicht mehr länger hinauszögern. Ich hatte genug von all den Lügen. »Flynn, bevor ich weiterspreche, musst du wissen, dass du mir sehr viel bedeutest und dass das hier das Schwerste ist, was ich je in meinem Leben tun musste.«

Er biss die Zähne zusammen, denn er spürte vermutlich, dass dieses Gespräch unangenehm werden würde. Sein Blick war starr auf die Straße gerichtet, und er konzentrierte sich auf das Labyrinth aus Stoppschildern, roten Ampeln und Fahrradfahrern, die es hier überall gab.

Tief einatmen, wie beim Yoga! Und dann wieder ausatmen. Einatmen, Luft anhalten, ausatmen. »Ich habe dich betrogen. Ich hatte einen One-Night-Stand.«

Die Spannung im Auto stieg, und ich bekam kaum noch Luft. Flynn überquerte zwei Fahrspuren auf einmal und blieb mit quietschenden Reifen am Randstein stehen, wobei er beinahe einen Radfahrer niederfuhr. Er umklammerte das Lenkrad so fest, dass seine Fingerknöchel weiß hervortraten. Dann kurbelte er das Fenster herunter, und der Lärm der vorbeifahrenden Autos erfüllte das Innere des Wagens. Zuerst sah er mich nicht an, doch dann drehte er langsam den Kopf in meine Richtung. Schmerz flackerte in seinen blauen Augen auf.

»Warum erzählst du mir das ausgerechnet jetzt?«, fragte er leise.

Ich streckte die Hand aus und legte sie auf seinen Arm. Ich wollte ihm noch ein letztes Mal nahe sein und den Mann spüren, der einmal meine Zukunft gewesen war. »Weil ich glaube, dass ich schwanger bin.«

»Maggie, bitte sag mir, dass ich mich gerade verhört habe!«

Als ich schwieg, schlug er so fest mit der Hand aufs Lenkrad, dass das ganze Auto wackelte. Es war das Gewalttätigste, was man von ihm erwarten konnte. »Über den One-Night-Stand wären wir vielleicht irgendwie hinweggekommen, aber eine Schwangerschaft? Ich würde dich ja gerne fragen, wer es war und wann es passiert ist, aber das spielt eigentlich gar keine Rolle, oder? Nicht, wenn du schwanger bist.«

»Flynn, es tut mir leid. Es tut mir so leid.« Ich kämpfte gegen die Tränen an. Ich wollte nicht, dass er glaubte, ich würde jetzt auch noch Mitgefühl erwarten. Doch dann begannen sie trotz allem zu fließen, liefen mir über das Gesicht und tropften auf mein Kleid. Und jeder, der draußen vorbeiging, konnte es sehen. Flynn legte den Kopf auf meine Schulter und begann ebenfalls zu weinen – und diese einfache Geste brach mir beinahe das Herz.

»Warum, Maggie? Warum?«

Ich wusste nicht, was ich erwidern sollte. Ich kannte die Antwort ja selbst nicht. Ich wusste nur, dass mir das mit uns als Paar nicht genug war und es auch nie gewesen war. Ich hatte Flynn nie richtig geliebt. Es war nicht so, dass ich mir mehr vom Leben erwartete – ich erwartete mir bloß etwas anderes. Ich war in meiner Bequemlichkeit gefangen gewesen und hatte nicht den Mut gehabt auszubrechen. Bis jetzt.

Doch all das konnte ich ihm nicht auf eine Art erklären, dass er es auch verstanden hätte. Ich konnte meinen ehemaligen Verlobten nur im Arm halten, sanft hin und her wiegen und ihm immer wieder sagen, wie leid es mir tat.

Kapitel 44

Suzanne

Suzanne sah sich gerade die Nachrichten an, als der Portier anrief.

»Ms Lundgren, eine Lieferung für Sie.«

»Danke, Alvin. Schicken Sie sie hoch.«

Sie machte den Fernseher aus und ging in den Flur. Sie war überrascht, dass die Pizza bereits da war. Als sie die Bestellung aufgegeben hatte, hatte der Mann am Telefon gemeint, dass es etwa eineinhalb Stunden dauern würde, und nun war kaum eine Stunde vergangen. Obwohl sie sich natürlich nicht beschweren würde. Sie hatte richtig Hunger.

Sie stand in der offenen Tür und wartete mit Geld für die Pizza und einem großzügigen Trinkgeld auf den Pizzaboten. Doch anstatt des Parducci-Mitarbeiters mit der grünen Kappe stieg ein kurviges Mädchen mit rabenschwarzen Haaren und einer braunen Einkaufstüte aus dem Aufzug.

»Suzanne?«, fragte sie und warf einen Blick auf die offene Tür.

»Ja?«, erwiderte Suzanne misstrauisch. Es war noch nie vorgekommen, dass ein Bote sie mit Vornamen angesprochen hatte, und außerdem sah sie nirgendwo einen

Pizzakarton. Suzanne hätte dem Mädchen am liebsten die Tür vor der Nase zugeknallt, doch sie gab diesem Impuls nicht nach. Das Mädchen starrte sie mit dunklen, undurchdringlichen Augen an.

»Ich bin Anna«, erklärte sie mit einem breiten Lächeln. »Vince' Tochter.« Bevor Suzanne die Chance hatte, etwas zu erwidern, fügte Anna hinzu. »Mein Vater hat mich hergeschickt, um Sie abzuholen. Er ist auf dem Boot und will sich dort mit Ihnen treffen.«

Suzanne war sprachlos und musterte die junge Frau. Sie kam ihr irgendwie bekannt vor, aber sie konnte nicht sagen, woher. Oder war es vielleicht bloß die Ähnlichkeit mit Vince? Viel wichtiger war jedoch die Frage, was Vince sich dabei dachte, seine Tochter herzuschicken, damit sie seine Geliebte zu einem romantischen Rendezvous abholte.

Hatte er den Verstand verloren? Allein die Vorstellung war vollkommen irre! Als Suzanne endlich die Sprache wiederfand, klang sie wütend: »Hören Sie, Anna, ich bin mir nicht ganz sicher, was hier vor sich geht, aber ich komme nirgendwohin mit. Sagen Sie Ihrem Vater, dass ich ins Bett gegangen bin.«

»Sie verstehen nicht ganz«, beharrte das Mädchen. »Meine Mutter weiß von Ihnen. Sie hat ihn heute Abend zur Rede gestellt, obwohl sie eigentlich zusammen zu einer Wohltätigkeitsgala wollten. Sie haben sich heftig gestritten, und Mom hat ihn rausgeworfen. Und jetzt ist er auf dem Boot.«

»Aber warum ist er nicht selbst hergekommen, um mich abzuholen?«, fragte Suzanne skeptisch. »Warum hat er Sie geschickt?«

»Daddy befürchtet, dass meine Mutter einen Privatdetektiv engagiert hat. Er wollte nicht selbst vorbeikommen, falls er beschattet wird. Er hat Angst, dass meine Mutter ihm das letzte Hemd auszieht. Sie ist ein ziemlich rachsüchtiges Miststück«, fügte Anna hinzu.

Suzanne platzte beinahe vor Wut. Sie konnte nicht glauben, dass Vince sie derart bloßstellte. Es war seltsam genug, dass er sie am Abend der Junggesellinnenparty hatte beschatten lassen, aber dass er jetzt auch noch seine Tochter herschickte, um sie abzuholen wie einen Koffer, war einfach zu viel. Das würde sie sich auf keinen Fall gefallen lassen.

»Anna, es ist wirklich sehr nett von Ihnen, dass Sie eigens hierhergefahren sind, aber sagen Sie Ihrem Vater bitte, dass er mich anrufen soll, wenn er etwas von mir will. Ich gehe jetzt schlafen. Auf Wiedersehen.« Suzanne wollte gerade die Tür schließen, als die junge Frau die Hand ausstreckte und ihr auf den Arm legte.

»Sie verstehen nicht!«, meinte sie flehentlich. »Ich habe ihm versprochen, dass ich Sie zu ihm bringe, und ich will ihn nicht enttäuschen. Ich habe ihm versichert, dass wir Freundinnen werden. Ich will doch nur, dass mein Dad glücklich ist.«

Suzanne sah in die seltsamen, flehenden Augen des Mädchens. Sie wusste, wie viel Anna Vince bedeutete und wie nahe ihm der Zerfall seiner Familie gehen würde. Außerdem verstand sie natürlich auch seine Befürchtung, dass seine Frau es auf sein gesamtes Vermögen abgesehen hatte. Aber das war sein Problem, mit dem er allein fertigwerden musste. Doch dann dachte sie plötzlich auch an ihre eigene finanzielle Lage. Das Penthouse konnte aufgrund des Kredites mit Vince in Verbindung gebracht werden. Was, wenn alles schieflief und Vince' Frau am Ende Suzannes Zuhause zugesprochen bekam? Konnte sie Suzanne wegen Entfremdung des Ehegatten verklagen? Sie erinnerte sich an einen Artikel in der *Tribune*, wonach eine Frau eine Million Dollar von der Geliebten ihres Mannes erhalten hatte. Suzanne packte die Angst. Vielleicht war es doch besser, sich mit Vince zu treffen.

»Okay, ich komme mit«, kapitulierte sie, schloss die Tür ab und fuhr mit Anna im Aufzug nach unten. In der Lobby angekommen, fiel ihr plötzlich die Pizza ein, die sie bestellt hatte. Sie gab dem Portier das Geld und trug ihm auf, sie mit den anderen Hausangestellten zu teilen.

»Mein Freund wartet im Auto«, erklärte Anna und führte Suzanne zu einem silbernen Buick, der vor einer abgelaufenen Parkuhr stand. Laute Musik drang aus dem Wagen mit den verdunkelten Scheiben. Anna öffnete Suzanne die Tür, damit sie auf die Rückbank rutschen konnte, und stieg anschließend vorn ein. »Das ist Sal«, meinte sie und deutete auf den dunklen Kopf hinter dem Lenkrad.

»Yo!«, grunzte der Mann, ohne sich umzudrehen, und fuhr auf den Lake Shore Drive. Die Musik war so laut, dass Suzanne keinen klaren Gedanken fassen konnte, also bat sie den Fahrer, sie leiser zu drehen. Er warf einen Blick zurück, und als sie sein Gesicht sah, kam er ihr ebenfalls irgendwie bekannt vor. Er hatte ein Gesicht, das man nicht so leicht vergaß. Das Blut gefror ihr in den Adern, als sie die goldene Rolex und das goldene Armband an seinem Handgelenk sah, und Angies gehässige Worte hallten durch ihren Kopf: *Ich tanze aus Prinzip nicht mit Kerlen, die mehr Schmuck tragen als ich.*

Jetzt wusste Suzanne, wo sie den Mann schon einmal gesehen hatte. Im *Overhang*. Und auch Anna war dort gewesen. Bloß, dass sie an diesem Abend blonde Haare gehabt hatte. Suzannes Alarmglocken begannen zu schrillen, und sie beschloss, bei der erstbesten Gelegenheit auszusteigen. Sie wartete, bis sie an einer Ampel hielten, und zog am Türgriff, doch im nächsten Moment verwandelten sich die Alarmglocken in eine regelrechte Sirene. Die Tür ging nicht auf. Sie war von außen versperrt.

Kapitel 45

Vince

Vince stand vor dem mannshohen Spiegel im begehbaren Kleiderschrank und band seine Fliege. Er hatte sich mittlerweile mit dem Schicksal abgefunden und beschlossen, das Beste aus der öden Wohltätigkeitsgala mit den langweiligen Gästen, dem schlechten Essen und den endlosen Reden zu machen. Vielleicht ergaben sich wenigstens ein paar neue Geschäftsbeziehungen. Er zupfte an der Fliege, bis sie richtig saß, dann trat er zurück und musterte sich beeindruckt. Hätte Suzanne ihn doch bloß in dem Smoking gesehen! Eilig verdrängte er den Gedanken an sie, denn sie schien ihm dadurch nur noch unerreichbarer. Er ging ins Schlafzimmer, wo seine Frau vor dem Frisiertisch saß und Make-up auflegte.

»Was meinst du?«, fragte er und deutete auf seine Fliege.

»Es ist jedes Mal so viel Arbeit«, erwiderte sie und kniff ein Auge zu, während sie den Eyeliner auftrug. »Warum kaufst du dir nicht endlich eine Fliege, die schon gebunden ist? Du machst immer alles so kompliziert.« Giovanna war extrem erleichtert, dass sich die miese Laune ihres Mannes anscheinend verflüchtigt hatte. Sie liebte es, sich in Schale zu schmeißen und zusammen mit den Reichen und Schönen der Stadt eine Veranstaltung zu besuchen. Sie hatte zwar nur einen Highschool-Abschluss und war sich nie so ganz sicher, ob sie dazupasste, aber Geld machte vieles wett. Und das war auch der Grund, warum Vince bei der heutigen Auktion mitbieten sollte, denn ein hohes Gebot würde ihren Platz in der High Society von Oakbrook weiter festigen. Sie hatte ein Auge auf ein Auktionspaket geworfen, das eine Woche in einer Villa in der Toskana und eine private Führung durch ein Gebäude namens »Uffizi« enthielt – wobei es sich dabei vermutlich um ein Restaurant handelte.

Da Vince wusste, dass seine Frau mindestens noch eine halbe Stunde für ihr Make-up benötigen würde, ging er hinunter ins Billardzimmer und goss sich ein Glas Wodka an der halb fertigen Bar ein. Er nahm das Glas mit auf die Veranda und blickte zum See hinunter, den die Abendsonne in glitzerndes Gold tauchte. Er nippte an seinem Drink, als er plötzlich eine Bewegung wahrnahm. Erschrocken fuhr er zurück und erkannte Steven Kaufman, der in dem Gebüsch vor ihm saß. Seine Kleidung war dreckverschmiert, und seine dunklen Locken hingen fettig herab.

»Was zum Teufel machen Sie hier?«, fuhr Vince ihn an.

»Ich verstecke mich vor den Cops«, erwiderte Kaufman und kroch aus seinem Versteck wie ein verschrecktes Tier. »Sie glauben ja gar nicht, was ich auf dem Weg hierher alles erlebt habe. Können wir vielleicht reingehen?«

»Was zur Hölle wird hier eigentlich gespielt?«, murmelte Vince, während er die Glasschiebetür öffnete und ins Haus trat; dann wandte er sich erneut an den Zimmermann: »Was sollte das gestern Abend? Ich habe meinen Arsch für Sie riskiert! Sie durften hier wohnen, ich habe Ihnen Geld und Essen gegeben – und Sie machen sich ohne ein einziges Wort aus dem Staub! Aber glauben Sie ja nicht, dass Sie noch einmal hier unterkommen! Ich habe Suzanne mittlerweile die Wahrheit gesagt. Es ist mir also scheißegal, wenn die Cops Sie in die Finger bekommen!«

Kaufman trat an die Bar und ließ die Hand über die glatte Theke gleiten. »Die wäre echt schön geworden«, seufzte er wehmütig, bevor er sich an Vince wandte. »Hören Sie, ich will gar nicht hierbleiben, aber ich brauche trotzdem Ihre Hilfe. Es gibt da einen Haftbefehl gegen mich, und ich muss Illinois so schnell wie möglich verlassen. Ich brauche Geld.«

»Einen Haftbefehl? Was soll denn das jetzt wieder heißen? Was für einen Haftbefehl?«

Steven zuckte mit den Schultern und sah seinem ehemaligen Arbeitgeber direkt in die Augen. »Körperverletzung und Bigamie. Aber das ist alles erstunken und erlogen! Ist eine lange Geschichte ...«

»Okay, meine Frau braucht sowieso noch eine Ewigkeit, bis sie fertig ist. Ich habe also mehr als genug Zeit.« Vince' Wut steigerte sich beim Anblick des Zimmermanns. Er hatte tatsächlich zugelassen, dass ein Mann, der wegen Körperverletzung gesucht wurde, im selben Haus wie seine Frau und seine Tochter schlief! Dabei hatte er sich selbst immer für einen guten Menschenkenner gehalten. Hatte er sich wirklich derart in Kaufman getäuscht? Er musterte Steven eindringlich, dann nahm er ein zweites Glas, füllte es mit Wodka und reichte es dem ziemlich ramponierten Zimmermann. »Schießen Sie los«, sagte er in gereiztem Ton und richtete den Blick erneut aus dem Fenster. »Ich bin ganz Ohr.«

Steven nippte an seinem Glas und begann, im Zimmer

auf und ab zu wandern. »Wie schon gesagt: Die Haftbefehle gegen mich taugen nichts. Wollen Sie die kurze oder die lange Version der Geschichte hören?«

»Kurzfassung reicht. *So* langsam ist meine Frau dann auch wieder nicht.«

»Okay, also: Meghan und ich haben uns an der Highschool kennengelernt und gleich nach dem Abschluss geheiratet. Wir waren wahnsinnig jung, aber wir dachten, wir würden uns lieben, und am Anfang stimmte das vielleicht sogar. Aber nach ein paar Jahren wurde mir klar, dass wir einen Fehler gemacht hatten. Wir waren eher wie Bruder und Schwester und nicht wie zwei Eheleute, und wir beschlossen, uns in aller Freundschaft scheiden zu lassen. Es war ja keine große Sache. Wir gingen also zu diesem Anwalt, und er meinte, dass alles ganz einfach wäre, weil wir ja keine Kinder hätten. Meghan sollte das Haus behalten, das sowieso auf Pump gekauft war, und mir gehörte der Wagen und mein Werkzeug. Ich hatte inzwischen einen neuen Job in Manchester, und so unterschrieb ich ein paar Dokumente, gab Meghan das Geld für den Anwalt und verließ mich darauf, dass sie auch noch den Rest erledigte. Und tatsächlich rief sie mich eines Tages an und meinte: *Gratuliere, wir sind geschieden!*

Ich wohnte mittlerweile in Manchester und arbeitete für einen örtlichen Bauunternehmer, der eine wirklich heiße Tochter namens Heather hatte. Aber die Tussi machte nichts als Ärger, das kann ich Ihnen sagen! Sie kam ständig auf den Baustellen vorbei und warf sich mir regelrecht an den Hals. Aber sie war schließlich die Tochter vom Boss, deshalb ging ich ihr lieber aus dem Weg. Auf solche Schwierigkeiten war ich echt nicht scharf!«

»Doch eines Tages kam sie auf eine Baustelle, wo ich gerade ganz allein Küchenschränke montierte«, fuhr Steven fort. »Und ehe ich michs versah, trieben wir es auf den Schalungsplatten. Danach kam sie immer öfter vorbei und … na ja, Sie wissen ja, wie das so ist … Es lief gut, bis sie mir eines Tages sagte, dass sie schwanger wäre und ihr Vater sie bewusstlos prügeln würde, wenn er es herausfände. Sie verlangte, dass ich sie heiratete. Ich meine, wir sind kein einziges Mal miteinander ausgegangen! Wir hatten bloß Baustellen-Sex. Und ich bezweifelte stark, dass ich der Einzige war. Ich überlegte ernsthaft, die Fliege zu machen, aber ich hatte ein schlechtes Gewissen wegen des Babys, und deshalb verlobten wir uns. Ihrem Vater waren die Schwangerschaft und auch der Rest ziemlich egal, aber nachdem es nun mal beschlossene Sache war, zog ich es durch. Das Arschloch gab mir sogar eine Gehaltserhöhung!

Einige Monate später fiel mir auf, dass Heather immer noch nicht zugenommen hatte, und als ich sie fragte, gab sie zu, dass sie mich angelogen hatte. Sie wollte einfach von ihrem Vater loskommen, und ich war das Mittel zum Zweck gewesen. Nachdem ich erfahren hatte, dass es gar kein Baby gab, wollte ich natürlich aus der Sache raus. Ich rief also meine Ex-Frau an und fragte sie nach dem Namen unseres Anwalts, der unsere Scheidung so problemlos durchgezogen hatte – und da ging der wahre Albtraum los.«

Steven blieb stehen und stürzte den restlichen Wodka in einem Zug hinunter. Vince drehte sich mit ausdruckslosem Blick zu ihm um und nippte an seinem Drink. »Erzählen Sie weiter«, befahl er, und Steven setzte sich wieder in Bewegung.

»Meghan und ich waren überhaupt nicht geschieden, weil sie sich mit meinem Geld ein Auto gekauft hatte, anstatt den Anwalt zu bezahlen. Ich hatte also plötzlich zwei Ehefrauen und konnte überhaupt nichts dafür! Ich beschloss, erst mal die Fliege zu machen und mich später um alles zu kümmern. Ich hatte die Stadtgrenze beinahe erreicht, als mich zwei Streifenpolizisten anhielten, mir Handschellen anlegten und mich in ihren Wagen stießen. Auf dem Revier wartete bereits mein Schwiegervater auf mich, und im nächsten Moment verpasste er mir einen Faustschlag, der mir beinahe den Kiefer brach. Die Cops stürzten sich auf ihn, und er brüllte: ›Wenn ich mit dir fertig bin, wirst du froh sein, wenn du auch nur halb so gut aussiehst wie meine Tochter!‹ Im nächsten Moment kam Heather rein – und ich hätte sie fast nicht erkannt. Sie sah aus, als wäre sie in einen Fleischwolf geraten. Ich hatte keine Ahnung, was mit ihr passiert war, aber ihre Lippen waren aufgeplatzt und ein Auge vollkommen zugeschwollen. Und dann erzählte sie den Cops und ihrem alten Herren, dass *ich* ihr das angetan hatte. Sie war wie der Typ in *Dirty Harry,* der sich zusammenschlagen lässt und dann behauptet, es wäre Clint Eastwood gewesen. Ich war also der Clint Eastwood in der Geschichte, und ich wusste, dass ihr Vater meine Erklärung sicher nicht hören wollte. Er war eher der Typ, der zuerst zuschlug und dann erst nachfragte, was eigentlich los war, und wenn er mich in die Finger bekam, war ich so gut wie tot. Ich rief Meghan an, damit sie meine Kaution bezahlte – das war sie mir einfach schuldig –, und dann machte ich mich endgültig aus dem Staub, ohne mich noch einmal umzudrehen. In Manchester warten also entweder mein Schwiegervater oder das Gefängnis auf mich – und keines von beidem ist sehr verlockend …

Ich schwöre Ihnen, dass es genauso gewesen ist! Ich bin kein schlechter Mensch, nur das Opfer von einigen echt beschissenen Zufällen. Und ich wäre jetzt nicht in dieser verfluchten Situation, wenn Sie mich nicht gebeten hätten ...« Steven senkte die Stimme, sah die Treppe hoch und flüsterte: »Wenn Sie mich nicht gebeten hätten, Ihre Geliebte zu beschatten.«

Vince ließ die Geschichte des Zimmermanns einen Augenblick lang auf sich wirken. Es war zwar ziemlich vertrackt, aber es gab keinen Grund, ihm zu misstrauen. Kaufman war immer ehrlich zu ihm gewesen. »Es ist vermutlich ziemlich unklug, aber ich werde Ihnen helfen. Wie viel brauchen Sie?«

»Nur so viel, dass ich nach Colorado fahren und mir neues Werkzeug besorgen kann. Ich kenne einen Kerl, der in Aspen arbeitet, der hat erzählt, dass sie dort gerade wie verrückt bauen. Die Cops haben meinen Wagen, also muss ich mit dem Bus fahren. Vielleicht ein paar Tausender?«

»Mehr nicht?«, fragte Vince sarkastisch, doch dann machte er sich auf den Weg in sein Arbeitszimmer und holte die Geldkassette aus der Schublade. Ihm fiel sofort auf, dass der Schlüssel für das Boot verschwunden war, und er wunderte sich. Er hatte ihn doch vor nicht einmal einer Stunde in der Hand gehabt, nachdem er mit Suzanne gesprochen hatte. Er öffnete nacheinander die anderen Schubladen und überlegte, ob er den Schlüssel vielleicht in Gedanken woanders hingelegt hatte.

»Alles in Ordnung?«, fragte Steven und trat zu ihm ins Büro.

»Ja. Ich habe nur etwas verlegt.«

Vince durchwühlte immer noch seinen Schreibtisch, als plötzlich das Telefon klingelte.

»Hallo?«, bellte er.

»Hey. Ich habe eine gute und eine schlechte Nachricht. Und zusätzlich auch noch ein paar wirklich sehr, sehr schlechte Neuigkeiten ...« Vince erkannte Charley Belcheks nasale Stimme sofort. Nachdem er Suzanne die Wahrheit gesagt hatte, hatte er den Ex-Cop vollkommen vergessen. »Die gute Nachricht ist, dass ich herausgefunden habe, wer die Frau im Lincoln Park umgebracht hat. Die schlechte ist, dass dafür eine Menge Geld notwendig war. Mehr als sechzigtausend. Ist das okay?«

»Klar«, erwiderte Vince, obwohl er wusste, dass Belchek vermutlich gerade mal die Hälfte der vereinbarten Summe benötigt hatte. Aber Deal war nun mal Deal. Und obwohl es ihn nicht mehr kümmerte, was die Cops Kaufman noch anhängten, würde Suzanne ihm um den Hals fallen, wenn er ihr den Mörder ihrer besten Freundin präsentieren konnte.

»Einen Moment noch«, meinte Vince zu Steven, der nervös auf sein Geld wartete.

»Redest du mit mir?«

»Nein, Charley. Ich habe noch jemanden hier. Schieß los.«

»Also, wie gesagt, ich habe eine Menge Geld investiert und dabei einiges erfahren«, fuhr Belchek fort. »Ich fange immer im Gefängnis an, denn da finde ich normalerweise immer jemanden, der bereit ist auszupacken. Ich bin eigentlich davon ausgegangen, dass ein Schwarzer oder ein Hispano sie umgebracht hat, doch meine üblichen Kontakte haben nichts erbracht, also schlug ich einen anderen Weg ein. Ich unterhielt mich mit einem Punk namens Rico, der wegen Einbruchs sitzt und der einen Zellenkumpel namens Joey hatte. Und dieser Joey las eines Tages eine der alten Zeitungen, die die Knackis immer bekommen – und die manche echt lesen! –, und deutete plötzlich auf ein Foto und meinte: ›Ich weiß, wer die Braut da umgebracht hat.‹ Ein paar Tage später wird Joey entlassen, und das war's. Doch als Rico von meinem kleinen Geldregen hörte, trat er mit mir in Verbindung und erzählte mir von Joey. Joey wollte am Anfang nichts mit mir zu tun haben – bis ich ihm etwas Geld anbot. Ich schätze, er hat ein kleines Drogenproblem …«

»Kommst du bitte auf den Punkt, Charley? Ich habe noch etwas anderes vor«, drängte Vince.

»Ja ja, schon gut. Joey erzählte mir, dass er gerade mit einem Kumpel und einer Braut unterwegs war, als sie das Mordopfer vor einer Bar aufgabelten. Sie war sturzbetrunken, und Joey gefiel die Sache nicht, also hat er die Fliege gemacht. Aber er ist sich trotzdem sicher, dass sein Kumpel die Frau umgebracht hat. Der Kerl hat früher anscheinend Auftragsarbeiten erledigt – Schuldeneintreibung und so – und hat keinerlei Skrupel, jemandem das Genick zu brechen.«

»Hast du einen Namen für mich?«

»Salvatore Gianfortune. Besser bekannt als Sal. Und damit kommen wir auch schon zu den wirklich schlechten Nachrichten: Er prahlt überall damit herum, dass er … ähm … sehr viel Zeit mit deiner Tochter verbringt.«

Vince ließ den Hörer fallen und griff instinktiv nach der Pistole, die er an den Boden der Schublade geklebt hatte. Sie war nicht da. Er sprang auf und rannte zur Treppe.

»Giovanna!«, brüllte er. »Ist Anna noch zu Hause?«

»Nein. Sie ist los, während ich unter der Dusche war. Kommst du? Ich bin fertig.«

Der verschwundene Schlüssel für das Boot. Die verschwundene Pistole. Vince wandte sich an Steven, der ihm aus dem Büro gefolgt war, und warf einen Blick auf die klobigen Hände des Zimmermanns. Er hatte gesehen, wie er einen ganzen Wagen Holz ausgeladen und es anschließend ums Haus herumgetragen hatte. »Meine Tochter ist in Gefahr! Kommen Sie mit«, befahl er.

Dicht gefolgt von Steven hastete Vince die Treppe hoch und stürmte in die Küche, wo seine Frau bereits auf ihn wartete. Sie trug ein trägerloses Abendkleid von Dior, jede Menge Diamanten um den Hals und Diamantstecker in den Ohren und hatte die Haare zu einem regelrechten Turm hochgesteckt. Ein Blick in das angstverzerrte Gesicht ihres Mannes reichte, um sie ebenfalls in Panik zu versetzen. Sie konnte sich nicht erinnern, ihn jemals so durcheinander erlebt zu haben. »Was ist denn los?«

Vince starrte die Frau an, mit der er die letzten zweiundzwanzig Jahre seines Lebens verbracht hatte. Er konnte ihr nicht sagen, dass ihre Tochter mit einem Mörder unterwegs war. Dieses Wissen wäre zu viel für sie gewesen, und es war mehr, als man einer Mutter zumuten konnte. Er würde ihr alles erklären, wenn ihre gemeinsame Tochter erst einmal in Sicherheit war.

»Giovanna, es tut mir leid, aber ich kann heute doch nicht mitkommen. Es gab einen Unfall auf einer der Baustellen. Es tut mir leid«, wiederholte er. Er drückte ihr einen schnellen Kuss auf die Lippen und verschwand dann mit Steven im Schlepptau in der Garage.

Giovannas Angst verwandelte sich in Wut, als sie das Wort *Baustelle* hörte. Wie konnte Vince es wagen, sie einfach sitzen zu lassen, obwohl sie bereits angezogen und abfahrtbereit war? Hatte er denn keine Angestellten, die sich um solche Dinge kümmern konnten? Egal, dieses Mal würde sie jedenfalls nicht zu Hause bleiben und still und einsam leiden. Sie würde allein zu der Gala gehen und ihn eben bei den anderen Gästen entschuldigen. Sie hoffte nur, dass er genug Geld hatte, um die Reise in die Toskana zu bezahlen – denn sie würde sich von niemandem überbieten lassen.

Kapitel 46

Die Indiana Toll Road erstreckte sich in ihrer tröstenden Leere vor mir, und das Licht meiner Scheinwerfer durchschnitt das endlose Grau. Ich fuhr durch mehr oder weniger unbebautes Gebiet, traf selten auf ein anderes Fahrzeug und fühlte mich sicher und geborgen, weil niemand wusste, wo ich war. Ich war mir ja nicht einmal selbst sicher, wohin ich unterwegs war. Im Moment war ich einfach nur froh, dass mir die Meinungen und Urteile anderer Menschen nun nichts mehr anhaben konnten.

Meine Tränen waren vor etwa hundert Kilometern versiegt. Sie waren wie eine Sturzflut gewesen, als ich Flynn allein in seinem Audi zurückgelassen hatte, und sogar noch schlimmer, als ich schließlich im Taxi zurück zu meiner Wohnung gefahren war. Ich weinte so heftig, dass der Taxifahrer sich weigerte, Geld für die Fahrt anzunehmen, und mein Herz schmerzte so sehr, dass es ein Wunder war, dass es nicht aufhörte zu schlagen. Und falls es so gekommen wäre, hätte es mich vermutlich nicht mal gekümmert.

In der Wohnung angekommen, rief ich sofort im Restaurant an und fragte nach meinem Vater. Die Angst war ihm deutlich anzuhören. Flynn und ich hätten bereits vor einer halben Stunde im Restaurant eintreffen sollen, und alle machten sich Sorgen um uns.

Ich hatte beschlossen, nichts zu beschönigen: *Flynn*

und ich haben beschlossen, die Hochzeit aufgrund unüberbrückbarer Differenzen abzusagen. Das war der Satz, den Flynn vorgeschlagen hatte, um uns beiden die Demütigung zu ersparen, die die ganze Wahrheit mit sich gebracht hätte. Die Tatsache, dass ich vermutlich schwanger war, würden wir noch eine Weile für uns behalten. Der Schock über die abgesagte Hochzeit war im Moment sicher groß genug für meine Eltern – und für Flynn.

Mein Vater versuchte, mich hinzuhalten, während er jemanden auf die Suche nach meiner Mutter schickte. Wenn etwas in seinem Leben schiefging, konnte es seine Frau auf jeden Fall wieder geradebiegen. Ich hatte keine Ahnung, wie ich im begreiflich machen konnte, dass diese Sache nicht einmal meine perfekte Mutter hinbekommen würde.

»Dad, du brauchst Mutter nicht zu holen! Es ist nichts mehr zu machen. Die Hochzeit ist abgesagt.«

»Wir sind schon auf dem Weg zu dir!«, erklärte er.

»Nein, Dad, tut das nicht, denn ich werde nicht mehr da sein. Ich fahre weg. Es tut mir leid.«

Ich legte auf und überlegte, wie oft ich den letzten Satz in den vergangenen Tagen eigentlich gebraucht hatte. Ich war es leid, mich zu entschuldigen, auch wenn es notwendig war.

Mir war klar, dass ich so schnell wie möglich aus der Wohnung verschwinden musste. Da das Telefon vermutlich jede Sekunde zu klingeln beginnen würde, nahm ich den Hörer von der Gabel, bevor ich schnell ein paar Sachen zum Umziehen und Toilettenartikel einpackte und aus der Wohnung eilte.

Ich sprang in mein Auto und beschloss, den ersten Highway zu nehmen, der mir unterkam.

Drei Stunden später war ich auf halbem Weg nach Toledo. Hier würde niemand nach mir suchen. Nicht einmal ich selbst.

Und so fuhr ich durch den weiten Mittleren Westen. Ich ahnte nicht, dass sich während meiner Fahrt ins Nirgendwo in meiner alten Heimatstadt ein Drama abspielte, das sehr viel beängstigender war als jenes, das ich gerade erlebte.

Kapitel 47

Belmont Harbour lag in bleifarbenes Licht getaucht vor ihnen, als Sal auf den leeren Parkplatz neben dem Hafen bog und den Motor abstellte. Die dröhnende Musik wich unheimlicher Stille, während sich Anna zu Suzanne umdrehte und sie wie eine schwarzhaarige Grinsekatze ansah.

»Wir sind da«, erklärte sie.

Suzanne wollte sich ihre Angst auf keinen Fall anmerken lassen, und nachdem sie noch einige Male erfolglos am Türgriff gezogen hatte, meinte sie schließlich mit gespielt ruhiger Stimme: »Ich glaube, ich kann nicht raus.«

Sal schlug sich mit der Hand auf die Stirn. »Ich Dussel! Das ist die Kindersicherung. Ich war gestern mit meinen Neffen unterwegs.« Es war das erste Mal, dass er nicht nur grunzte, sondern tatsächlich etwas gesagt hatte. Er stieg aus, kam auf Suzannes Seite, öffnete die Tür und legte einen Schalter im Türrahmen um. »Sehen Sie? Die Kindersicherung …«

Suzanne nickte erleichtert. Vielleicht war sie wirklich paranoid. Was spielte es schon für eine Rolle, dass Anna und Sal in der Mordnacht im *Overhang* gewesen waren? Doch dann kam ihr ein weitaus beunruhigenderer Gedanke: Was, wenn Vince die beiden ebenfalls losgeschickt hatte, um ihr nachzuspionieren? Hätte er tatsächlich von seiner Tochter verlangt, so etwas zu tun? Die Wut war plötzlich so groß, dass ihr Verstand erneut aussetzte.

»Wo ist Ihr Vater?«, fragte sie.

Anna deutete auf eine weit entfernte Anlegestelle. »Auf dem Boot.«

»Gut, dann gehen wir zu ihm!«

Sie überquerten den Parkplatz und kamen an einer Familie vorbei, die im letzten Licht des Tages Badetücher und Taschen zurück zu ihrem Auto schleppte. Am Pier angekommen, gab Anna den Sicherheitscode an der Gittertür ein, die unbefugten Personen den Zutritt zu den Booten verwehrte. Als die Tür mit einem Krachen hinter ihnen ins Schloss fiel und das Geräusch über den Hafen hallte, überkam Suzanne erneut das Gefühl, in der Falle zu sitzen. Auf einigen Booten brannte zwar noch Licht, doch an dem Pier, auf dem sie sich befanden, lagen abgesehen von einem alten Kajütboot alle Schiffe im Dunkeln.

»Welches Boot ist es denn?«, fragte sie und versuchte, Haltung zu bewahren.

»Das da«, erwiderte Anna und deutete auf eine eindrucksvolle Jacht am Ende des Piers.

»Aber das Boot ist dunkel. Ich dachte, Ihr Vater wäre hier?«

»Wahrscheinlich macht er ein Nickerchen«, erwiderte Anna.

Suzanne erinnerte sich an den Selbstverteidigungskurs, den sie vor einigen Jahren besucht hatte. Der Kursleiter – ein pensionierter Cop – hatte ihnen erklärt, dass die Angst wie ein körpereigenes Frühwarnsystem war. Ihre Alarmglocken hatten bereits im Flur vor ihrer Wohnung und dann noch einmal in Sals Buick geschrillt, doch sie hatte sie so lange ignoriert, bis sie nicht mehr zu überhören waren. Sie war so versessen darauf gewesen, mit Vince zu reden, dass sich ihre Vernunft verabschiedet hatte. Hätte sie auf ihren Instinkt gehört, säße sie jetzt mit einer Pizza zu Hause, anstatt auf einem Pier zu stehen und zu einem im Dunkeln liegenden Boot zu gehen, auf dem sich Vince ganz sicher nicht befand und auf dem er vermutlich auch den ganzen Abend über nicht gewesen war.

Suzanne erinnerte sich an einen anderen Leitsatz aus dem Seminar: *Lassen Sie niemals zu, dass man Sie an einen abgelegenen Ort bringt!* Und es gab vermutlich keinen abgelegeneren Ort als ein dunkles, verlassenes Boot in einem dunklen, verlassenen Hafen.

Sie beschloss, nun endlich auf ihr Gefühl zu hören und sofort zurück zur Gittertür zu gehen. Doch als sie sich umdrehte, blockierte Sal den Weg und zielte mit einer Pistole auf sie.

Suzanne hatte noch nie eine richtige Waffe gesehen. Ihre Eltern besaßen keine, und, soweit sie wusste, auch keine ihrer Freundinnen. Sie kannte Pistolen wie diese natürlich aus dem Fernsehen und dem Kino, aber es war etwas anderes, den kalten Stahl auf sich gerichtet zu wissen und an die Zerstörungskraft zu denken, die von ihm ausging. Adrenalin schoss durch ihre Adern, und sie wusste, dass sie entweder kämpfen oder die Flucht ergreifen musste. Da ein Kampf nicht infrage kam, war Flucht wohl die einzige Möglichkeit. Allerdings hatte mittlerweile die Angst von ihr Besitz ergriffen, und sie war wie erstarrt.

»Weiter!«, befahl Sal und schob sie den Pier entlang, während Anna grinsend neben ihm stand und noch immer die Einkaufstüte in der Hand hielt. Suzanne beschloss, sich gegen die beiden aufzulehnen.

»Was wollen Sie von mir?«, fragte Suzanne so bestimmt wie möglich.

»Weiter, habe ich gesagt!«

Da sie keine andere Wahl hatte, ging sie so langsam wie möglich den Pier entlang, um Zeit zu gewinnen und ihre Lage zu überdenken. Was wollten die beiden tatsächlich von ihr? Hatten sie vor, ihr etwas anzutun, oder wollten sie ihr bloß Angst einjagen? Ging es um Geld? Wollten sie Geld von ihr? Oder war es sehr viel schlimmer, und sie machte gerade ihre letzten Atemzüge?

Der See zu beiden Seiten des Piers war dunkel und überaus einladend. Wenn sie sich ins Wasser stürzte, wäre sie im nächsten Moment unsichtbar. Sie stellte sich vor, wie sie mit dem Kopf voran in den See tauchte, wie Johnny und sie es früher in den eisig kalten Seen Minnesotas getan hatten, und anschließend unter Wasser so weit schwamm, wie ihr Atem reichte.

Doch die Pistole in ihrem Rücken schob sie immer weiter, bis sie schließlich vor einem großen, schnittigen Boot mit dem Namen *Giovanna Anna* anhielten.

»Rauf da!«, befahl Sal, doch Suzanne bewegte sich nicht. »Ein Schuss genau an dieser Stelle …«, meinte er und drückte den kalten Stahl gegen ihre Wirbelsäule, »… und Sie sitzen den Rest Ihres Lebens im Rollstuhl mit einem Beutel für die Pisse und einem Beutel für die Kacke.«

Suzannes Mund war wie ausgetrocknet, und sie bekam vor Angst kaum noch Luft. Sie musste es riskieren, sonst war es zu spät. Also nahm sie allen Mut zusammen und stürzte auf den Spalt zwischen dem Boot und dem Pier zu. Sie fiel und sah bereits das rettende Wasser unter sich, doch im nächsten Augenblick schloss sich eine Hand wie eine Schraubzwinge um ihren Knöchel. Sie krachte gegen einen Pfahl, während sie hilflos mit dem Kopf nach unten über dem Hafenbecken baumelte. Sie blickte nach oben in den Sternenhimmel, und gleich darauf erschien

Annas Gesicht; sie war es, die Suzanne mit wütender Kraft umklammert hielt.

»Du dämliche Schlampe!«, keifte sie, bevor sie nach unten griff und Suzanne an ihrer Jeans wieder auf den Pier zog. Suzanne versuchte zu schreien, doch Sal schlug ihr so brutal ins Gesicht, dass es ihr den Atem verschlug und ihre Lippe aufplatzte. Er drückte sie zu Boden, während Anna die Bootstür öffnete, in die Kajüte hinunterstieg und das Licht anmachte. Dann zerrte Sal Suzanne an Bord, schleuderte sie unter Deck und kletterte ebenfalls hinunter.

Dort schloss Anna die Tür hinter ihnen und wandte sich an Suzanne.

»Hübsches Boot, nicht wahr?«, zischte sie und starrte Suzanne mit unverhohlener Feindseligkeit an. »Ich wette, das hätten Sie auch gerne. Aber mein Vater hat dieses Boot für meine Mutter und mich gekauft, verstanden?«

Mit eiskaltem Lächeln griff Anna in die Einkaufstüte und holte eine Rolle Klebeband hervor. Suzanne trat der Schweiß auf die Stirn, und sie hatte Angst, dass ihr Darm nicht mehr lange durchhalten würde. Sal drückte sie auf einen Stuhl und hielt sie fest, während Anna ihre Beine mit dem Klebeband an die Stuhlbeine fesselte und anschließend ihre Hände hinter dem Rücken fixierte.

»Bitte!«, flehte Suzanne. »Ich weiß nicht, was Sie von mir wollen, aber wenn es um Geld geht …«

»Wie kannst du es wagen, du Schlampe!« Vince' Tochter nahm die Pistole, die Sal auf den Tisch gelegt hatte, und schlug Suzanne damit ins Gesicht. Ihr Kopf wurde zur Seite geschleudert, und Tränen stiegen ihr in die Augen, während das Blut über ihre Wange floss.

»Geld? Mein Vater hat mehr Geld, als du in deinem ganzen Leben verdienen wirst.« Anna wandte sich an Sal.

»Ich ertrage dieses Miststück einfach nicht mehr. Kannst du ihr das Maul stopfen?«

Sal verschloss Suzannes Mund mit Klebeband, das er ihr anschließend mehrerer Male um den Kopf wickelte, während Anna ihre Tirade fortsetzte: »Du hast dich in unsere Familie gedrängt und alles zerstört. Mein Vater hatte schon viele Huren wie dich, aber so war er noch nie. Du bist nicht die Erste, weißt du? Es gab Unmengen vor dir. Aber seit du da bist, hat er sich verändert. Er hat nie eine Hure über meine Mutter und mich gestellt, aber jetzt tut er so, als gäbe es uns gar nicht. Dabei bist du nicht mal sein Typ«, zischte sie. »Er hatte nie etwas für so dürre, flachbrüstige Schnecken wie dich übrig. Er mochte immer kurvige Frauen – wie deine Freundin zum Beispiel. Mann, ich war mir so sicher, dass er mit der Schlampe vögelt. Es passte alles zusammen. Aber weißt du was? Es hat sich nichts geändert, nachdem sie weg war.« Anna drückte Suzanne die Pistole an die Wange. »Aber dieses Mal habe ich die Richtige erwischt!«

»Anna, hör auf! Bist du verrückt?« Sal nahm ihr die Waffe ab und legte sie zurück auf den Tisch. »Du kannst sie doch nicht hier erschießen! Den Schuss würde man im ganzen Hafen hören!«

»Entschuldige Sal, ich bin viel zu aufgeregt.« Anna drehte sich um und gab Sal einen langen, verheißungsvollen Kuss, bevor sie ihre Zunge über sein Gesicht gleiten ließ. Er umfasste ihren Hintern und drängte ihre Beine auseinander.

»Zeigen wir ihr mal, wie es richtig geht«, meinte Anna und sah Suzanne direkt in die Augen, während sie sich an Sals Bein rieb. »Macht ihr es auch immer so, mein Dad und du?«

Sal lächelte verschlagen, und Anna schob ihr Shirt und

ihren BH hoch und nahm ihre schweren Brüste in die Hände. Sal schloss die Lippen um eine der riesigen Brustwarzen und begann daran zu saugen, und Anna stöhnte auf. Suzanne schloss die Augen, um nicht zusehen zu müssen, doch gegen die Geräusche konnte sie nichts ausrichten.

»Oh, Baby«, grunzte Sal immer und immer wieder. »Mein Schwanz explodiert gleich.«

»Sagt mein Vater das auch immer, wenn er dich fickt?«, lachte Anna hämisch.

Nach einer scheinbaren Ewigkeit wurde das Grunzen immer mehr, bis schließlich Stille einkehrte. Suzanne öffnete vorsichtig die Augen und sah, wie Sal seine ausgebleichte Jeans über die langen weißen Beine nach oben zog und sie weit über dem Nabel schloss. Anna lag auf dem Sofa. Ihre Brüste waren zur Seite gerutscht und die Beine weit gespreizt.

»Du siehst gerne zu, du Schlampe, oder? Das habe ich mir gleich gedacht!«

Sal nahm den Schlüssel für das Boot und ging an Deck. Anna schlüpfte in sein Hemd und folgte ihm, sodass Suzanne allein zurückblieb. Ihr Herz klopfte so heftig, dass sie Angst hatte, das Bewusstsein zu verlieren. Die beiden hatten zweifellos vor, sie umzubringen. Was hatte sie sich bloß dabei gedacht, mit ihnen mitzufahren?

Dann wurde ihr langsam die schreckliche Wahrheit bewusst: Es war zwar dumm gewesen, dass sie freiwillig hierhergekommen war, aber sie hatte einen weitaus schwerwiegenderen Fehler gemacht, der schon zu Angies Tod geführt hatte – und der bald auch für ihren eigenen Tod verantwortlich sein würde. Sie hatte eine Affäre mit einem verheirateten Mann begonnen.

Ihr hätte von Anfang an klar sein sollen, dass das nicht

gut gehen würde. *Keine verheirateten Männer* – das stand doch in jeder Ratgeberkolumne. Trotzdem hatte sich Suzanne gegen alles gestellt, was sie je gelernt hatte, und zugelassen, dass ein Mann Ehebruch beging. Sie war so dumm gewesen! Anstatt Vince um Geld zu bitten, hätte sie ihre Wohnung verkaufen sollen. Aber sie war von Anfang an davon ausgegangen, dass er ihr Geld leihen würde, weil er sich von ihr angezogen fühlte. Sie hatte vorgehabt, ihn so lange hinzuhalten, bis sie ihm alles zurückgezahlt hatte, aber stattdessen war sie ein Opfer ihrer eigenen Begierden geworden. Doch jetzt war es zu spät, um Reue zu zeigen.

Der Motor sprang an, ihr Stuhl begann zu vibrieren, und eine Welle der Angst überrollte sie. Bald würde das Boot den Hafen verlassen und auf den Lake Michigan hinausfahren. Sie stellte sich vor, wie ihr Körper auf den Grund des Sees sank und dort zu Fischfutter wurde. Niemand würde je herausfinden, was mit ihr geschehen war. Ihr Herz begann, noch schneller zu schlagen.

Wie lange würde es wohl dauern, bis ihr Verschwinden jemandem auffiel? Vince würde vielleicht nach ihr suchen, wenn er morgen früh in ihre Wohnung kam und sie nicht da war, aber was konnte er schon ausrichten? Er konnte ja kaum zur Polizei gehen und seine Geliebte als vermisst melden. Die nächsten Alarmglocken würden vermutlich bei der Hochzeit schrillen, wenn ihr Platz leer blieb. Sie stellte sich vor, wie ihre Eltern panisch alle ihre Freundinnen anriefen und welche katastrophalen Auswirkungen es auf die beiden hätte, wenn ihr zweites Kind plötzlich verschwand.

Die Polizei würde zu ihrer Wohnung fahren und die Nachbarn befragen. Vielleicht konnte der Portier sich sogar erinnern, dass sie mit einer dunkelhaarigen jungen

Frau, die einen Minirock anhatte, losgefahren war, nachdem sie ihm das Geld für die Pizza gegeben hatte, aber was würde das ändern?

Der Motor ging aus, und einen Moment lang herrschte Stille, bevor er wieder zum Leben erwachte. Suzanne versuchte, einen klaren Gedanken zu fassen und sich einen Ausweg zu überlegen. Der Tisch, auf dem die Pistole lag, hatte ziemlich scharfe Kanten. Vielleicht schaffte sie es, mit dem Stuhl hinüberzurücken und das Klebeband zu durchtrennen. Die Pistole wäre dann in Reichweite. Sie hatte nichts zu verlieren, und es war auf jeden Fall besser, als einfach dazusitzen und zu warten. Sie schaukelte auf dem Stuhl vor und zurück und schaffte es tatsächlich, ihn ein kleines Stück vorwärtszubewegen. Sie schöpfte neuen Mut und machte weiter. Es war ein Rennen gegen die Zeit. Der Motor sprang wieder an, und sie spürte erneut das Brummen unter ihr. Bald würden sie den Hafen verlassen. Sie legte sich noch mehr ins Zeug.

Sie hatte sich bereits den halben Weg zum Tisch vorgearbeitet, als der Motor wieder ausging. Im nächsten Moment öffnete sich die Kajütentür, und Anna kam herunter. Ihr Hemd stand offen, und ihre Brüste reichten beinahe bis zum Nabel. Darunter führte ein Streifen dunkler Haare zu ihrer Vulva. Als sie sah, dass Suzanne mit dem Stuhl nach vorn gerückt war, runzelte sie verärgert die Stirn.

»Wo wolltest du denn hin?«, zischte sie; dann trat sie näher, hob den Fuß und beförderte Suzanne mit einem Tritt die Stufen zur Kombüse hinunter. Suzanne fiel auf den Rücken und schlug so hart mit dem Kopf auf, dass sie beinahe das Bewusstsein verlor. Als sie schließlich die Augen wieder öffnete, stand Anna mit dem Klebeband über ihr.

»Du dämliche Schlampe! Was hattest du denn vor? Du machst ja noch mehr Ärger als deine Freundin.«

Eine unbeschreibliche Angst packte Suzanne, als Vince' Tochter vier Streifen Klebeband abschnitt und sich damit über sie beugte. *Oh, nein, oh, nein, bitte nicht.* Da sie weder die Arme noch die Beine bewegen konnte, warf sie den Kopf und den ganzen Körper hin und her wie ein zappelnder Fisch. *Oh, nein! Nein, nein, nein.*

»Nichts sehen«, flüsterte Anna und klebte einen Streifen über Suzannes Augen. »Nichts hören«, fuhr sie fort und klebte jeweils einen Streifen über die Ohren. »Und nicht atmen!«, rief sie schließlich und drückte den letzten Streifen auf Suzannes Nase.

Suzanne versuchte, Luft zu holen, doch das Klebeband blockierte beide Nasenlöcher, und als sie ausatmen wollte, wurde die Luft in ihre Lungen zurückgepresst. Sie bewegte hektisch die Lippen, um das Klebeband um ihren Mund zu lockern, doch es war zwecklos. Sie dachte an den Sommer in Minnesota, in dem sie beinahe ertrunken wäre und ihre Tante sie sogar wiederbeleben musste. Damals war sie an einem sehr angenehmen Ort gewesen, und als sie wieder zu sich kam, saßen ihre Eltern und Johnny neben ihr und sahen sie besorgt an. Vielleicht würde es dieses Mal auch so sein. Sie verlor das Bewusstsein, als der Motor erneut ansprang.

Kapitel 48

O'Reilly hatte gerade sein Sandwich ausgepackt, als ein Cadillac Seville an ihnen vorbeischoss. »Verdammte Scheiße!«, rief er und schleuderte das Sandwich auf den Rücksitz. »War das Kaufman auf dem Beifahrersitz?«

»Ja, sieht so aus«, erwiderte Kozlowski und biss in aller Ruhe in sein eigenes Sandwich. Sie saßen seit mehreren Stunden vor dem Haus der Columbos, weil sie gehofft hatten, dass der verschwundene Zimmermann vielleicht hierher zurückkehren würde. Und das hatte er anscheinend tatsächlich getan.

»Wie zum Teufel hat er es geschafft, ins Haus zu kommen, ohne dass wir ihn gesehen haben?« O'Reilly stieg aufs Gas und hoffte nur, dass keine Kinder auf der Straße spielten, während er durch das Wohngebiet raste. Als sie aus der Siedlung hinausfuhren, war der Seville nur noch als roter Punkt in der Ferne zu erkennen, der sich in Richtung Osten bewegte.

»Mann, der ist ganz schön schnell unterwegs!«, staunte Kozlowski und aß in aller Ruhe weiter. Er saß ja nicht am Steuer.

O'Reilly gab noch mehr Gas, und kurz darauf fuhren sie über hundert. Glücklicherweise war O'Reillys Kater heute nicht so schlimm wie sonst, denn er hatte am Vorabend nur fünf oder sechs Glas Bier getrunken. Ihm war natürlich durchaus klar, dass er mit einer solchen Geschwindigkeit gegen sämtliche Vorschriften verstieß, vor allem, weil er außerhalb seines Zuständigkeitsbereiches unterwegs war, aber er hatte keine Lust, sich darüber Gedanken zu machen.

»Sollen wir Verstärkung anfordern?«, fragte Kozlowski, während sich der Abstand zu dem zweiten Auto immer weiter verringerte.

»Nein, sehen wir uns erst mal an, wo sie hinwollen.«

Der Seville bog auf den Eisenhower Expressway in Richtung Innenstadt und war so schnell unterwegs, dass er O'Reillys Fahrkünste auf eine echte Probe stellte. Columbo fuhr wie ein Wahnsinniger, missachtete sämtliche Geschwindigkeitsbeschränkungen, überquerte vier Fahrspuren auf einmal und fuhr sogar eine Abfahrt hinunter und bei der Auffahrt wieder hinauf, um die langsameren Autos vor ihm zu überholen.

»Das ist ja wie im Kino«, staunte Kozlowski und schob sich das letzte Stück Sandwich in den Mund. »Nur dass im Kino schon ein Dutzend Cops hinter uns her wären.«

»Ja, so etwas gibt es eigentlich nur im Film«, stimmte O'Reilly ihm zu. »Hält sich der Kerl vielleicht für einen Nascar-Fahrer?«

»Keine Ahnung. Aber er hat es auf alle Fälle eilig.«

Sie waren in Rekordzeit in der Stadt, wo der Seville den Expressway verließ und in das unterirdische Labyrinth des Wacker Drive fuhr. Kurz darauf kamen sie zu einer Baustelle, und überall standen orangefarbene Warnkegel. Sie entdeckten den Seville direkt vor ihnen und kamen ihm immer näher, als plötzlich ein anderes Auto einem umgeworfenen Verkehrskegel auswich und sich vor ihnen einreihte. O'Reilly trat so heftig auf die Bremse, dass er und Kozlowski trotz der Sicherheitsgurte nach vorn geschleudert wurden, und er begann lautstark zu fluchen, als der Seville in einem Meer aus orangefarbenen Verkehrshütchen verschwand.

»Und jetzt?«, fragte Koz.

O'Reilly überlegte, während das Auto vor ihnen endlich wieder die Spur wechselte. »Ich wette um zehn Dollar, dass sie zum Belmont Harbor unterwegs sind. Und ich glaube, dass wir dort auch Dr. Niebaum antreffen werden.« Er gab erneut Gas.

Zehn Minuten später erreichten sie Belmont Harbor und hielten mit quietschenden Reifen. Der Seville stand mit laufendem Motor mitten auf dem Parkplatz, und beide Türen standen offen. Sie näherten sich dem Wagen langsam und mit gezogenen Waffen.

»Die hatten es wirklich eilig …«, wiederholte Kozlowski, nachdem sie sich vergewissert hatten, dass der Wagen leer war.

O'Reilly ließ den Blick über den Hafen schweifen. Auf einigen Booten brannte noch Licht, und die *Dermabrasion* war eines davon. »Ich wusste, dass es eine Verbindung zwischen Niebaum und diesem …« Er verstummte, denn in diesem Moment hörten sie Schritte über den Pier poltern. Doch sie kamen nicht aus der Richtung, in der das Boot der Niebaums lag, sondern von einem Pier am anderen Ende des Hafens. Und im unheimlichen Schatten der gelben Hafenlichter waren zwei laufende Männer zu sehen.

Dann also dorthin, dachte O'Reilly und nickte Kozlowski zu. Die beiden entsicherten ihre Waffen und rannten ebenfalls los.

Kapitel 49

Vince' Hand zitterte so stark, dass er es kaum schaffte, den Code der Gittertür einzugeben. An Bord der *Giovanna Anna* brannte Licht, und er hörte das sanfte Brummen des Motors. Vince hatte noch nie einen Menschen getötet und auch noch nie das Verlangen danach verspürt, doch falls Sal seiner Tochter in irgendeiner Form wehgetan hatte, dann gab es auch dafür vielleicht ein erstes Mal. Die Sicherheitstür sprang in dem Moment auf, als sich die *Giovanna Anna* langsam rückwärts in Bewegung setzte.

»Beeilung!«, rief er Steven zu, und ihre Schritte hallten wie Donnerschläge durch den Hafen, während sie den Pier hinuntersprinteten. Das Boot war gerade dabei abzulegen, doch Vince sprang an Bord, dicht gefolgt von Steven, der mit einem Krachen auf dem Deck landete. Der Motor erstarb, und Sals dunkelhaariger Kopf erschien auf der Brücke.

Ohne auf Steven zu warten, hechtete Vince aufs Achterdeck und öffnete die Tür zur Kajüte mit solcher Wucht, dass er sie beinahe aus den Angeln riss. In der Mitte des Salons stand seine halb nackte Tochter in einem offenen Herrenhemd. Als sie ihren Vater sah, schnappte sie erschrocken nach Luft und schloss eilig das Hemd.

»Daddy!«, rief sie. »Was machst du denn hier?«

»Hat er dir wehgetan?«, zischte Vince und sah ihr tief in die schwarzen Augen. »Hat er dir wehgetan?«

Anna warf ihm einen kläglichen Blick zu, als hätte sie starke Schmerzen, dann warf sie sich in seine Arme, klammerte sich an den Aufschlag seines Smokings und brach in Tränen aus. »Oh, Daddy. Gott sei Dank bist du hier«, schluchzte sie mit zitternder Stimme. »Er hat mich vergewaltigt!«

Der Zorn war so übermächtig, dass Vince keinen klaren Gedanken mehr fassen konnte, und das Blut schoss ihm mit solcher Wucht durch den Körper, dass es einem Wunder glich, dass keine Arterie platzte. Dieser Dreckskerl hatte seine Tochter vergewaltigt! Er würde Sal persönlich und mit bloßen Händen in Stücke reißen! Er packte eine Decke, die auf dem Sofa lag, und legte sie Anna um die Schultern, damit ihre Blöße bedeckt war. Draußen ertönte ein lautes Krachen. »Bleib hier!«, befahl er seiner Tochter und stürzte zur Tür hinaus.

Als Vince aufs Achterdeck zurückkehrte, kämpften Steven und Sal gerade miteinander. Der Itaker hatte den Zimmermann im Schwitzkasten und versuchte gerade, ihn über Bord zu werfen, doch Steven drehte den Spieß um und schleuderte Sal über die Schulter zu Boden. Im nächsten Moment lagen die beiden Männer aufeinander und krachten an Stühle und den Tisch, während jeder versuchte, den anderen auf den Rücken zu zwingen.

Steven hatte noch nie mit einem derart starken Gegner gekämpft. Sals Kraft war beinahe übermenschlich, und obwohl Steven sein Bestes gab, würde ihn sein Gegner bald niederringen. Sal hielt sich an keinerlei Regeln. Er biss Steven in den Hals und verpasste nur knapp die Halsschlagader. Der Adrenalinschub verlieh Steven neue Kraft, er bäumte sich auf und schaffte es, Sal abzuschütteln. Doch einen Augenblick später lag der erneut auf ihm und drosch mit den Fäusten auf sein Gesicht ein.

Vince sah den Männern zu und überlegte, was er tun konnte. Die beiden Kontrahenten wechselten ihre Stellung so häufig, dass es unmöglich war, dazwischenzugehen. Er versuchte zwar einmal, Sal von Steven herunterzureißen, doch Sal biss wie ein tollwütiger Hund zu und riss Vince sogar ein Stück Fleisch aus der Hand. Vince fuhr vor Schmerz zurück, und Blut tropfte zu Boden, während Sal weiter auf Steven einschlug.

Steven schaffte es zwar irgendwie, Sal abzuschütteln, doch kurz darauf setzten die beiden ihren Kampf fort. Der Zimmermann wirkte langsam erschöpft, und es dauerte nicht lange, bis Sal seine Schultern mit den Knien auf dem Boden fixierte. Er legte seine starken Pranken um Stevens Hals und begann zuzudrücken. Der Zimmermann öffnete flehend den Mund, ohne ein Wort herauszubringen, und seine Hände griffen ins Leere, als er versuchte, seinen Gegner zu packen.

Vince bezweifelte keine Sekunde lang, dass Sal Steven umbringen würde, wenn er ihn nicht aufhielt. Danach war vermutlich Vince selbst an der Reihe – und er wollte sich gar nicht ausmalen, was dann mit seiner Tochter passierte.

Vince öffnete die Truhe, in der er die Ruder für Notfälle aufbewahrte, und holte eines heraus. Dann wandte er sich zu den beiden Männern um, hob das Ruder über den Kopf und machte sich bereit, Sal den Kopf einzuschlagen. Doch bevor er etwas tun konnte, ertönte ein Schuss, der wie ein Donnerschlag über das Wasser hallte.

Sal schnappte nach Luft und brach zusammen, und als Vince den Blick hob, sah er seine Tochter mit einer Pistole in der Hand. Ihr Blick war auf Sal gerichtet, der sich gurgelnd an Deck wand, während das Blut aus seiner verletzten Halsschlagader spritzte. Vince schnappte entsetzt nach Luft.

»Er hat mich vergewaltigt, Daddy. Er hat mich vergewaltigt«, schluchzte Anna und ließ sich neben Vince auf den Boden sinken, die Pistole noch in der Hand. Sie stand kurz vor einem Zusammenbruch, und er versuchte, sie zu beruhigen, während er hasserfüllt zu dem Mann hinübersah, der gerade an Deck verblutete. Steven richtete sich langsam auf. Hustend rieb er sich den Hals, bevor er Anna die Waffe abnahm. Dann ging er auf die Brücke, steuerte die *Giovanna Anna* zurück an ihren Anlegeplatz, stellte den Motor ab und kehrte an Deck zurück.

Es herrschte absolute Stille, abgesehen von Anna, die sich laut schluchzend an die Schulter ihres Vaters presste.

Kapitel 50

O'Reilly und Kozlowski standen vor der Sicherheitstür, als der Schuss übers Wasser hallte. Ein Mann in Cargoshorts tauchte auf dem Landungssteg eines heruntergekommenen Kutters auf und sah sich erstaunt um.

»Hey, Sie da! Polizei! Wir müssen hier rein!«, rief O'Reilly und hielt seine Marke durch die Gittertür.

Der Mann in den Cargoshorts hastete zu ihnen und öffnete die Tür. Sobald sie auf dem Pier waren, begannen die beiden Cops erneut zu sprinten und hatten dabei ihre Pistolen fest umklammert.

Die beiden zogen ihre Waffen nur selten, und O'Reilly hoffte, dass er es ohne Herzinfarkt bis zum Ende des Piers schaffen würde. Als sie sich der *Giovanna Anna* näherten, verlangsamten sie das Tempo und gingen hinter dem Nachbarboot in Deckung, um die Lage an Deck besser einschätzen zu können. Steven Kaufman hielt eine Waffe in der Hand, während ein Mädchen in einem Männerhemd an Columbos Schulter weinte.

»Keine Bewegung, Kaufman! Polizei!«, rief O'Reilly aus dem Schatten. »Legen Sie die Waffe auf den Boden und heben Sie die Hände. Und Sie auch, Columbo. Und das Mädchen. Keiner rührt sich!«

Steven wandte sich zu den beiden Detectives um und überlegte, welche Möglichkeiten ihm noch blieben. Im Hintergrund erklangen bereits Sirenen, und das Wasser unter ihm wirkte ziemlich einladend. Vielleicht würde er es schaffen …

»Nein, tun Sie das nicht«, flüsterte Vince, der Steven offensichtlich durchschaut hatte. »Ich werde persönlich dafür sorgen, dass Sie den besten Anwalt der Stadt bekommen. Sie haben meine Tochter gerettet – das ist das Mindeste, was ich für Sie tun kann.«

Steven legte die Pistole auf den Boden und hob die Hände, und Vince tat es ihm nach, während das schluchzende Mädchen den Kopf immer noch an der Brust ihres Vaters vergraben hatte. O'Reilly und Kozlowski kamen an Deck.

»Was soll denn diese Scheiße hier?«, fragte O'Reilly, als er den dunkelhaarigen Mann auf dem Deck liegen sah, der langsam verblutete. Er nahm die Pistole, die Steven beiseitegelegt hatte, und steckte sie in seine Tasche.

Anna drückte sich immer noch schluchzend an ihren Vater, als Vince den Detectives schließlich die Lage erklärte. »Dieser Kerl hat Angie Wozniak ermordet und meine Tochter vergewaltigt.«

Das Mädchen hob das tränenverschmierte Gesicht. »Ja, das hat er«, bestätigte sie leise. »Er hat mich vergewaltigt und gesagt, dass mir dasselbe passieren wird wie der Frau unter Deck, wenn ich es jemandem sage.«

»Was für eine Frau unter Deck?«, fragte O'Reilly, den augenblicklich ein ungutes Gefühl beschlich.

Kozlowski stieg sofort hinunter in die Kajüte, und einige bange Minuten vergingen, während O'Reilly auf die Truppe an Deck aufpasste. Schließlich ging die Tür auf, und der Cop trug den leblosen Körper einer Frau nach oben. In der Hand hielt er einen Ballen Klebeband. Die Beine der Frau waren voller roter Striemen, wo er die Fesseln mit dem Messer durchtrennt hatte.

»Sie atmet nicht mehr, aber ich spüre noch einen schwachen Puls«, erklärte er und legte die bewusstlose Frau auf den Boden, um sofort mit der Wiederbelebung zu beginnen. Er machte eine Herzmassage und versuchte, Luft in ihre Lungen zu pressen, wobei sein breiter Rücken sie vor den Blicken der anderen verbarg.

O'Reilly hatte bereits einen Krankenwagen für den Mann an Deck gerufen, und nun rief er noch einmal an, um auch noch einen zweiten Wagen für die Frau anzufordern. Der erste Streifenwagen stand bereits am Parkplatz, und zwei uniformierte Polizisten liefen auf das Boot zu. O'Reilly hob eine Hand, um sie aufzuhalten, und deutete auf die *Dermabrasion,* die drei Docks weiter ankerte.

»Auf der Jacht da drüben ist ein Arzt«, rief er. »Schafft seinen Hintern hierher. Die Frau hier stirbt uns sonst noch!« Die Cops machten auf dem Absatz kehrt und liefen so schnell los, wie O'Reilly es selbst in seinen besten Tagen nicht geschafft hätte.

Vince drückte in der Zwischenzeit seine immer noch weinende Tochter an sich und dankte Gott dafür, dass er sie unversehrt wiederbekommen hatte. Er hoffte, dass sie keinen zu großen seelischen Schaden davongetragen hatte, aber sie war eine Kämpfernatur wie er, daher war er zuversichtlich, dass sie das Erlebte gut überstehen würde. Sein Blick wanderte zu der Frau auf dem Boden, die weniger Glück gehabt hatte. Ihr Gesicht war vor den Blicken durch Kozlowskis breiten Rücken abgeschirmt, aber Vince konnte einen weißen Arm mit einer Uhr von Cartier am schmalen Handgelenk sehen. Und eine glatte, gepflegte Hand. Sein Herz setzte einen Moment lang aus. Er kannte diesen Arm, diese Hand und diese Finger! Er hatte sie sich schon oft an die Lippen geführt. Er ließ seine Tochter los.

»Suzanne!«, rief er und stürzte auf den ausgestreckten Körper zu. Doch im nächsten Augenblick packte ihn jemand am Ärmel und zog ihn zurück. Er nahm an, dass es O'Reilly war, und wollte sich bereits umwenden, um Einspruch zu erheben, doch es war Anna, die seinen Arm umklammerte.

»Nicht, Daddy. Bleib hier!«, kreischte sie, und ihr Gesicht war so hasserfüllt, dass er es kaum wiedererkannte. Sie grub ihre Fingernägel in seinen Arm. »Geh nicht zu ihr!«

Die zwei uniformierten Polizisten kamen mit Michael Niebaum auf das Boot zugelaufen, der einen Erste-Hilfe-Koffer trug. In der Eile hatte er sich noch nicht einmal ein Hemd angezogen. Er kam an Bord und blieb wie angewurzelt stehen, als er Sal in der Blutlache liegen sah. »Nicht der da!«, rief O'Reilly. »Für den kommt jede Hilfe zu spät.« Der groß gewachsene Cop rückte beiseite, und der Schönheitschirurg schnappte hörbar nach Luft, als er Suzanne wiedererkannte. Er kniete neben ihr nieder und fühlte ihren Puls, dann holte er, ohne zu zögern, den Epi-Pen aus seiner Tasche, den er wegen Caras Erdnussallergie an Bord hatte, und rammte ihn in Suzannes Brust. Im selben Augenblick begann sie auch schon zu husten und rang keuchend nach Luft. Nach mehreren unregelmäßigen Atemzügen fand sie langsam in einen normalen Rhythmus, dann öffnete sie mit flatternden Lidern die Augen.

Suzanne sah sich verwirrt um, und ihr Blick wanderte von Michael Niebaum zu Detective Kozlowski und Detective O'Reilly. Sie fragte sich, warum sie alle hier waren. Dann entdeckte sie Vince und daneben Anna, die sie ansah, als wäre sie ein Geist.

Und schließlich kam die Erinnerung wieder: wie sie

zusammen mit Anna das Haus verließ, wie sie auf das Boot gedrängt wurde, wie Sal sie mit Klebeband an den Stuhl fesselte und Anna sie mit der Pistole schlug und wie die beiden es vor ihren Augen miteinander trieben. Das Letzte, woran sie sich erinnern konnte, war Anna, die sie die Treppe hinunterstieß. Danach gab es nur noch Dunkelheit.

»Vince«, flüsterte sie und streckte die Hand nach ihm aus. Vince löste die Finger seiner Tochter von seinem Arm und kniete neben Suzanne nieder. Er nahm ihre Hand und berührte sie sanft mit den Lippen.

»Ich bin hier, Suzanne. Hab keine Angst.«

»Vince.« Sie schloss erschöpft die Augen.

»Nein, Suzanne. Sag nichts. Du kannst mir später alles erzählen.«

»Nein, Vince. Ich muss es dir jetzt sagen.« Sie nahm alle Kraft zusammen, die noch in ihrem geschundenen Körper steckte. »Deine Tochter hat versucht, mich umzubringen.« Dann verstummte sie und schloss die Augen.

»Das stimmt nicht. Es war Sal. Das war alles Sal«, verteidigte sich Anna und zerrte ihren Vater am Ärmel.

Die Sanitäter kamen mit zwei Tragen an Bord. Die Polizisten hielten Vince zurück, während sie Suzanne festschnallten und die Decke bis zu ihren Schultern hochzogen. Sal wurde auf die andere Trage geladen, doch bei ihm zogen sie die Decke übers das Gesicht. Vince und Anna wurden zu zwei verschiedenen Streifenwagen geführt. Anna schrie nach ihrem Vater, als man sie auf den Rücksitz verfrachtete, während Vince hin- und hergerissen schien zwischen seiner Tochter und seiner Geliebten.

Die Reporter kamen gerade noch rechtzeitig, um zu filmen, wie Steven Kaufman in Handschellen in einen dritten Streifenwagen stieg.

Kapitel 51

Ich hatte zum ersten Mal seit Tagen wieder richtig Appetit. Mir war klar, dass ich das Baby, das in mir heranwuchs, seit seiner Empfängnis mehr als mies behandelt hatte. Ich hatte viel zu viel Alkohol getrunken und viel zu wenig gegessen – aber ich schwor mir, dass sich ab jetzt alles ändern würde.

Ich näherte mich gerade der Grenze zu Ohio, als ich das Schild einer Raststation sah, und kurz darauf tauchte auch schon ein Licht in der endlosen Dunkelheit auf. Ich bog auf den Parkplatz und stellte meinen bescheidenen VW zwischen lauter Vans und Pick-ups ab. Das Diner war voller Trucker und Jäger, von denen die meisten Kappen mit auffälligen Logos trugen. Einige Köpfe wandten sich um, denn eine allein reisende Frau war immer interessant, aber die meisten Blicke waren auf den lautlosen Fernseher an der Wand gerichtet.

Ich setzte mich an einen Tisch am Fenster und griff nach der Speisekarte. Als die Kellnerin kam, bestellte ich einen Hähnchensalat und einen Milchshake und lehnte mich dann erschöpft zurück, um auch ein wenig fernzusehen, während ich auf das Essen wartete. Es lief gerade eine Wiederholung der Neun-Uhr-Nachrichten. Der Bürgermeister begrüßte irgendeinen hohen Würdenträger, dann folgte Werbung. Der Hähnchensalat wurde serviert, und ich stürzte mich darauf, als wäre ich kurz vor dem Verhungern. Als ich endlich den Kopf hob, um eine kleine Essenspause einzulegen, sah ich eine blonde Reporterin vor einer Reihe Streifenwagen, und darunter stand: *Belmont Harbor*. Kurz darauf wechselte das Bild, und ein aufgezeichneter Bericht wurde abgespielt. Steven Kaufman wurde in Handschellen zu einem wartenden Streifenwagen geführt. Er wandte den Kopf mit den dunklen Locken zur Kamera herum und starrte mich vom Bildschirm aus an. Sein Gesicht war zerschlagen und ein Auge zugeschwollen. Und die Szene wurde noch surrealer, als ich Michael Niebaum entdeckte, der mit nacktem Oberkörper im Hintergrund stand.

Ich legte die Gabel hin und machte mich auf die Suche nach einem Münztelefon. Carol Anne war zu Hause und klang verschlafen, trotzdem beruhigte mich die Stimme meiner besten Freundin sofort.

»Rate mal, wer da ist!«

»Maggie, bist du das?« Ihre Stimme klang sofort viel wacher. »Ist alles okay? Alle machen sich große Sorgen um dich! Wo bist du?«

»Keine Angst, ich habe mich nicht umgebracht. Ich bin irgendwo an der Grenze zu Ohio. Es tut mir leid, dass ich so spät noch anrufe, aber ich muss einfach wissen, was passiert ist.«

»Na ja, alle stehen total unter Schock. Deine Mutter hat geweint. Und Flynns Mutter auch. Dein Dad sah ebenfalls ziemlich mitgenommen aus und Flynn natürlich auch.«

»Flynn? Er war im Restaurant?«

»Ja. Er hat zuerst deine und seine Eltern beiseitegenommen und mit ihnen gesprochen. Dann hat er allen Anwesenden – und somit auch mir – erklärt, was passiert ist. Dass ihr beide zu dem Schluss gekommen seid, dass ihr nicht heiraten solltet, und dass ihr einen Schlussstrich ziehen wolltet, bevor es zu spät ist. Er war echt eine Wucht, Maggie. Er hat die Sache mit bewundernswerter Haltung hinter sich gebracht und kein einziges schlechtes Wort über dich verloren. Als er fertig war, scharten sich seine Freunde um ihn und meinten lachend, dass es statt der Hochzeit eben eine riesige Party geben würde. Er wird es überstehen, Maggie. Nur bei seiner Schwester bin ich mir nicht so sicher. Nan war sichtlich am Boden zerstört.«

Ich zuckte zusammen, als ich daran dachte, wie sehr ich Nan enttäuscht hatte. Ich war ein echtes Aas. Aber ich konnte doch nicht anderen Leuten zuliebe heiraten! Das hatte mich ja erst in diese missliche Lage gebracht. Ich beschloss, zum wahren Grund meines Anrufes zu kommen.

»Hör mal, ich bin in einem Brummirastplatz und habe gerade im Fernsehen gesehen, wie der Vater meines ungeborenen Kindes verhaftet wurde. Und entweder habe ich total den Verstand verloren, oder Michael war ebenfalls da …«

Carol Annes Tonfall änderte sich erneut. »Weißt du, hinter der Geschichte steckt viel, viel mehr, als du in den Nachrichten gesehen hast.«

Sie erzählte mir, was sie wusste: Suzanne war offensichtlich beinahe demselben Kerl in die Hände gefallen, der auch Angie umgebracht hatte, und Michael hatte ihr das Leben gerettet. Sie hatte zwar keine Ahnung, wie Steven ins Bild passte, wusste aber, dass er verhaftet worden war. Ich hatte so viele Fragen, dass ich gar nicht wusste, wo ich anfangen sollte, und so stellte ich die wichtigste zuerst: »Wie geht es Suzanne?«

»Sie ist im Krankenhaus. Sie mussten ihr eine Beruhigungsspritze geben, und ihre Eltern sind bei ihr, aber ich glaube, sie wird wieder. Zumindest körperlich.«

»Gott sei Dank war Michael da.«

Das darauffolgende Schweigen verriet mir, dass es vielleicht doch nicht so gut war, dass Michael dort war – zumindest nicht für Carol Anne. »Er hat sich mit einem Freund getroffen, während ich bei deinem Probedinner war. Das war's für mich, Maggie. Es ist aus.«

Als ich auflegte, hatte ich das Gefühl, dass die Welt, wie ich sie kannte, vollkommen aus den Fugen geraten war.

Dieses Mal zeigten meine Scheinwerfer nach Westen, und mein VW raste durch die stockdunkle Nacht in Richtung Chicago. Ich wurde von einer Dringlichkeit getrieben, die ich selbst nicht verstand. Obwohl ich Flynn und den anderen so viel Leid zugefügt hatte, fühlte ich mich zum ersten Mal seit Ewigkeiten nicht mehr wie eine Gefangene. Ich war wie eine Raupe, die endlich zum Schmetterling geworden war und zum ersten Mal die Flügel ausbreitete und flog.

Und plötzlich wurde mir klar, was los war: Ich hatte erstmals das getan, was ich wollte. Ich würde nicht Mrs Flynn Rogers Hamilton III werden – und das passte mir ganz gut. Während meiner Zeit auf dem College hatte ich eine große Leidenschaft für viele Dinge wie Theater, Poesie oder Literatur entwickelt und mich mit Themen wie dem weltweiten Hunger, der Gleichberechtigung und dem Umweltschutz beschäftigt, doch in den Jahren nach dem Abschluss hatte ich das Interesse an all diesen Dingen verloren. Einerseits, weil ich älter und bequemer wurde, andererseits, weil ich einen Job hatte, der mich ständig ans Limit brachte, obwohl er mir im Grunde gar keinen Spaß machte. Manchmal achtet man so sehr darauf, was andere

Leute von einem erwarten, dass man am Ende selbst nicht mehr weiß, was man eigentlich will. Und obwohl ich immer noch keine Ahnung hatte, wie mein Leben weitergehen sollte, wusste ich mit Sicherheit, dass ich weder Flynn noch das Leben wollte, das er mir geboten hätte. Flynn war der Traummann meiner Mutter und auch vieler anderer Frauen, aber er war nicht *mein* Traummann.

Außerdem war ich mir sicher, dass ich nie wieder zum *Chicagoan* zurückkehren würde, ganz egal, wie es weiterging.

Ich wusste zwar immer noch nicht, wer der mysteriöse Steven Kaufman wirklich war und was aus ihm werden würde, aber mir war jetzt schon klar, dass mir eine wilde und anstrengende Zeit bevorstand, wenn das Baby in meinem Bauch auch nur halb so viel Chaos in mein Leben brachte wie sein Vater.

Es war nach zwei Uhr morgens, als ich schließlich die Tür zu meiner Wohnung aufschloss. Ich eilte ins Badezimmer, um nach Stunden endlich wieder auf die Toilette zu gehen. Als ich mich umdrehte, um die Spülung zu betätigen, wusste ich nicht, ob ich lachen oder weinen sollte, denn das Wasser war blutrot.

Ich ging ins Schlafzimmer, legte mich ins Bett und fiel zum ersten Mal seit Monaten in einen ruhigen, traumlosen Schlaf.

Am nächsten Morgen besuchte ich Steven in dem Gefängnis, in dem er auf die Auslieferung nach New Hampshire wartete. O'Reilly hatte dafür gesorgt, dass wir einander sehen konnten, und schließlich standen wir uns in einem kleinen, fensterlosen Raum mit zwei Plastikstühlen gegenüber. Steven sah müde aus. Seine Locken hingen herab, und sein Gesicht war voller Schnitte und

Blutergüsse. Nur sein zugeschwollenes Auge war nicht so schlimm, wie es im Fernsehen ausgesehen hatte. Er setzte sich auf einen der Stühle und wartete wie ein Schüler, dem eine Standpauke bevorstand.

»Ich bin nur hier, um dir zu sagen, dass ich Flynn nicht geheiratet habe«, erklärte ich ihm. »Ich weiß auch nicht, warum ich das Bedürfnis habe, dir das zu sagen. Vielleicht, weil meine Entscheidung zum Teil mit dir zusammenhängt.«

Unsere Blicke trafen sich, und wir verstanden einander auf eine Weise, die mich einerseits faszinierte und andererseits mit Angst erfüllte.

»Sie schicken mich zurück nach Manchester«, erklärte er. »Ich werde keinen Einspruch gegen die Auslieferung erheben, aber ich will, dass du eines weißt: Ich habe das, was sie mir vorwerfen, nicht getan. Na ja, abgesehen von der Bigamie, aber dafür konnte ich nichts. Mein größtes Vergehen war, dass ich es immer allen rechtmachen wollte.«

»Ja, das kommt mir irgendwie bekannt vor«, erwiderte ich nachdenklich.

»Maggie, ich weiß, dass wir uns nicht gerade unter den besten Voraussetzungen kennengelernt haben, aber würdest du dich vielleicht wieder mit mir treffen, falls ich die Zeit in Manchester überstehe und jemals wieder in diese Gegend komme?«

»Ja, wieso nicht? Falls ich dann noch hier bin. Ich werde vielleicht weiter Richtung Westen ziehen.«

»Du hast mir Donnerstagnacht erzählt, dass du schwanger bist«, begann er vorsichtig. »Stimmt das?«

»Ja, ich dachte wirklich, ich wäre es«, erwiderte ich. »Aber wie es der Zufall will, habe ich gestern meine Periode bekommen.«

Kapitel 52

Kozlowski verbrachte einen gemütlichen Samstag mit seiner Frau, und nachdem O'Reilly keinen Grund hatte, allein in seiner Wohnung zu hocken, fuhr er ins Revier, um seinen Schreibtisch aufzuräumen. Auch heute war der Kater so schwach, dass er ihn kaum bemerkte. Er versuchte neuerdings, weniger zu trinken.

Sein Telefon klingelte, und er hob ab.

»O'Reilly.«

»Okay, Detective.« Es gab keinen Zweifel, wem die raue Stimme gehörte. »Ich habe Sie wirklich unterschätzt.«

»Ist das etwa die allwissende und sehr beharrliche Ms Delaney? Machen Sie sich keine Gedanken darüber! Sie hatten nicht ganz unrecht, was den Mann aus New Hampshire betrifft. Es gab immerhin tatsächlich einen Haftbefehl gegen ihn. Und es war gut, dass wir uns auf die Suche nach ihm gemacht haben, sonst wäre es für Ihre Freundin Suzanne vielleicht sehr viel schlimmer ausgegangen.«

»Ich weiß nicht, irgendetwas an dem Kerl kommt mir immer noch nicht richtig vor ... Aber ich rufe ausnahmsweise nicht an, um mit Ihnen über Angies Fall zu sprechen. Zumindest nicht nur. Ich kann mich dunkel daran erinnern, dass Sie mich heute Abend zum Essen einladen wollten, falls ich Zeit habe.«

»Ich habe schon gehört, dass die Hochzeit abgeblasen wurde ...«

»Ja, da hatten Sie wohl ebenfalls den richtigen Riecher. Obwohl ich nicht beurteilen kann, ob das nun gut oder schlecht ist.«

»Ihre Freundin Maggie ist eine nette Person«, erwiderte O'Reilly. »Ein bisschen konfus vielleicht, aber trotzdem nett.«

»Wir sind doch alle ein bisschen konfus«, erklärte Kelly. »Aber was ist nun mit dem Abendessen? Gilt das Angebot noch, oder haben Sie es gar nicht ernst gemeint?«

»Wie wäre es mit sieben Uhr?«, fragte er und lockerte seinen Kragen, der ohnehin nicht allzu fest saß.

»Ja, das würde passen.«

»Gut, ich hole Sie ab.« O'Reilly legte auf und beobachtete, wie fünf junge Skinheads durch das Revier zu einer Gegenüberstellung geführt wurden. Die Arbeit hörte nie auf – auch wenn er für heute Schluss machte. Er öffnete die oberste Schublade seines Schreibtisches und schob die Unterlagen beiseite, die er immer darin aufbewahrte. Von ganz hinten holte er eine Flasche heraus. Er betrachtete sie einen Augenblick lang nachdenklich, dann warf er sie in den Mülleimer.

Kelly schob den Teller von sich. Sie hatte nur die Hälfte der Rippchen gegessen und die Fritten nicht einmal angerührt. »Ich bin pappsatt«, erklärte sie. «Um das alles wieder abzutrainieren, muss ich eine ganze Woche laufen.« Sie nippte an ihrer Diät-Cola und griff nach einem der verpackten Feuchttücher, die auf dem Tisch bereitlagen. O'Reilly nagte das letzte Rippchen bis auf den Knochen ab und schwemmte es mit einem Schluck Bier hinunter. Es war erst das zweite an diesem Abend – Kelly hatte genau mitgezählt. Er stellte das Glas ab, auf dem seine fettigen Fingerabdrücke deutlich zu sehen waren.

»Das nenne ich einen eindeutigen Beweis«, scherzte Kelly.

O'Reilly betrachtete seine klebrigen Hände. »Das hier ist nicht gerade der ideale Laden für ein erstes Date, oder?«

»Ist das hier denn ein Date?«, fragte sie, öffnete ein weiteres Feuchttuch und warf es ihm zu. Dann meinte sie: »Okay, ich warte ...«

»Sie warten? Worauf denn?«

»Ich warte darauf, dass Sie mich endlich aufklären, wie es in Angies Fall weitergeht.«

O'Reilly leerte sein Glas. »Columbos Tochter steht unter psychiatrischer Beobachtung, und ich wette, sie redet sich irgendwie aus der Sache raus. Ihr alter Herr wird schon dafür sorgen, dass ihr nichts passiert. Ihr Anwalt hat ihr geraten, die Klappe zu halten, und auch sonst bekommen wir aus niemandem etwas heraus.«

»Was ist denn Ihrer Meinung nach passiert?«

»Ich würde sagen, sie ist vor lauter Eifersucht auf Daddys Freundin ausgerastet und wollte sie aus dem Weg räumen. Nur, dass sie beim ersten Mal gar nicht wusste, mit wem er sich eigentlich traf. Und als sich Daddy Columbos Verhalten nicht änderte ...«

»... dämmerte ihr langsam, dass sie die Falsche erwischt hatte«, fuhr Kelly fort. »Und deshalb machte sie sich über Suzanne her.«

»Ich habe ja gesagt, dass Sie einen wunderbaren Cop abgeben würden«, erklärte O'Reilly und überlegte, sich noch ein Glas Bier zu bestellen. Er sah sich nach der Kellnerin um, bevor er sich wieder der Frau zuwandte, die ihm gegenübersaß. Ihre blassblauen Augen wirkten, als würde sie ihn durchschauen. Vielleicht wollte er doch kein Bier mehr. »Haben Sie Lust auf einen Film?«, fragte er und war von sich selbst überrascht. Er war seit Jahren nicht mehr im Kino gewesen.

»Ja, das klingt gut«, erwiderte Kelly und war sehr zufrieden mit sich.

Nach dem Kino fuhr er sie nach Hause und begleitete sie zur Tür. Sie hatte sich für einen künstlerisch wertvollen Film entschieden, und obwohl er zuerst gedacht hatte, dass er damit bestimmt nichts würde anfangen können, war der Film im Grunde echt gut gewesen, auch wenn keine Cops, keine wilden Verfolgungsjagden und keine Explosionen darin vorgekommen waren.

Sie standen verlegen vor Kellys Wohnung, und ihm fiel ein weiteres Mal auf, wie hübsch sie war. Ihr Gesicht wurde zur Hälfte von der Straßenlaterne erhellt, während der andere Teil im Schatten der herabhängenden Äste lag, und ihre blauen Augen schienen so einladend wie das karibische Meer, in dem er während seines einzigen Urlaubs mit seiner Frau geschwommen war. Das Verlangen, sie zu küssen, überraschte ihn, doch die Angst zu versagen hielt ihn davon ab. Es war schon einige Zeit her, seit er das letzte Mal eine Frau geküsst hatte. Nach der Scheidung hatten seine Lippen nur noch den Kontakt mit Gläsern und Flaschen gesucht.

Kelly sah auf O'Reilly hinunter, der vor ihr im gelben Licht der Straßenlaterne stand. Obwohl sie flache Schuhe trug, war er kleiner als sie. Sie war sich nicht sicher, ob ihr die Gefühle, die sie im Moment hatte, gefielen oder nicht. Auf jeden Fall wollte sie nicht, dass der Abend jetzt schon endete, obwohl sie sich damit vermutlich eine Menge Probleme einhandelte.

»Wollen Sie vielleicht noch eine Tasse Kaffee?«, fragte sie.

O'Reilly zuckte mit den Schultern, doch sein Mund verzog sich zu einem kaum merklichen Lächeln. »Ja, warum nicht?«

Zu spät fiel ihr ein, dass Tizzy vermutlich im Wohnzimmer auf dem geblümten Sofa lag. Als sie die Wohnung betraten, hob die Katze den Kopf und starrte O'Reilly aus einem Auge an, und ehe Kelly sichs versah, hatte der Cop seine dicke Pranke auf den Kopf der Katze gelegt. Sie schnappte erschrocken nach Luft und wartete darauf, dass Tizzy O'Reilly kratzen und beißen würde, doch die Katze warf der Hand bloß einen misstrauischen Blick zu und schmiegte sich dann an O'Reillys Handfläche.

»Das ist ja echt seltsam«, staunte Kelly. »Ich dachte, ich wäre der einzige Mensch, den sie nicht aus tiefstem Herzen hasst.«

Epilog

Ich werde Ihnen zuerst von den anderen erzählen:

Kelly und O'Reilly heirateten ein Jahr später in einer kleinen Zeremonie im Rathaus, und danach gab es Kaffee und Kuchen. Mehr nicht. Sie verzichteten auf das viergängige Menü, die Brautjungfern, die Band, die Blumenarrangements und vor allem auf den Champagner. Der alkoholkranke Cop hatte letzten Endes tatsächlich den Entzug geschafft, doch das änderte nichts daran, dass nicht er, sondern sein Partner Kozlowski befördert wurde. Kurz darauf quittierte O'Reilly den Dienst, und Kelly schmiss das Studium, um gemeinsam mit ihm ein Detektivbüro zu eröffnen.

Die Fahrt zur Hochzeit war eine meiner letzten Reisen in den Osten der USA. Es war mir sogar egal, dass ich meiner Mutter begegnete, die sich endlos über Flynns spontane Flucht nach Las Vegas ausließ und untröstlich war, weil nun eine andere Frau in dem Haus wohnte, das eigentlich ihre Tochter hätte bekommen sollen. Ich hingegen war froh, dass Flynn wieder auf die Füße gekommen war. Er war ein guter Mann, und ich wünschte ihm nur das Beste. Es war eine Erleichterung für mich, dass ich nicht sein ganzes Leben zerstört hatte.

Carol Anne gab Michael noch eine letzte Chance, ließ sich am Ende allerdings doch von ihm scheiden, nachdem er nach mehreren Monaten Sex- und Paartherapie erkannt hatte, dass eine heterosexuelle, monogame Beziehung nicht das Richtige für ihn war. Die Trennung erfolgte in aller Freundschaft, und sie erhielt eine stattliche Summe und ein lebenslanges Abo auf sämtliche kosmetischen Eingriffe in Michaels Praxis. Am Anfang fiel ihr das Leben ohne ihn natürlich schwer, weil sie nichts anderes kannte, doch dann eröffnete sie ein Büro für Innenausstattung und lernte auf einem Seminar für Kleinunternehmer einen sieben Jahre jüngeren Mann kennen. Er begleitete sie zu Kellys Hochzeit, und ich muss zugeben, dass er nicht nur gut aussah, sondern dass ich Carol Anne seit Jahren nicht mehr so glücklich lächeln gesehen hatte.

Suzanne erging es leider nicht so gut. Sie litt nach den Erlebnissen auf dem Boot unter schlimmen Panikattacken und Albträumen und befand sich deshalb jahrelang in Therapie. Sie beendete ihre Beziehung mit Vince unmittelbar nach dem schicksalhaften Abend und weigerte sich, ihn auch nur ein einziges Mal wiederzusehen – abgesehen von der einen Sitzung mit ihren Anwälten, bei der sie ihre Finanzen regelten. Da ihre Erinnerungen an diese schreckliche Nacht ungenau waren und Sal tot war, wurde keine Anklage gegen Vince' Tochter erhoben, die schließlich als CEO in das Unternehmen ihres Vaters einstieg und in dieser Funktion häufig in den Schlagzeilen stand. Suzanne verkaufte beinahe ihren gesamten Besitz, um ihre Schulden zu tilgen, und zog wieder zu ihren Eltern, deren Laden sie schließlich übernahm. Kurz vor der Jahrtausendwende erkrankte sie an Brustkrebs und starb ein paar Monate später. Ihre Eltern folgten ihr innerhalb weniger Monate.

Natashas Leben erfuhr einen herben Dämpfer, als Arthur wegen Insidergeschäften vor Gericht landete und sogar einige Zeit ins Gefängnis musste. Sie verloren das Haus in Lake Forest, woraufhin sich die findige Natasha eilig von dem Mistkerl scheiden ließ und einen noch reicheren, noch widerlicheren Typen heiratete. Mittlerweile verbringt sie angeblich den Großteil des Jahres in Frankreich.

Steven Kaufman kehrte nicht einmal einen Monat nach seiner Auslieferung nach Chicago zurück. Ich wohnte immer noch in meiner alten Wohnung, lebte von meinen Ersparnissen und plante den Umzug in den Westen. Als er schließlich vor meiner Tür stand, kam es mir vor wie ein Traum. Man muss selbst eine so leidenschaftliche Liebe erlebt haben, um zu verstehen, wie es war, ihn wiederzusehen. Die langen Locken, die sein Gesicht einrahmten, und die zaghaften Augen hinter der Drahtgestellbrille.

Die Anklage wegen Körperverletzung war fallen gelassen worden, nachdem seine zweite Frau ihre Aussage gegen ihn zurückgezogen und zugegeben hatte, dass ihr eigener Vater sie derart zugerichtet hatte, als er sie auf der Baustelle mit einem der Dachdecker erwischt hatte. Steven stand zwar immer noch unter dem Verdacht der Bigamie, doch das war mir egal. Wir brauchten keinen Trauschein, um das zu genießen, was wir hatten.

Wir zogen ins Roaring Fork Valley in Colorado, das vor allem für die Stadt Aspen bekannt ist. Es herrschte gerade ein Bauboom, und Steven fand sofort Arbeit, während ich für eine Lokalzeitung zu schreiben begann. Unser Leben war herrlich. Wir wanderten, campten, fuhren Ski und machten Bergtouren. Wir teilten uns die Arbeit so ein, dass wir zeitlich flexibel waren, und verbrachten mehrere Monate im Jahr mit Reisen nach Europa oder in den Fernen Osten. Wir waren in Machu Picchu und am Great Barrier Reef, und in der Zeit, in der wir uns nicht sportlich betätigten oder reisten, besuchten wir Konzerte und lasen literarische Klassiker.

Nach einiger Zeit eröffneten wir unsere eigene Baufirma; das Geschäft florierte, und auch privat erging es uns weiterhin prächtig. Wir waren wahnsinnig glücklich, und unsere Leidenschaft füreinander wurde durch die Schönheit und die kulturelle Vielfalt, die uns umgab, noch beflügelt.

Selbst die Finanzkrise, die uns – wie viele unserer Freunde – in den Ruin trieb, konnte unserer Liebe nichts anhaben, und obwohl wir natürlich unsere Probleme hatten, blieben wir einander immer verbunden.

Trotzdem war die Finanzkrise indirekt schuld daran, dass unser Glück schließlich doch noch ein vorzeitiges Ende fand. Nachdem unser Unternehmen pleitegegangen war, ergatterte Steven eine der wenigen freien Stellen auf einer Baustelle im Castle Creek Valley. Er arbeitete gerade an einer Stützmauer, als sich ein riesiger Gesteinsbrocken aus dem Hang löste und seinem Leben innerhalb weniger Sekunden ein Ende setzte – und meinem in gewisser Weise auch.

Ich nahm es also mit gemischten Gefühlen auf, als die Ärzte einen Gehirntumor bei mir fanden. Der Krebs greift rasch um sich, und das Ende steht kurz bevor. Doch im Grunde freue ich mich darauf, diese Welt zu verlassen, weil ich mir sicher bin, dass ich Steven im Jenseits wiedersehen werde. Und wenn wir uns wieder in den Armen halten, kann ich ihm vielleicht auch diese eine Frage stellen, die mir nie über die Lippen kam, obwohl sie mir im Kopf herumschwirrt, seit er nach unserer ersten gemeinsamen Nacht meine Wohnung verlassen hat.

Wie kam es, dass sein Pick-up am nächsten Morgen nicht mehr auf derselben Straßenseite stand wie am Abend zuvor?

Nachtrag von Kelly O'Reilly

Ich habe dieses Buch von Maggies jüngerer Schwester Laurel bekommen. Ich war schockiert, als sie mich anrief, um mir von Maggies Tod zu erzählen, und noch schockierter, als sie und ihre Lebenspartnerin Alice schließlich vor meiner Tür standen und mir das Manuskript gaben, das Maggie verfasst hatte. Sie hatten es nach Maggies Tod in ihrem kleinen Haus gefunden, und Alice hatte Laurel davon überzeugt, dass es bei mir wohl am besten aufgehoben wäre.

Laurels rote Haare und die spitzbübischen Augen erinnerten mich an Maggie, und mir wurde das Herz schwer, als ich daran dachte, wie nahe wir uns einmal gestanden hatten. Wir hatten so viele gemeinsame Erinnerungen, von denen einige gut und andere weniger gut waren. Doch die Zeit und auch die Entfernung hatten uns auseinandergerissen, und wir beide hatten begonnen, unser eigenes Leben zu leben.

Aber es ist erstaunlich, wie schnell ich mich wieder in unsere Freundschaft hineinfand, nachdem ich begonnen hatte, Maggies Manuskript zu lesen. Die Geschichte war toll geschrieben, und ich musste oft laut auflachen, weil sie bei so vielen Dingen in meinem Leben den Nagel auf den Kopf getroffen hatte, vor allem, was den Beginn der Beziehung zwischen Ron und mir betraf. Denn in Wahrheit verdanke ich meine Ehe und meine Kinder Maggie –

egal, ob direkt oder indirekt. Hätte sie an ihrem letzten Abend in Freiheit nicht über die Stränge geschlagen, hätten Ron und ich uns vermutlich nie kennengelernt. Es sei denn, ich hätte wieder zu trinken begonnen …

Aber Spaß beiseite: Die letzte Zeile des Buches war wie eine Offenbarung für mich. Auch wenn Maggies Leben mit Steven Kaufman bis zu seinem Tod nichts zu wünschen übrig gelassen hatte, wurde ich lange Zeit das Gefühl nicht los, dass mit dem Kerl etwas nicht stimmte. Ich machte mir furchtbare Sorgen, als sie mit ihm in einen so weit entfernten Bundesstaat wie Colorado zog, vor allem, weil wir sie danach kaum noch zu Gesicht bekamen. Doch im Laufe der Jahre wurde nicht nur unser Kontakt immer weniger, sondern auch mein Misstrauen. Letzten Endes waren unsere Leben vollkommen verschieden; ich arbeitete und musste mich um die Kinder kümmern.

Doch jetzt war Maggie tot, und der Fall musste neu aufgerollt werden. Nachdem ich das Buch fertig gelesen hatte, ging ich ins Wohnzimmer, wo Ron sich gerade ein Footballspiel ansah. Normalerweise versuche ich, auf seine Interessen Rücksicht zu nehmen und ihn während einer Sportübertragung nicht zu stören, doch das hier war viel zu wichtig, um auch nur eine Stunde zu warten.

»Ich habe einen neuen Fall«, erklärte ich. »Oder besser gesagt: einen *alten* Fall.«

»Wa…?« Sein Blick blieb starr auf den Fernseher gerichtet. »Warte bis zur Werbung, okay?«

Ich setzte mich aufs Sofa und wartete. Unsere Detektei bearbeitete vor allem Scheidungen und überbrachte richterliche Vorladungen, was ziemlich lukrativ war. Tatsächlich war die Zahl unserer Aufträge nach der Rezession sogar noch angestiegen. Es schien, als wollte einfach jeder jeden verklagen und etwas Geld rausholen, weshalb wir Vorladungen verteilten, als wären es Weihnachtskarten.

Als das Spiel endlich in die Pause ging, stellte Ron den Ton ab und wandte den Kopf zu mir um. Er war mittlerweile vollkommen ergraut. Ich erzählte ihm von Maggies Buch und der Bemerkung, dass Steven Kaufmans Pick-up am Morgen nach dem Mord auf der anderen Straßenseite gestanden hatte. Er verdrehte entnervt die Augen, als er sich erinnerte, wie sehr ich vor all den Jahren darauf beharrt hatte, dass er den Kerl überprüfte; doch unsere Ehe hatte trotz mancher Probleme immer noch Bestand, weil wir die Dinge akzeptierten, die dem anderen wichtig waren.

Und so begannen wir mit den Ermittlungen.

Maggies letzter Abend in Freiheit lag natürlich schon viele Jahre zurück, und es war unwahrscheinlich, dass wir in Chicago auf neue Spuren stoßen würden. Wir konnten ja schlecht die Nachbarn fragen, ob sie an einem Morgen vor fünfundzwanzig Jahren einen weißen Pick-up vor dem Haus gesehen hatten. Ich zerbrach mir gerade den Kopf, wo wir ansetzen konnten, als mein brillanter (und glauben Sie mir, ich verwende dieses Wort wirklich sehr selten!) Ehemann vorschlug, nach New Hampshire zu fliegen und mit Steven Kaufmans ersten beiden Frauen zu reden.

Ich recherchierte ein wenig im Internet und fand heraus, dass Heather Kaufman immer noch in der Nähe von Concord lebte, wo sie und der Zimmermann ein gemeinsames Haus gehabt hatten. Meiner Erfahrung nach erzielt man die besten Ergebnisse, wenn man jemandem persönlich gegenübertritt und sein Kommen vorher nicht ankündigt, weil ein Anruf der Zielperson die Möglichkeit gibt, sich vorzubereiten oder einen abzuwimmeln. Und so stiegen Ron und ich in ein Flugzeug nach New York und flogen von dort aus weiter nach Concord.

Da wir bereits wussten, wo Heather wohnte, war es nicht schwierig, sie zu finden, doch als wir schließlich vor dem Haus hielten, war ich mir nicht sicher, ob wir uns nicht doch geirrt hatten. Aus irgendeinem Grund hatte ich angenommen, dass Kaufmans erste Frau, die er gleich nach dem Highschool-Abschluss geheiratet hatte, in einem verfallenen, kleinen Häuschen wohnte. Immerhin trug sie noch immer den Namen Kaufman, was wohl bedeutete, dass sie nach der Scheidung nicht wieder geheiratet hatte. Ich war also davon ausgegangen, dass sie nicht gerade wohlhabend war, und so staunten Ron und ich nicht schlecht, als wir vor einem riesigen Haus im Tudor-Stil standen.

Und unsere Überraschung nahm sogar noch zu, als wir die Frau sahen, die uns die Tür öffnete. Mein Mann bekam den Mund kaum noch zu. Sie war wirklich extrem hübsch, hatte schulterlange dunkle Haare und sehr große Brüste. Sie sah immer noch aus wie fünfunddreißig, auch wenn sie – rein rechnerisch gesehen – vermutlich Mitte fünfzig war. Wir teilten ihr mit, dass ihr erster Mann vor Kurzem gestorben sei und wir auf der Suche nach möglichen Erben seien. (Ich hatte mittlerweile die Erfahrung gemacht, dass sich selbst die Reichsten über die Chance freuten, noch mehr Geld anzuhäufen.) Sie sah uns ein wenig misstrauisch an, als wir ihren Ex erwähnten, doch glücklicherweise sind die Leute aus New Hampshire ziemlich vertrauensselig und freundlich, und so ließ sie uns nach kurzem Überlegen doch noch ins Haus.

Sie war sehr gastfreundlich und bot uns Kaffee und Donuts an, was ich ablehnte, während Ron das Angebot dankbar annahm. Wir setzten uns ins Wohnzimmer vor das flackernde Kaminfeuer.

»Sie meinten vorhin, dass es um Steven und ein mögliches Erbe geht.«

Ron hatte es immer schon verstanden, vom eigentlichen Thema abzulenken, daher ließ ich ihn weitermachen. »Ich habe gehört, dass Sie sich bereits in der Highschool kennengelernt haben«, erwiderte er und sah sich in dem teuer eingerichteten Zimmer um.

Sie verzog das hübsche Gesicht, als wäre Zitronensaft in ihrer Tasse und kein Kaffee. »Wo um alles in der Welt haben Sie denn das her? Steven arbeitete für meinen Dad und erledigte hier im Haus einige Zimmermannsarbeiten. Dad ist mittlerweile tot, genauso wie meine Mutter, daher gehört das Haus jetzt mir.

Aber egal ... Steven hat hier gearbeitet und war vom ersten Moment an hinter mir her. Und leider hatte er Erfolg. Als mein Vater es herausfand, stellte er Steven zur Rede, der daraufhin einwilligte, mich zu heiraten. Allerdings ließ er mich kurz nach der Hochzeit auch schon wieder sitzen. Er verschwand so plötzlich, wie er aufgetaucht war. Ohne Erklärung. Ohne irgendwas. Ich glaube, mein Vater hat ihn bis zu seinem Tod aus tiefstem Herzen gehasst. Ich hörte zwei Jahre lang nichts von ihm, bis ich schließlich in der Zeitung las, dass er seine Ehefrau zusammengeschlagen hatte. Seine *Ehe*frau? Aber er hatte doch bereits eine Ehefrau, auch wenn sie mehrere Hundert Kilometer entfernt wohnte! Außerdem war er offensichtlich seinen Gewohnheiten treu geblieben, denn auch seine neue Frau war die Tochter eines Bauunternehmers. Anscheinend stand er auf die Töchter seiner Arbeitgeber.«

Ron warf mir einen langen, vielsagenden Blick zu, bevor er weitersprach: »Dann haben Sie sich also nie von ihm scheiden lassen?«

»Doch. Und seine zweite Frau auch. Vor etwa fünfundzwanzig Jahren meldete sich ein Spitzenanwalt aus Chicago bei mir, um alles in die Wege zu leiten. Und zwar gratis. Ich bekam sogar noch etwas Geld von ihm. Und die Anklage wegen Körperverletzung wurde ebenfalls fallen gelassen. Es war, als hätte jemand mit dem Zauberstab gewedelt, und all seine Probleme waren weg.«

Ich erinnerte mich, dass Ron mir einmal erzählt hatte, was Vince Columbo zu Steven gesagt hatte, als sie an Bord der *Giovanna Anna* neben Salvatore Gianfortunes leblosem Körper standen: »Ich besorge Ihnen den besten Anwalt der Stadt.«

Es war also zweifellos Vince Columbo und sehr viel Geld zu verdanken, dass Stevens Probleme sich derart schnell in Wohlgefallen aufgelöst hatten.

Stevens zweite Frau nahm uns die Erklärung mit der möglichen Erbschaft nicht ab und weigerte sich, uns zu treffen. Sie hatte wieder geheiratet und anscheinend mit der Vergangenheit abgeschlossen. Doch da New England im Grunde eine Kleinstadt ist, in der jeder jeden kennt, war es nicht schwer, etwas über die damaligen Vorkommnisse und Stevens Übergriff auf seine Frau in Erfahrung zu bringen. Einige Leute waren der Meinung, ihr Vater hätte sie geschlagen, weil sie Steven überhaupt geheiratet hatte, andere meinten, sie hätte sich die Verletzungen selbst zugefügt, um sich an Steven zu rächen, weil er sie verlassen hatte. Doch die meisten waren überzeugt, dass Steven sie auf einer Baustelle beim Sex mit einem anderen Mann erwischt hatte und ausgerastet war.

Als wir sicher waren, dass wir in New Hampshire nichts Neues mehr in Erfahrung bringen würden, stiegen wir wieder ins Flugzeug und machten uns auf den Nachhauseweg.

Zurück in Chicago vereinbarte ich einen Termin bei Anna Columbo. Wir gaben vor, für ein Wirtschaftsmagazin zu schreiben, und bekamen so Zugang zu ihrem Büro. Es war allgemein bekannt, dass sie gerne in der Öffentlichkeit stand, und der Name ihres Vaters – der mittlerweile reicher war als je zuvor – prangte auf beinahe jeder neuen Baustelle in der Stadt. Anna war immer noch hübsch, aber um einiges dünner als vor all den Jahren, und sie kleidete sich auch sehr viel dezenter. Wir wurden in ihr Büro geführt, und Ron laberte sie mit irgendeinem Mist zu, als ihr plötzlich wieder einzufallen schien, woher sie ihn kannte. Ihre Augen wurden zu schmalen Schlitzen.

»Worum geht es hier wirklich?«, wollte sie wissen.

»Wir haben nur ein paar kurze Fragen. Sie kannten doch Steven Kaufman, oder? Er hat für Ihren Vater gearbeitet.«

»Das reicht«, erklärte sie und erhob sich, wobei sie immer noch vollkommen gelassen wirkte. »Raus aus meinem Büro!«

Aber ich war noch nicht fertig. So lief das Spiel nun mal. Guter Cop, böser Cop. Abgesehen davon, dass wir in diesem Fall beide der böse Cop waren. Und wie schon gesagt: Das Überraschungsmoment gibt dem Befragten nicht die Möglichkeit, sich vorab eine Antwort zu überlegen.

»Sie haben mit ihm geschlafen, oder?«, fragte ich schnell, bevor sie uns zur Tür hinausschieben konnte, und die Bestimmtheit ihrer Antwort sagte mir alles, was ich wissen musste.

»Soll das ein Witz sein? Er gehörte zum Personal.«

Und dann warf sie uns hinaus.

Am selben Abend aßen Ron und ich Linguine mit Muscheln, unterhielten uns darüber, was damals wirklich passiert war, und kamen zu dem Schluss, dass es in etwa so abgelaufen sein könnte:

Natürlich hatte Kaufman mit Vince' Tochter geschlafen, genau wie mit den Töchtern seiner bisherigen Arbeitgeber. Am Abend des Mordes wollte er sich vermutlich mit Anna auf Vince' Boot treffen, doch Anna machte sich zuerst noch schnell auf den Weg ins *Overhang*. Sie hatte gehört, wie ihr Vater mit Suzanne telefonierte, und wollte sich ihre Rivalin aus der Nähe ansehen. Als Kaufman Anna mit Sal entdeckte, machte er sich aus Rache an Maggie heran, die jedoch einschlief, bevor er zur Sache kommen konnte – was auch der Grund war, warum das Diaphragma am nächsten Morgen noch unbenutzt war. Als Maggie schlief, beschloss Kaufman, sich doch noch mit Anna zu treffen, und machte sich auf den Weg zum Hafen. Dort stolperte er zufällig über Angies Leiche, und ihm war sofort klar, dass Anna sie versehentlich für die Geliebte ihres Vaters gehalten und in ihrem grenzenlosen Hass getötet hatte. Da er wusste, dass man ihn mit dem Mord in Verbindung bringen würde, kehrte er schleunigst in Maggies Wohnung zurück und hatte damit ein felsenfestes Alibi. Nur, dass sein Parkplatz mittlerweile besetzt war und er den Wagen auf der anderen Straßenseite parken musste …

Aber das ist nur eine der unzähligen Möglichkeiten, wie es wirklich gelaufen sein könnte.

Und hier ist noch eine:

Vielleicht gehörte Steven ganz einfach nicht zu den Männern, die nach einem One-Night-Stand sagen, sie würden anrufen, und es dann nie tun. Vielleicht hat er die Wohnung verlassen, nachdem Maggie eingeschlafen war, doch auf dem Weg ins Hotel bekam er plötzlich Zweifel und drehte um, weil ihm klar geworden war, dass sie etwas ganz Besonderes war.

Die Entscheidung, was an diesem Abend wirklich passiert ist, überlasse ich gerne Ihnen.

Danksagung

Zuallererst danke ich meiner Agentin Helen Breitwieser von der Cornerstone Literary Agency. Wir haben viele Höhen und Tiefen erlebt, und sie war immer da, um mich zu unterstützen. Sie ist einfach die Beste.

Ich danke meiner Lektorin Holly Domney, die mir geholfen hat, das Buch in seine jetzige Form zu bringen, und meiner Verlegerin bei Severn House, Kate Lyall Grant, die mich nach allen Regeln der Kunst unterstützt hat. Außerdem Jamie Byng von Canongate, dessen Begeisterung für dieses Buch schlichtweg überwältigend war. Ich könnte mir kein besseres Verlagsteam wünschen, das noch dazu gleich tickt wie ich, und ich hoffe auf viele weitere gemeinsame Erfolge.

Ich kann dieses Buch nicht in Druck gehen lassen, ohne mich bei sechs besonderen Freundinnen zu bedanken, die ich schon seit Ewigkeiten kenne und die mich vielleicht auf die eine oder andere Art zu diesem Buch inspiriert haben – oder auch nicht. In alphabetischer Reihenfolge gilt mein Dank Alison, Carol, Iris, Jane, Rosie und Vita. Ich liebe euch!

Und zuletzt möchte ich mich auch bei Aspen Words bedanken. Die literarische Abteilung des Aspen Institute arbeitet unermüdlich daran, LeserInnen und AutorInnen zusammenzubringen. Seneca meinte einmal: »Das Leben ist kurz, die Kunst ist lang.« Das ist der Grundstein der Mission, die Aspen Words verfolgt, und ich hoffe, dass die Kunst unserer Zeit auch in Zukunft in aller Munde sein wird.